Uma Correnteza Sufocante

Uma Correnteza Sufocante

ALLISON SAFT

Tradução
Helen Pandolfi

Copyright © 2024 by Allison Saft
Copyright da tradução © 2024 by Editora Globo S.A

Essa edição foi publicada mediante acordo com a Del Rey, selo da Random House, uma divisão da Penguin Random House LLC.

Todos os direitos reservados. Nenhuma parte desta edição pode ser utilizada ou reproduzida — em qualquer meio ou forma, seja mecânico ou eletrônico, fotocópia, gravação etc. — nem apropriada ou estocada em sistema de banco de dados sem a expressa autorização da editora.

Título original: *A Dark and Drowning Tide*

Editora responsável **Paula Drummond**
Editora de produção **Agatha Machado**
Assistentes editoriais **Giselle Brito e Mariana Gonçalves**
Preparação **Iris Figueiredo**
Revisão **Beatriz Ramalho e Paula Prata**
Diagramação **Caíque Gomes**
Adaptação de capa **Carolinne de Oliveira**
Projeto gráfico original **Laboratório Secreto**
Design de capa original **Ella Laytham**
Ilustração da capa **Audrey Benjaminsen**
Imagem de capa **CSA Images/Getty Images**

Texto fixado conforme as regras do Acordo Ortográfico da Língua Portuguesa (Decreto Legislativo nº 54, de 1995)

S134c
    Saft, Allison
        Uma correnteza sufocante / Allison Saft ; tradução Helen Pandolfi. - 1. ed. - Rio de Janeiro : Globo Alt, 2024.

        Tradução de: A dark and drowning tide
        ISBN 978-65-5226-003-1

        1. Romance americano. I. Pandolfi, Helen. II. Título.

                                CDD: 813
24-93504   CDU: 82-31(73)

Meri Gleice Rodrigues de Souza - Bibliotecária - CRB-7/6439

1ª edição, 2024

Direitos de edição em língua portuguesa para o Brasil adquiridos por Editora Globo S.A.
R. Marquês de Pombal, 25
20.230-240 – Rio de Janeiro – RJ – Brasil
www.globolivros.com.br

Para Moses, Gilbert e Alexander

PARTE 1

A yeva nos espinhos

CAPÍTULO UM

Sylvia estava no rio outra vez. Lorelei sequer precisava vê-la para ter certeza, afinal, da mesma forma que fumaça era indício de fogo, uma aglomeração de pessoas era indício da presença de Sylvia.

Lorelei ficou com os ombros curvados contra o vento, tentando, sem sucesso, conter seu asco crescente. Em questão de uma hora, todos os estudantes da Universidade de Ruhigburg tinham se amontoado às margens do rio Vereist. Eles se acotovelavam e se empurravam na disputa pela melhor visão das águas — ou, mais precisamente, do espetáculo que fora prometido a eles. De forma previsível, a maioria dos que estavam ali tinha uma garrafa de vinho em mãos.

Ao se aproximar da massa de pessoas, Lorelei pôde ver o brilho da prata nos pescoços e correntes de ferro balançando nos pulsos. Os estudantes usavam os casacos do avesso, ferraduras como um colar, e alguns deles — sem dúvida os devotos mais ferrenhos de Sylvia — usavam trevos nos cabelos e coroas feitas de galhos de sorveira. Claramente esperavam por algo grandioso: Lorelei nunca tinha visto tantos amuletos diferentes na vida.

Que patético. Se realmente quisessem se proteger contra magia feérica, deveriam ter ficado bem longe do rio em vez de apinhados nas margens, cercando a água como um bando de idiotas. Não era de se surpreender, pensou Lorelei. O bom senso não se misturava com nada que tivesse relação com Sylvia von Wolff.

Aparentemente, algum desavisado chegara perto de se afogar cerca de uma hora antes, atraído para as profundezas abissais do rio pela canção das nixes. Era quase impressionante, já que aquela era a primeira vez em dez anos que se via uma nixe tão perto da cidade. Ela escutou quando uma garota relatou o fato aos amigos em detalhes sórdidos e completou, com deslumbre nauseante:

— Ficou sabendo que Sylvia von Wolff prometeu domar a nixe?

Lorelei entrou em desespero.

A professora Ziegler tinha pedido um encontro com ela e Sylvia, e já se passara quinze minutos do horário combinado. Naquela noite, aconteceria o baile em homenagem à expedição organizado pelo rei de Brunnestaad em pessoa e as três fariam uma entrada triunfal: a estimada professora e suas duas alunas mais brilhantes. Se Ziegler se atrasasse por culpa delas...

Não. Ela nem sequer queria considerar a possibilidade.

Lorelei abriu caminho entre a multidão.

— Saiam da frente.

O efeito foi instantâneo. Um homem deixou cair os binóculos ao abrir passagem. Outro gritou quando a barra do sobretudo preto de Lorelei roçou sua perna. Outra, menos sortuda, perdeu o equilíbrio ao esbarrar ombros com ela.

Enquanto ela passava, alguém murmurou:

— Víbora.

Se tivesse tempo, Lorelei talvez tivesse mordido a isca. De vez em quando era preciso lembrar as pessoas por que recebeu o apelido.

Ela se acotovelou entre as pessoas até sair do outro lado e passou os olhos pela margem do rio. Mesmo na luz fraca do anoitecer, as águas do Vereist ainda eram de um preto agourento e lúgubre. O rio cortava o *campus* como uma mancha de tinta impossível de ser removida. E ali, acomodada sob os galhos de um salgueiro-chorão, estava Sylvia.

Daquele ângulo, Lorelei não conseguia enxergar o rosto dela, apenas os cabelos, que, apesar de se conhecerem havia cinco anos, ainda eram motivo de choque — o tom de branco puro e imaculado. Sylvia amarrara as madeixas rebeldes na altura da nuca com um laço vermelho-sangue, mas alguns fios teimosos escapavam mesmo assim. Em momentos de fraqueza, Lorelei pensava sobre aqueles cabelos e imaginava que segurá-los devia trazer a mesma sensação de mergulhar a mão em água gelada.

Ela se aproximou de Sylvia e, no tom mais ácido que conseguiu concentrar em duas sílabas, chamou:

— Von Wolff.

Com um sobressalto, Sylvia se virou para olhar para Lorelei. Quando os olhares se encontraram, Sylvia empalideceu e ficou tão branca quanto leite. Lorelei se deleitou brevemente com aquele momento de surpresa, mas a máscara perfeitamente controlada de Sylvia ressurgiu depressa em seu semblante. De alguma forma, mesmo depois de tanto tempo, Sylvia não tinha se acostumado a ser odiada.

E Lorelei a desprezava muito.

— Lorelei! — Ela abriu um sorriso amarelo e uma covinha surgiu sobre a cicatriz que tinha na bochecha. — Que surpresa agradável.

Sylvia estava sentada às margens do rio com os pés balançando na água. O saiote do vestido ornamentado que usava se abria ao seu redor e sapatilhas cobertas de lama descansavam logo ao lado. E, inexplicavelmente, ela segurava um violão no colo.

Os indícios de uma enxaqueca começaram a despontar nas têmporas de Lorelei. Sentia que de repente havia se esquecido de tudo o que sabia sobre a linguagem Brunnisch, ou que talvez tivesse sido transportada para um reino estranho onde se poderia tranquilamente enfrentar uma das criaturas mais temidas de Brunnestaad em trajes de festa. Sylvia, por sua vez, parecia ter se arrumado às pressas para passear pela floresta; considerando as pétalas presas em seu cabelo, aquele poderia muito bem ter sido o caso. Flores de cerejeira, observou Lorelei, distraída. A primavera chegara mais cedo naquele ano, mas o frio úmido se prolongava como uma febre insistente.

— Você está atrasada.

Sylvia fez uma careta, mas continuou a afinar o violão.

— Ziegler vai entender. Você ficou sabendo do ataque das nixes, não ficou? Alguém tinha que fazer alguma coisa.

Lorelei sentiu um impulso homicida.

— Não quer dizer que *você* tenha que fazer alguma coisa. Como você é arrogante!

Sylvia recuou, afrontada.

— *Arrogante?*

Lorelei encarou de forma incisiva o mar de pessoas atrás delas — para as centenas de olhos fixos em Sylvia. Quase conseguia sentir a avidez que emanava deles. Não era evidente se estavam esperando para testemunhar uma magia tão incomum quanto a de Sylvia ou se queriam ver o sangue dela se espalhando pela água, mas Lorelei pensou que não fazia diferença. De qualquer forma, teriam o que procuravam.

— Insaciável, então — zombou Lorelei. — Em questão de horas você vai estar diante de um grupo de pessoas para impressionar e mesmo assim está sedenta por atenção.

A amargura se infiltrou em sua voz sem ser convidada. Seis meses antes, Ziegler prometera nomear um aluno como vice-

-líder da Expedição Ruhigburg e, naquela noite, no baile, finalmente anunciaria o escolhido. Aos 25 anos, Sylvia era uma das naturalistas mais famosas e estimadas no país. Lorelei, por outro lado, não era ninguém, apenas a filha de um sapateiro vinda de Yevanverte.

Mas isso não a impedia de sonhar.

Se fosse escolhida, o prestígio do título faria qualquer editora ter interesse em publicar sua pesquisa. E, mais do que isso, faria com que o rei tomasse conhecimento de sua existência. Governantes passados tinham os yevani como banqueiros e investidores da corte, mas o rei Wilhelm gostava de se cercar de artistas e intelectuais. Lorelei não era bonita o bastante para sussurrar nos ouvidos do rei e conseguir o que queria, não tinha charme ou poder que fizesse com que seus algozes caíssem a seus pés. Tudo o que tinha era a própria mente. Como vice-líder da expedição comissionada por ele, ela teria a influência para pedir que a nomeasse shutzyeva: uma yeva sob proteção direta do rei.

Lorelei aprendera a sobreviver ao covil de víboras da Universidade de Ruhigburg tornando-se a pior delas. Porém, fora da universidade sua reputação não tinha valor algum. Como shutzyeva, teria os mesmos direitos que todos os outros cidadãos. Ela poderia existir livremente fora dos muros de Yevanverte. Com acesso direto ao rei, poderia lutar por seu povo. No entanto, seu desejo mais secreto e egoísta era simples. Como cidadã, poderia comprar um passaporte, um ingresso para um mundo sobre o qual só lera e ouvira falar. Era tudo o que ela mais queria, a única coisa com a qual se permitia sonhar: a liberdade para ser uma naturalista de verdade.

Wilhelm não nomeara nenhum shutzyevan em seu breve reinado. Tratava-se de uma honra excepcionalmente rara, uma honra que Lorelei tinha certeza de que poderia conquistar.

— Não estou tentando *chamar atenção*. — Sylvia pareceu desconcertada. — Estou só...

— Está só desperdiçando o tempo das pessoas — interrompeu Lorelei bruscamente. Ela já tinha aguentado muitos discursos sobre *noblesse oblige* ao longo dos anos para permitir que Sylvia continuasse. — Meu tempo, o de Ziegler e o de Sua Majestade. Você já passou tempo demais brincando de cavaleiro errante com sua pesquisa. Está na hora de começar a levar a sério sua responsabilidade com a expedição.

Sylvia ruborizou e seus olhos claros se inflamaram. Lorelei sentiu a boca seca e o coração acelerado.

— Se me acusar de negligenciar meus deveres perante a Wilhelm outra vez, jogo você no Vereist.

Lorelei sabia que tinha tocado na ferida. A maioria das províncias resistira à unificação do Reino de Brunnestaad e nenhuma lutara mais bravamente do que Albe, a terra natal de Sylvia. Mesmo vinte anos após a unificação, ainda batalhavam pela independência. Lorelei se solidarizava. Eles tinham religião própria, falavam um dialeto próprio e, em termos de território, rivalizavam com todo o resto de Brunnestaad somado. O restante do reino os julgava hereges, camponeses de temperamento imprevisível, prontos para atacar a qualquer momento. E assim era Sylvia.

— Além do mais, não vou demorar — complementou Sylvia, ressentida. — A essa altura, sei muito bem como lidar com nixes.

Lorelei nunca tinha visto uma nixe, mas enquanto folclorista da expedição, ela registrara incontáveis histórias sobre os povos da floresta ao longo dos anos. A maioria dos plebeus que ela entrevistara acreditava que eram monstros, outros acreditavam que eram deusas. Na verdade, a maioria das criaturas não passava de motivo para aborrecimento. Os mais toleráveis se escondiam em lugares distantes e se divertiam enganando viajantes para que se perdessem no caminho. Outros vagavam pelos campos, fazendo travessuras nas vilas e oferecendo pequenos encantamentos em troca de restos de pão ou potes de nata.

E havia criaturas como as nixes. Para Lorelei, enfrentar uma delas portando apenas um violão e um vestido de três quilos de seda parecia uma péssima ideia.

— E o que você pretende fazer, exatamente? Dar uma surra nela? Ou convidá-la para um chá?

— Não diga absurdos — respondeu Sylvia, irritada. — Vou cantar para ela. Estou praticando essa técnica há meses.

— *Cantar?* — repetiu Lorelei. — Essa é a coisa mais ridícula que eu já ouvi.

Sylvia inclinou o queixo.

— E quantos livros você publicou sobre nixes?

Um silêncio glacial pairou entre elas. Ambas sabiam muito bem que Lorelei não tinha publicado uma palavra sequer.

— Pode zombar à vontade — disse Sylvia —, mas minha pesquisa aponta que nixes são atraídas por fontes de magia. Aprender a se comunicar com elas pode ser importantíssimo para a expedição.

Lorelei achava pouco provável. A verdadeira origem da magia ainda era debatida por todos os cantos da universidade, mas a teoria mais aceita dizia que ela vinha do éter, uma substância natural encontrada somente na água. Taumatologistas, especialistas no estudo da magia, já tinham desenvolvido instrumentos para medi-la, e todos eram bem menos perigosos e mais precisos do que *nixes*.

Tomada pelo rancor, Lorelei gesticulou em direção ao rio vazio.

— Bom, por que não mostra sua grande pesquisa em ação? Ou as nixes aprenderam a se esconder tão bem quanto os alps?

A plateia de estudantes começava a ficar impaciente. Mais à frente, avistou um grupo de garotos brincando e dando risada enquanto um deles era erguido no ar. Estava óbvio que o plano era jogá-lo no rio. Lorelei revirou os olhos; as pessoas não nadavam no Vereist por uma razão: uma vez debaixo d'água, era impossível se orientar no breu. Seja por uma nixe ou não, alguém morreria naquela noite.

Sylvia corou em resposta.

— Ela vai aparecer — respondeu, indignada.

— Pode continuar, então. Longe de mim querer te distrair.

— Que maravilha! Então fique quieta, por favor — agradeceu Sylvia com um sorriso angelical.

Lorelei sentiu vontade de atirá-la no rio, mas teve que se segurar.

Sylvia dedilhou um arpejo um pouco fora do tom e começou a cantar. Lorelei a observava de canto de olho. Acima da cabeça das duas, as folhagens do salgueiro filtravam a luz da noite, lançando sombras delicadas no rosto de Sylvia, que sorria ao buscar os acordes certos com os dedos desajeitados. Lorelei nunca tinha visto alguém tão *expansivo* quanto ela. Por ter passado boa parte da vida cercada de pessoas do norte, tinha se acostumado à eficiência dura e concisa do povo. Em Albe, no entanto, as pessoas faziam coisas estranhas como cantar em público e, pior ainda, abraçar uns aos outros ao se cumprimentar. Na maior parte do tempo, o entusiasmo e o afeto que Sylvia demonstrava enfureciam Lorelei, mas, por vezes, também faziam com que ela se lembrasse de todas as coisas que perdera.

Lorelei desviou o olhar e reprimiu a saudade de casa. Diante dela, o Vereist reluzia como uma camada de vidro preto. O rio sempre a deixara inquieta, mas estava longe de ser o corpo d'água mais misterioso de Brunnestaad. Ao norte havia o Salz, cuja superfície agitada podia ser atravessada a pé. A oeste havia o Heilen, que curava todos os ferimentos daqueles que se banhassem em suas águas. E em algum lugar daquele reino extenso e perigoso havia o grande objetivo por trás da Expedição Ruhigburg: o Ursprung, a lendária fonte de toda a magia e a atual obsessão do rei Wilhelm.

Sylvia agarrou o braço de Lorelei.

— Olhe!

Antes que Lorelei pudesse se desvencilhar, a água se agitou e, lentamente, algo emergiu das trevas do rio. A névoa se abriu e um rosto esquálido as encarou, cinzento e brilhante como a lua cheia no céu.

Gritos e sobressaltos surpresos vieram da multidão atrás delas. Lorelei não conseguiu se incomodar. Admitia que havia uma certa novidade provinciana em avistar os povos da floresta na cidade, como se uma fábula ou um conto folclórico tivesse ganhado vida diante deles. Todas as gravuras nas narrativas de viagem que ela já lera pareciam tolas em comparação a criatura que estava ali, verdadeira e assustadora.

A pele da nixe brilhava e os cabelos escuros flutuavam na superfície da água como uma mancha de tinta. Contudo, os olhos foram o verdadeiro motivo do pavor paralisante e instintivo de Lorelei — eram de um preto absoluto tão insondável quanto o Vereist, além de inquietantemente reptilianos. A nixe piscou e uma membrana fina e translúcida deslizou sob as pálpebras.

— Olhe só para ela — disse Sylvia, genuinamente fascinada. — Não é incrível?

Não, quis responder Lorelei. *É aterrorizante.*

Um tilintar chamou a atenção de Lorelei. Sylvia sempre usara um amontoado de pingentes no pescoço, cada um com a gravura de um santo repousando sobre suas clavículas. Eles sempre pareceram excêntricos demais para Lorelei, mas não se lembrava da última vez que vira Sylvia sem o colar. Ali, na província de Neide, aqueles que não eram yevanis tendiam a ser mais contidos quando o assunto era fé. Mas Sylvia, albenesa dos pés à cabeça, rezava com a mesma altivez com que fazia todas as outras coisas. Ela começou a tirar os pingentes um por um e depois os alinhou ao seu lado. E, simples assim, não carregava mais qualquer proteção contra a magia da nixe.

Lorelei nunca tinha visto Sylvia em ação antes. Apesar de tudo, ela compreendeu o arrebatamento mórbido da massa de estudantes; havia uma espécie de empolgação doentia em ver alguém se jogar de cabeça no perigo. Nos últimos anos, Sylvia ganhara fama devido à sua metodologia... inusitada. Ela publicara breves relatos informais sobre suas aventuras com os povos da floresta, nas quais propositalmente se deixava levar pela magia feérica a fim de registrar a experiência. Seus diários de viagem encantavam os leitores — alguns a consideravam visionária, mas não havia mérito científico algum naqueles registros. O que Sylvia publicara era uma excentricidade, uma afronta ao empirismo com base em dados anedóticos. Lorelei já entendera que Sylvia era apenas muito sortuda — e extremamente inconsequente. O canto das nixes era imbuído de magia profunda e hipnótica; um número incontável de pessoas já se afogara sob seus encantos.

A nixe se acomodou sobre uma rocha lisa que se projetava para fora do rio e Lorelei conteve o impulso de recuar. O cabelo escorregadio da criatura estava emaranhado com flores de lótus e caía em cascata sobre os ombros ossudos, amontoando-se sobre seu colo. Na altura dos quadris, onde começaria um par de pernas humanas, havia escamas iridescentes que cobriam toda a extensão de uma cauda longa e sinuosa. Seus lábios azuis se entreabriram ligeiramente, apenas o bastante para revelar seus dentes serrados. Foi um sorriso capaz de fazer Lorelei sentir um calafrio de terror.

— Von Wolff — chamou Lorelei.

— Fique calma, Lorelei — *cantarolou* Sylvia, o que só irritou Lorelei ainda mais. — Ela só está curiosa.

As palavras passaram longe de trazer algum conforto. Atrás delas, ouviu-se uma algazarra. Lorelei espiou por cima do ombro e viu que o público tinha aumentado — e se tornado mais ousada. As pessoas chegavam mais perto, tagarelando e apontando, entusiasmadas.

Bando de idiotas.

— Para trás — ordenou Lorelei. — A não ser que queiram se afogar.

Um *silvo* atraiu a atenção dela de volta para a água. A nixe respirou fundo e as brânquias em sua caixa torácica se ondularam e se expandiram para fora. Então começou a cantar e tudo ficou perfeitamente imóvel.

A canção era como o mar, a coisa mais harmônica que Lorelei já ouvira. A melodia crescia e se intensificava, inexorável e irresistível, complementando a canção de Sylvia em perfeita harmonia. Em um momento, Lorelei estava com os pés plantados em terra firme; no seguinte, parecia leve, como se planasse. Ela nunca tinha se sentido tão... completa, como se respirasse em conjunto com cada ser na face da terra. Por um momento glorioso e abrasador, lá estava: a beleza vibrante e indomável do mundo, que agora via com clareza. O éter estava em todos eles — dentro *de tudo*, cintilando na névoa. O Vereist reluzia em milhares de cores diferentes, tão vibrantes que ela sentiu vontade de chorar. Por que o rio antes parecera tão sinistro?

Lorelei deu um passo em direção à água, depois outro. Quando chegou à margem, a corrente de ferro em seu pescoço a queimou, ardendo como se estivesse em brasa. Arfando, Lorelei voltou a si. O rio, outra vez escuro e opaco como ferro, continuava a correr diante dela. Ela se conteve para não xingar em voz alta. Se não tomasse cuidado, se afogaria em águas rasas como uma completa idiota.

Foco. Concentre-se.

Lorelei mordeu o lábio inferior. Quando o sabor de cobre invadiu sua boca, a magia da nixe se dissipou completamente. Imediatamente, um uivo horripilante rasgou a névoa de seus pensamentos e fez seu sangue gelar nas veias.

Então *aquele* era o verdadeiro som da canção daquelas criaturas.

Sylvia, no entanto, permanecia sob o encanto da nixe. Ela estava de pé, imóvel, com um olhar distante de êxtase. Era muito raro poder observá-la assim, de perto, já que não parava quieta nem por um segundo. Seus olhos eram um tom de cinza tão pálido que quase pareciam violeta. Como a maioria da nobreza, ela tinha uma série de finas cicatrizes de duelo nas têmporas: cada uma era uma medalha de honra questionável, lembrança de golpes sofridos no rosto. A mais grossa, um talho na bochecha, reluzia como gelo refletindo o sol. Sylvia deixou o violão de lado, ainda cantarolando sua canção estranha e desafinada. O burburinho dos que assistiam cresceu mais uma vez.

Lorelei ouviu quando alguém lá atrás gritou:

— Vejam! É agora!

Ela se sobressaltou, voltando-se para Sylvia.

— O que está fazendo?

Sylvia caminhava em direção ao rio, ignorando Lorelei. Seu cabelo esvoaçava ao vento e o último brilho avermelhado do dia iluminava-o como fogo branco. A nixe estendeu a mão membranosa. Quando Sylvia se aproximou, foi fácil imaginá-la escorregando. O vestido leve cor de ameixa desabrocharia ao redor de seu corpo como uma rosa; os cabelos prateados se espalhariam pela água em contraste gritante com as águas escuras do rio. Lamentavelmente, Ziegler jamais perdoaria Lorelei se ela ficasse de braços cruzados enquanto a naturalista caminhava até a própria morte. Ela teria que intervir.

Lorelei tinha como regra não usar magia na presença de outras pessoas. Mas, com o passar dos anos, aprendera a fazer isso de forma que ninguém percebesse. Respirando fundo, procurou a magia dentro de si. O poder se desdobrou em seu peito, fluindo até a ponta dos dedos. Ela se imaginou fechando o punho em torno do éter presente na água e... pronto. Houve um breve instante de esgotamento quando sua força foi inutilmente repelida pelo rio, mas então a conexão se estabeleceu e Lorelei sentiu o Vereist se tornando uma extensão de si mesma, como um membro fantasma. A corrente rugia em seus ouvidos como o fluxo do próprio sangue. Gotas de suor se acumularam em sua testa.

Lorelei não tinha muito tempo antes de perder o controle, mas não seria preciso.

Ela respirou fundo e, com isso, a água saltou de seu curso — apenas o suficiente para derrubar a nixe de seu posto. Sylvia recuou em um solavanco, como se cordas invisíveis tivessem sido arrebentadas. Por fim, Lorelei liberou a magia e foi invadida por alívio e exaustão.

A nixe saltou da água pouco depois, encarando Lorelei com um olhar de fúria. Com uma jogada de cabelo, a criatura deslizou de volta para baixo d'água e desapareceu em um mergulho. Sua aparência era tão humana que Lorelei mal conseguia acreditar.

— Espere! — gritou Sylvia debilmente.

Se Sylvia tentasse ir atrás da criatura...

Sem pensar muito, Lorelei se aproximou dela e a segurou pelo cotovelo.

— Você perdeu a cabeça? Volte aqui *agora*.

Sylvia virou-se para ela, a boca aberta, sem dúvida prestes a dizer algo petulante e enervante, mas Lorelei não teve a chance de ouvir o que quer que fosse. Sylvia puxou o braço com tanta força que perdeu o equilíbrio — levando Lorelei na queda. Por um momento assustador, o tempo pareceu estar suspenso e ouviu-se sons de gritos como se estivessem a milhares de quilômetros de distância.

Então elas caíram na água.

A escuridão engoliu Lorelei, tão densa que ela mal conseguia enxergar a própria mão à frente do rosto. A água gelada ameaçou sufocá-la, mas Lorelei bateu os pés e emergiu na superfície, ofegante, respirando fundo para encher os pulmões de ar.

Sylvia já estava na margem, ensopada da cabeça aos pés e parecendo um gato molhado. Seu vestido estava grudado no corpo e seu cabelo pingava sobre os ombros; ela parecia estar com raiva. A multidão decepcionada já começava a se dispersar.

— Viu o que você fez? — acusou Sylvia. — Ela estava se comunicando comigo.

— O que *eu* fiz?

Era difícil encontrar dignidade com o cabelo molhado grudado no rosto. Sentia na boca o gosto de água de rio e lodo. Lutando contra o peso de seu sobretudo encharcado, Lorelei saiu do rio com um impulso e sentou-se na margem.

— Tudo isso é culpa sua — disse ela à Sylvia.

Sylvia apontou o dedo em riste para o rosto de Lorelei, que não pôde deixar de notar o quão absurdo era alguém quase dois palmos mais baixa do que ela tentar amedrontá-la.

— Estava tudo sob controle. Você me fez parecer uma idiota.

— Você faz isso por conta própria. — Lorelei puxou o relógio do bolso na altura do peito. — Precisamos nos apressar se....

O ponteiro das horas não saía do lugar, apesar do tique-taque do relógio de segunda mão. O ponteiro dos minutos também encontrara seu fim, informando eternamente que já se passara cinco minutos do horário de partida programado.

Elas iriam se atrasar e Ziegler iria matá-las.

CAPÍTULO DOIS

Quando finalmente chegaram ao ponto de encontro, já não havia mais nada a ser dito. Lorelei já destilara todo o veneno que conseguira encontrar em brunês e um pouco em yevanês também. Sylvia aguentou tudo com um olhar rancoroso e uma expressão de martírio, mas manteve um silêncio mal-humorado.

Ziegler estava encostada na carruagem, visivelmente aborrecida. Quando as duas se aproximaram, ela as encarou com um semblante frio e impassível.

— Entrem — ordenou, e subiu na carruagem.

Obedientes, as duas a seguiram. Lorelei sentou-se de frente para Ziegler. Sylvia, de maneira enervante, acomodou-se ao lado de Lorelei, ajeitando o saiote encharcado do vestido. Lorelei trincou a mandíbula para não ranger os dentes.

O rio tinha dissolvido a goma de sua camisa e, por alguma razão, isso a deixava tão irritada quanto o fato de estarem atrasadas. Ela não podia se dar ao luxo de ser vaidosa, mas aquela era uma questão de estar apresentável — de *ordem*. Fora meticulosa ao dar o nó no lenço em seu pescoço, sem falar no colarinho, que pouco antes tinha duas extremidades afiadas que se erguiam paralelas à mandíbula e agora estava molenga e deprimente. A sensação do tecido molhado contra sua pele era ainda pior. Sylvia, por outro lado... mesmo suja de lama ainda parecia ter saído de conto de fadas, perfeita como uma princesa preservada em um caixão de vidro. Quando Lorelei olhou para ela, sentiu uma emoção que preferiu não nomear.

Muito tempo atrás, uma semente de amargura se enraizara em Lorelei. Ao longo dos anos, a semente crescera desenfreadamente e dela brotaram espinhos que se enroscaram em seu coração. Não invejava Sylvia, não exatamente; Lorelei nunca quis ser bonita daquela forma. Ainda assim, algumas vezes doía saber que ela não tinha uma beleza convencional — ou ao menos a clássica beleza brunesa, o que queria dizer cabelos claros e olhos azuis. Seus cachos escuros eram curtos, a não ser por uma mecha rebelde que caía sobre a testa, um estilo popular entre rapazes. Porém, por causa das maçãs do rosto altas e o nariz aquilino, Lorelei tinha uma aparência severa e circunspecta ao invés de elegante, uma impressão que era confirmada quando ela falava.

Por fim, quando a carruagem entrou em movimento, Ziegler disparou:

— Pretendem me explicar por que se atrasaram?

Lorelei endireitou a postura.

— Eu...

— Ou por que estão parecendo duas ratazanas molhadas?

Sylvia pareceu murchar.

— É que...

— Ou por que decidiram me afrontar logo hoje?

A cada pergunta Ziegler falava mais rápido e soava mais estridente.

— Se a gente puder...

— Qual parte de *"a sua carreira inteira depende do sucesso dessa expedição"* vocês não entenderam?

Demorou um instante para Lorelei processar que começara a falar em javenês.

Ziegler passara boa parte da vida adulta em Javenor antes de ser convocada pelo rei anterior a voltar para casa, cerca de quinze anos antes. Ela voltara a contragosto e, de muitas formas — seu sotaque javenês marcado, o desprezo por tudo que era brunês —, ainda agia como se ainda estivesse lá.

— Preciso desenhar? — Quando nenhuma das duas respondeu, Ziegler insistiu. — Preciso?

— Não? — arriscou Sylvia.

— Não? Então por que estão tentando se autossabotar aparecendo atrasadas, ainda por cima nesse estado? Deveriam estar envergonhadas!

— Nós dois somos amigos de longa data — justificou Sylvia, consternada. — Ele já me viu pior do que isso, eu garanto.

— E eu ofereço consultoria política desde antes de você nascer — rebateu Ziegler. — Este evento foi planejado para comunicar estabilidade. Unidade. *Para inspirar confiança*. O que acha que vão pensar quando a maior rival política dele aparecer se comportando como se tudo não passasse de uma grande piada?

— Não estou aqui para ser um fantoche dele!

— Sinto muito, mas é exatamente o que viemos fazer aqui hoje. — Ziegler se afundou mais no assento e cruzou os braços. Ela parecia resignada e irada ao mesmo tempo e olhava fixamente para fora. — Pouco me importa se você o conhece há tempos ou quão benevolente ele é. Isso não significa nada se ele sentir que a estabilidade de seu reino está em jogo.

Aquele era um argumento razoável. Nenhum homem seguro de seu reinado desperdiçaria recursos na busca pelo Ursprung, que poucos sequer acreditavam que existisse além dos contos de fadas.

A maioria das pessoas era capaz de usar magia até certo ponto. Os mais habilidosos conseguiam extrair umidade do ar ou congelar a superfície de um lago com um gesto da mão. Mas o Ursprung, para aqueles que estavam dispostos a pagar o preço, é claro, oferecia um poder extraordinário. Os contos folclóricos reunidos por Lorelei ao longo dos anos nunca concordavam sobre como exatamente o Ursprung operava ou qual seria o destino horrendo que aguardava os que buscavam seu poder.

— Quinze anos — recomeçou Ziegler, com nítido rancor. — Passei quinze anos presa em correntes douradas no palácio da família real. Encontrar essa maldita fonte é o último serviço que devo ao rei.

Em outros tempos, Ziegler participara de expedições que duravam anos e passara seu tempo livre em um apartamento confortável na cidade mais elegante de Javenor. Agora, era como uma intendente para Wilhelm, uma função que a ofendia, mas da qual não podia escapar. Ele se referia a ela como sua enciclopédia ambulante.

Estou mais para uma boba da corte, Ziegler queixava-se com frequência.

— Eu preciso estar ao ar livre, rodeada de pessoas interessantes — continuou ela. — Eu dei duro demais para duas sabichonas que vieram do nada estragarem tudo.

Sabichona que veio do nada. Aquilo doeu mais do que Lorelei esperava. É claro que Ziegler não falava sério; ela costumava dizer coisas duras quando estava mal-humorada. Mesmo assim, Lorelei não conseguiu deixar de se sentir como a garota desamparada de doze anos que Ziegler colocara debaixo de sua asa: igualmente desesperada para agradar e para fugir.

— Tudo isso é culpa de von Wolff. — Lorelei odiou a petulância em sua própria voz, mas não conseguiu evitar. — Eu não estava atrasada.

Sylvia a fuzilou com um olhar insolente.

— Eu estava testando uma teoria de valor inestimável para...

— Já chega. Vocês estão me dando dor de cabeça. — Ziegler pressionou a ponte do nariz e soltou um suspiro longo e exasperado. — Não quero nem olhar para vocês duas agora.

Em um primeiro momento, Lorelei ardeu de vergonha. Mas, quando olhou para Sylvia, a vergonha deu lugar a um ódio feroz. Nada era garantido para ela: seu orgulho, seu cargo, nem mesmo a afeição de sua mentora. Até a formatura, Sylvia von Wolff já teria roubado tudo.

Lorelei se inclinou em direção à janela em um movimento brusco para olhar a cidade passando do lado de fora. Observando o sol poente, que era como um pedaço de carvão em brasa no horizonte, ela se lembrou de que era véspera do dia de descanso. Em breve, seus pais e sua irmã mais nova, Rahel, estariam a caminho da reza noturna. Lorelei não conseguia se lembrar da última vez que tinha orado ou quando exatamente tinha parado de se sentir culpada por não o fazer, mas não conseguiu conter a saudade que surgiu dentro de si ao avistar as torres do templo se erguendo da escuridão.

Ela sentia saudade das horas agitadas antes de o sol se pôr, de sua família cozinhando e limpando a casa como se estivesse prestes a receber o rei em pessoa. Também sentia saudade da cadência suave da voz do pai ao abençoar o vinho no jantar e do aroma doce do pão trançado. Às vezes, sentia falta até mesmo das intermináveis rezas matinais. Lorelei não lamentava a perda de sua fé, apenas da garota que era antes de conhecer Ingrid Ziegler — a garota que ainda pertencia ao Yevanverte. A cada noite, voltava para sua família mais estranha do que na noite anterior: mais brunesa do que yevanesa.

Eles nunca disseram nada, mas isso não passava despercebido a Lorelei. Ela notava como ficavam magoados quando falava com eles em brunês sem querer, ou quando não se lembrava qual dos filhos dos vizinhos se casara no mês anterior, ou quando ela queimava mais uma vela até o fim, trabalhando até muito depois de todos terem ido dormir.

Ainda assim, todas as manhãs quando acordava havia chá e uma fatia de bolo de maçã à mesa esperando por ela. Todas as noites, ao voltar para casa, seu lugar estava guardado na mesa de jantar. Lorelei tolerava todas as perguntas sobre seu bem-estar, felicidade e possíveis casamentos. Mesmo que não a compreendessem, eles a amavam. Ela gostaria de ter a oportunidade de dizer que tudo o que estava fazendo era por eles.

Talvez algum dia eles se beneficiassem de seu egoísmo.

Não demorou para que o palácio real surgisse adiante. Até então, Lorelei só o conhecia de longe: um borrão visto da janela do escritório solitário de Ziegler. De perto, era uma construção extravagante de pedras brancas coroada por uma cúpula de cobre. A lua parecia se equilibrar em seu ponto mais alto, iluminando os jardins com uma luz prateada suave. O perfume das rosas deixava o ar denso e adocicado. Devido aos cuidados do verdadeiro exército de botânicos que serviam ao rei, elas floresciam em todas as cores imagináveis, do dourado mais vibrante ao branco mais puro. Porém, eram seus espinhos que Lorelei mais admirava, cada um como uma pequena estaca de prata em meio à escuridão.

O cocheiro parou ao fim de uma fila de carruagens e um criado apressou-se em ajudar Sylvia a descer. Lorelei abriu sua porta sozinha, revirando os olhos. Quando outro criado apareceu a seu lado, disparou antes que ele pudesse abrir a boca:

— Não encoste em mim.

Juntas, as três subiram a escadaria de mármore do palácio. As portas de entrada poderiam parecer imponentes se não fossem tão cafonas. Os painéis de madeira eram incrustados de ouro e as molduras eram ornamentadas com gravuras de nixes emergindo da espuma do mar. Para o crédito de Sylvia, ela não teceu nenhum comentário.

Lorelei se imaginara passando por aquelas portas de maneira triunfal, após uma jornada longa e atroz. Ela seria recebida pelo próprio rei e apresentada aos naturalistas mais importantes do país. No entanto, a realidade foi pior do que qualquer coisa que poderia ter imaginado.

Sem dizer nada, Ziegler passou os convites para o porteiro que primeiro os analisou, depois deu uma olhada para o rosto das três com certo julgamento.

— Bem-vindas.

Quando as portas se abriram, elas foram recebidas pelo som de conversas e risada. Pigarreando, ele anunciou:

— Herr Professora Ingrid Ziegler, naturalista da Expedição Ruhigburg; senhorita Sylvia von Wolff, naturalista da Expedição Ruhigburg; e Lorelei Kaskel, folclorista da Expedição Ruhigburg.

Foi como se uma redoma de vidro descesse sobre delas. Todos os sons de repente ficaram abafados e incompreensíveis. Algumas pessoas estavam interessadas, outras pareciam sentir vergonha alheia e outras permaneceram completamente indiferentes ao anúncio. Lorelei sentiu-se como uma presa prestes a ser dissecada sobre a mesa de um naturalista.

Ela deve ter feito uma careta, porque Sylvia se aproximou e a cutucou nas costelas com uma cotovelada. Lorelei então forçou um sorriso amarelo, que fez o fidalgo mais próximo a ela recuar como se tivessem derramado óleo quente em seus pés.

— Boa noite a todos! — disse Sylvia, alegre demais para ser convincente. — Muito obrigada por terem vindo.

E, simples assim, o gelo foi quebrado. As conversas continuaram, a música voltou a rugir no ambiente e Lorelei aproveitou a oportunidade para desaparecer em meio à multidão.

O brilho dos lustres e o burburinho incessante dos convidados ameaçavam agravar a dor de cabeça que ainda a incomodava. Uma noite de sono resolveria, mas, acima de tudo, estava com raiva de si mesma. Não deveria ter usado magia de maneira tão leviana e irresponsável. A magia sempre drena seu portador, mas a intensidade varia de acordo com o volume e a velocidade da água, bem como com a proficiência daquele que a utiliza. A verdade é que não deveria ter feito aquilo, mas o olhar faminto e ameaçador da nixe despertou nela um impulso altruísta. Lorelei reprimiu um grunhido furioso.

Da próxima vez, deixaria Sylvia marchar para uma morte ridícula sem pensar duas vezes.

De queixo erguido, navegou pelo salão. Em meio a toda a elegância, ela chamava atenção em sua simplicidade. Lorelei se vestira de preto, como sempre. Sua mãe insistira em levar o paletó ao alfaiate, que bordara rosas em fio preto e brilhante nas lapelas e nos punhos. Naquele momento, no entanto, ela se arrependeu de ter cedido. A extravagância de seus trajes a envergonhava ainda mais do que seu desalinho. Além do mais, não era como se tivesse algo para comemorar.

Lorelei não demorou mais do que um minuto para identificar o canto afastado do salão que servia praticamente como ponto de encontro para pessoas retraídas se reunirem. Ela conseguira chegar até a festa. Já não havia mais dignidade ou expectativas a serem destruídas, tudo o que precisava fazer era sobreviver até o fim da noite. Quando um criado passou com uma bandeja de prata carregada de taças de vinho, Lorelei pegou uma e imediatamente a virou em um só gole.

— Kaskel — disse uma voz familiar.

Como se a noite já não estivesse ruim o suficiente, ela se virou e viu Johann zu Wittelsbach, médico da expedição e futuro duque de Herzin. Ele vestia traje militar e metade do cabelo estava arrumada atrás da orelha enquanto a outra caía sobre seus ombros como uma cascata dourada. Johann trazia consigo um sabre cerimonial e sua expressão sugeria surpresa e asco por encontrá-la ali.

O sentimento era mútuo.

— Johann — respondeu ela, sem floreios. — Imagino que tenha uma boa razão para ter vindo até aqui. Diga logo.

— Quanta hostilidade — rebateu. — Vim para ficar de olho em você.

— E o que eu fiz para merecer sua supervisão?

Ele se aproximou de forma ameaçadora, mas Lorelei se manteve firme. Estava tão perto que conseguia sentir o bafo de licor. Um calafrio acompanhado de um pavor adormecido percorreu sua espinha. Álcool e homens como Johann não eram uma boa combinação; eles ficavam mais valentes.

Por trás de seus óculos, os olhos dele eram de um azul gélido e sem emoção.

— Você veio.

Ela entendeu perfeitamente o que estava nas entrelinhas: *E não deveria ter vindo, sua yeva imunda*. Controlando a própria raiva o máximo que pôde, Lorelei respondeu:

— A convite de Sua Majestade.

Um vislumbre de impaciência passou pelo rosto dele.

— Um equívoco da parte de Wilhelm. Ele sempre teve a infeliz tendência de enxergar o melhor nos outros.

Lorelei pensou que Johann soubesse. Ele e o resto da equipe da expedição — os Cinco de Ruhigburg, como eram chamados pelo *campus* — tinham passado os verões juntos na infância, brincando naquele mesmo salão.

Eles passaram por todas as brigas e ressentimentos reprimidos que irmãos de verdade têm. Todos estavam na casa dos vinte anos, mas percebeu que Johann assumira o papel do mais velho: um valentão ou um protetor, a depender de seu humor.

Provocá-lo não levaria a nada de bom, mas estava irritada demais para segurar a língua.

— Que sorte a dele ter um cão de guarda tão bem treinado.

O olhar de Johann se endureceu ao perceber que Lorelei zombava dele.

— Eu sei como pretende retribuir a hospitalidade do rei.

— É mesmo? Como? — retrucou.

Ele respondeu com um sorriso cruel e mais nada.

Como que por instinto, o olhar de Lorelei se voltou para a corrente que ele trazia no pescoço. Nela estava pendurada a presa de um lobo-do-centeio fundida em prata, o símbolo de uma ordem sagrada já extinta conhecida como os Caçadores. A ordem fora fundada centenas de anos antes para caçar os temíveis povos da floresta (ou demônios, como eram chamados) com prata benta. Contudo, algumas décadas antes, o foco passara ser livrar Herzin dos "vermes": pessoas como Lorelei — e como Sylvia, cujas práticas religiosas aberrantes corrompiam a pureza espiritual do território. Quando Johann assumiu o lugar que era do próprio pai, ela deduziu que não demoraria muito para que a ordem retornasse.

— Estou de olho em você há muito tempo, Kaskel. Sei até onde vai sua ambição calculista. — Ele se abaixou e continuou em um sussurro. — Não vejo a hora de vê-la fracassar hoje à noite.

E, com isso, ele se retirou.

Lorelei observou Johann se afastar sentindo raiva borbulhar dentro do peito, mas nada naquele comportamento a surpreendera. Uma vez, ela pegara na biblioteca o primeiro livro escrito por ele — e o devolvera logo em seguida, depois de ler que "aqueles que provêm de um grupo superior da humanidade são morfologicamente mais bem preparados para conduzir o éter" logo na primeira página.

Desde então, nunca mais o levara a sério como acadêmico. Diferente do que ele acreditava, os yevani eram capazes de usar magia.

A primeira vez em que Lorelei fizera isso fora também a única vez em que seu pai bateu nela. Com os ouvidos zunindo, Lorelei não conseguira fazer mais nada além de encará-lo, incrédula. Ele a olhara de volta, horrorizado e trêmulo. Depois de se desculpar excessivamente e secar suas lágrimas e as dela, ajoelhou-se aos pés da filha e segurou o rosto da garota entre as duas mãos.

Jamais faça isso na frente deles, dissera o pai. *Eles não acreditam que temos poderes. E não gostam de ter prova do contrário. Você entende?*

Mesmo naquela época ela entendera, mas agora se perguntava se sua obediência teria custado a vida de Aaron.

A maneira como os lustres de cristal refletiam as chamas das velas fazia com que toda a sala parecesse estar debaixo d'água. Do lugar onde estava, Lorelei tinha visão de todo o esplendor superficial daquela festa. Os convidados deixavam as bebidas geladas com um simples toque despreocupado e eliminavam o suor de suas testas com um movimento distraído dos dedos. Nas bainhas de seus paletós, gotas de gelo reluziam como estrelas e a névoa era usada como um mero acessório, derramando-se em torno de saias e vestidos.

A magia realmente não tinha significado para aquelas pessoas.

Entre o turbilhão de saias e fraques, Lorelei avistou Ziegler conversando com a mãe de Sylvia, Anja von Wolff. Diferente da filha, a duquesa era franzina, de olhos fundos e pele pálida como a morte. Não havia semelhança aparente entre as duas a não ser a mandíbula de ângulos fortes; aparentemente não tinha sido da mãe que Sylvia herdara os cabelos brancos.

Qual seria o motivo daquela conversa? Ziegler prestava consultoria política sobre questões de conservação territorial e colonização, contra as quais se opunha veementemente, mas Anja von Wolff era conhecia por suas estratégias militares, não por seu interesse nesses assuntos.

A curiosidade de Lorelei falou mais alto do que seu bom senso e ela continuou a observá-las. No meio da conversa — ou da discussão —, Anja apontou o dedo em riste para Ziegler. Lorelei se deu conta de que aquele gesto era muito familiar. Parecia que Sylvia tinha herdado alguma coisa da mãe, no final das contas.

Depois de deixar claro seu recado, Anja deu meia volta e desapareceu na multidão. Ziegler continuou onde estava por um instante, atônita. Então, como se Lorelei tivesse chamado seu nome, virou-se para ela. As duas se entreolharam e a surpresa inicial de Ziegler se transformou em algo incompreensível. No segundo seguinte, ela virou o rosto e desviou o olhar de forma brusca, como se não passassem de duas estranhas.

Antes que um sentimento de mágoa tivesse tempo de se instalar, Lorelei ouviu uma risadinha logo ao lado.

— Pobrezinha da Lori. Você é como um cachorrinho que ainda fica triste quando leva um pontapé.

Heike van der Kaas: astrônoma da expedição, herdeira mimada da província costeira de Sorvig e, segundo muitos, a mulher mais bonita de Brunnestaad. Diante de seus impressionantes olhos verdes e cabelo vermelho-vivo, era difícil discordar. Lorelei, no entanto, nunca conseguira enxergar nada além de sua crueldade e sordidez.

— Não sei do que está falando — respondeu.

— Não precisa se fingir de forte comigo. — Heike abanava um leque branco na frente do rosto. — Parece que Ziegler está chateada com você. Que mau sinal, hein?

— De que me importa? — retrucou Lorelei, seca. — Não é uma competição.

Ao menos não uma que ela tinha a mínima esperança de ganhar.

— Bom... — continuou Heike, parecendo frustrada por não ter conseguido tirá-la do sério. — *Eu* ainda estou torcendo por você. Nem que seja só para ver a cara que Sylvia vai fazer.

Àquela altura, a perversidade nas palavras de Heike já não impressionava Lorelei. Ao longo dos meses em que a tripulação estivera se preparando para a expedição, Lorelei notara inúmeras desavenças se formarem e se resolverem entre o grupo quase que diariamente, mas qualquer que fosse a tensão entre Heike e Sylvia, parecia se tratar de um assunto antigo e não resolvido, como um osso que nunca se remendara direito.

Heike se aproximou e cochichou de forma conspiratória:

— Também queria ver a cara de Johann. Já imaginou como seria para ele receber ordens *suas*? Eu ia rir muito.

Lorelei aguentara insultos demais para um dia só para relevar aquele comentário. Sem pensar muito, ela respondeu:

— Estou torcendo por você também.

O sorriso de Heike murchou. Em tom venenoso, ela disse:

— Que gentil da sua parte.

Por cerca de dois anos, cada membro da equipe conduziu as próprias expedições a fim de coletar dados que Ziegler mais tarde usaria para encontrar a localização do Ursprung. Como conhecia a professora havia doze anos, Lorelei entendia bem a teoria. A densidade e os tipos de flora, o comportamento dos povos da floresta, até mesmo o número de usuários de magia em uma determinada população... Tudo isso estava correlacionado com a concentração de éter nas águas adjacentes. Se o Ursprung fosse de fato a fonte de toda a magia, tudo o que precisavam fazer era seguir as informações coletadas como em uma caça ao tesouro. Ziegler não compartilhara suas descobertas com nenhum deles, exceto Heike, que fora recrutada para traçar o curso da expedição algumas semanas antes. Desde então, Heike vinha se mostrando mal-humorada e vingativa, e Lorelei tinha um palpite sobre o motivo.

Wilhelm prometera se casar com alguém da província em que o Ursprung fosse encontrado, e Heike nem sequer tentava esconder que estava de olho na mão do rei e no trono que vinha como parte do pacote. Só que o Ursprung claramente não estava em Sorvig.

Uma voz interrompeu o silêncio entre as duas:

— Com licença, senhorita van der Kaas?

Um jovem, um dos muitos pretendentes de Heike, a julgar por seu semblante esperançoso, apareceu do nada com uma taça de ponche em mãos.

— Ah, meu drinque! — Ela aceitou a taça que ele trazia. — Obrigada, Walter.

— Werner — corrigiu ele.

— Claro. — Heike olhou para ele como se não entendesse o que ainda estava fazendo ali. — Precisa de alguma coisa?

Ele transferiu o peso do corpo de um pé para o outro.

— Você prometeu que dançaríamos a próxima música.

— Prometi? — perguntou, fingindo surpresa. — Acabei ficando muitíssimo cansada. Mas a senhorita Kaskel não dançou uma música sequer hoje à noite.

— E nem pretendo — completou Lorelei.

Como era de se esperar, o jovem fidalgo recuou. Por mais que tentasse evitar, o sotaque de Lorelei deixava claro o que ela era. Cinquenta anos antes, os yevani costuravam anéis com fios dourados em seus mantos, mas já não havia propósito nisso. Ela fora marcada por sua língua assim como pelo sobrenome expedido pelo governo.

— Ela só está se fazendo de difícil. — O sorriso de Heike era predatório. — Ande logo, convide-a.

— Mas se eu fizer isso — balbuciou ele —, as pessoas vão comentar.

— Convide-a — repetiu ela. — Se você for cavalheiro o suficiente, talvez eu recupere o fôlego.

Lorelei então compreendeu o jogo de Heike. Ela chegou perto de sentir um vestígio de solidariedade — ou pelo menos pena — do pobre sujeito, como se ele não a observasse como se ela estivesse prestes a fazer alguma coisa diabólica. Com um gesto resignado, ele estendeu a mão para Lorelei, que não fez nada além de encará-lo, estarrecida.

Heike examinava as próprias unhas.

— Você chama isso de cavalheirismo?

Os olhos do garoto encontraram os de Lorelei. Ele parecia zangado e constrangido.

— Senhorita Kaskel, você me daria a imensa honra desta dança?

Ela sentiu uma onda de indignação.

— É óbvio que não.

Heike deu risada.

— Está bem, já chega. Você me convenceu. Vou dançar com você.

Werner praticamente estremeceu de alívio. Heike então enganchou o braço no dele e piscou para Lorelei.

— Boa sorte.

Ela não precisava de sorte, precisava de outra bebida.

Pouco antes da orquestra começar uma nova música, a voz estridente de um oficial ressoou pelo salão, fazendo cessar a conversa:

— Sua Majestade Imperial, Rei Wilhelm II.

A multidão silenciou como se prendesse a respiração. As portas da galeria acima da pista de dança se abriram e o Rei Wilhelm apareceu sob a luz dos lustres. Ele estava com a vestimenta que sempre usava quando precisava aparecer em público: um sobretudo militar escarlate adornado com medalhas douradas, cada uma delas conquistada com seu próprio esforço. Ele mesmo liderara o exército na batalha ao renovar a guerra de unificação iniciada por seu pai no começo de seu reinado e, segundo boatos, perdera três cavalos antes de começar a domar dragões. Sua aparência impressionante: era alto e robusto, com cabelos castanho-escuros bem penteados para trás.

Ninguém mexeu um músculo enquanto ele varria o salão com os olhos.

— Boa noite a todos. — Um sorriso largo surgiu no rosto de Wilhelm. Era uma coisa estranha, observar um rei sendo apenas um homem. — Muito obrigado por estarem aqui esta noite. Sei que muitos vieram pelo banquete, mas, se me permitirem, gostaria de dar uma palavrinha sobre sonhos. Sobre o sonho do meu pai, mais especificamente.

Alguém assoviou na plateia e um vestígio de timidez passou de relance pelo rosto do rei.

Sonho com certeza era uma forma de dizer. O pai de Wilhelm, o Rei Friedrich II, se dedicara a unir todos os territórios de língua brunesa sob uma única bandeira: a sua. A eficiência implacável com que executara seu objetivo fora admirável, Lorelei não podia negar. Com uma operação militar ambiciosa, Friedrich conseguiu anexar todos os territórios antes de morrer, além de executar os que se recusaram a dobrar o joelho diante dele. Depois de lavar as ruas com o sangue dos traidores, ele confiscou suas terras e as redistribuiu entre os que considerava os mais leais — ou mais obedientes.

Aos dezoito anos, Wilhelm herdara tanto a coroa quanto o sonho do pai. Aos vinte, já tinha conquistado os últimos territórios que faltavam. Cinco anos mais tarde, lá estava ele: o rei de um Brunnestaad fracamente unificado.

— A unificação de nosso reino me ensinou que cada brunês, não importa de qual província, não importa de qual classe ou credo, tem um espírito aguerrido. Somos muito turrões, mas poucos são tão turrões quanto meus amigos, que são grande parte da razão pela qual eu decidi iniciar esta expedição. Nenhum deles carece de apresentações, é claro, mas, para fins cerimoniais, gostaria de fazê-los passar por este constrangimento. Para começar, temos a adorável Heike van der Kaas, astrônoma e navegadora da expedição. — Wilhelm piscou e estendeu a mão para ela. — Pode vir aqui?

Heike transformou sua subida em um espetáculo, jogando o cabelo sobre o ombro descoberto e deslizando os dedos enluvados pelo corrimão de forma sedutora. Quando finalmente parou ao lado de Wilhelm, o rei tomou a mão dela e a beijou. Apoiando-se com uma das mãos no braço dele, ela ficou na ponta dos pés e sussurrou algo em seu ouvido. Ele abafou uma risada, praticamente empurrando-a.

Quando se recompôs, continuou.

— Adelheid de Mohl, nossa taumatologista.

Wilhelm anunciou o nome de Adelheid com paixão descarada e aterradora. Para Lorelei, pareceu tolo que um homem como ele demonstrasse uma fraqueza tão abertamente. Adelheid, por sua vez, retribuiu com indiferença.

Quando ela avançou, a multidão se reorganizou como se abrisse passagem para uma rainha. Ela era uma mulher imponente, não tão alta quanto Lorelei, mas de porte forte e marcante: ombros largos, músculos definidos e traços angulosos. Seus cabelos eram dourados como uma tarde de verão e ela o usava trançado como uma coroa ao redor da cabeça. Adelheid era pragmática de uma forma que nenhum dos outros era, desde a escolha do vestido branco simples que vestia até o seu comportamento direto e sem rodeios. Ter crescido na província de Ebul, onde só as coisas mais resistentes floresciam, endurecera até mesmo uma nobre. Quando Adelheid se aproximou, Heike enlaçou o braço no dela.

— Johann zu Wittelsbach, herói da Batalha de Neide e nosso médico.

Johann marchou escada acima projetando sua sombra no mármore. Wilhelm deu uma palmadinha em seu ombro seguida de um apertão — por afeto, possessividade ou por ambos, Lorelei não soube dizer. Johann permaneceu imóvel até que o rei o soltou.

Ele se posicionou ao lado direito de Adelheid, pousando uma mão sobre o punho de seu sabre como se estivesse preparado para puxá-lo ao mínimo sinal de perigo. Johann seguia Adelheid como se fosse sua sombra e os dois eram praticamente inseparáveis.

— Ludwig von Meyer, nosso botânico.

Ludwig emergiu da massa de convidados. Suas vestes eram extravagantes e muito brilhantes como se tivesse ido caracterizado de uma espécie venenosa. Ou, na verdade, como um homem que precisava se autoafirmar. Depois de cumprimentar o rei com um aperto de mão, Ludwig se acomodou ao lado de Heike. Ele sussurrou algo em seu ouvido e recebeu um belisção em resposta. Adelheid encarou os dois com um olhar de reprovação.

— E por último, mas não menos importante, nossa naturalista, Sylvia von Wolff. — Enquanto Sylvia se dirigia ao balcão, Wilhelm arqueou uma sobrancelha. — Que está vindo diretamente do campo de batalha, pelo que vejo.

Risos nervosos se espalharam pela multidão.

Lorelei notou o semblante emburrado de Sylvia. Os outros também, ao que parecia. Ela, no entanto, apenas segurou o saiote ensopado de água com as duas mãos e fez uma reverência diante de Wilhelm. Até mesmo Sylvia tinha o bom senso de não arranjar confusão com Sua Majestade diante de tanta gente.

Ela se endireitou e passou pelos outros de queixo erguido. Johann lançou um olhar predatório para Sylvia que deu calafrios em Lorelei, mas ela o ignorou e se posicionou ao lado de Ludwig que, em um gesto amigável, a cutucou levemente com o cotovelo.

Um silêncio extasiado tomou conta do salão e até mesmo de Lorelei. Era, de fato, uma imagem fascinante. Todos eles eram excêntricos e radiantes como estrelas longínquas. Quando chegara à universidade, o esplendor acadêmico tinha sido novidade para Lorelei, mas os Cinco de Ruhigburg eram o que mais chamava a atenção no *campus*.

Eles eram apenas um ano mais velhos do que ela, sempre pairando pelo *campus* como uma entidade única, uma Hidra de várias cabeças ou um grupo de heróis saído diretamente de uma lenda. Os boatos sobre eles eram muitos, desde os mais triviais aos mais improváveis. Que todos tinham lutado na guerra juntos (verdade, exceto por Ludwig e Heike); que Johann era o único sobrevivente da Batalha de Neide (discutível); que Adelheid tinha feito dez estudantes serem expulsos por colar em uma prova (plausível); que, certa vez, sem aviso prévio, Sylvia tinha substituído a soprano principal de uma ópera que se machucara minutos antes do início do espetáculo (provavelmente mentira).

Até o ano anterior, quando Ziegler convidou Lorelei para fazer parte do grupo, ela jamais imaginara que qualquer um deles pudesse lhe dirigir a palavra.

— Nós somos muitos — continuou Wilhelm — e não importa qual seja nossa província de origem, se temos sangue nobre ou plebeu, somos todos conectados por uma linha invisível. Nossa magia, nossa língua, e, acima de tudo, nossas histórias. Quem aqui não cresceu ouvindo as histórias sobre o Ursprung?

Ele fez uma pausa calculada e murmúrios se espalharam pelo salão.

— Pois saibam que não são só histórias. Nós o encontramos. — Seu anúncio se fez mais alto do que o vozerio. — Reivindicar o poder do Ursprung vai estabelecer Brunnestaad como um reino unificado e incontestável. Nada vai nos separar, seja dentro ou fora de nossas fronteiras.

A tensão pairou no ar. Lorelei analisou a multidão. Muitos olhavam para Wilhelm com admiração, mas era nítido que outros tinham compreendido aquelas palavras como a ameaça que representavam.

— Este é só o começo. — Sua voz se suavizou. — Mas antes de dançarmos e festejarmos, gostaria de dar a palavra para a líder da expedição e minha enciclopédia ambulante, a professora Ingrid Ziegler.

Com um sorriso modesto, Ziegler subiu as escadas e tomou seu lugar ao lado dos demais. Pela primeira vez naquela noite, Lorelei a viu como ela realmente era. Embora soubesse, biologicamente falando, que Ziegler tinha 47 anos, ela aparentava ser imune à ação do tempo com seu rosto sem rugas e sua expressão iluminada. Ela atribuía isso a suas caminhadas, mas Lorelei tinha suas dúvidas, embora não conseguisse encontrar outra explicação. Ziegler era uma mulher corpulenta e corada, de cabelos castanhos grisalhos e olhos azuis-claros. Naquela noite, usava um vestido de cetim vermelho-escuro, bordado com fitilhos e pérolas. Embora a corte brunesa tivesse aderido às últimas tendências da moda, ainda estavam muito atrasados em relação ao resto do continente. De pé, à frente deles, Ziegler se parecia com um pássaro exótico.

— Boa noite a todos — cumprimentou. — Quero expressar minha mais profunda gratidão ao Rei Wilhelm por apoiar as artes e as ciências em seu reinado e por generosamente ter me dispensado de meus deveres oficiais em prol desta empreitada. É uma grande honra para mim representar a Universidade de Ruhigburg esta noite. E agora gostaria de apresentar a colíder da expedição, que será meu braço direito em campo.

Aquele momento atormentara Lorelei por meses. Ela não sabia se conseguiria suportar ter que assistir à Sylvia ser adorada por todo o reino. Não suportaria passar mais uma noite à sua sombra.

Era uma tortura.

— Ela é uma exímia conhecedora das ciências — continuou Ziegler, — uma acadêmica renomada que demonstra excelência de caráter e integridade, além de mente e alma generosas, requisitos importantes para este projeto. É um grande prazer apresentá-la a todos vocês.

Sylvia parecia estar nas nuvens, prestes a levitar.

— Lorelei Kaskel — chamou Ziegler —, poderia vir até aqui e dizer algumas palavras?

— O quê? — exclamaram ela e Sylvia em uníssono.

A surpresa ecoou pelo salão. Todos os olhos se voltaram para Lorelei e os cochichos se espalharam, mas tudo o que ela conseguiu ouvir eram as mesmas acusações martelando dentro de sua cabeça repetidamente.

Víbora yevanesa.

Vigarista yevanesa.

CAPÍTULO TRÊS

A escuridão pesava dentro dos muros do Yevanverte.

Lorelei estava sentada no telhado da casa dos pais, segurando uma xícara de café. O sono escapava dela com tanta frequência que, àquela altura, já se tornara um hábito vigiar a lua se derramando sobre a rua estreita que ela chamava de lar. O café tinha amenizado sua dor de cabeça, mas não tinha sido de grande ajuda para acalmar seus nervos em frangalhos. Em menos de uma hora, estaria embarcando para deixar aquele lugar pela primeira vez na vida.

Era o que queria; essa era a pior parte. Ela desejara aquilo, desejara com todas as forças, mas já não conseguia encontrar felicidade na partida.

Víbora yevanesa.

Nunca se ressentira da própria reputação. Era mais fácil dar corda para tudo o que diziam sobre ela. Ninguém a perturbava porque sabiam como sua língua era afiada e poucos eram abertamente hostis com ela devido aos boatos — infelizmente falsos — de que, se quisesse, conseguiria drenar o sangue das veias de um homem. Por muito tempo, ela acreditara que aqueles espinhos a protegeriam, que estaria a salvo se falasse a língua deles e ascendesse em suas hierarquias, que talvez pudesse até mesmo ser aceita. Como tinha sido ingênua.

Vigarista yevanesa.

Com as mãos trêmulas, Lorelei bebeu um gole do café, que caiu como veneno em sua língua. Sem pensar, atirou a xícara no chão. O barulho ressoou agudo e estridente. Em algum lugar da rua um cachorro uivou. Lorelei fechou os olhos com força e suspirou. Ela tinha que... Bom, inicialmente, tinha que limpar aquela bagunça e se livrar das evidências. Depois disso, precisaria se recompor. Alguém apareceria a qualquer momento para escoltá-la até o porto.

E, ainda assim, ela não conseguia parar de pensar no que acontecera.

Por que Ziegler fizera aquilo? Ter seus sonhos realizados de repente parecia uma terrível maldição. Já havia transcrito contos populares suficientes para saber que finais felizes eram para garotas como Sylvia. Eram histórias graciosas em que a camponesa beijava o príncipe-sapo, ganhava das mães-árvore sapatinhos forrados com a luz da lua, ou derrotava seus piores algozes com sagacidade e doçura. E havia também as histórias para garotas como Lorelei, que eram as piores possíveis.

Em tempos passados, quando desejos ainda detinham poder, havia um garoto, o mais leal e astuto dos servos de seu mestre, que encontrou um elfo na floresta. Em troca das três moedas que ele tinha juntado, o elfo o presenteou com um violino que forçava qualquer um que ouvisse sua melodia a dançar, uma zarabatana que nunca errava o alvo e o poder de ser concedido qualquer favor que pedisse. Mais tarde naquele mesmo dia, o servo se deparou com um yeva admirando um pássaro empoleirado em um arbusto de espinhos, com penas tão vibrantes quanto uma chama, tão brilhantes quanto um diamante.

— Como eu queria ter uma voz bonita como essa — suspirou a yeva. — Como eu queria ter penas tão belas.

— Se é o que você quer, por que não o pega? — perguntou o servo.

Ele então acertou o pássaro com a zarabatana. Assim que a yeva se embrenhou nos espinhos para pegar seu prêmio, o servo disse:

— Você já drenou as pessoas o suficiente. Agora a moita de espinhos vai fazer o mesmo com você.

Ele começou a tocar o violino. Enfeitiçada pela magia, a yeva dançou em meio aos espinhos até que seu sangue os tingisse de vermelho, até que ela oferecesse toda a sua bolsa de ouro em troca de misericórdia. Porém, assim que o servo pegou o dinheiro e a libertou do encantamento, a yeva passou a planejar sua fria vingança. Ela seguiu até o vilarejo mais próximo e se pôs diante do juiz.

— Que tristeza! — lamentou-se. — Fui atacada. Minha pele foi ferida, minhas roupas estão em frangalhos e o pouco que eu tinha foi roubado de mim.

Então o juiz mandou buscar o servo, que protestou dizendo que a yeva deu a ele o ouro por livre e espontânea vontade.

— Acha que sou tolo? — respondeu o juiz. — Yeva nenhuma faria tal coisa.

Quando o servo foi levado para o carrasco, pediu que lhe concedessem um último desejo: o de tocar seu violino pela última vez. Apesar dos protestos da yeva, o juiz, coagido pela magia do elfo, acatou. Quando o astuto servo tocou a música, a cidade inteira começou a vibrar como água em um copo. À medida que a canção do servo se intensificava, todo mundo dançava, rodopiando e saltitando como marionetes, até ficarem sem fôlego. Em troca de misericórdia, o juiz ofereceu ao servo sua própria vida. O servo aceitou o acordo, com a condição de que a yeva contasse ao juiz onde tinha conseguido sua bolsa de ouro.

— Eu a roubei — respondeu a Yeva. — Mas você a ganhou de forma honesta.

E, assim, a yeva foi enforcada como ladra.

Lorelei quase admirava a justiça crua e severa daqueles contos de fadas. Havia o bem e havia o mal, os que eram recompensados e os que eram punidos. Mas ela jamais seria a garota digna de compaixão com a capa vermelha ou a órfã de cabelos dourados que conquista um príncipe com sua beleza frágil. Ela seria sempre o duende obrigando donzelas a transformar palha em ouro. Sempre seria a yeva em meio aos espinhos.

No instante em que baixasse a guarda, tudo pelo qual lutara seria tirado dela. Aquele lugar de fato transformara Lorelei em uma víbora, e se caísse, cairia destilando veneno como tal. Até o dia em que inevitavelmente se voltassem contra ela. Lorelei protegeria o que era seu e, para isso, passaria por cima de qualquer um.

— Lorelei?

Por pouco o susto não a fez despencar do telhado. Ao abrir os olhos, se deparou com Sylvia, olhando para ela da porta lá embaixo.

Ela parecia mais consigo mesma do que no baile. Seu cabelo estava indomável como sempre, mas trocara o vestido por uma camisa folgada de linho que prendera por dentro das calças. Ela não usava lenço, colete ou um casaco, mas seu sabre estava preso ao quadril, como sempre. O cabo era um agrupado de serpentes gravadas em padrões de ourivesaria elegante e a lâmina resplandecia no escuro, lustrosa e branca como a luz da lua — e pouco prática como tal, também. Era prata pura, efetiva contra os povos das florestas, talvez, mas praticamente inútil contra o aço de qualquer oponente humano.

Lorelei tentou se policiar para não encará-la de um jeito estranho, mas sua mente se recusava a processar o que acontecia. Sylvia von Wolf ali, na privacidade de sua vida. Encabulada, ela sentiu vontade de pular do telhado e arrancar o pergaminho de proteção que ficava no batente da porta, de incendiar o modesto jardim de seu pai por inteiro.

— O que quer aqui? — perguntou ela.

Sylvia olhou para trás, como se Lorelei só pudesse estar falando com outra pessoa de forma tão hostil.

— Vim retribuir o favor e buscar você. — Ela ficou em silêncio e um sorriso ameaçou despontar no canto de seus lábios. — Mas confesso que não esperava ter que subir no telhado para fazer isso.

Lorelei encarou Sylvia com hostilidade. Ela não entendia como alguém poderia estar tão bem-humorada em uma hora como aquela. Ela imaginara que Ludwig, talvez até mesmo Adelheid, seriam incumbidos com o fardo de buscá-la. Na verdade, detestava a ideia de que qualquer um deles tivesse que fazer aquilo. Por lei, todos os yevaneses tinham que estar dentro dos portões de Yevanverte entre o pôr do sol e o amanhecer, a menos que acompanhados por um cidadão de Brunnestaad.

— Fale baixo. E nem pense em subir. Eu já vou... — Ela não completou a frase. Sylvia já estava subindo pela velha treliça bamba. Com sorte, a estrutura desabaria e a levaria junto. — ... já vou descer.

Lorelei pensou na xícara quebrada e, para evitar mais transtornos, decidiu juntar os cacos em uma pequena pilha. Se Sylvia — e sua mãe — não vissem, não teria problema.

Sylvia alcançou o topo do telhado e sentou-se ao lado de Lorelei. Ela virou-se para olhar para Yevanverte, com suas casas distribuídas desorganizadamente e suas ruelas estreitas. Lorelei esperava pena ou desprezo, mas, em vez disso, Sylvia apenas sorriu.

— Que vista bonita você tem — comentou suavemente.

Lorelei tentou disfarçar a surpresa. Não se via nada impressionante dali além do muro; de vez em quando também era possível avistar a janela de algum vizinho de relance, mas isso não poderia ser considerado bonito. Por falta de uma resposta educada para oferecer, permaneceu em silêncio. As luzes das estrelas encontraram Sylvia, mesmo em um lugar como aquele.

Ela tinha a capacidade irritante de parecer completamente à vontade e em paz aonde quer que fosse.

— Você perdeu alguma aposta ou veio até aqui sob ordem de Ziegler? — perguntou Lorelei.

— Na verdade, eu me ofereci para vir.

— E por que faria isso?

Sylvia teve a coragem de parecer ofendida.

— Eu queria te dar os parabéns. Não tive tempo, você saiu correndo.

— Eu não *saí correndo*.

Sylvia a olhou com uma expressão sugestiva que Lorelei decidiu ignorar. A verdade era que ela tinha se escondido em um canto até Ludwig convencê-la a entrar na carruagem ao fim da noite, mas jamais admitiria.

— Então parabéns.

Lorelei se preparou para alguma advertência ou provocação, mas nada disso aconteceu. Muito desconfiada, respondeu:

— Obrigada.

— Você se esforçou para isso — continuou Sylvia. — Confesso que você me inspirou a me esforçar mais, até a...

— Está me bajulando, von Wolff?

— Não! — protestou ela. — Estou falando sério. De verdade.

Lorelei evitou o olhar dela.

— Duvido muito que você precise de qualquer inspiração para se esforçar. Você é implacável.

Sylvia exibiu um sorriso indeciso.

— Vou levar como um elogio.

— Como quiser — disse Lorelei, sentindo-se estranhamente frustrada. — Foi por isso que veio? Para trocarmos elogios?

A resposta veio depois de um segundo de hesitação.

— Não. Acho que não.

Claro que não. Lorelei odiou ter sentido uma pontada de decepção. Não deveria ter esperado algo diferente.

— Desembuche, então.

Inquieta, Sylvia olhou para a beirada do telhado.

— Acho melhor irmos andando. Encontro você lá fora.

— Lá vem — resmungou Lorelei amargamente.

Com isso, atravessou a janela e se esgueirou para dentro do quarto outra vez. Havia uma vela ainda acesa sobre a escrivaninha, com uma chama dançando em uma piscina de cera. Iluminada pela luz bruxuleante, Lorelei juntou suas malas. Sua família provavelmente teria gostado de acompanhá-la até lá para se despedir, mas era muito mais fácil desaparecer. Ela não conseguia suportar a ideia de lidar com lágrimas alheias ou com a possibilidade de seus dois mundos colidirem.

Sylvia apareceu assim que Lorelei fechou a porta da frente.

— Posso ajudar?

Antes que Lorelei pudesse protestar, Sylvia pegou uma das malas e, ao erguê-la, emitiu um som de surpresa.

— Pelos céus, Lorelei, que pesado! O que tem aqui dentro?

— Nada — retrucou Lorelei automaticamente. — Deixe isso aí.

— Por quê? — questionou Sylvia, apreensiva. — É alguma coisa perigosa?

— Claro que não. — Lorelei fez uma pausa, pensando na resposta. — Só não faça nenhum movimento brusco.

Ela não gostava de ficar longe de seus pertences de valor: um jogo de canetas de cabo de marfim que ganhara da mãe como presente de aniversário de dezoito anos; uma coleção de cadernos revestidos de couro com suas transcrições e ilustrações de contos populares; um sedativo na dose mais forte que Johann aceitou preparar para ela; e seu exemplar surrado de *Contos dos trópicos*, a única indulgência sentimental que se permitia.

Quando era criança, gostava de correr pelas ruas do Yevanverte, recolhendo frascos de água do rio para seus estudos, enchendo os bolsos de sobras dos jardins dos vizinhos e colecionando insetos — Lorelei guardava besouros na boca para mantê-los intactos até que um deles soltou veneno em sua língua, colocando fim em sua brincadeira. Sentada no telhado, ela observava os barcos no porto, uma floresta escura de mastros e velas tremulando e se mexendo ao vento. Lorelei quase enlouquecera os pais entulhando todos os cômodos com suas inúmeras coleções. Até que um dia o pai chegou em casa com um livro: *Contos dos trópicos*, de Ingrid Ziegler. Escrito, segundo ele, pela mulher mais famosa de Brunnestaad.

Ela varara a noite devorando cada palavra até que a vela se apagasse no batente da janela. O livro apresentara uma realidade extraordinária e, com ela, a ânsia de conhecê-la. Anos mais tarde, já na vida acadêmica e depois de ter tido acesso aos trabalhos mais recentes de Ziegler, sabia que aquilo não passava de uma tralha de infância, mas o livro abrira sua visão de mundo a pontapés. Fora uma fonte de encanto, de aventuras. E, pela primeira vez, seus sonhos receberam um nome: naturalismo.

A princípio, o sonho distante a contentava. Mas, conforme foi crescendo, percebeu que as garotas de Yevanverte nunca partiam.

Ela não tinha dinheiro para comprar equipamentos, não tinha influência para persuadir alguém a financiar uma expedição e não tinha documentos legais que viabilizassem suas viagens. Aquele não passara de um sonho impossível até que Ziegler respondeu sua ingênua carta de menina. Treinar para ser folclorista tinha sido sua passagem de entrada para a universidade, mas se não caísse nas graças do rei, seria expulsa daquele mundo outra vez assim que se formasse. Ela não seria nada nem ninguém.

Sylvia pegou a mala com mais cuidado e seguiu caminho pela rua. Com um passo longo, Lorelei partiu logo atrás. Elas seguiram pela rua estreita até a saída ao norte, um portão de madeira abaixo de um longo arco. Os muros de pedra que cercavam Yevanverte eram simples e cobertos de musgo; para Lorelei, se pareciam com uma sequência de lápides posicionadas uma ao lado da outra. Sylvia colocou a mala de Lorelei no chão e abriu o portão para que passassem. Lorelei respirou o ar úmido, desfrutando do silêncio. As fachadas dos comércios estavam apagadas, os canteiros de obras vazios. A cidade ainda sonhava.

Era muito fácil deixar o Yevanverte. Não havia guardas, trancas ou proteções complicadas, não havia cachorros para perseguir quem tentasse. Ninguém que morava ali voluntariamente se aventuraria a adentrar os perigos do outro lado dos muros, e ninguém em Ruhigburg se importava muito com a possibilidade de que alguém o fizesse.

E muito menos com o que aconteceria com aqueles que se atrevessem.

Lorelei cerrou os punhos ao sentir a onda de raiva tão familiar.

— O que é que você queria dizer?

— Certo. — Sylvia suspirou, nervosa. — Eu vim pedir para que você não aceite a nomeação. Acho que a decisão de Ziegler foi insensata.

Lorelei se retesou.

— É mesmo?

— Por favor, ouça o que eu tenho a dizer antes de me massacrar — pediu Sylvia. — Wilhelm não sabe onde está se metendo. Ele pode ter o título de rei, mas por dentro é só um soldado. Ele tem uma mente brilhante para a estratégia, mas não tem paciência para política. Está seguindo o que o pai queria fazer, mas não tem visão alguma para dar continuidade ao trabalho. As terras de onde ele veio são pequenas e pouco povoadas. O ônus de adquirir tanto território em tão pouco tempo é... bom, não vou aborrecer você com os pontos mais específicos da governança. O que interessa é que as últimas décadas foram muito turbulentas, e o povo é que paga o preço.

— Sim, eu já sei de tudo isso — respondeu Lorelei, impaciente. Estava surpresa por não ter discordado de Sylvia logo de cara, e por perceber que ela sequer pensava no povo para além de um senso abstrato de responsabilidade. — Onde você quer chegar?

Um vislumbre de alívio suavizou o semblante de Sylvia. Aproveitando a vantagem de ter sido ouvida, ela continuou:

— Wilhelm não está preparado para governar em tempos de paz. Eu, por outro lado, me preparei a vida inteira para governar territórios extensos. Depois do sucesso da expedição, eu pretendia pedir para ser nomeada para a comitiva do rei.

Lorelei começou a entender o que estava acontecendo. Sylvia tentava mascarar seu ego ferido com um propósito nobre. No entanto, havia paixão em sua voz. Ela falava como se acreditasse em cada uma daquelas palavras. Lorelei ficou balançada. O que Sylvia, de todas as pessoas, tinha a provar? Ela e Wilhelm eram amigos e ela certamente teria outros métodos para garantir seu lugar na corte.

— Você vai ser nomeada. Talvez fique feliz em saber que o Ursprung não está em Sorvig. Talvez ele ainda se case com você.

Sylvia soltou um suspiro exasperado.

— Eu não tenho interesse algum em me casar com Wilhelm.

— Não? Mas vocês já até brigam feito um casal.

— Uma rivalidade saudável é, na própria filosofia dele, o instrumento do progresso.

— Ah, é? — implicou Lorelei.

— É diferente quando acontece entre iguais. — Sylvia estava zangada. — Wilhelm precisa ser desafiado. Mas perto dele você age como um cão com o rabo entre as pernas, assim como faz com Ziegler. Como espera ser útil para o rei dessa forma?

As palavras foram como um tapa na cara. Então era isso. Sylvia não achava que Lorelei merecia ter sido nomeada. Talvez ela não dominasse certos pontos específicos da governança, mas Wilhelm tinha um exército de conselheiros para orientá-lo. Talvez ela não fosse ousada o suficiente para desafiá-lo, mas

Sylvia nunca entenderia o que era ter que baixar a cabeça. Se Lorelei não conseguisse mais nada, ao menos teria seu nome — e todo seu orgulho.

Não havia nada a ser feito. Lorelei riu. Ela já sabia que aquele não era um som agradável, um riso grave que Heike certa vez descrevera como *assustador*. Um arrepio praticamente imperceptível passou por Sylvia.

— Do que está rindo? — questionou ela, aflita.

Estou rindo porque você sempre teve tudo e sequer consegue enxergar isso. Seria tão simples dizer essas palavras e observar o temperamento de Sylvia queimar como uma fogueira. Mas, pela primeira vez, Lorelei percebeu que não estava disposta a brigar — ao menos não às cinco da manhã.

Em vez disso, se contentou com a nítida decepção no rosto de Sylvia ao responder:

— Nada. Não estou rindo de nada.

Elas avistaram o barco assim que chegaram ao porto: uma monstruosidade de três níveis desenhando uma silhueta escura na névoa que pairava sobre a superfície da água. O nome da embarcação estava pintado em uma placa sobre as pás em linhas escarlates bem-marcadas: *Prinzessin*. Logo abaixo vinha o lema da Universidade de Ruhigburg, *amoenitate veritas*. Existe beleza na verdade. Lorelei teve que se segurar para não revirar os olhos.

Momentos depois de embarcarem, um empregado apareceu para pegar a mala de Lorelei que Sylvia trazia. Havia marinheiros por toda parte, carregando o restante dos suprimentos. A quantidade de coisas que eles tinham era estarrecedora. Havia barômetros e termômetros, microscópios e telescópios, sextantes e compassos, frascos para sementes e solo, tudo isso guardado em baús forrados em veludo. Um criado vinha equilibrando vários deles de uma só vez, o que fazia com que balançassem perigosamente em seus braços. Um rolo de pergaminho caiu do topo e se desenrolou pelo convés, espalhando-se como o véu de um vestido de noiva.

— Tome cuidado — ralhou Lorelei. — Esses instrumentos valem mais do que a sua vida.

Não era necessariamente exagero. Com o orçamento apertado da expedição, eles não teriam dinheiro para consertar itens quebrados. O criado olhou para ela, aflito.

— Sim, senhora! Desculpe, senhora!

— Não se ganha respeito através do medo — censurou Sylvia. — Um bom líder...

— Você não tem nada mais importante para fazer do que me seguir para cima e para baixo?

— Na verdade, tenho — respondeu Sylvia, como se tivesse acabado de se lembrar. — Preciso terminar de instalar as proteções.

E, assim, Lorelei finalmente se viu sozinha.

As cinzas subiam das chaminés como se saíssem da boca de um cachimbo, colorindo o céu escuro em tons de laranja. As pequenas brasas choviam delicadamente no convés e se enroscavam nos cachos de Lorelei como se fossem neve. Ela sentiu-se incomodada ao inalar o cheiro de madeira queimada misturado ao odor úmido e lamacento do rio. A maioria das embarcações menores naqueles dias era movida por magia, e por uma boa razão: embora os motores a vapor fossem a forma mais eficiente e barata de viajar, era frequente que as caldeiras explodissem com a pressão. Ela não gostava de pensar no número de barcos que jaziam sob as profundezas do rio. Entretanto, o orçamento deles não permitia uma tripulação grande o suficiente para impulsionar a embarcação com magia e Ziegler não tinha paciência para encaixar paradas para descanso.

— Lorelei!

Ela olhou para cima e viu Ludwig, o botânico da expedição, empoleirado no parapeito, acenando para ela do tombadilho, dois níveis acima. Lorelei sentiu um calafrio ao vê-lo ali.

— Tome cuidado, seu idiota — gritou ela de volta. — Já vou subir.

Quando chegou lá, ele já estava em uma posição mais segura sobre o parapeito.

— Olá, capitã — cumprimentou o botânico com um sorriso mordaz.

— Olá — respondeu ela com uma careta.

Ludwig von Meyer era o único dos Cinco de Ruhigburg que a tratava com cordialidade. Depois de retornar de sua expedição mais recente, falava com ela com tanta frequência que Lorelei foi obrigada a aceitar que eram amigos. Eles passavam horas enfiados nos escritórios do departamento de ciências naturais transformando notas ilegíveis em algo que lembrava manuscritos, e, é claro, fofocando. A riqueza de conhecimentos que ele havia acumulado sobre plantas etéricas e sobre quem cortejava quem no *campus* a espantou.

Ele era um homem delicado, com traços de raposa, um sorriso plácido permanentemente estampado no rosto e cabelos castanhos que ela já ouvira um colega de classe descrever como *poeticamente desgrenhados*. Ludwig usava um lenço de seda no pescoço e um colete de seda pintado à mão com um padrão de lírios d'água amarelos e cor-de-rosa. Havia anéis brilhantes em todos os seus dedos e uma safira graúda pendurada em um dos lóbulos de suas orelhas. Mesmo em uma expedição, ao que parecia, ele não conseguia deixar a vaidade de lado.

— E então? — perguntou ele. — Está animada?

— *Você* está animado?

— Claro que estou. — Seus olhos eram travessos. — Vou poder passar um tempo com meus mais queridos e antigos amigos. O que mais eu poderia querer na vida?

Ela reagiu com um riso sarcástico.

— Muita coisa, imagino eu. Não vai sentir falta do... Qual é o nome dele, mesmo? Hans? Ou as diferenças irreconciliáveis de vocês ressurgiram mais uma vez?

— Fala sério — disse ele, convenientemente ignorando o comentário de Lorelei. — Eles não são tão ruins assim depois que se quebra o gelo. Metade das histórias sobre eles nem são verdade.

Lorelei ficou irritada. Ela sabia que as intenções de Ludwig eram boas, mas se aborreceu com o lembrete de que era e sempre seria uma forasteira.

— E quanto tempo *você* demorou para quebrar o gelo com eles?

Ludwig não tinha uma gota de sangue nobre em suas veias. Seu pai juntara uma pequena fortuna como comerciante e, com ela, comprara um título para si mesmo e fizera generosas doações para os fundos de guerra de Friedrich. Sua lealdade resultara em um lugar na corte — e na amizade entre seu filho e o príncipe da coroa. Ainda assim, Lorelei imaginava que ele nunca tinha sido tratado de igual para igual.

Se ela o ofendera, ele não deixou transparecer. Seu sorriso permaneceu inabalável.

— Quer um conselho, Lorelei? Você pode surpreendê-los, fazer com que esqueçam por que odiavam você para começo de conversa. Talvez seja bom tentar ser legal pelo menos uma vez.

— Muito obrigada pela sábia sugestão — disse ela, amarga.

— De nada — respondeu Ludwig, despreocupadamente. — Por que não aproveita para tentar? Vamos ficar presos neste barco só Deus sabe por quanto tempo. E você sabe que não gosto de me meter, mas você e Sylvia...

— Me poupe. Você não cansa de ser tão intrometido?

— Jamais — rebateu. — E sabe de uma coisa? Ouvi dizer que pessoas altas e carrancudas fazem o tipo dela.

Lorelei se engasgou com a própria saliva. Com o coração disparado, se esforçou para balbuciar:

— Você é ridículo. Estou indo.

Ele escondeu a boca na manga das vestes para dar risada como se estivesse cobrindo um espirro. Era a única fraqueza que Lorelei conseguia enxergar em Ludwig: sua insegurança sobre o espaço entre seus dois dentes da frente.

— Nos vemos na reunião. Acho que vai ser divertido.

Ziegler pedira que todos se encontrassem às sete, dali a quinze minutos, para falar sobre logística e finalmente compartilhar para onde a expedição estava indo.

— Até lá.

Lorelei seguiu para a popa, observando enquanto a embarcação se afastava das docas. As pás da roda agitavam a água transformando-a em espuma e o motor ressoava. Logo depois da proa que cortava a água, podia jurar ter enxergado rostos pálidos — de nixes ou dos fantasmas dos afogados — olhando para ela. Com o estômago revirando, Lorelei fixou o olhar no horizonte.

Aos poucos, a cidade foi ficando para trás e o mundo para além de seus muros se descortinou diante dela. O vento soprava seu cabelo e balançava seu casaco. Não havia alegria ou deslumbramento em seu peito diante da paisagem. Até que tivessem deixado a província de Neide para trás, supondo que esse fosse o caso, haveria pouco para ser visto além de prados e pântanos. Para ela, o reino não passava de uma vasta e desolada extensão de lama.

Nada estava indo como ela sonhara.

Um grasnado suave despertou Lorelei de seus pensamentos. Ela olhou para o lado, mas desviou o olhar depressa, xingando baixinho. Um nachtkrapp estava empoleirado no parapeito, abrindo as penas escuras. Parecia inofensivo e era praticamente idêntico a um corvo comum, mas Lorelei tinha certeza.

Era um mau presságio.

Alguns anos antes, Ziegler comprara um espécime para empalhar e exibir em seu escritório; Lorelei a ajudara a prepará-lo.

Ao prender as asas pontiagudas na mesa de trabalho, ela descobriu os olhos vermelhos em cada asa, como rubis enormes no veludo preto de uma caixa de joias. Se você tivesse sorte, morria imediatamente ao se deparar com aqueles olhos horríveis, já os menos afortunados contraíam uma doença debilitante que os apodrecia lentamente de dentro para fora.

Lorelei tentou espantar a ave, que apenas saltou alguns centímetros adiante no parapeito e franziu as penas como em uma reação indignada. Ocorreu a ela que Sylvia provavelmente conheceria alguma estratégia sofisticada para se livrar dele; o pensamento piorou ainda mais o seu humor.

— Suma daqui, seu infeliz! — Ela agitava os braços insistentemente.

O nachtkrapp soltou um grasnado ensurdecedor e levantou voo. Lorelei se debruçou sobre a grade, exasperada, sentindo alívio por ninguém mais tê-la visto se humilhar daquela forma.

— Muito bem — disse Adelheid.

Lorelei se sobressaltou ao ouvir a voz. Adelheid estava sentada no convés alguns metros mais à frente, aparentemente absorta no que quer que estivesse fazendo. Com precisão mecânica, ela media longos fios de arame e os cortava com tesouras de ferro que chegavam a parecer frágeis em suas mãos grandes. De perto, Lorelei conseguia enxergar as marcas de sol na ponte de seu nariz e as rugas prematuras em sua testa e no canto dos olhos.

— Há quanto tempo está aí? — perguntou Lorelei.

— Tempo suficiente. — Adelheid se pôs a torcer os arames para uni-los em um padrão intrincado. — Estava preparando meu equipamento. Não foi minha intenção atrapalhar você.

Seu tom de voz era tão educado que beirava a indiferença. Ela ainda não erguera os olhos dos arames. Ao longo dos meses trabalhando com Adelheid, Lorelei percebera que ela falava com todos da mesma maneira distante e por isso decidira não levar sua frieza para o pessoal. Adelheid trabalhava com seriedade e não tinha tempo para besteiras. Lorelei respeitava isso.

— Para que servem os arames? — perguntou.

Adelheid ergueu as sobrancelhas.

— Não sabia que você se interessava por traumatologia.

Lorelei conseguiu perceber o insulto implícito: era surpreendente que uma yeva se interessasse por magia.

— Tudo o que acontece nesta embarcação é do meu interesse — respondeu com um sorriso rígido.

— É claro. — Por fim, Adelheid virou-se para Lorelei com seus olhos verdes inexpressivos. — Aceite meus parabéns.

Lorelei notou um resquício de deboche. Endireitando a postura, ordenou:

— O que quer que esteja fazendo, termine logo. Estão nos esperando.

Adelheid contraiu o canto da boca em um sinal de descontentamento, mas começou a recolher suas coisas. Nitidamente não gostava de receber ordens.

Elas se dirigiram à entrada dos aposentos da tripulação da expedição, acessível apenas por magia graças à fechadura etérica exageradamente complexa. Só uma pessoa tão paranoica quanto Ziegler seria capaz de ter inventado um método de tortura como aquele. Adelheid fechou os olhos e franziu as sobrancelhas em concentração, manipulando a água dentro do mecanismo. Ela retorceu a boca, irritada, mas a fechadura finalmente cedeu.

Ninguém interferiria no trabalho deles — e muito menos o roubaria.

O *Prinzessin* parecia ter saído diretamente dos pesadelos de Lorelei, com todo seu exagero e cafonice, mas, olhando com atenção para o corredor diante delas, via-se que estava em mau estado. Havia farpas nas madeiras por todos os lados, o papel de parede estava desalinhado e os ladrilhos do piso de mármore estavam tortos. Era um esplendor em decadência, como um ambiente com piso sobressalente ou uma madeira inchada pela chuva. Uma parte supersticiosa de Lorelei se perguntou que tipo de podridão encontraria se olhasse mais de perto.

Uma fileira de lustres iluminava o corredor, espalhando a luz pelo chão como gotas de vidro. Lorelei as conduziu ao passarem pelas cabines até chegarem às portas duplas que levavam ao cômodo que chamaram de sala de comando.

No centro da sala havia uma grande mesa de madeira vermelha maciça importada do outro lado do oceano. A luz do sol penetrava pelas janelas estreitas e incidia sobre a mesa polida; o ar tinha um cheiro suave de camomila e gengibre graças à Sylvia e Ludwig. Os dois estavam andando de um lado para o outro e pareciam discutir. Sylvia gesticulava com uma colher de chá na mão.

Heike estava sentada com a cabeça apoiada na mesa e Johann, largado sobre uma das cadeiras. Seus óculos tinham escorregado do nariz e estavam em um ângulo estranho em seu rosto, mas ele não parecia querer se dar ao trabalho de ajeitá-los.

Lorelei reprimiu qualquer comentário e ocupou seu lugar na ponta da mesa, que infelizmente ficava bem ao lado de um dos animais favoritos de Ziegler, um elwedritsche que ela trouxera de sua primeiríssima expedição. A criatura, que tinha traços de ave, estava aprumada em seu poleiro: tinha chifres parecido com os de um bode e escamas iridescentes como uma serpente. Quando Lorelei se sentou, ela inclinou a cabeça para observá-la com os olhos amarelos.

— Olá. Garota boazinha?

Não, ela sentiu vontade de responder. *Uma besta demoníaca.*

Johann levou um susto ao ouvir a voz da criatura, fitando-a com um misto de horror e repugnância. Sua mão pareceu se contrair involuntariamente em direção à espada em seu cinto.

Adelheid pressionou a ponte do nariz ao assimilar a cena diante deles.

— O que aconteceu?

— Acho que eles estão morrendo — disse Ludwig, enquanto servia água quente em uma xícara de chá.

— Johann está enjoado — informou Sylvia.

— E ela? — perguntou Adelheid, olhando para Heike.

— Também — respondeu Heike.

— Está de ressaca — explicou Ludwig ao mesmo tempo.

Heike ergueu a cabeça para olhá-lo com cara de poucos amigos, mas aceitou a xícara de chá que colocou diante dela. Depois de tomar um pequeno gole, ela sorriu de forma maliciosa para Adelheid.

— Foi uma longa noite.

Adelheid continuou impassível, mas suas bochechas ganharam um tom rosado sutil. Mais uma vez, Lorelei se segurou para não revirar os olhos.

Era a primeira vez que estavam juntos sem a tensão do planejamento pairando sobre eles. A folclorista, a naturalista, o botânico, o médico, a taumatologista e a astrônoma: era como se fossem personagens de um conto de fadas ou de uma péssima piada.

As portas se abriram e Ziegler entrou.

— Estão todos aqui. Que bom.

Ela vestia um casaco preto simples, mas em seu colarinho via-se camada sobre camada de renda e tecido plissado. Era extravagante, javenês em sensibilidade e a cara de Ziegler. Lorelei sentiu vontade de sorrir.

Ziegler levou as mãos ao quadril e passou os olhos por eles.

— Estão quietos demais para o meu gosto. Algum problema?

— Só estamos ansiosos para começar — disse Sylvia, nitidamente tentando soar alegre o suficiente em nome de todos os seis.

— Eu também estou! — Ziegler uniu as mãos em um movimento animado. — Lorelei, por que não começa?

Todos os olhares se voltaram para ela. A expressão no rosto de Ludwig era a única que não denunciava suspeita ou hostilidade. Ela sentiu uma onda de calor subir por seu pescoço; Lorelei não tinha se preparado para falar, mas se demonstrasse o menor indício de fraqueza, jamais a levariam a sério.

Devagar, ela se levantou.

— Gostaria de começar agradecendo a todos vocês pelo trabalho feito nos últimos anos. Cada um aqui foi uma parte do todo que tornou essa expedição possível. Como sabem, passei o último ano desenvolvendo um sistema de categorização de diferentes tipos de Ursprung. — Ela olhou em volta. — Ludwig, suas observações sobre a distribuição das espécies de plantas em Brunnestaad foram valiosíssimas, assim como as medições de Adelheid sobre onde o éter está concentrado em nosso sistema d'água.

Ela voltou a atenção para Sylvia e, tão cordialmente quanto pode, disse:

— E suas interações com os povos da floresta forneceram informações muito necessárias, von Wolff.

Sylvia pareceu pronta para uma discussão, mas Ludwig pousou a mão sobre a dela.

— Esta expedição foi ideia do Rei Wilhelm, é claro, mas tem mais valor científico do que ele imaginava ou pretendia. No decorrer de sua longa e célebre carreira, a professora Ziegler tem se dedicado a uma ideia inovadora e radical sobre o mundo natural. Tudo está conectado, nada deve ser considerado isoladamente. Como ela mesma escreveu na primeira parte de *Kosmos*: "Cada planta, cada ser humano, cada integrante dos povos da floresta e cada gota d'água é como um fio. Juntos, formam a grande trama da vida. Se um único fio se soltar, tudo vai se desmanchar".

Ela espiou Ziegler de canto de olho. A professora sorria com uma expressão que sugeria orgulho. Com motivação renovada, Lorelei continuou:

— A magia está presente em todos os lugares, e tudo aponta diretamente para sua fonte.

Sylvia não conseguiu mais se segurar e disse:
— E onde fica?
— Que bom que perguntou — respondeu Lorelei friamente. — Heike?

Heike parecia inquieta, mas não disse uma palavra e simplesmente colocou um pergaminho sobre a mesa. Ela desatou o nó que o mantinha fechado e, com cuidado, o desenrolou. Seus dedos delicados estavam manchados de tinta e seus anéis brilhavam. Com as mãos trêmulas, ela observava a própria letra no pergaminho com um olhar que poderia ser de arrependimento.

Era um mapa de Brunnestaad com ilustrações minuciosas, uma verdadeira obra de arte. O reino, ainda que jovem, era vasto e bem delineado, aninhado entre duas cordilheiras e cortado verticalmente pelo rio Vereist. Heike retratara tudo em tinta preta brilhante, com sua ampla rede de afluentes espalhando-se em tons de azul claro.

Bem ao centro ficava a província de Neide, sede monótona do reino. Heike a desenhou com o mínimo de esforço possível. O palácio pomposo de Wilhelm, a universidade e as propriedades de Ludwig — uma casa charmosa no centro de Ruhigburg e sua propriedade rural, ambas rabiscadas quase no automático, como se sua mão já tivesse traçado aquelas formas muitas vezes antes — foram os únicos pontos de referência que ela se deu ao trabalho de preencher.

A oeste ficava Herzin, parecendo formar uma arma na mão direita da capital com suas fronteiras irregulares e florestas sombrias cheias de armadilhas abrangendo quase toda sua área. Ao norte ficava a terra natal de Heike, Sorvig, uma faixa estreita se estendendo pelo mar até sua vizinha, Gansland. Na água, Lorelei viu um lindworm aparecendo por entre as ondas, enrolando-se sinuosamente em torno dos barcos flutuando próximos à baía.

Ebul, uma província no extremo leste, geralmente relegada a algo secundário na maioria dos mapas, ali estava retratada em riqueza de detalhes. Heike desenhara cuidadosamente os campos de tulipas pelos quais era conhecida desde muito antes das Guerras de Unificação, bem como seus vales e vinhedos abundantes. Todos os traços eram suaves, pareciam mais a lembrança de um lugar do que sua representação. Por último, tomando quase todo o sul, estava Albe, ilustrada em linhas furiosas e arrojadas. Em meio a cadeias de montanhas e bosques escuros, via-se castelos projetando-se no campo como ossos pontudos. O detalhe — e o sentimento por trás da ilustração — fascinaram Lorelei. Ela ainda estava admirando Albe quando Ziegler espetou um alfinete diretamente no mapa, marcando um ponto na cadeia de montanhas cobertas de gelo na fronteira sul.

— Está em Albe — disse Ziegler.

Albe? Lorelei franziu a testa, incapaz de disfarçar a confusão em seu rosto. Com base em sua pesquisa, aquele seria um dos últimos lugares em que procuraria.

Heike e Adelheid se entreolharam por cima da mesa. A expressão de Sylvia era de puro horror. Ela olhou para cada um na sala, como se buscasse uma explicação ou uma escapatória.

— Não pode ser.

— Não mesmo — concordou Johann, cuja voz mal disfarçava uma fúria contida. — Eu me recuso a acreditar que o Ursprung está em um fundo de quintal...

Sylvia avançou contra ele.

— Lave sua boca!

— Johann — interveio Adelheid em advertência.

— Mas está — disse Ziegler, ligeiramente aborrecida. — Os argumentos de Lorelei foram muito convincentes.

Os argumentos de Lorelei? Sua intenção fora apenas introduzir a metodologia de Ziegler. Johann olhou ameaçadoramente para Lorelei e Sylvia teve a coragem de parecer traída.

Eu não sabia de nada disso, sua idiota, sentiu vontade de dizer.

Então ela se lembrou do que dissera para zombar de Sylvia poucas horas antes: *Talvez você fique feliz em saber que o Ursprung não está em Sorvig. Talvez ele ainda se case com você.*

— Parando para pensar, talvez faça sentido. — Sylvia soltou a risada mais desvairada e forçada que Lorelei já ouvira. — Alguns dos nomes mais talentosos da magia pertencem à linhagem von Wolff. Talvez a proximidade com o Ursprung explique isso. Com licença, por favor.

Ao dizer isso, Sylvia saiu da sala. Lorelei queria julgar aquela atitude como dramática e ridícula, mas as palavras *não pode ser* não saíam de sua cabeça. Lorelei pensava o mesmo.

— Como conseguem ficar de braços cruzados? — Johann bateu na mesa com as mãos espalmadas. — Uma yevani comandando os nobres, e como se não bastasse, em breve teremos uma rainha albenesa! O que virá a seguir? O que nos resta? Wilhelm está conduzindo este reino rumo à degeneração.

Heike parecia estar se divertindo.

— Por que não manda uma carta para ele? Seus surtos são sempre *tão* persuasivos.

Johann se pôs de pé, meio hesitante, e saiu da sala de comando murmurando:

— Isso virou um verdadeiro circo.

— E você achou que provocá-lo iria ajudar? — indagou Adelheid depois que Johann já tinha ido embora.

— Relaxem — disse Heike mansamente. — É bom que os dois desçam do salto de vez em quando. Ajuda na resiliência.

Adelheid a encarava, incrédula.

— Está bem. Parece que vou ter que consertar isso sozinha.

Adelheid saiu da sala e bateu as portas. Depois de um breve silêncio, Heike e Ludwig se entreolharam, segurando uma gargalhada.

— Garota boazinha? — trinou o pássaro infernal de Ziegler.

Lorelei apoiou a cabeça na mesa. Havia pouco mais de duas horas que estavam em campo e ela já perdera completamente o controle da expedição.

CAPÍTULO QUATRO

Não pode ser.
    Horas mais tarde, o choque absoluto de Sylvia ainda assombrava Lorelei. Sozinha em seu quarto, ela reprisava a cena em sua cabeça de novo e de novo: a expressão de espanto de Sylvia, todo seu brilho e exuberância drenados em um instante — e depois a rapidez com a qual disfarçou tudo aquilo ostentando um sorriso amarelo.
    Lorelei não conseguia decidir se invejava Wilhelm por sua habilidade de inspirar tamanho desprezo em Sylvia ou se achava um desaforo que ela torcesse o nariz diante da possibilidade de se casar com um rei. A reação dela não fazia sentido algum. Caso se tornasse rainha de Brunnestaad, poderia defender quaisquer políticas malucas que desejasse; poderia, inclusive, acabar com Lorelei e expulsá-la da corte quando bem entendesse por simples pirraça. Mas Sylvia não parecia acreditar que o Ursprung estava em Albe e, por mais que isso a enfurecesse, Lorelei concordava com ela.

Parecia traição sequer se demorar nesse pensamento. A expedição era resultado de décadas do trabalho de Ziegler; ainda assim, Lorelei passara horas imersa em incertezas, folheando as próprias anotações.

Ludwig certa vez as descrevera como "insanas", mas ela se orgulhava do sistema que desenvolvera. Organização era essencial para identificar padrões em um projeto daquele escopo. Ela classificou os contos que compilara por tema e estrutura básica da história. Para cada um deles, incluiu uma transcrição da conversa com o narrador, suas anotações sobre o relato (que eram, basicamente, comentários curtos) e a versão final, combinada a partir de todas as suas fontes.

Ao longo do ano anterior, Ziegler trouxera pessoas do reino inteiro para que Lorelei entrevistasse. Cada província — e cada *vilarejo* — tinha a própria versão da lenda do Ursprung. A ideia geral das histórias era sempre a mesma, mas sempre diferiam em relação ao protagonista, às provações que enfrentara na jornada, ao que perdera no fim trágico de sua trajetória ou ao poder concedido pelo Ursprung. Em um reino vasto como Brunnestaad, era de se esperar que houvesse diferentes versões, mas nenhuma apontava para o Ursprung nas montanhas de Albe.

Lorelei passara meses angustiada pensando em como apresentar a história definitiva, quais detalhes ocultar, quais morais enfatizar. Por fim, decidiu pelo seguinte:

Em tempos passados, quando desejos ainda detinham poder, havia um rei cujo reino passara por tempos difíceis. No entanto, não importava quão ruim fosse a colheita ou quão vis fossem seus inimigos, ele tinha uma dádiva: todas as águas em seu território guardavam uma estranha e poderosa magia. Entre todas, o maior tesouro do rei era uma lagoa que respondia a uma pergunta de cada pessoa. Ela não se expressava com palavras, mas, como um espelho escuro, imagens nadavam em sua superfície. Ele construiu uma alcova ao redor dela no castelo, com uma claraboia que deixava entrar os raios prateados da lua.

Certo dia, o rei perguntou à lagoa onde poderia encontrar poder suficiente para salvar seu povo daqueles que tentavam aniquilá-lo. Em resposta, uma imagem se formou na água, revelando uma fonte que ele nunca vira antes, escondida nos pântanos de onde a humanidade havia surgido. Para aqueles que considerava dignos, era concedido um poder extraordinário. Aqueles que não fossem considerados merecedores, porém, poderiam tomar tal poder à força, mas havia um preço.

O rei aventurou-se e, é claro, enfrentou três desafios enfadonhos ao longo do caminho para provar sua coragem. No final da jornada, descobriu um grande lago que parecia ser feito de luz estelar. Porém, ao se aproximar, o lago não despertou. Ele não fora considerado digno.

Enfurecido, o rei mergulhou nas águas e, quando voltou à superfície, sabia que tinha conseguido tudo o que queria. Ele conseguia varrer vilarejos inteiros da costa, inundar as plantações de seus inimigos, fazer chover granizo do tamanho de punhos fechados em seus exércitos. Mas ele não tardou a descobrir que o poder roubado tinha um preço muito alto: cada vez que ele o usava, sua força vital se esvaía um pouco mais. Antes de seu último suspiro, o rei selou o conhecimento da lagoa e da fonte. Jurou que ninguém mais sofreria ou causaria sofrimento como acontecera com ele.

Algumas versões da história indicam que ele morreu por uma exsanguinação lenta e dolorosa. Um vilarejo que ficava a alguns dias de viagem de Ruhigburg preservara o sangue do rei em um relicário. Ela só sabia disso porque ouvira Heike reclamando por Wilhelm tê-lo levado para o palácio, insistindo em carregá-lo de um lado para o outro. Aquilo só poderia ser considerado como um senso de humor mórbido ou dom para o drama.

Alguém bateu à porta. Lorelei fechou o caderno depressa com uma pontada de irritação.

— Pode entrar.

Quando a porta se abriu, os sinos que Sylvia instalara nas portas tilintaram alegremente. O som era de dar nos nervos, mas era melhor do que ser pego de surpresa e sofrer uma morte precoce nas mãos de alguma criatura da floresta.

Para surpresa de Lorelei, Ziegler apareceu na soleira da porta. Na luz da manhã, ela parecia serena e despreocupada com um casaco de pele sobre os ombros. Seus cabelos — sempre foram tão grisalhos assim? — balançavam suavemente com a brisa que entrava pela janela aberta. Só naquele momento Lorelei se deu conta do que os anos em Ruhigburg tinham feito com Ziegler. Antes de começarem a se preparar para a expedição, ela parecia se mover pelo mundo como um leão enjaulado. Agora, entretanto, parecia radiante, quase como a mulher que Lorelei conhecera doze anos antes, uma aventureira de trinta e poucos anos, surfando no sucesso de sua primeira publicação.

O sorriso de Ziegler murchou.

— O que aconteceu?

— Nada — respondeu Lorelei automaticamente. Mas completou ao perceber que não soara convincente: — Nada importante.

Ziegler sentou-se aos pés da cama de Lorelei.

— Vamos. Diga.

— Estou pensando desde a nossa reunião. — Sob o olhar inquisitivo de Ziegler, de repente parecia difícil falar. Que patético. Ela pigarreou e continuou. — Estou curiosa para saber como exatamente você chegou nessa conclusão.

O olhar de Ziegler se tornou distante.

— Você também duvida de mim.

Lorelei virou-se para a janela. Parte dela desejou que as águas do rio de repente subissem e a arrastassem para as profundezas. Qualquer coisa era melhor do que aquilo, mas não era de seu feitio dar para trás depois de já ter começado alguma coisa. Quando o silêncio se prolongou a ponto de se tornar insuportável, ela disse:

— Não é a conclusão na qual eu teria chegado com base em minhas observações.

— Você confia em mim?

É claro que confiava. Querendo ou não, Ziegler fizera Lorelei ser o que era.

Logo depois de reler o livro de Ziegler pela décima terceira vez, Lorelei tinha, contra a vontade dos pais, escrito uma carta para ela. A lembrança era constrangedora, então evitava pensar nisso. A carta estivera repleta de bajulações e elogios exagerados. Mas, para sua surpresa, Ziegler respondera. E, mais surpreendente ainda, prometera visitá-la no Yevanverte. Mas a garota que Ziegler conheceu ao chegar não era a mesma que escrevera a carta.

A verdade é que Lorelei não conseguia se lembrar de muita coisa daquela época. Depois que recebera a resposta de Ziegler, os dias passaram a ser um borrão de alegria. Então, uma semana mais tarde, Aaron morreu.

Quando Ziegler chegou, no auge do estupor do luto de Lorelei, ela parecera ser exatamente como Lorelei imaginava e completamente diferente ao mesmo tempo. Era encorpada e falava depressa, tinha a alma e a mente generosas. Também era brusca e pouco gentil, mas de forma revigorante. Ela perguntara a Lorelei o que observara sobre a natureza em Yevanverte, quais idiomas estudara e quais contos populares conhecia. Ela até mesmo exigiu, apesar da insistência dos pais de Lorelei para que a filha não movesse nem mesmo uma gota de água, uma demonstração de sua habilidade mágica. Ziegler observou tudo em silêncio, enquanto fazia inúmeras anotações em uma velocidade assustadora.

Então ela se foi.

Dois dias depois, outra carta chegou, dessa vez oferecendo à Lorelei ensino formal em ciências naturais. Lorelei ainda conseguia recitar a carta completa, palavra por palavra, mas se agarrara a duas linhas dela de forma tão ardente que era como se tivessem sido tatuadas em seu coração: *Me parece que você tem potencial demais para que seja desperdiçado fabricando sapatos e ficando triste por aí. O que acha de ser extraordinária?*

Lorelei nunca mais se esquecera daquelas palavras. Sua paciência — sua devoção, sua confiança — tinham sido recompensadas. Ziegler havia conquistado sua confiança infinitas vezes, mas a forma como vinha sendo evasiva ultimamente deixava Lorelei aflita. Não era algo típico da professora e não combinava com ela.

— Com todo o respeito — respondeu Lorelei, com mais frieza do que planejava —, mas não entendo o que isso tem a ver com confiança.

Ziegler ficou em silêncio por um instante, depois endireitou a coluna.

— Claro, você tem razão. As pesquisas mostram...

— Uma concentração muito significativa de éter — interrompeu Lorelei. Quanto mais ela falava, mais sua certeza aumentava. — Mas, é claro, isso acontece em vários pontos de Brunnestaad. Confiar em apenas uma fonte é irresponsável, é...

— Você fez um bom trabalho.

Então por que parecia que sua opinião estava prestes a ser descartada? Lorelei hesitou.

— Eu sempre quis ser útil para você.

— E você foi. Minha Lorelei, sempre tão brilhante.

Ziegler atravessou o quarto e pousou as mãos nos ombros de Lorelei.

Distraidamente, ela se perguntou quando tinha ficado tão mais alta do que a professora, que antes erguia-se diante dela, como se fosse um gigante.

— Você está cansada. Trabalhou demais nos últimos meses.

Levou um instante para que Lorelei entendesse o que a professora queria dizer.

— Você acha que estou errada.

— O que acho é que você está interpretando mal seus próprios dados — corrigiu Ziegler antes que Lorelei pudesse interrompê-la, sua voz mais incisiva do que antes. — De qualquer forma, seus diários foram muito úteis para mim, ainda que sua teoria não tenha sido. Sei muito bem para onde estamos indo.

O tom definitivo daquelas palavras deixava claro que não havia brecha para discussão. Lorelei não pôde dizer nada além de:

— Claro. Eu entendo.

Ziegler deu uma palmadinha em seu ombro, parecendo aliviada. Há muito tempo ela não demonstrava um gesto de afeto maternal como aquele. Lorelei sentiu um frio na barriga. Qual era o motivo, exatamente? Carência? Ela se sentiu ligeiramente repugnada consigo mesma. Por alguma razão, só conseguiu se lembrar da hostilidade nas palavras de Sylvia. *Perto dele você age como um cão com o rabo entre as pernas, assim como faz com Ziegler.*

— Tire um momento para refletir — disse Ziegler. — Venha me procurar quando estiver pronta para falar sobre questões logísticas.

Quando a porta se fechou atrás dela, Lorelei abriu o caderno outra vez. Ela não sabia o que estava procurando. Sua própria letra parecia um idioma estrangeiro. Voltou a fechar o caderno e se deixou mergulhar no estranho conforto da raiva. Ela recebera uma tarefa, uma única tarefa. Como era possível que não tivesse entendido...

De repente, a compreensão a atingiu como um balde de água fria. O folclore não era uma ciência que dependia de cálculos e Lorelei não costumava cometer erros insensatos. Ziegler também não. A conclusão dela era certeira; simplesmente não achou que deveria explicar como chegara nela.

E por isso mentira.

Surpresa foi o primeiro sentimento a chegar, seguida por uma confusão tão dolorosa que Lorelei sentiu o peito pesar. Foi a mesma sensação de quando o pai batera nela. Distraidamente, tocou o hematoma fantasma com a mão coberta por luvas.

Que estranho, pensou ela. Ziegler nunca mentira antes.

O sono de Lorelei foi inquieto. Em seus sonhos, era perseguida por um som sutil e macabro, tão esquivo quanto o vento passando por entre as árvores secas no inverno. A som continuava em uma cadência constante, chegando cada vez mais perto, até que...

Ela despertou em um sobressalto. O sedativo que tomara interferia em seus pensamentos e não conseguia ter certeza do que era real ou não. Então o som incessante ressoou novamente. *Eram os sinos.*

Alguém estava à sua porta.

Lorelei atirou os cobertores para longe e tateou a mesa de cabeceira em busca da lamparina. A chama ganhou vida, mas a escuridão ainda a cercava como um denso véu. A cabine balançava de um lado para o outro e as tábuas do assoalho tinham um brilho estranho, como um suor febril. Do outro lado da janela, não havia nada além da escuridão da água agitada. Uma nuvem de condensação desabrochou na janela ao seu toque; o vidro estava cheio de gotas d'água. O sol ainda não nascera.

Quem poderia estar acordado àquela hora para tê-la despertado?

Muita gente, sua tola paranoica.

O *Prinzessin* tinha uma tripulação de mais ou menos quinze responsáveis por operar a caldeira, conduzir a embarcação e cuidar do que fosse necessário para que não morressem de fome. Todos começavam a trabalhar nos primeiros horários da manhã e alguns até mesmo varavam a madrugada. Se não fossem eles, provavelmente alguém da expedição tinha levantado mais cedo e esbarrado nas cordas dos sinos ao passar. O que quer que tenha ouvido não tinha nada a ver com os povos da floresta; a corrente de ferro em seu pescoço continuava fria e inerte.

Mas não faria mal dar uma olhada. No mínimo se sentiria melhor depois de descontar sua irritação em quem quer que fosse. Lorelei apanhou seu par de luvas na gaveta da mesa de cabeceira e as vestiu, depois pegou o casaco que estava pendurado no encosto da cadeira. De lanterna em mãos, seguiu para o corredor.

A escuridão a esperava. Lorelei pôde jurar ter ouvido o eco de um riso distante, o tilintar de vidros sendo partidos. Ela ficou ofegante.

Caia na real.

Mesmo depois de doze anos, a única fraqueza que não conseguira superar era aquele medo infantil de escuro. Como sempre acontecia, sua mente transformou sombras em monstros com rostos humanos. Sangue escorrendo pelo chão. O fantasma de Aaron com um osso despontando por baixo de seu cabelo despenteado. Lorelei esfregou o olho com a palma da mão, tentando fazer desaparecer as lembranças que se misturavam ao mundo real.

Nada daquilo era de verdade. Os mortos estavam mortos.

O *Prinzessin* balançava suavemente enquanto Lorelei caminhava pelo corredor seguindo a luz da lanterna. Ao passar por uma janela, viu a lua em meio à neblina. Ouvia a batida forte do próprio coração.

As portas da sala de comando estavam abertas e um feixe de luz vindo de uma lâmpada do lado de dentro caía como uma lâmina pela soleira. Uma pequena parte de sua imaginação se lembrou da época que vagava pelos corredores da casa de Ziegler quando era mais nova. Às vezes, ela dormia lá quando as aulas se estendiam e, se os pesadelos a faziam acordar assustada, procurava por Ziegler em seu escritório. A professora tagarelava sobre o trabalho que estava fazendo naquele dia até que Lorelei acabava cochilando na poltrona.

Lorelei chamou, em um tom de voz baixo:
— Ziegler.
Ninguém respondeu.
Ela se aproximou e parou bem em frente à porta. Mais alto, tentou outra vez:
— Ziegler?
Silêncio.
Talvez ela tivesse ido dormir sem apagar as luzes, ou tivesse pegado no sono ali mesmo, seus manuscritos fazendo a vez de um travesseiro. Ela tinha a tendência de se distrair quando estava imersa em um projeto. Lorelei empurrou a porta, que se abriu com um rangido.

Dentro da sala de comando, uma lamparina à óleo quase apagada projetava sombras nas paredes. Havia uma forma escura caída sobre a mesa com os braços pendurados na lateral do corpo. Seus dedos pingavam água no chão ritmadamente, formando uma poça.

Não, não era água — era sangue.
— Ziegler!

O resto do mundo se tornou um borrão enquanto Lorelei se aproximava. A figura não parecia respirar. Lorelei a segurou pelo ombro para virá-la e a cabeça tombou em um ângulo grotesco. A pele brilhava como cera e havia um ferimento de faca em seu peito, vertendo sangue preguiçosamente. Por um momento, ela não conseguiu entender o que via. A cena impossível se embaralhou diante de seus olhos.

Os olhos sem vida de Ziegler encaravam os de Lorelei.

Ela se engasgou em um grito preso na garganta. Sua respiração saía em rajadas curtas e aceleradas.

— Não — murmurou Lorelei. — Não, não, não.

Ziegler estava morta.

Havia saliva acumulada nos lábios de Ziegler, azuis e separados em uma acusação tácita. Logo atrás dela, Lorelei avistou o brilho fantasmagórico de um espectro emergindo do chão.

Aaron.

Seus olhos penetrantes eram tão escuros quanto o Vereist, arregalados e cegos de medo. Havia um filete de sangue saindo de sua cabeça, como uma fita dançando ao vento.

Você me abandonou, dizia ele. *Você me matou.*

A respiração de Lorelei ficou mais ofegante.

— Não, eu...

Você matou Ziegler também.

Lorelei não conseguiu fazer nada, assim como não conseguira antes. A morte a seguia de maneira implacável. Não importava quão longe ela fosse ou quão alto subisse, não importava quão desesperadamente tentasse se proteger, a morte a encontraria. Como ela poderia fazê-lo entender?

— Me perdoe! Por favor, me desculpe, *sheifale*, por favor...

Atrás dela, as tábuas do chão rangeram.

É sua imaginação, disse para si mesma. *Tudo isso é sua imaginação.*

Mas o rangido insistiu. Eram passos de verdade, que desaceleraram até parar do lado de fora da sala de comando.

A porta se abriu e uma voz suave a chamou.

— Lorelei?

CAPÍTULO CINCO

Uma mulher estava parada à porta segurando um delicado castiçal de ferro. A chama que dançava no pavio envolvia seu rosto em um brilho dourado. Usava uma camisola branca de tecido fino e tinha cabelos compridos igualmente brancos, parecia ter saído dos piores pesadelos de Lorelei. Era outro fantasma — ou um *wiedergänger*, que, ao sentir o cheiro de morte ou de luto no ar, vestiam o rosto dos mortos e vinham como um cardume de tubarões atraídos por uma gota de sangue.

— Saia daqui.

Lorelei cambaleou até a porta e bloqueou a passagem com o peso do próprio corpo. Fantasma ou não, ninguém poderia entrar naquela sala. Ninguém poderia ver Ziegler naquele estado. Ela precisava de *tempo* para pensar, para processar aquilo. Ela precisava...

Mesmo em choque, Lorelei notou que estava sendo puxada para fora da sala de operações e sentada no chão. Ela se deitou e abraçou os joelhos. Era como se estivesse atrás de um vidro sem saber como se libertar. Do outro lado, o mundo parecia estranhamente distorcido, algo que conseguia ver, mas não tocar. Os lábios do fantasma se moviam, mas Lorelei não compreendia uma só palavra.

— Lorelei! — Ouvir seu nome fez com que despertasse do torpor. — Respire!

Então ela respirou — ou tentou respirar. Cada respiração era custosa e uma verdadeira agonia. Em meio ao seu delírio, Lorelei finalmente reconheceu que era Sylvia quem segurava seus ombros. Um sentimento de vergonha, ardente e insuportável, a atravessou. De todas as pessoas que poderiam vê-la daquele jeito e testemunhar sua fragilidade humilhante, é claro que tinha que ser *Sylvia*. Morrer seria menos doloroso. Lorelei sentiu vontade de socar a parede, de mergulhar no rio e naufragar o barco com seu poder e a força de sua ira. Anos antes, tinha sido covarde demais para proteger aqueles que amava. Dessa vez, chegara tarde demais.

As coisas nunca mudavam.

— Feche a porta — exclamou Lorelei, exasperada. — Ela vai te escutar.

As almas dos mortos não partiam imediatamente; falar de sua morte quando ainda podiam ouvir era o pior desrespeito capaz de imaginar. Ela se sentiu ridícula apegando-se a uma crença yevanesa naquele momento, mas era tudo o que tinha.

Sylvia acatou o pedido sem questionar. Quando voltou, ajoelhou-se na frente de Lorelei e tirou de algum bolso um lenço que trazia consigo. Com os dedos trêmulos, Lorelei aceitou e terminou de enxugar as lágrimas que já secavam em seu rosto. O lenço de seda estava cuidadosamente dobrado e era cor de ameixa, tão cheio de babados quanto a camisola de Sylvia e, assim como a dona, cheirava a rosas e limão. Aquele detalhe ridículo conseguiu acalmar Lorelei. Ela inspirou com firmeza até que a névoa em sua mente começou a se dissipar e o mundo ao redor pareceu mais sólido.

Não havia fantasmas ali.

Quando se atreveu a olhar para Sylvia outra vez, a preocupação em seus olhos a deixou desconcertada. À luz da vela, a cicatriz grossa em sua bochecha parecia recém-adquirida.

— Lorelei, pode me contar o que aconteceu?

Parte dela queria fechar os olhos e fingir que os últimos dez minutos não tinham acontecido. Outra parte, mais brutal, queria tomar o castiçal de Sylvia e acertá-la na cabeça, substituir um problema por outro. Mas não havia escapatória desse pesadelo; Ziegler estava morta e Lorelei fora encontrada sozinha com o corpo. Não havia nenhuma explicação que ela pudesse dar a Sylvia que não soasse incriminatória.

— Não consigo — balbuciou ela. — Não quero conversar.

— Você nunca quer conversar — disse Sylvia, gentilmente. — Por favor, fale.

— Ziegler... — Falar em voz alta tornaria tudo aquilo real; ela não sabia se suportaria. — Ziegler está morta.

— Como assim, morta? — A voz de Sylvia soou tão alta quanto vidro se quebrando no corredor silencioso.

— *Morta*, von Wolff. Pelo amor de Deus — respondeu Lorelei, sua voz embargada. Ela afundou o rosto nas mãos, sentindo-se sem forças até para ficar furiosa com Sylvia. — Não há nada nas entrelinhas.

Aquilo não parecia ser possível.

Ziegler sobrevivera a todas as suas aventuras. Ela escalara montanhas em meio à nevasca e percorrera selvas com jaguares em seu encalço. Atravessara desertos com todo o seu equipamento amarrado às costas, munida apenas de um cantil de água. Para Lorelei, Ziegler fora uma deusa, intocável e inatingível. Mas ela vira seu corpo ferido. Ela o tocara.

Ziegler realmente morrera.

Era como se uma estrela tivesse se apagado. Que morte trivial. Que perda. E a brutalidade impiedosa da coisa, a *injustiça*, deixava Lorelei sem ar. Menos de doze horas antes, Ziegler estava absurdamente viva. E mentira para ela. Lorelei nem sequer conseguia se lembrar das últimas palavras que dissera à professora; só conseguia pensar em todas as coisas das quais sentira vontade de acusá-la.

— Que tragédia. — Sylvia parecia abalada. — Sinto muito ter sido você a encontrá-la.

Os espinhos no peito de Lorelei comprimiram seu coração de tal maneira que ela mal conseguia raciocinar em meio à raiva. Depois de todos aqueles anos, depois de todos os insultos trocados entre as duas, como Sylvia *tinha coragem* de fingir se importar com ela? Lorelei sentiu vontade de esganá-la, de retribuir a empatia com crueldade. Aquela raiva pelo menos parecia ser um bálsamo para toda a violência de seu luto. Mas estava exausta demais para transformá-la em uma arma, então envolveu-se nela para usá-la como uma armadura.

Tão fria quanto uma noite de inverno, ela respondeu:

— Obrigada.

Sylvia hesitou.

— Você deveria descansar. Eu posso acordar os outros. Eles precisam saber.

Uma pontada de pânico tomou conta de Lorelei. Sem pensar, ela segurou Sylvia pelo cotovelo.

— Não!

As duas olharam para a mão de Lorelei ao mesmo tempo. Devagar, Lorelei soltou Sylvia, flexionando os dedos como se tentasse fazer passar uma câimbra. Sylvia, por sua vez, parecia ter levado um golpe.

— Lorelei... É claro que quero te dar espaço para lidar com o luto — disse ela, calmamente. — Mas acho que isso não é algo que podemos esconder deles por muito tempo.

— Claro que não. Mas você ainda não pode contar para ninguém, e com certeza não deve fazer isso sozinha. Dá para usar a cabeça? Se não nos unirmos, vão suspeitar de nós.

— Está dizendo que vão achar que *uma de nós* a matou? — E, como se as peças finalmente se encaixassem dentro de sua cabeça, Sylvia empalideceu. — Você quer dizer que um de nossos amigos a matou?

Amigos era uma palavra forte, mas Lorelei não queria discutir.

— Ela foi esfaqueada.

— *O quê?* — Sylvia estava branca como um fantasma. — Por que alguém faria isso?

— Wilhelm quer que o Ursprung garanta a segurança de seu reino. Os herdeiros de cada uma das províncias estão aqui neste barco. Nem todo mundo acredita que Brunnestaad deva se tornar um reino unificado, ou que Wilhelm deva ser o rei. — A raiva ardente que brotava em seu peito era como um veneno adocicado que tomava o lugar de seu desespero. — Agora ele vai escolher uma rainha em Albe, que provavelmente será você. Talvez alguém não tenha ficado feliz com isso.

Johann e Heike certamente não ficaram.

— Se bem me lembro — continuou Lorelei —, nem mesmo você estava feliz com a ideia.

— Não, mas eu jamais... — Uma nota de pânico e indignação se infiltrou na voz de Sylvia. — O que está insinuando? Foi você quem a encontrou. Isso significa que *você* é a maior suspeita.

Lorelei não tinha como responder aquilo. Era verdade, quer ela quisesse ou não, mas as duas estavam em um impasse.

— Fique calma. Não estou te acusando de nada.

— Eu não *consigo acreditar* que você... — Quando Sylvia se deu conta do que Lorelei dissera, sua afronta se apaziguou. — O que disse?

— Eu não acho que foi você. — Lorelei quase sentiu-se decepcionada ao admitir.

No entanto, quando tocara em Ziegler, seu corpo ainda estava quente. Ela tentou afastar o pânico que ameaçava nublar a realidade outra vez.

Pense, ordenou para si mesma.

E se o corpo estava quente, parecia improvável que tivesse sido Sylvia. Ela não teria tido tempo para assassinar Ziegler, voltar para o próprio quarto, trocar de roupa e depois retornar para a cena do crime como quem tinha acabado de sair da cama. E, mesmo que isso fosse possível, por que voltar para confrontar Lorelei? Sylvia era mais inteligente do que isso.

Além disso, Lorelei tinha uma certeza inabalável de que Sylvia era inocente. Não por motivos lógicos, mas por tê-la observado por anos. Ela *conhecia* Sylvia. Seus trejeitos e seus medos. Sua forma de escrever e seu jeito afetado de falar. Sabia como gostava de tomar chá — com uma quantidade asquerosa de açúcar —, qual era sua cor favorita — *violeta*, não roxo — e quais eram seus pontos fracos. Sylvia era transparente até demais. Quando estava feliz, ela ria. Quando estava triste, chorava. Ela não conseguiria ser sutil nem se a própria vida dependesse disso.

Não, Sylvia não era do tipo frio e calculista. Ela era expansiva demais, sincera demais, *heroica* demais. Lutara na guerra, mas Lorelei imaginava que até isso ela deveria ter romantizado. Sylvia provavelmente cavalgou para a batalha de armadura reluzente, montada em um cavalo de guerra, arrastado seus companheiros para longe do campo de batalha, talvez derrubado um batalhão inteiro apenas com seu sabre e um solilóquio improvisado sobre a inevitável tragédia da guerra. Mas matar alguém daquela forma, de maneira tão cruel... Simplesmente não fazia parte de sua natureza.

— Você não teria coragem de fazer isso — disse Lorelei, relutante.

— Nem você, não importa o quanto queira que as pessoas pensem o contrário. — Os lábios se Sylvia se curvaram em um sorriso que beirava a ternura. — Eu já conheci monstros de verdade.

Perceber que Sylvia conseguia decifrá-la daquela maneira era tão constrangedor que beirava o insuportável. Aquela velha parte obstinada de Lorelei sentia vontade de intimidar Sylvia, amedrontá-la, fazer toda e qualquer coisa a seu alcance para provar que ela estava errada. Porém, estava cansada demais para brigar. Tudo o que ela queria era dormir por uma década inteira.

— Então acho que nós duas concordamos que o melhor é que a gente se apoie.

— É, você tem razão. — Ela respirou fundo, como se tomasse coragem. — Acho que consigo depor a seu favor pelo menos dessa vez. Não vai ser fácil, mas acho que se eu me esforçar vou conseguir...

— Do que está falando? Você não vai ter que prestar depoimento algum. Só precisamos dizer que encontramos o corpo juntas.

— Mas isso não é verdade! — protestou Sylvia. — E, para ser sincera, seria difícil de acreditar. O que eu e você estaríamos fazendo juntas no meio da noite?

Não, ela não se dignaria a responder aquela pergunta. Uma coisa tão absurda nem sequer merecia ser considerada.

— É só uma mentira inofensiva para nos protegermos. Será um segredo nosso. Imagino que isso seja suficiente para sua régua moral.

Depois de uma breve eternidade, Sylvia jogou os braços para cima.

— Está bem.

— Certo.

Naquele momento, Lorelei percebeu o que tinha feito. Se alguém descobrisse que estavam mentindo para se proteger, seria muito pior do que a alternativa. Com aquele pacto frágil, tinha colocado a própria vida nas mãos de Sylvia. E Sylvia tinha feito o mesmo.

À luz pálida do luar, enquanto a névoa beijava as janelas, Sylvia ainda se parecia com um espectro, com algo que poderia escapar por entre os dedos de Lorelei se ela segurasse com força demais.

Lorelei e Sylvia foram de porta em porta para chamar os outros até que todos estivessem no corredor, confusos e sonolentos, ainda em vestes de dormir. Quando deram a notícia, o silêncio foi tão arrebatador que Lorelei se perguntou se teriam realmente escutado.

Então o caos começou.

— Como?

— Quando isso aconteceu?

— Onde ela está?

Lorelei deixou que as perguntas caíssem sobre ela com um distanciamento frio e controlado. As lamparinas queimavam lentamente nas arandelas, atenuando as margens da escuridão. O amanhecer começava a se esparramar cautelosamente pelo céu, como uma pérola de sangue lançada na água.

— Ainda não temos respostas — afirmou Lorelei, falando mais alto do que os outros. — Von Wolff e eu a encontramos juntas, dez minutos atrás.

Sylvia parecia estar sentindo uma dor física e o coração de Lorelei disparou como se tivesse pulado um degrau no escuro. Por um momento, se perguntou se Sylvia daria para trás e a jogaria na fogueira. Mil desfechos terríveis se desenrolaram em sua mente, todos eles terminando com ela pendurada na corda de uma forca.

Se Sylvia realmente quisesse arruiná-la, seria preciso muito pouco.

— Isso mesmo — disse Sylvia. As pernas de Lorelei quase cederam tamanho alívio. — Pensamos que seria melhor se falássemos sobre isso juntos. Me parece... se tratar de um crime.

— Crime? — questionou Johann. O interesse em sua voz era nítido. — Acham que ela foi assassinada?

— Havia sinais de esfaqueamento no corpo. — respondeu Lorelei em tom rígido.

Sussurros ansiosos percorreram o grupo. Ludwig parecia enjoado, mas o semblante dos demais era completamente indecifrável.

— Está bem — disse Johann. — Vou dar uma olhada.

Ele buscou a maleta médica no quarto e, quando voltou ao corredor, Lorelei os conduziu à sala de comando. Na névoa turva do início da luz do dia, a caminhada pareceu um delírio. Lá dentro, tudo estava exatamente como Lorelei havia deixado. O corpo de Ziegler estava no mesmo lugar, e sua pele começava a inchar e perder a cor onde os fluidos se acumulavam. Seus olhos encaravam o vazio. A água derramada se espalhava como vidro sobre a mesa e o assoalho, misturada com sangue. Lorelei se viu fitando a xícara de chá na mesa de Ziegler, com sua concha incrustada e alça em forma de coral. Ziegler sempre gostara do objeto porque sua extravagância a divertia. Sem prestar muita atenção, Lorelei sentiu a brisa úmida entrar pela janela aberta — e notou que o elwedritsche de Ziegler sumira de seu poleiro. Deve ter fugido depois que Ziegler morreu. Monstro desleal.

Já vai tarde.

Ninguém se pronunciou. Ela sentiu o pavor se espalhar pelo grupo como um vento gelado. Heike, agarrada ao braço de Adelheid, afundou o rosto em seu ombro com um soluço sufocado. Lorelei achava que estava familiarizada com o luto. Naquela noite, doze anos antes, algo fora arrancado de dentro dela, abrindo um buraco que jamais se fecharia. Por essa ferida, pedaços de Aaron se infiltraram. Seu medo de sangue. A sombra dele sempre à espreita na escuridão. O riso ressonante de seus assassinos. Ela já estava acostumada a conviver com fantasmas. Por isso, pensou que não se abalaria ao ver Ziegler novamente.

A expressão de Johann permaneceu a mesma ao se agachar ao lado do corpo de Ziegler. Ele fechou os olhos e estendeu as mãos sobre o corpo. Seus dedos se contraíram como se manipulassem os fios invisíveis de uma marionete. Embora a maioria das pessoas tivesse algum grau de aptidão para a magia, somente poucos, os que tinham a máxima precisão técnica, podiam se tornar médicos. Eles estudavam por anos, aprimorando a arte de detectar anomalias nos fluídos corporais. Era algo que Lorelei não conseguia entender. O corpo humano era basicamente constituído de água; tudo parecia uma massa uniforme para seus olhos não treinados.

— Eu diria que a hora da morte foi por volta das duas da manhã. — Johann abriu os olhos. Havia uma expressão estranha em seu rosto, algo parecido com fascínio. Um sentimento de repulsa se desenrolou nas entranhas de Lorelei. — Há fluídos nos pulmões. Sangue, eu imagino. O ferimento parece ser a causa da morte. Foi uma punhalada precisa, provavelmente feita com uma faca.

— Foi um humano, então. — Adelheid comprimiu os lábios com força. — Mas a tripulação não tem acesso a estes aposentos.

Heike se esforçou para soar indiferente.

— Está sugerindo que *um de nós* a matou?

— Essa seria a explicação mais razoável — concordou Johann.

— Não vamos nos precipitar. — Ludwig levantou as duas mãos em um gesto conciliatório. — Tenho certeza de que há outra explicação plausível.

— Qual? — indagou Johann.

Ele pegou um bisturi na maleta e fez uma incisão delicada no braço de Ziegler. Quando o sangue escorreu vagarosamente, ele pressionou um frasco contra o local para coletá-lo. Lorelei se escorou na parede ao sentir uma súbita tontura.

— Vocês não podem estar falando sério — disse Heike com um riso sombrio. — Eu conheço todos vocês desde que éramos crianças. Ninguém aqui é um assassino.

— Bom, tecnicamente isso não é verdade — interveio Ludwig, cheio de dedos.

Às vezes era fácil esquecer que metade deles — Adelheid, Johann e Sylvia — tinha lutado pela causa de Wilhelm. Mesmo tendo um título, Ludwig ainda era um plebeu de nascimento, ninguém esperava que ele partisse para a batalha. Heike tinha ficado de fora porque a guerra "ia contra seus princípios". Lorelei desconfiava que os princípios em questão tinham mais a ver com autopreservação do que com um ideal pacifista. As crianças em Sorvig não eram treinadas para a batalha como acontecia em Herzin ou Ebul; era um território pequeno e muito rico que valorizava muito mais inteligência do que o manejo de uma espada.

Johann e Adelheid não se abalaram com a brincadeira de Ludwig, mas Sylvia reagiu fisicamente. Seus ombros se curvaram e, por um momento, seus olhos prateados ficaram distantes. Lorelei detestou ver aquilo. A mudança rápida, como uma vela que se apaga, a desestabilizou.

— É realmente *assassinato* em um contexto de guerra? — indagou Heike, apontando um dedo para ele. — Fique quieto. Você não está ajudando. E você! — Ela se virou para Johann. — Pare de provocar os outros.

Johann tampou o frasco de sangue com uma rolha e se levantou. Sua sombra dividiu a sala em duas.

— Você pode acreditar no que quiser, mas não pode se esconder da verdade. Você passou a vida toda sendo mimada e protegida em um castelo solitário com vista para o mar.

— Johann — sibilou Adelheid.

— Como se atreve? — A voz de Heike soava trêmula com a raiva reprimida. — Você sabe que isso não é verdade.

Johann continuou, impassível.

— A verdade é que todos aqui tinham uma razão para querer a morte de Ingrid Ziegler.

Os olhos de Sylvia se incendiaram.

— Pode ser, mas só um de nós tem a capacidade de colocar isso em prática.

O divertimento cruel no semblante de Johann por fim desapareceu. Os músculos de sua mandíbula se retesaram e ele a encarava com um olhar fulminante.

Lorelei não aguentava mais ouvi-los falar sobre assassinato de forma tão leviana. Uma dor de cabeça aflorou em suas têmporas e ela se sentiu perigosamente à beira de perder o controle de seu poder.

— Chega!

Todos ficaram em silêncio ao mesmo tempo. Devagar, Lorelei se obrigou a relaxar os punhos que até então estavam cerrados.

Algo a incomodava — uma coisa que ela não conseguira identificar até aquele momento.

— Ziegler não conseguia usar magia muito bem. Por que alguém a esfaquearia quando poderiam facilmente tê-la afogado? Parece uma decisão muito mais difícil.

Johann olhou para Lorelei com uma intenção clara.

— Talvez a pessoa simplesmente não conseguisse.

Lorelei sentiu todos os olhares voltarem-se para ela.

— Cuidado com suas insinuações.

— Johann, não quero acusar você de mentir, mas nós dois sabemos que isso não parece ser um esfaqueamento — interveio Sylvia.

— Há algumas anomalias, mas é a explicação mais simples — justificou lentamente.

Uma expressão sombria de compreensão tomou conta do rosto de Adelheid.

— Quase não tem sangue. Nem pela sala, nem no corpo dela.

— Do que vocês estão falando? — Heike parecia ligeiramente nauseada.

— Um esfaqueamento gera muita sujeira — explicou Sylvia, estremecendo. — O ferimento provavelmente foi feito depois de seu coração já ter parado de bater. — Ela se aproximou do corpo de Ziegler e segurou a mão da professora, levantando-a. — Esse tipo de descoloração geralmente indica perda de oxigênio, não é?

— Sim — balbuciou Johann — De fato. Eu não tinha percebido isso.

— Claro que não tinha — disse Lorelei, mal-humorada. Ele estava tentando incriminá-la? — Então ela se afogou.

— Talvez — disse Johann, contrariado. — Ainda não consegui determinar exatamente como ela foi morta. Não há contusões no corpo, não há sinais de confronto físico. Se foi afogamento, ela não reagiu. As pessoas não se entregam à morte assim tão fácil.

— A porta dela estava desprotegida. — Adelheid passou os dedos pelo batente de madeira. — Se isso for um feitiço de uma criatura da floresta, explica a ausência de sinais de luta.

À menção de suas preciosas criaturas, Sylvia interveio.

—Até onde sei, não há criatura da floresta capaz de fazer algo assim. Se tivesse sido uma nixe, não haveria corpo. E os alps sufocam suas vítimas, mas com o próprio peso, não com água. Além disso, nenhum deles usa facas.

Não restava dúvida, então. Alguém naquela sala tinha assassinado Ingrid Ziegler.

— Então o que estamos fazendo parados aqui? — bradou Heike. — Um de nós pode ser o próximo! Temos que sair deste barco e voltar para casa. Agora mesmo.

— Não — vociferou Lorelei. — O que temos que fazer é agir racionalmente e *com calma*. Na ausência de Ziegler, eu sou a líder da Expedição Ruhigburg. Vou escrever para Wilhelm para saber o que fazer. Enquanto isso, Johann, quero uma autópsia completa. Ludwig, quero que analise a amostra de sangue em busca de sinais de envenenamento. Heike e Adelheid, fiquem responsáveis pela navegação. E, von Wolff, substitua as proteções.

Por um instante, todos se limitaram a olhá-la em um silêncio aturdido.

— É uma ordem — reforçou ela, surpresa com a convicção firme na própria voz. — Agora *podem ir*.

CAPÍTULO SEIS

Na noite seguinte, o corvo-correio entrou pela janela aberta da sala de comando.

As penas da ave tinham uma tonalidade índigo e brilhavam quase tanto quanto o verniz da escrivaninha. Lorelei sentiu frio nas bochechas com a lufada de ar fresco. Uma névoa espessa se formara mais uma vez, rastejando pela floresta como a luz de uma vela vazando por debaixo de uma porta trancada. De onde estava, conseguia ouvir o zunido do motor e a agitação constante da água, o que causava nela uma sensação parecida com uma segunda pulsação.

Lorelei desatou o nó de barbante da perna da ave e pegou uma carta com o selo de Wilhelm, um dragão gravado em azul escuro vibrante. Por trás dela, havia uma folha solta de papel cuidadosamente dobrada em formato quadrado. Com as mãos trêmulas, abriu a mensagem e começou a ler.

Lorelei,

Gostaria de poder agradecê-la por sua carta, mas dado o teor do conteúdo, receio não ser possível. No entanto, quero agradecê-la por sua franqueza e brevidade, e pretendo, até onde for possível, conceder a você a mesma cortesia. Em suma: sigam no caminho. Caso se espalhe a notícia de que este projeto é impopular até mesmo entre meus amigos mais próximos, serei devorado por meus inimigos. Não posso me dar ao luxo de demonstrar qualquer tipo de fraqueza diante deles.

Conheço muito bem cada um dos membros do grupo e, embora queira atestar que nenhum deles seria capaz de tal atrocidade, estaria faltando com a verdade se o fizesse. Se um deles está determinado a sabotar minha expedição, não darei a ele ou ela este prazer. Acredito que a culpa ou a pressão acabarão por revelar sua identidade.

Envio também outra carta selada endereçada ao grupo comunicando minha vontade: que a expedição prossiga e que você continue a comandá-la. Ziegler, que Deus a tenha, sempre falou muito bem de você e vou honrar a decisão que ela tomou antes de morrer.

Lembro-me principalmente dos elogios que ela tecia ao seu olhar apurado para detalhes e análises. Peço que faça uso desses atributos em prol da Coroa. Desejo saber quem foi o responsável antes de seu retorno à Ruhigburg. Se não for capaz de descobrir, espero que entenda que alguém deve responder pelo assassinato de Ziegler. União exige sacrifício. Caso descubra, no entanto, ficarei feliz em tê-la como minha conselheira.

Queime esta carta depois de lê-la. Encontre o Ursprung. Quanto ao corpo, faça com ele o que julgar apropriado.

Atenciosamente,
Wilhelm

— Filho da puta — murmurou Lorelei.

Releu a carta mais duas vezes antes de jogá-la sobre a mesa, enojada.

Wilhelm aparentava ser um almofadinha charmoso, mas seu coração era tão frio quanto o de Lorelei. O dele era de um frio desolador e sem limites, como uma longa noite de inverno. Ela quase o admirava por isso, não fosse o medo formigando sob sua pele.

União exige sacrifício.

O plano de Wilhelm era simples e impiedoso e, para ela, muito familiar: criar um inimigo comum. Os yevaneses foram o bode expiatório favorito de Brunnestaad por séculos, levando a culpa por todos os infortúnios do reino, desde a praga até a insurreição. Embora Ziegler tivesse dado a ela de bandeja tudo o que sempre desejara, embora ninguém soubesse que ela era capaz de usar magia — no fim das contas o ódio engoliria a razão em um piscar de olhos.

A menos, é claro, que descobrisse quem era o assassino.

Para Lorelei, havia apenas dois suspeitos possíveis. Primeiro havia Johann, um soldado fanático que a desprezava o bastante para incriminá-la, recusava-se a aceitar uma rainha de Albe e discordava da tolerância de Wilhelm. Se ele realmente acreditava que Brunnestaad seria invadida por pessoas que considerava inferiores, então é claro que lutaria para preservar o que era seu.

Depois havia Heike. Menos provável, certamente, mas Lorelei conseguia enxergar um motivo. Ela e Sylvia tinham uma desavença antiga; se quisesse atrapalhar sua ascensão ou prejudicar Wilhelm por tê-la ignorado, sabotar a expedição certamente era uma das melhores formas de se fazer isso.

Não acusaria nenhum deles sem provas, é claro, mas aquela era uma investigação que poderia muito bem resultar em sua morte. Ela se tornaria um alvo assim que desconfiassem de que estava montando o quebra-cabeças.

E, mesmo assim, ela não conseguia negar a própria curiosidade, assim como não conseguia ignorar o senso de justiça que crescia em seu peito. Ziegler a escolhera por uma razão. Para escapar da morte, teria que pensar como ela: holisticamente. Tudo estava conectado. Assim como a magia apontava para sua fonte, as ações do assassino também. Mais importante ainda, teria que pensar como uma folclorista. Aquele grupo não era nada além de uma coleção de contos populares que precisaria catalogar e dissecar. Então ela os abriria e os inspecionaria por dentro, e faria isso sem que nenhum deles desconfiasse.

E tudo isso para servir a um rei que a usaria como bode expiatório sem pensar duas vezes.

Wilhelm alegava que queria encontrar o Ursprung para estabilizar Brunnestaad, mas Lorelei já não acreditava tanto nisso. Com o poder do Ursprung, ele poderia afogar exércitos inteiros sem mover uma palha, poderia inundar as plantações dos inimigos e fazê-los morrer lentamente de fome. Ele usaria o poder livremente para conseguir o que quisesse.

E fazia diferença? Wilhelm era um rei bastante tolerante. Ele não incitara nenhum massacre contra os yevaneses, nem os tinha expulsado. Ela escolheria Wilhelm em vez de um rei desconhecido sem pestanejar. Quando tudo terminasse, teria a confiança do rei e sua liberdade.

Todo o resto viria como consequência.

Ela era capaz de fazer aquilo. Sob certo nível de pressão, um deles certamente perderia o controle. Eles confessariam ou talvez cometessem um erro crasso. Era possível que já até tivessem cometido, algo que passara batido por ela. Lorelei segurou o puxador de uma gaveta e puxou-a na tentativa de abri-la, mas estava trancada. Também não teve êxito ao tentar abrir a gaveta seguinte, ou a que vinha logo abaixo.

Não importava. Lorelei destampou o frasco que carregava no bolso. Respirou fundo e se concentrou na água contida lá dentro até que sentiu a própria consciência se expandindo.

Com um aceno de sua mão, o líquido subiu, serpenteante, e se enroscou na fechadura. Lorelei cerrou o punho e uma camada de gelo se espalhou pelo metal. Depois, vasculhou todas as coisas espalhadas pela mesa de Ziegler até encontrar o que procurava: seu abridor de cartas, que tinha um cabo perolado delicadamente entalhado. Antes que pudesse pensar muito, usou a extremidade do cabo para golpear a fechadura. O metal caiu no chão com um baque agudo e cacos de gelo se espalharam pelo assoalho.

A gaveta estava vazia.

Lorelei tocou a boca com o polegar. Quem quer que tivesse feito aquilo tinha a intenção de atrasá-los. Ninguém além de Lorelei sabia como Ziegler organizava seus arquivos, que era... sem sentido algum. O assassino provavelmente os roubara para inspecioná-los com atenção. Ela guardou esse pensamento para mais tarde. Naquele momento, sabia o que fazer. Wilhelm dera a ela uma faca; era hora de usá-la contra os demais.

Eles se reuniram na sala de comando. Enquanto Lorelei examinava cada um deles, sentia que a tensão no ar era tão espessa quanto a névoa. Ninguém se atrevia a olhar de volta, como se a verdade pudesse transparecer em seus olhos. Ela duvidava que isso fosse possível.

Havia um conto popular que Lorelei transcrevera muitas vezes sobre o assassinato de um yeva. Ele estava transportando suas mercadorias para a cidade quando um alfaiate, que estava em maus lençóis, bolou um plano perverso: matar o yeva e roubar o dinheiro que ele certamente tinha. Em seu último suspiro, o yeva amaldiçoou o alfaiate:

— O sol radiante trará tudo à tona.

Quando a vida se esvaiu de seus olhos escuros, o alfaiate ficou desolado ao perceber que o yeva não possuía uma única moeda.

Lamentando sua má sorte, enterrou o yeva embaixo de um zimbreiro e deixou a carroça para apodrecer ao sabor das intempéries.

Anos depois, a situação do alfaiate tinha mudado. Ele tinha uma casa repleta de coisas bonitas que era cuidada por sua bela esposa. Certo dia, estava sentado na varanda com uma xícara de café quando o sol chegou no meio do céu. Em dado momento, os raios solares bateram no café e refletiram moedas de luz dourada no teto. Ao vê-las reluzentes e ondulantes, ele se lembrou do yeva que assassinara muito tempo antes. O alfaiate riu sem pudor.

Quando sua esposa veio perguntar o que era tão engraçado, o alfaiate respondeu:

— Ah, o sol radiante gostaria muito de trazer tudo à tona, mas não consegue.

Ele foi pressionado pela esposa, que queria saber o que aquilo significava. Diante da promessa de que não contaria a mais ninguém, o homem confessou tudo o que havia feito e contou à esposa sobre a maldição do yeva. É claro que, em poucas horas, toda a vizinhança ficou sabendo de seu crime. Então, o alfaiate foi julgado no dia seguinte e condenado à morte.

Lorelei nunca gostara muito da história. O que havia de reconfortante em um alerta sobre a loucura de esposas solitárias fofoqueiras? Aos doze anos, ela havia aprendido que não existia justiça de verdade no mundo.

Ela atirou a carta fechada sobre a mesa.

— Recebemos uma resposta do rei.

Todos a leram em silêncio, visivelmente apreensivos. Quando Heike terminou, rasgou o pergaminho ao meio e escondeu o rosto nas mãos.

— Como Wilhelm tem coragem de nos deixar aqui?

— Ele está tentando evitar uma guerra civil — atestou Adelheid, sem grandes emoções. — É um risco calculado.

— Concordo. — Lorelei cruzou as mãos sobre o queixo. — Ziegler era uma forasteira no grupo de vocês, assim como

Uma Correnteza Sufocante **97**

eu. Imagino que ele esteja deduzindo que não se voltariam uns contra os outros.

— É claro que não faríamos isso — disse Ludwig, com uma expressão triste. — Afinal de contas, fizemos uma promessa.

Lorelei percebeu que havia uma história ali.

— Uma promessa?

No começo, ninguém disse nada.

— Nossos territórios foram incorporados na Primeira Guerra da Unificação — começou Sylvia. — As negociações após a campanha foram difíceis e nossos pais estavam sempre em Ruhigburg para tratar de assuntos oficiais. Mas enquanto eles se hostilizavam no tribunal, nós seis ficávamos brincando juntos. Eu me lembro dessa época com muito carinho.

Ludwig ergueu as sobrancelhas.

— Inclusive do dia em que deixamos você ilhada no lago?

Os demais riram. Até mesmo Adelheid abriu um sorriso contrariado.

— Exceto desse dia — respondeu Sylvia, impaciente. — De qualquer forma, Wilhelm nos fez prometer que, quando nós estivéssemos no poder, jamais daríamos espaço para o tipo de violência que testemunhamos na infância. Jamais nos voltaríamos uns contra os outros ou deixaríamos um de nós sofrer.

Era uma ideia romantizada e estapafúrdia, exatamente o tipo de coisa que apenas Wilhelm poderia ter proposto e somente crianças teriam aceitado. Ainda assim, nenhum deles riu de Sylvia. Lorelei percebeu que nenhum deles queria que os demais percebessem que tinham falhado na lealdade a Wilhelm.

O que era curioso. Aparentemente, eles nutriam uma consideração genuína por Wilhelm.

— Então espero que cumpram a promessa — disse ela energicamente. — Enquanto isso, podemos discutir a questão mais importante?

— A causa oficial da morte foi líquido nos pulmões. Morte por asfixia — anunciou Johann, parecendo ansioso para encerrar a conversa sobre as lembranças sentimentais da infância que tinham compartilhado.

— Não consegui detectar veneno botânico algum — complementou Ludwig. — Mas havia resquícios de hidrato de cloral no organismo dela.

Heike bocejou.

— Que significa...?

— Ela foi dopada antes de ser assassinada.

A boca de Johann se curvou em um sorriso malicioso que fez o sangue de Lorelei gelar. O médico não precisou dizer nada para que ela entendesse o que ele queria dizer: *o mesmo sedativo que você usa para dormir.*

O sedativo que *ele* preparara para Lorelei.

— Quem quer que seja o assassino é um usuário adepto de magia — continuou Johann. — Teoricamente, é possível que alguém da tripulação tenha decifrado a tranca...

— Isso é altamente improvável — interrompeu Adelheid, fazendo careta. — É complexa demais.

Ludwig franziu a testa.

— Talvez alguém tenha deixado a porta aberta?

— Claro — disse Lorelei, exasperada. — E aí alguém estava passando por acaso e decidiu aproveitar a oportunidade para dopar e assassinar Ziegler.

— É, você tem razão — respondeu Ludwig, encolhendo-se.

— Agora não é hora de sarcasmo — intercedeu Sylvia, olhando para Lorelei com uma expressão de censura. — De qualquer forma, se todos nós concordamos sobre a causa da morte, isso significa que não pode ter sido Lorelei.

— Ela pode ser uma feiticeira. — Johann segurou a presa prateada que trazia pendurada no pescoço. — Os yevaneses podem conseguir acesso à magia de formas antinaturais. Fazendo acordo com demônios, consumindo uma certa quantidade de sangue brunês para absorver poder...

— Cale a boca, Johann — gritaram Heike e Sylvia ao mesmo tempo.

As duas se entreolharam, surpresas por concordarem sobre alguma coisa. Heike desviou o olhar depressa e disse:

— Ninguém quer ouvir suas besteiras.

Johann ficou em silêncio, mas não poupou Lorelei de seu olhar furioso. Nada do que ele dizia a surpreendia, mas mesmo assim a abalava.

— Também não pode ter sido eu nem Ludwig — continuou Heike. — Nenhum de nós é tão habilidoso com magia como vocês.

— Não é preciso ser um especialista para afogar alguém — rebateu Johann, cortante.

Lorelei observou com certo fascínio quando Heike disse, com inocência premeditada:

— Tudo bem, então. Eu certamente não sou um gênio como o resto de vocês, mas se pararmos para pensar por um instante, acho que vai ser extremamente fácil responder quem fez isso. Não acha, Sylvie?

— Eu? — balbuciou Sylvia.

O sorriso de Heike se tornou cruel.

— Aposto que doeu não ter sido nomeada. Além disso, faz um bom tempo que sua mãe estava esperando por uma oportunidade como essa, não faz?

— Está bem, está bem — intrometeu-se Ludwig. — É verdade, pode ter sido Sylvia. Mas também pode ter sido eu.

Adelheid soltou um longo suspiro de exaustão.

— Essa é a questão, não é? Se o assassinato aconteceu às duas da manhã, nenhum de nós tem um álibi. — Ele olhou para cada um deles e depois acrescentou, como se não fosse nada demais: — Isto é, supondo que Johann esteja dizendo a verdade sobre o horário da morte.

— Por que eu mentiria sobre isso?

— Não mentiria — disse Ludwig, apaziguador. — Mas se tivesse deixado passar um detalhe...

A desconfiança pesava no ar, quase transformando-se em algo sólido.

— Chega dessa bobagem — disse Lorelei.

Era hora de colocar o próprio plano em ação. Se conseguisse convencer os demais a deixar isso para lá, se conseguisse convencê-los de que o assassino não representava perigo para eles, poderia conduzir sua própria investigação sem que a atrapalhassem.

— Há grandes chances de que o assassinato foi um ato isolado de desespero, cujo único objetivo era nos persuadir a voltar. O assassino falhou. Nós vamos deixar isso para trás pelo bem da expedição.

Johann a ouvia com certa perplexidade.

— Não vai tentar vingar Ziegler? A sua laia realmente não sabe o que é lealdade.

A acusação doeu mais do que o esperado. Era como se ele conseguisse enxergar sua alma e todas as coisas que ela mais desejava esconder. Ele tinha razão, afinal de contas. Lorelei abandonara Aaron em seus momentos finais, deixara que seus assassinos escapassem. Mas não cometeria o mesmo erro duas vezes. Não importava o quanto tivesse que mentir e se rebaixar aos olhos daqueles nobres, com o pouco poder que Wilhelm dera a ela, Lorelei levaria o assassino de Ziegler para a forca.

Ela ergueu o queixo ao dizer:

— Joguem Ziegler no rio e mapeiem nosso caminho. Vamos partir novamente assim que amanhecer.

— *Jogar no rio?* — Sylvia encarava Lorelei com horror genuíno. — Não acredito que você, de todas as pessoas, a desrespeitaria tanto! Ela merece um sepultamento digno!

Lorelei sabia muito bem disso. Em Yevanverte, os rituais fúnebres eram sagrados e eram feitos o mais rápido possível após a morte. Eles lavavam o corpo em água morna e o vestiam com uma mortalha branca simples, depois o velavam dia e noite até o momento do enterro, em que se usava um caixão comum de pinho. Eles teriam guardado o shivá, recebido pessoas e servido comida. Teriam permitido que o luto os unisse ainda mais.

— Ela também merecia uma morte diferente — observou Johann, sombrio.

— Faça uma cerimônia se quiser. — Lorelei massageava as têmporas, sem paciência. — Mas que seja breve.

Em menos de uma hora, eles arranjaram longos rolos de corda e amarraram os pulsos e tornozelos de Ziegler. Nas outras pontas, pedras. Não havia uma maneira respeitosa de jogá-la pela borda do barco, então a acomodaram em uma placa de madeira e a baixaram até o rio com ajuda de uma roldana. Ludwig encontrara flores secas em sua bagagem que foram suficientes para fazer uma coroa improvisada. Por um momento, os seis ficaram imóveis, observando-a flutuar na superfície. A correnteza chicoteava seus membros com violência e, quando Heike levantou seus braços, a água avançou e carregou Ziegler desajeitadamente para fora da prancha.

De esguelha, Lorelei lançou um olhar venenoso para Heike. Levou apenas um instante para que o corpo afundasse na água.

E assim, em um piscar de olhos, Ziegler se foi.

Lorelei sussurrou uma oração sem prestar muita atenção nas palavras. O único pensamento claro em sua mente era: *Eu não vou desperdiçar a chance que você me deu.*

Lorelei encontrou Sylvia no convés. Ela estava de braços cruzados, apoiada sobre o parapeito. À luz do luar e em meio à névoa, parecia não pertencer àquele mundo — quase solitária. O vento soprava, agitando as abas do casaco de Lorelei.

Como se sentisse a presença dela, Sylvia voltou-se para Lorelei. Ela comprimiu os lábios como se estivesse prestes a dizer algo ácido, mas, em vez disso, apenas perguntou:

— Podemos conversar?

— Vamos entrar primeiro. Está frio.

Lorelei a conduziu até a sala de comando. Sylvia se demorou à porta antes de entrar.

Lorelei já tinha arrumado tudo e esfregado o chão até que a sala não cheirasse mais a morte. Alguns dos livros de Ziegler ainda estavam ali, calhamaços de capa de couro rachado e com sinais do tempo, mas todo o resto fora fabricado na intenção de parecer mais velho do que realmente era, uma imitação da vida que tinham em Ruhigburg. Nada que era realmente de Ziegler estava entre aquelas paredes.

Nada além de seu fantasma.

Lorelei reprimiu aquele pensamento e o guardou onde deveria estar. Ela sentou-se à escrivaninha e perguntou:

— E então?

— Isso... — Sylvia não terminou a frase, procurando a palavra certa. — ... é mórbido. Até mesmo para você. Ela morreu há menos de 24 horas.

Lorelei abriu um caderno, determinada a não morder a isca de Sylvia.

— Continue. Estou deduzindo que você veio me pedir um favor e isso com certeza está me fazendo gostar mais de você.

Sylvia fechou a porta com uma força ligeiramente exagerada. Lorelei pousou a caneta e finalmente prestou atenção na aparência de Sylvia. Seu cabelo estava completamente desgrenhado, mais do que o normal, pelo menos. Suas bochechas estavam coradas e seu olhar tinha um aspecto delirante. Algo em Sylvia, cheio de fúria inarticulada, fez Lorelei pausar.

— O que está fazendo, Lorelei?

— Acho que você vai ter que ser mais específica.

— Você não pretende investigar o assassinato de Ziegler?

Ah, era isso. Lorelei devia ter se preparado para aquela conversa.

— Eu disse que sim.

— Nenhum — disse Sylvia, exasperada. — Você não tem *nenhum* plano. O que aconteceu com seus princípios? Sua fome pela verdade?

— Princípios. — Lorelei riu com deboche. — Se começarmos a nos tornar uma pedra no sapato, quem você acha que serão as próximas?

— Mas eu...

— Quer dizer mais alguma coisa? — interrompeu Lorelei. Ela tentara parecer desinteressada, mas em vez disso soara irritada. — Estou muito ocupada.

— É mesmo? — Sylvia arrancou o caderno das mãos de Lorelei.

Aquela foi a gota d'água.

— Eu quero chegar viva ao fim disto aqui! — vociferou ela.

— Eu também! — Sylvia bateu as mãos contra a escrivaninha e parecia prestes a saltar por cima da mesa para esganá-la. Lorelei sentiu os batimentos cardíacos acelerados. — Você não pode resolver todos os seus problemas fingindo não se importar. Ou fazendo cara feia para eles.

— Realmente — respondeu Lorelei, debochada. — Em vez disso, é melhor mergulhar de cabeça neles.

Sylvia fingiu não ouvir.

— Albe é a maior ameaça ao reinado de Wilhelm. E se ele quiser me acusar do assassinato de Ziegler?

Lorelei pestanejou.

— E por que ele faria isso?

Sylvia olhou para Lorelei sem acreditar, como se ela não compreendesse a urgência da situação.

— Ele poderia acusar minha mãe de traição e mandar nos prender. Quando nós duas estivéssemos fora do caminho, poderia colocar o puxa-saco que bem entendesse no meu lugar. Você não percebe? Será que não consegue enxergar nada além do próprio orgulho? Ou o seu objetivo sempre foi me deixar desesperada? Bem, você conseguiu.

Sylvia von Wolff, exigindo sua ajuda. Que engraçado. Principalmente porque ela acreditava de verdade que Wilhelm a culparia em vez da escolha óbvia: uma yeva.

— Não seja dramática. Não combina com você.

— Estou implorando.

Algo naquelas palavras fez Lorelei vacilar. Totalmente contra a própria vontade, pousou o olhar sobre os lábios de Sylvia.

Até onde está disposta a ir? Lorelei quis perguntar. *Como pretende me convencer?*

Quando seus olhos encontraram os de Sylvia outra vez, ela estava imóvel feito uma estátua. Por um instante, enquanto se olhavam com certa perplexidade, o calor da discussão se dissipou.

Lorelei sentiu-se inquieta ao se dar conta de que havia uma parte dela que gostava daquilo, de que havia um desejo deplorável e adormecido esperando por esse momento para vir à tona: Sylvia von Wolff, totalmente à sua mercê. Decidida a mandar o pensamento de volta para o abismo profano de onde saíra, Lorelei disse:

— Não.

A palavra despertou Sylvia de seu estupor.

— *Não?*

Lorelei sabia que a coisa mais sensata a se fazer era voltar atrás; Sylvia poderia ficar contra ela a qualquer momento. Mas a onda de poder que tomara conta dela a inebriava como um gole de uísque, doce e quente. Ela não conseguiu se segurar.

— Não vou te ajudar.

— Como você tem coragem...? Você é rancorosa e vil a esse ponto? — Sylvia soltou um suspiro trêmulo como se estivesse tomando coragem. — Então tá. Neste caso, eu te desafio para um duelo. Se perder, vai fazer o que eu pedir. E você *vai* perder, então é melhor se poupar do constrangimento e me ajudar.

Lorelei riu e Sylvia recuou um passo.

— Se acredita que sou capaz de tanta maldade, por que acha que vou me importar com minha honra? Minha resposta continua a mesma. Se você tem tanta sede de justiça, pode brincar de detetive sozinha.

— Como se atreve a falar comigo desse jeito? — Sylvia ruborizou. — Eu sou...

Ela não terminou a frase, chegando à mesma conclusão que Lorelei. Pela primeira vez na vida, seu nome não significava nada.

Lorelei ficou de pé, projetando sua sombra sobre Sylvia. Então se aproximou devagar, pé ante pé, até sentir o calor que irradiava do corpo da outra, até ouvir sua respiração entrecortada. Em momentos como aquele, Lorelei se deleitava com a forma como conseguia se erguer acima de Sylvia, que precisara inclinar o pescoço para sustentar seu olhar.

— O quê? O que você é?

Sylvia não se intimidou. Ela endireitou os ombros e olhou para Lorelei como se a visse pela primeira vez.

— Você realmente não tem coração.

— Se você diz. Agora, vá.

Sylvia passou por ela e saiu da sala.

Lorelei conseguira fazer com que ela recuasse. Imaginou que deveria estar se divertindo mais com aquilo, mas, por alguma razão, o sentimento não era nada parecido com o que pensara. Ela se jogou na cadeira, sentindo uma exaustão repentina, e passou os dedos pelo cabelo. Aquela fora uma vitória amarga. No silêncio da sala de comando, uma terrível verdade se tornou evidente: até que retornassem a Ruhigburg, não tinha ninguém a quem recorrer, ninguém em quem confiar, a não ser Sylvia von Wolff.

PARTE 2
Sangue na água

CAPÍTULO SETE

Lorelei mal pegou no sono. À noite, o barco se tornava um lugar mal-assombrado.

Sua mente transformava tudo em fantasmas: a lembrança da risada espalhafatosa de Ziegler; a imagem da forca que a aguardava; o ressentimento profundo nos olhos claros de Sylvia. Tudo era um lembrete cruel de que não podia falhar — não naquele momento. Quando o sol nasceu, ela já tinha domado os próprios sentimentos e encontrado clareza em meio à exaustão. Ficar se lamentando não a salvaria, mas tomar uma atitude talvez a salvasse.

O melhor lugar para começar a investigação era pelo elo mais fraco, ou, pelo menos, o mais provável a abrir o bico.

Lorelei bateu à porta ao lado da sua: a cabine de Ludwig. Quando ele abriu, a primeira coisa que ela notou foi o cabelo desarrumado. A segunda foi: que ele não tinha terminado de fechar os complicados botões dourados de sua camisa. Estava claro que tinha acabado de acordar. Ela precisou se segurar e reprimir o instinto de irmã mais velha de dar uma bronca nele por sua falta de responsabilidade. Afinal, onde já se viu? Já eram sete horas da manhã. Ele já devia estar completamente apresentável.

O olhar que Ludwig lançou carregava algo parecido com pena, o que causou um desconforto quase físico em Lorelei.

Antes que ele dissesse algo tão absurdo quanto *meus pêsames*, ela se adiantou:

— Tenho uma pergunta para você.

— Direto ao que interessa — disse ele. — Nem sequer um bom dia. Gostei.

Ela respondeu com um olhar irritado, mas entrou quando ele abriu passagem. Ao passar por Ludwig, Lorelei sentiu o leve aroma de flores prensadas.

Distraidamente, ela deu uma olhada no cômodo. Botânicos não precisavam de muito equipamento para fazer o próprio trabalho. Sua caixa de amostras de ferro laqueado — decorada por um pintor de paisagens cujo nome Lorelei não se lembrava — estava pendurada no encosto da cadeira da escrivaninha; útil tanto para armazenar espécimes de plantas quanto para afugentar os povos da floresta, registrou ela. Uma lupa com cabo de mogno entalhado repousava sobre uma pilha de livros ao lado de tantos anéis que pareciam ser um tesouro digno de ser guardado por dragões.

Lorelei sempre desconfiara que Ludwig sentia a necessidade de se blindar com riquezas, o que para ela era extremamente absurdo. Ele não precisava provar nada aos amigos e aos pares quando suas conquistas acadêmicas falavam mais alto do que qualquer coisa. Desde que se formara dois anos antes, Ludwig identificara mais de duzentas novas espécies de plantas, muitas delas com propriedades mágicas. Ela imaginava que, àquela altura, já haveria pelo menos dez com seu nome.

Ela fez menção de se sentar na cadeira da escrivaninha, mas ele foi mais rápido e a impediu.

— Não, não. Sente-se na cama. É mais confortável.

Desconfiada, ela se sentou na beirada do colchão. As molas rangeram suavemente.

Ludwig colocou seus anéis e, em seguida, empilhou uma montanha caótica de papéis em uma tentativa de organização.

— Por que estou com a impressão de que estou encrencado?

Lorelei enganchou o tornozelo por baixo do joelho.

— Por que Heike não gosta da von Wolff?

Ele ficou em silêncio por um momento, então abriu a gaveta da escrivaninha e guardou os papéis em que estava mexendo. Depois, virou-se para ela com um sorriso interessado, mas arredio.

— Veio em busca de fofoca sobre meus amigos... e eu ainda nem tomei café! O que você pensa de mim?

— Você não quer saber a resposta — respondeu, irônica. — Apenas responda a minha pergunta.

À medida em que foi conhecendo Ludwig, Lorelei começou a associá-lo à lenda *O lobo e a raposa*. Era curto, mas impactante, e sua mensagem simples e direta: se não puder ser a criatura mais forte da floresta, seja a mais sagaz. Se você for agradável, pode cobrar favores, pode persuadir os outros a revelar suas fraquezas, oferecendo-as como um presente. Por isso Ludwig era perigoso, ele tinha traços que inspiravam confiança e um sorriso afiado como uma faca nas costas.

— Você é uma pessoa muito intensa, sabia? — A gaveta se fechou com um clique. — Eu não deveria dizer nada.

Seu tom de voz indicava que suas intenções eram opostas ao que dizia. Para dar um empurrãozinho, Lorelei disse:

— Claro que não.

— Mas quando tínhamos mais ou menos quinze anos, a mãe de Heike propôs um acordo de casamento à mãe de Sylvia.

De todas as coisas que esperava que ele dissesse, aquela nem sequer estava na lista.

— O quê?

— Pois é. — Ele baixou a voz de forma conspiratória. — Sylvia não quis, é óbvio. Ainda me lembro da carta que ela me escreveu nessa época, foi como ler um romance. *Oh, que mundo injusto! Minha mãe é muito cruel e quer me vender como se eu fosse uma vaca premiada, mas eu me recuso a ser usada de tal forma. Estou escrevendo para pedir abrigo, Ludwig, pois sei que você é a única pessoa neste mundo que entenderá. Vou fugir hoje à noite mesmo!*

Lorelei teve a impressão de que ele adorava contar aquela história. Quantas vezes Ludwig devia ter lido aquela carta? E quantas vezes teria narrado para os outros para que rissem dela?

— Pelo visto von Wolff não mudou nada em dez anos — zombou Lorelei. — Imagino que Heike guarde rancor por conta disso.

— É mesmo. — Ludwig soltou o corpo na cadeira da escrivaninha. — Mas Sylvia tentou consertar as coisas entre elas várias vezes.

Lorelei franziu a testa.

— Mas não deve ter sido uma perda tão grande para Heike. Elas não têm nada a ver.

— Foi pelo princípio da coisa. É que Heike... — Ele hesitou, como se temesse ter falado demais. — Ela sempre quis sair de casa, não importava como. Sylvia sabia disso. Todos nós sabíamos.

É claro que Heike guardava ressentimento. Sylvia frustrara seus planos — duas vezes.

— Depois disso ela mirou em Wilhelm, mas ele só tem olhos para Adelheid — continuou Ludwig. — E você com certeza já percebeu...

— Heike e Adelheid. — Todo mundo já tinha notado os olhares furtivos e a maneira como tudo era uma desculpa para que se tocassem. Era um grande aborrecimento para todos os envolvidos. — Já.

Ele estalou os dedos e apontou para ela como quem diz *exatamente*.

— Nem preciso dizer que isso complicou tudo. E por isso todos nós estaremos sujeitos para sempre às dores de cotovelo alheias. Não que você entenda alguma coisa de dor de cotovelo.

Lorelei fez uma careta.

— Não entendi o que você quis dizer.

Antes que Ludwig tivesse tempo de responder, o barco deu um solavanco como se tivesse colidido com algo sólido e os dois sacolejaram com o tranco. O tinteiro sobre a mesa tombou e alguns dos livros de campo de Ludwig caíram no chão com um estrondo. Pela janela não se via nenhum obstáculo no caminho e a ausência de gritos significava que nada temível tinha emergido do fundo do Vereist. Não havia outra explicação a não ser incompetência alheia.

— O que foi isso? — indagou Ludwig.

— Não sei, mas pretendo descobrir — respondeu Lorelei.

Ele pareceu vagamente alarmado com a seriedade na voz dela.

— Acho que vou junto com você.

Na falta de outra coisa na qual pudesse descontar sua frustração, Lorelei rebateu:

— Você nem sequer se vestiu.

Ele deu de ombros.

Juntos, os dois partiram em direção à sala de navegação, desviando-se de marinheiros que gritavam uns com os outros. Por pouco Lorelei não abriu a porta do escritório da capitã a pontapés.

— Por que paramos?

A capitã do *Prinzessin*, Emma, estava parada diante de janelas que iam do chão ao teto, envolta por um feixe de luz solar. A mulher tinha cabelos grisalhos que se assemelhavam a uma nuvem e carregava um ar de mistério que fazia com que tudo o que dizia soasse um pouco como um prenúncio de desgraças.

— Lady Heike e Lady Adelheid apareceram de supetão alguns minutos atrás.

É claro. Ela devia ter imaginado.

— Por quê?

— Não chegamos a um acordo sobre o trajeto. — Ela deu uma tragada em seu cachimbo. — O rio se ramifica mais adiante. Podemos seguir para Albe ou pegar um afluente que passa por Herzin.

Para Lorelei, a melhor opção era evitar Herzin. Todos os contos populares sobre o Ursprung herziano começavam com um homem que se embrenhava na floresta em busca de poder. Inevitavelmente, ele se vê cercado por monstros: um lobo cuja voz ecoa em sua mente; três homens que prometem prendas (e que, quase sempre, são castigos) em troca de um pedaço de pão; uma donzela que se transforma em uma serpente quando ele tenta ajudá-la. O homem mata todos eles. A maioria dos heróis de contos como aquele tendem a ser mais espertos do que os seus inimigos, mas os herzianos sequer encontram um inimigo ou um problema que um soco bem dado não conseguisse resolver. O derramamento de sangue e a bravura é o que faz deles um refúgio digno para o poder do Ursprung. Os que não mereciam entrar em suas profundezas simplesmente morriam.

— Vou falar com elas. Para onde foram?

Emma apontou um dedo enrugado para o outro lado da janela, lá fora. Heike e Adelheid estavam uma de frente para a outra na popa em meio a alguma discussão. O semblante de Adelheid estava impassível com o tipo de calma que vinha de uma certeza categórica. Em uma das mãos, Heike tinha o que Lorelei supôs ser um mapa amassado e, na outra, um sextante que empunhava como uma arma. Era uma tentativa tola de intimidação, já que Adelheid tinha pelo menos dez quilos de músculos a mais que Heike e seus ombros eram duas vezes do tamanho dos de Heike.

Lorelei sentiu-se imediatamente exausta.

Ludwig a seguiu até o convés. Quando se aproximaram, Lorelei esbravejou:

— Podem me explicar por que meu barco está parado?

— Ah, Lorelei! Justamente quem eu queria ver.

Por alguma razão, Heike praticamente ronronou ao se dirigir à Lorelei.

— Por favor, será que pode me ajudar a resolver uma coisinha? — pediu Heike, piscando os cílios com amabilidade forçada.

— Ela não vai te ajudar — disse Adelheid. — Diferente de você, ela tem um pingo de bom senso.

Ludwig se acomodou em cima de um dos misteriosos instrumentos de radiestesia de Adelheid como se estivesse se preparando para um grande espetáculo. Lorelei teve vontade de dar meia-volta e entrar de novo.

— Não me metam nessa bobagem. Consertem isso.

— Não. — Heike segurou Lorelei pelo cotovelo. — Tenho certeza de que, quando me ouvir...

Adelheid se meteu.

— Eu tenho dados que comprovam meu argumento.

— Dados — repetiu Ludwig. — Bom, isso soa convincente.

Heike olhou para os instrumentos como se quisesse chutá-los para longe com Ludwig ainda em cima deles.

— Já sei que vou me arrepender de perguntar, mas qual é o problema? — Lorelei quis saber.

As duas abriram a boca para falar ao mesmo tempo. Lorelei pressionou a ponte do nariz entre o indicador e o polegar.

— Uma de cada vez, por gentileza.

Adelheid franziu os lábios, nitidamente descontente por ter que apelar para Lorelei.

— A concentração de éter ao longo deste trecho do rio está subindo em um ritmo que é, francamente, alarmante. Seria prudente recalcularmos rota.

Heike jogou as mãos para o alto, exaltada.

Uma Correnteza Sufocante 115

— Siga o éter, encontre o Ursprung. Não foi o que Ziegler disse? Eu juro que não consigo entender qual é o problema.

— Em teoria, o aumento seria mais gradual se estivéssemos de fato indo em direção ao Ursprung. Picos de atividade de magia como o que estamos vendo normalmente indicam... anomalias. — Adelheid tinha um semblante sinistro ao pronunciar a última palavra.

— E o que isso *quer dizer*, exatamente? — questionou Lorelei.

Ludwig se endireitou, o que nunca era um bom sinal.

— Já houve anomalias. Ontem à noite, Johann disse ter visto um veado com rosto de mulher.

— O quê? — Adelheid parecia genuinamente espantada. — Isso é absurdo.

— Ludwig, estou decepcionada com você. — Heike levou a mão ao quadril. — Não acredito que deu outro cogumelo de origem duvidosa para aquele coitado depois do que aconteceu da última vez.

— Aquilo não foi minha culpa — protestou ele. — Eu só mostrei o cogumelo.

Adelheid suspirou, pressionando os dedos nas têmporas.

— Não vamos discutir isso outra vez. Ter estado lá foi o suficiente.

— Por mais fascinante que seja essa conversa... — Lorelei olhou para elas de cara feia. — Que anomalias são essas?

— Mudanças ambientais — respondeu Adelheid. — Ou...

— Todos nós sabíamos que era arriscado — disse Heike com insistência inflamada. — Passar por Herzin vai aumentar nosso tempo de viagem em vários dias. Não sei vocês, mas não quero ficar neste barco nem um segundo a mais do que o necessário.

— Você quer nos conduzir diretamente para a maior concentração etérica que já vi em toda a minha carreira — argumentou Adelheid em voz baixa. — Não faço ideia do que vamos encontrar. É isso que me preocupa.

— Bom, eu sei o que encontraremos em Herzin.

O olhar de Heike para Lorelei dizia tudo. *Pessoas que querem a sua cabeça.*

Ela enrolou uma mecha de cabelo no dedo. A luz fria do sol o deixava com uma cor de ferrugem.

— Então o que vamos fazer, Lorelei?

Ela hesitou.

— Diga a Emma para continuar em direção a Albe.

— Sim, senhora.

O sorriso de Heike era de puro triunfo enquanto se dirigia para a cabine de navegação. O olhar de Adelheid também disse tudo. Dessa vez, foi apenas *Covarde*. Ela se doeu mais do que esperava.

Ludwig cruzou as mãos sob o queixo.

— Vocês duas estão se bicando mais do que o normal ultimamente. O que está rolando?

Adelheid o expulsou de cima do instrumento.

— Você não tem mais nada para fazer?

— Um poço de doçura como sempre — provocou Ludwig, piscando para ela. — Tchau.

Adelheid não deu ouvidos. Com uma careta resignada, se ajoelhou ao lado da máquina e começou a mexer em alguns fios soltos. Era mais simples do que Lorelei imaginava: havia um tubo longo de vidro preso em uma base de madeira e, dentro dele, fios de metal que se bifurcavam como galhos de árvore.

Lorelei pensou em deixá-la trabalhar em paz, mas não podia perder a oportunidade de falar com Adelheid sem que os outros — especialmente Johann — estivessem rondando.

— Pode me mostrar como isso funciona? — pediu.

Adelheid parou o que estava fazendo por um instante, surpresa, mas não olhou para cima.

— Se você quiser.

Lorelei sentiu um calafrio na nuca e uma longa sombra se projetou sobre ela. Então Johann disse:
— Tem certeza de que é uma boa ideia?
Lorelei se virou para encará-lo.
— Há quanto tempo está aí parado?
Seus olhos claros se fixaram nos dela.
— Estou sempre de olho, Kaskel. É bom que se lembre disso.
Adelheid olhou para ele com um toque de irritação afetuosa.
— Relaxe, Johann.
Depois de se demorar em um último olhar para Lorelei, ele fez um gesto com o queixo e foi embora. Adelheid balançou a cabeça.
— Ele é protetor com você — observou Lorelei, distraidamente.
— Sim. Ele espera o pior das pessoas tanto quanto espera de si mesmo. — Adelheid girou alguns botões sem olhar para ela. — Você está bem?
— Ótima — disse Lorelei, aborrecida.

Quando fechava os olhos, Lorelei podia ver os lábios azuis e os olhos injetados de Ziegler. Ainda se lembrava da sensação do corpo sem vida quando a virou. Ela respirou profunda e lentamente, tentando se ancorar no próprio corpo. Tinha se tornado fácil demais abandonar a si mesma, ser arrastada de volta para o terror mórbido daquela noite. Para desviar a conversa de seu tênue bem-estar, ela perguntou:
— *Você* espera o pior dele?

Lorelei se arrependeu assim que as palavras saíram de sua boca. Talvez estivesse sendo direta demais.
— Que pergunta. — Adelheid pareceu intrigada. — Mas não, não mais. Eu detestava Johann antes.

Aquilo sim foi uma surpresa. Lorelei podia contar nos dedos de uma das mãos o número de vezes em que viu Adelheid e Johann separados. Ele era como uma sombra densa e mal-humorada, seguindo-a para cima e para baixo e absorvendo tudo o que ela dizia como se fosse uma esponja.

— Por quê?

Adelheid olhou para Lorelei como se a resposta fosse óbvia.

— Ele sempre foi cruel e mesquinho, até quando era criança. Acho que, com o tempo, comecei a entendê-lo. Com o pai que teve, não tinha como ser diferente.

Adelheid se apoiou na lateral do barco. A sujeira incrustada do convés manchou seu vestido e as farpas da madeira se enganchavam em suas roupas, mas ela pareceu não se importar. Em vez disso, estava concentrada desenrolando uma bobina de arame e descendo-a lentamente até a água. Adelheid tinha dedos calejados e rugas finas ao redor dos olhos de tanto olhar para o sol. Ela era quase admirável em sua simplicidade; o tipo raro de nobreza que colocava a mão na massa.

— Crescemos ouvindo as mesmas histórias de cavaleiros, engolindo a mesma ladainha sobre o que significa ser da nobreza. Eu admirava a honra da coisa, já Johann era obcecado pela parte da bravura. Ele gostava da ideia de matar dragões, não de proteger as pessoas. Quando o mandaram para a guerra para servir no batalhão do meu irmão, fiquei com muita raiva porque estava indo pelos motivos errados. Ele vivia entediado quando era criança. Johann só queria se divertir.

Ir à guerra parecia uma escolha estranha de entretenimento, mas Lorelei se absteve.

— Eu não sabia que ele conhecia seu irmão.

Adelheid falava de Alexander com frequência, da mesma forma que uma pessoa evocaria o nome de um santo a quem se era devoto. Embora Lorelei não soubesse dos detalhes, sabia que ele havia falecido em combate. Para os habitantes de Brunnestaad, e especialmente para nobreza, era a morte mais honrosa de todas.

— Ele não gosta de falar sobre isso — respondeu em tom severo. — Mas, sim, eles se conheciam. Ele jurou a Alexander que me protegeria. Ao que parece, foi o último pedido do meu irmão. Dei um soco em Johann quando ele me contou isso.

— Você... deu um soco nele.

— Dei. — Um pequeno sorriso surgiu em seus lábios. — De qualquer forma, a proteção de Johann era tão inútil naquela época quanto é agora. Eu acho que é por isso que ele está nesta expedição.

— Você preferiria que ele não estivesse aqui?

— Não — respondeu Adelheid. — Eu o amo muito. E é bom que Johann tenha algo para fazer. Ele não sabe sossegar. Agora sente-se, vou te mostrar como isso funciona.

Lorelei sentou-se no convés ao lado dela. Percebeu, com relutância, que estava interessada. Adelheid viajava com frequência para trabalhar em campo, então Lorelei nunca tivera a chance de aprender diretamente com ela.

— Quando o instrumento detecta magia, os fios aqui dentro se acendem. Depois aparece um número no medidor. — Adelheid tocou em um círculo de vidro na base da máquina. Era brilhante como o mostrador de um relógio.

— É só isso? — perguntou Lorelei, um pouco cética.

Pela segunda vez em cinco minutos, ela teve a sensação de que tinha decepcionado Adelheid. Ela colocou um caderno nas mãos de Lorelei e disse de forma ácida:

— O instrumento é simples, mas interpretar dados requer prática. Tome nota.

Lorelei observou os fios subindo e descendo como um barco ao sabor da maré. De vez em quando, um lampejo de luz azul se acendia na câmara da máquina e Adelheid resmungava em desaprovação. Lorelei não conseguia discernir um padrão. Em voz alta, Adelheid anunciava um número a cada poucos segundos e Lorelei o transcrevia obedientemente. Depois de uma hora, ela preenchera três páginas inteiras com números, cinco colunas em cada. Parecia improvável que aquela sequência numérica fosse levá-los ao Ursprung.

Enquanto anotava, Lorelei pensava no que Adelheid dissera. Johann era detestável e cruel, sim, mas também leal a ponto de manter o juramento que fez ao irmão morto de sua amiga. Se ele realmente se importava com coisas como honra e dever, será que trairia Wilhelm, mesmo que discordasse dele? Ela deduziu que dependeria do que Johann considerasse mais importante: as exigências de seu deus ou de seu rei.

— Johann é...

— Você nunca demonstrou interesse por nós até agora.

O tom cordial e a expressão neutra de Adelheid não davam nenhuma pista sobre o que estava pensando.

Ela sabe.

Lorelei se esforçou para não se entregar.

— Acho que demonstrei, sim. Vocês são pessoas interessantes.

— Não sou ingênua, Lorelei. Não sou tão eloquente quanto Sylvia nem tão sensível quanto Heike. — Ela pronunciou as palavras *eloquente* e *sensível* com o mesmo tom que alguém usaria para falar sobre uma doença debilitante. — Mas eu sei o que é perder alguém. Respeite o seu luto e se permita ficar triste, mas não deixe que isso vire uma obsessão. Vai acabar arruinando você.

Lorelei se pôs de pé em um salto e ajeitou as lapelas de seu sobretudo.

— Obrigada pelo conselho — agradeceu friamente.

Adelheid não disse nada.

Lorelei voltou para sua cabine no *Prinzessin*. *Obsessão*. Ela queria debochar da ideia, mas, às vezes, sentia que estava condenada à infelicidade, como alguém que recebe uma maldição de conto de fadas. Sua tristeza a corroía, era do tipo que não se tornava mais leve quando compartilhada. Ela virara a vida do avesso à procura da raiz daquele sentimento. Se o esmiuçasse como fazia com suas histórias, talvez fizesse sentido.

Em tempos passados, quando desejos ainda detinham poder, havia um sapateiro que tinha três filhos. Sua filha caçula era tão alegre quanto o amanhecer ensolarado depois de uma longa noite de inverno e tão calorosa quanto uma brisa de verão. Seu único filho, o do meio, era o mais amado dos três: o *mensch* mais doce do Yevanverte de Ruhigburg, que conhecia todo mundo, assim como a mãe. E havia também a filha mais velha, a rebelde, que passava os dias inspecionando pedras para ver o que se contorcia na terra fria e escura.

Lorelei e seu irmão, Aaron, eram inseparáveis. Eles não se pareciam em nada. Aaron era o tipo de criança que implorava para poder amarrar cada caixa de sapatos do pai com um laço cuidadoso, que fazia tudo o que pediam com um sorriso. Mas, conforme foi crescendo, ele começou a temer por seu futuro. Aaron era aprendiz de um açougueiro e, certo dia, os dois viram o homem pegar a *chalaf* reluzente e abater um bode. Foi um corte rápido na garganta que fez o sangue escorrer pelo pescoço do animal. Aaron ficou pálido como uma vela quando o animal caiu no chão e Lorelei precisou arrastá-lo para fora quando ele desmaiou. Ela se agachou ao lado do irmão e enxugou o suor gelado de sua testa enquanto seus lábios recuperavam a cor.

Ele vai ficar tão decepcionado, choramingara o garoto. *O que eu vou fazer?*

Depois de semanas insistindo, Lorelei por fim convenceu o irmão a partir em uma "expedição" com ela até o trecho do rio que seus pais a haviam proibido de visitar sozinha: o lugar onde a muralha do Yevanverte escondia o resto da cidade e projetava sua longa sombra. Eles estavam voltando para casa com os bolsos cheios de espécimes quando um grupo de homens de Ruhigburg abriu os portões, gargalhando e enrolando a língua ao falar. Eles quebraram as vidraças das lojas pelas quais passavam, estilhaçando vidros e fazendo sons ruidosos pelas vielas.

Muito daquela noite não passava de um borrão, mas ela se lembrava de como os olhares dos homens mudaram quando viram o tzitzit de Aaron, e novamente quando notaram que os dois estavam desacompanhados. Havia uma fome ali, um olhar aterrorizante de animal de carga.

Era o olhar de homens que se deram conta de que podiam fazer o que bem entendessem.

Se usar magia, vão atrás de você, dissera Aaron, apertando a mão da irmã. *Fuja.*

Ela se lembrava principalmente do grito dele, da risada dos homens, do som do crânio de Aaron quando se partiu. Seu sangue se espalhou pelos paralelepípedos, lustroso como aço derretido. Lorelei fez o que o irmão mandou, no fim das contas. Ela correu.

A covardia de tê-lo abandonado com seus assassinos para morrer sozinho a assombrava e a devorava de dentro para fora.

Após a morte de Aaron, Lorelei entendeu que havia centenas e centenas de fantasmas no Yevanverte. Eles se esgueiravam por entre as tábuas do assoalho enquanto ela costurava o couro dos sapatos, encostavam seus narizes do lado de fora do vidro enevoado de sua janela quando tentava dormir, a perseguiam por becos escuros e sinuosos e a encaravam por trás de fileiras e mais fileiras de casas coloridas. A maioria deles eram de desconhecidos, seus olhos refletindo uma luz fria e sobrenatural. Alguns deles, no entanto, Lorelei reconhecia. Havia uma mulher que morara na casa abaixo da deles que traçava o caminho em direção ao rio todas as manhãs sem falta. Havia um bebê que ficara doente anos antes, esgoelando-se com o choro de quem tem líquido nos pulmões. E o pior de todos: o fantasma de Aaron, de olhos arregalados e crânio partido, com sangue se espalhando ao seu redor como um mórbido sol nascente. Seus pais não sabiam o que fazer com a filha que era atormentada por algo que eles não conseguiam ver.

E então ela conheceu Ziegler. Todos os dias, durante seis longos anos, a professora mandava uma carruagem para buscar Lorelei e levá-la até seu apartamento na região central de

Ruhigburg. Todos os dias ela tinha aulas de ciências e magia e aprendia a suavizar seu sotaque. Todos os dias, voltava exausta para Yevanverte. E, finalmente, em seu aniversário de dezoito anos, Ziegler deu um presente para ela: uma vaga na Universidade de Ruhigburg. Lorelei ainda se lembrava daquela alegria, quase intensa demais para ser sentida.

A primeira semana sequer tinha acabado quando Lorelei marchou do *campus* até o apartamento de Ziegler para dizer que queria voltar para casa. Porque, assim que abriu a boca, todos os colegas de classe souberam exatamente o que ela era. Muitos deles nunca tinham conhecido alguém como Lorelei antes, mas já tinham ouvido muitas histórias contadas pelas babás para saber exatamente o tipo de monstro ela era. A yeva dos espinhos. A yeva enterrada e esquecida.

A vilã perfeita. A vítima perfeita.

Ziegler a encarou como se ela tivesse falado yevanês. Ela não conseguia conceber a ideia de que algo tão mundano como a crueldade alheia pudesse fazer Lorelei desistir de sua busca por conhecimento.

O quê? Dissera ela. *Quer voltar para a casa do seu pai e fazer sapatos para o resto da vida? Quero que me olhe nos olhos agora e diga que seria feliz. Não, você não consegue. Seria uma vida triste. Você estaria desperdiçando seu potencial.*

Teria sido realmente um desperdício de vida ter crescido entre seu próprio povo? Não ter precisado podar a si mesma? Depois de todo esse tempo, essas perguntas não a deixavam em paz. Talvez tivesse se conformado com o destino que Deus reservara para ela se aquela noite, doze anos antes, nunca tivesse acontecido. Talvez tivesse sido simplesmente a filha mais velha do sapateiro, costurando couro, escondendo sua magia e sonhando com lugares distantes.

Mas pensar no que poderia ter sido diferente era tão inútil quanto punitivo. Lorelei jamais conheceria outra versão de si mesma. Jamais descobriria quanto da amargura que carregava no peito era inata e quanto teria sido moldada pela crueldade intrínseca à vida. Sua história fora escrita muito tempo antes, com tinta permanente e sangue.

Não havia esperança de mudá-la.

CAPÍTULO OITO

Naquela noite, Lorelei sonhou que se afogava.

Ela afundava em águas profundas e escuras, tão geladas que arrancavam o último suspiro de ar de seus pulmões. Bolhas eclodiam dos seus lábios. Seu cabelo era como um sol ao redor da cabeça, flutuando em direção ao feixe débil de luz que vinha de cima, mas quando ela erguia o olhar não havia nada além de escuridão acima e ao redor.

Formas pálidas surgiram à distância, convidando-a para chegar mais perto. Quando Lorelei nadou para se aproximar, sua visão ficou turva. Não conseguia entender o que estava vendo. Havia diversas fileiras de corpos flutuando no mar vasto. Então, um após o outro, os rostos pálidos se voltaram para ela. E lá, no meio deles, ela os viu.

Ziegler, que tinha os olhos arregalados e segurava uma xícara de chá quebrada. E Aaron, com sangue escorrendo do ferimento em sua cabeça como uma nuvem de fumaça.

Aqueles que ela não conseguira salvar.

Sem pensar, esticou a mão para tocá-los. Mãos pálidas agarraram seus punhos em resposta, mas ela não entrou em pânico. Depois de todas as maneiras que falhara, seria tão terrível assim morrer? Relaxar os membros e fechar os olhos pela última vez. Depois de tantos anos de luta seria um alívio finalmente poder descansar.

Você nos deixou morrer, sibilou uma voz em seu ouvido.

Lorelei despertou em um sobressalto, tentando puxar um ar que não vinha. Seu corpo inteiro estava paralisado, a não ser pelos olhos. Seus pulmões pegavam fogo como se alguém os tivesse enchido de pedras. Uma estranha sensação de leveza se espalhou por seu crânio. Não, não tinha sido um sonho. Ela *estava se afogando* — mas, dessa vez, ao ar livre.

Alpdrücke.

Ela mal conseguia enxergar o alp em meio ao breu e ao próprio delírio, mas enxergava seus dentes afiados e amarelados e, é claro, o maldito tarnkappe. O capuz vermelho-vivo parecia se acender na escuridão como um farol. O alp estava agachado no peito de Lorelei, sugando sua energia vital a cada tentativa falha de inspirar. Em desespero, ela tentava se lembrar de alguma coisa, qualquer coisa, que Sylvia tivesse escrito sobre aquelas criaturas.

Como é patética a ideia de que justo ela *seria capaz de salvar minha vida*, pensou Lorelei.

Mais patético ainda seria se seu último pensamento em vida fosse Sylvia. Lorelei tentou controlar os pensamentos acelerados e — *sim,* ela se lembrava.

— Café — disse ela, a voz rouca.

O alp fixou os olhos redondos nos de Lorelei. Quando a pressão em seu peito diminuiu, ela aproveitou a deixa para se levantar e tomar um pouco de distância. Recostando-se na cabeceira da cama, instintivamente levou a mão à corrente de prata em seu pescoço.

Não estava lá.

— Café? — repetiu o alp.

Havia uma centelha de interesse em sua voz, que soava como um sussurro em seu ouvido, um eco dentro de sua cabeça. Nem mesmo a forma do corpo era nítida, transmutando-se nas sombras como a luz refletida na ondulação da água. A única coisa sólida era seu capuz ridículo.

— Isso — respondeu em um chiado, resistindo à vontade de dar uma resposta atravessada. — Café. Você gosta, não gosta? Se me deixar ir, posso te dar um pouco.

— Mentirias? — indagou a criatura, com esperança infantil.

— Não — negou Lorelei, devagar. Ela se sentiu ridícula conversando com o monstrengo. — Não estou mentindo. Agora saia. Quando eu estiver no corredor, você pode me seguir.

Ela ainda não conseguia vê-lo direito, mas sentiu sua alegria no ar como um estalo. Quando Lorelei piscou, ele já se transformara em um borrão de sombras e estava saindo pelo buraco da fechadura.

Lorelei apoiou a cabeça nos joelhos, puxando o máximo de ar que conseguia para seus pulmões com uma respiração penosa. A tontura e a pressão em seu peito começaram a se amenizar e sentiu vontade de chorar de tanto de estresse e alívio, mas se recompôs. Em vez disso, tentou se manter calma.

Ela pôs um casaco, acendeu a lamparina e examinou o quarto. A janela estava fechada, mas os sinos de sua porta estavam largados no chão como um brinquedo esquecido. Não foi preciso muito para reconstruir o que tinha acontecido: um de seus queridos colegas entrara pela porta, arrancara a proteção do batente e tirara a corrente de seu pescoço enquanto ela dormia pesadamente por conta dos remédios. Tentaram matá-la da maneira mais covarde e indireta possível. Ela quase estava impressionada.

Saindo do quarto, algo no chão refletiu a luz. Ela pegou o objeto e o segurou contra a lanterna: um botão de latão, deixado para trás como um sapato de cristal na escadaria do baile.

Era grande demais para ser de um vestido e pouco elegante para ser de Ludwig. Na verdade, ela já o vira muitas vezes em diferentes pessoas: era um botão de uniforme militar. Lorelei fechou o punho em volta do círculo de metal e se deixou invadir por um sentimento doentio de triunfo.

Johann.

Ele tinha sido descuidado. Aquilo não era prova suficiente para convencer os demais, mas agora tinha um alvo no qual se concentrar. E, ao menos pelo restante daquela noite, só precisaria lidar com seu hóspede indesejado.

Lorelei saiu para o corredor. Os sinos pendurados à porta de Sylvia — que ficava em frente à sua — reluziram na escuridão. Ver que as proteções dela estavam intactas confortou Lorelei mais do que estava disposta a admitir. Sentia o alp logo atrás dela, praticamente vibrando de empolgação, mas ela só conseguiu ver sua roupa preta de relance, de canto de olho. Ele permanecia nas sombras.

Lorelei já tinha lido vários relatos de Sylvia sobre seus encontros com alps, histórias narradas com muito mais floreios do que o necessário. Eles não gostavam da própria aparência, então se você os olhasse diretamente, se tornavam invisíveis, camuflando-se nos cantos mais escuros do cômodo, ou se transformavam em algo mais bonito. A história mais popular de Sylvia era sobre como ela tinha espantado um deles ao colocá-lo diante de um espelho. Lorelei não entendia exatamente como a magia deles funcionava, mas sabia que precisavam do tarnkappe para mudar de forma.

Ela conduziu o alp até a cozinha, que, tão tarde da noite, sem o cozinheiro e o criado que levava as refeições, tinha uma atmosfera fantasmagórica. Lorelei colocou água para ferver e revirou os armários até achar o que precisava, tomando cuidado para recolocar tudo onde tinha encontrado para que não pensassem que as cozinhas estavam assombradas (outra vez).

Possuída por um impulso de histeria, pensou em perguntar à criatura como gostava de tomar seu café. Como era possível que sua vida tivesse virado de ponta cabeça tão depressa? Apenas dois dias antes estivera perto de se tornar uma das folcloristas mais respeitadas do país e agora estava sendo obrigada a ser cordial com um diabrete.

Quando terminou de passar o café, Lorelei serviu um pouco em uma caneca, inalando o perfume intenso da bebida. Inconscientemente, ela escolhera a caneca favorita de Sylvia, com a alça de prata e esmaltagem champlevé, e se odiou por ter reconhecido algo que era dela. Lorelei se agachou ao lado das sombras que se mexiam. O tarnkappe do alp balançava, vermelho como sangue mesmo no escuro. Ela lembrou-se de seu sonho, do sangue saindo da cabeça de Aaron, e reprimiu um calafrio.

— Tome — ofereceu, com o máximo de amabilidade que conseguiu. — Para você.

O alp aceitou a caneca. Assim que seus dedinhos com garras se enroscaram na alça, Lorelei arrancou o capuz de sua cabeça. Ele guinchou, cambaleando para trás e soltando a caneca, que se quebrou. A porcelana se espalhou pelo chão e as sombras se dissiparam para dar lugar a uma criaturinha repugnante coberta por uma grossa pelagem. Lorelei não se deu ao trabalho de esconder sua repulsa.

— Mentistes! — lamentou-se o alp, batendo no próprio rosto.

Era dramático demais para ser convincente.

— Já chega. Você vai poder tomar café e ter o tarnkappe de volta se me disser o que veio fazer aqui. Quem deixou você entrar?

— Ninguém, ninguém — choramingou a criatura. — Por favor.

— É melhor pensar bem. — Lorelei abriu um sorriso cruel. — Senão vou rasgar isso ao meio, e aí o que será de você?

Ela puxou a costura do capuz. Um dos pontos se soltou e o alp uivou de tristeza.

— O que está acontecendo aqui?

Lorelei levou um susto ao ouvir a voz de Sylvia. Ela estava parada à porta da cozinha com uma expressão que era um misto de horror e ira. Seus cabelos estavam soltos e caíam sobre os ombros, revoltos como uma chama. Mais uma vez, Lorelei se viu obrigada a afastar o pensamento bobo de que ela parecia espectral à luz pálida da lua.

— Fale baixo — rosnou Lorelei. — O que *você* está fazendo aqui?

— Você fica se esgueirando por aí! — respondeu Sylvia em um sussurro que fez Lorelei ranger os dentes. — E ainda bem que te segui, já que peguei você atormentando esse coitadinho!

— Pois esse "coitadinho" tentou me matar enquanto eu dormia.

O alp chorava e chorava, desolado.

— Alguém arrancou as proteções da minha porta — continuou Lorelei. — Alguém o deixou entrar no barco. E acho que foi a mesma pessoa que assassinou Ziegler. Ele sabe de alguma coisa.

— Alps não são leais a ninguém — disse Sylvia, exasperada. — Você está com o tarnkappe dele, se tivesse a informação que você quer, já teria dito.

— Verdade! Não sabeis de nada! — O alp assentia com a cabeça, olhando com súplica para Sylvia.

Sylvia lançou a Lorelei um olhar incisivo que dizia: *Devolva*.

Derrotada, Lorelei suspirou e jogou o tarnkappe para o alp. Ele agarrou o capuz com as garras e o puxou agressivamente sobre seus chifres, olhando para Lorelei de forma ameaçadora.

— Um dia voltais.

— Estarei esperando — respondeu ela.

As sombras sibilaram e, no instante seguinte, desapareceram com teatralidade de uma criança batendo a porta em um momento de birra.

— Pelos céus — murmurou Sylvia. — Brigando com um *alp*, de todas as criaturas. Imagino o que aconteceria se encontrasse uma criatura com o mesmo temperamento que o seu.

— Tipo você?

— É. Pode ser. — Sylvia ficou corada. Depois de um segundo, olhou para Lorelei com uma expressão consternada. — Isso foi um elogio?

— Entenda como quiser.

Ela percebeu, então, que ainda estava agachada aos pés de Sylvia. Pigarreando, Lorelei ficou de pé imediatamente e ajeitou a gola alta de seu sobretudo. Sylvia cruzou os braços, pensativa, comprimindo os lábios.

— Acha mesmo que alguém colocou um alp no seu quarto?

— Suas proteções são seguras?

— Claro que sim! Quem você acha que eu sou?

Lorelei estremeceu. Ela *tinha mesmo* que falar tão alto?

— Então ele não teria conseguido entrar no meu quarto sem ajuda.

— Isso é um péssimo sinal! Você me disse, enfaticamente, inclusive, que estaríamos em segurança se não investigássemos, e agora quase morreu com um *alpdrücke*. — A maneira como Sylvia falava transbordava desdém, como se aquela fosse a mais idiota das mortes. Lorelei quase se sentiu ofendida. — Como você escapou, afinal?

— Eu ofereci café para ele.

Sylvia a encarou com uma expressão estranha.

— Não me recordo de já ter falado sobre alps com você.

— Não? — As bochechas de Lorelei ficaram quentes. — Acho que já falou, sim. Ou talvez eu tenha lido a respeito em algum lugar.

— Pode ser, embora eu só conheça um livro que menciona a fraqueza dos alps por café. — Um sorriso convencido floresceu no rosto de Sylvia. — Lorelei, você... andou lendo meus livros?

— Claro que não — respondeu imediatamente. — Tenho coisa melhor para fazer com meu tempo.

— Você leu! — exclamou Sylvia, unindo as duas mãos. — Nossa! Nem sei o que dizer! Você gostou?

A verdade é que Lorelei já tinha lido cada palavra que Sylvia publicara.

Em seus primeiros meses na Universidade de Ruhigburg, Lorelei sequer sabia qual era o nome de Sylvia. Ela a conhecia apenas como a garota de cabelos brancos que comparecia a todas as palestras de acadêmicos visitantes com a clara intenção de debate. Sylvia erguia a mão o tempo todo — e às vezes se levantava da cadeira quando queria defender seu ponto de vista com veemência. Só depois de um tempo é que alguém a interrompia, dizendo: *Já chega, srta. von Wolff.*

Von Wolff. Lorelei conhecia aquele nome. Antes da Primeira Guerra de Unificação, ela provavelmente fora da realeza. Agora vivia entre seus conquistadores, que a observavam com atenção, aguardando pelo momento em que se levantaria contra eles. Mas, acima de tudo, Lorelei já vira o nome de Sylvia ao lado do seu: Ziegler tinha uma lista de todos os alunos do departamento de ciências naturais por ordem de classificação.

Quando finalmente deu um nome ao rosto, foi tomada por uma sensação que nunca soube descrever muito bem. Lorelei sempre tivera um respeito relutante por sua rival anônima, que imaginava entender, assim como ela, como era ter sucesso enquanto todos ao redor desejavam seu fracasso. Mas ter descoberto que ela era uma sabichona verborrágica que falava pelos cotovelos e sorria para tudo... foi demais para seu orgulho.

E naquele momento, ela decidiu odiar Sylvia von Wolff.

Em um ano, Sylvia publicou seu primeiro livro. Lorelei o devorou com uma ânsia faminta — e todos os outros que vieram depois. Ela se recusava a sentir ódio sem fundamento.

O que Lorelei tinha a dizer sobre seu trabalho? Sylvia navegava em todos os ventos e dançava em todos os ritmos. Era absurdo. E ainda assim Lorelei fora fisgada. Seus contos eram *cativantes* e detalhavam todas as aventuras que Lorelei sonhava em ter. Sua sinceridade exuberante e comovente conquistava até mesmo aqueles que mais duvidavam dela. Isso só fez com que o ódio de Lorelei crescesse ainda mais.

— Se eu *gostei*? — repetiu Lorelei. — Quer mesmo que eu responda?

— Pensando bem, acho que não. — Sylvia pareceu murchar. — O que vamos fazer?

— Nada. — Lorelei pisou em um pedaço de porcelana com o salto de sua bota, quebrando-a com um estalo satisfatório. — Amanhã estaremos em Albe.

— Alguém tentou te matar! Não consigo ficar de braços cruzados.

— Vai ter que dar um jeito de conseguir!

Lorelei fez uma pausa e depois olhou para Sylvia, desconfiada. Ela estava com uma pulga atrás da orelha, mas não conseguia identificar o motivo.

— É por isso que está me seguindo?

— Eu, seguindo você? — Sylvia riu, meio nervosa demais. — Como disse? Por que eu...

— Realmente, por que você seguiria? E, ainda assim, é o que está fazendo. Você me encontrou com... o corpo. — Sua voz falhou no pior momento possível. — E agora me encontrou aqui.

— Nossos quartos são muito próximos. E, por alguma razão, agora você deu para pisotear o chão por aí no meio da noite. É impossível não ouvir.

Lorelei não gostou de ouvir que *pisoteava o chão*.

— Para fazer coisas muito impróprias, como você acaba de ver. Sua curiosidade é que é de se estranhar.

Sylvia olhou no fundo dos olhos de Lorelei.

— Sobre o que você estava conversando com Adelheid ontem?

— Nada de importante — respondeu Lorelei, na defensiva. — Por acaso não posso falar com Adelheid?

— Você nunca fala com ninguém sem motivo.

Sylvia tinha um ponto e Lorelei sabia. Na tentativa de redirecionar a conversa, ela perguntou:

— Já que você está registrando cada passo meu, também conversei com Ludwig. Ele me contou uma história muito interessante sobre você e Heike.

— Ludwig — murmurou Sylvia ferozmente, como se falasse para si mesma. — Isso não é da conta dele, e muito menos da sua. Eu deveria... — Ela se interrompeu com um estalo. — Eu sabia! Você está nos investigando.

— Não estou — disse Lorelei. — Pode continuar.

— Você está mudando de assunto — pontuou Sylvia. — Será que não pode aceitar ajuda pelo menos uma vez na vida?

— Estou dizendo que não há nada para ajudar.

Lorelei estava prestes a perder a paciência. Ela sequer sabia por que estavam discutindo; sabia apenas que não queria a ajuda de Sylvia. Ela arruinaria todos os planos de Lorelei com sua falta de sutileza e, pior ainda, se colocaria em perigo sem necessidade. Ela já demonstrara uma ausência preocupante de autopreservação indo atrás de nixes e de tantas outras criaturas.

— Para ser sincera, não entendo por que toda essa comoção. Imagino que você ficaria contente se tivessem conseguindo me matar.

Sylvia a encarou por longos segundos. Seus lábios se entreabriram como se fosse dizer algo, mas pareceu mudar de ideia. Sua mandíbula se fechou.

— Sabe de uma coisa, Lorelei? Às vezes eu também acho.

Ao dizer isso, ela deu meia-volta e foi embora. Sozinha no escuro, Lorelei se recordou de quando viu Sylvia na beira do rio. Ela imaginava seus cabelos brancos escorregando rio adentro, mergulhando cada vez mais fundo nas profundezas, para longe de seu alcance. Ela sentiu vontade de pegar uma mecha dos cabelos dela entre os dedos. Em vez disso, fechou a mão em um punho e olhou para baixo, para sua própria expressão desnorteada refletida na poça de café gelado.

CAPÍTULO NOVE

Pela primeira vez desde a partida, o sol conseguiu espantar a névoa. A paisagem de pântanos obscuros dera lugar para cadeias de montanhas que faziam cócegas nas barrigas das nuvens. Eram montanhas altas e irregulares que se assemelhavam ao dorso de um dragão que fechou as asas e se deitou para descansar. As águas sob o casco do *Prinzessin* eram de um verde claro e intenso e a forma como a luz cintilava ao refletir na superfície era ofuscante depois de tanto tempo passado na escuridão insondável do Vereist.

Na manhã seguinte ao incidente com o alp, Emma informou ao grupo que o *Prinzessin* não iria muito além. O curso traçado por Heike os guiara pelos afluentes do Vereist, que se espalhavam por Albe como veias delicadas.

— São águas rasas — dissera a capitã, os olhos cinzentos fixos em um ponto distante no horizonte. — Daqui em diante, estão por conta própria.

Eles prepararam três barcos a remo para o resto da viagem, cada um carregado com caixas de instrumentos científicos e engradados de madeira para coletar os espécimes que encontrassem. Lorelei atravessou o convés, desviando-se da tripulação agitada que cuidava dos preparativos para a ancoragem.

Sylvia já estava lá, esperando, com sua bolsa pendurada nos ombros e os braços cruzados sobre o parapeito. A luz da manhã a iluminava com um calor suave enquanto ela admirava as montanhas. *Lar.* O sentimento estava estampado no brilho de seus olhos e no sorriso doce que se insinuava no canto de seus lábios. Lorelei teve a impressão de estar invadindo um momento particular, o que despertou nela uma estranha mistura de inveja e melancolia. Qual devia ser a sensação de realmente pertencer a um lugar? Ela não tinha esperanças de descobrir um dia.

Antes que tivesse a chance de avisar que estava ali, Sylvia virou-se para ela.

— Olá, Lorelei.

— Olá — respondeu, séria.

Sylvia olhava para Lorelei com frieza. Ela deduziu que merecia depois da discussão da noite anterior. Desde então, só conseguia pensar na determinação inflamada nos olhos de Sylvia ao dizer: *Não posso ficar de braços cruzados.*

Lorelei se sentia estranhamente culpada. Então se viu dizendo:

— Imagino que esteja feliz por estar em casa.

Sylvia parecia desconfiada, mas não estava zangada a ponto de ignorar a tentativa de conversa de Lorelei.

— Ainda não estou em casa. Estamos em Waldfläche, que é muito conhecida por seu lúpulo, se bem me lembro. Mesmo assim, é incrível, não é?

— Lúpulo? — perguntou Lorelei, sem entender.

Sylvia pareceu não acreditar no que ouvia.

— As montanhas.

— Ah.

Lorelei inclinou a cabeça para trás para olhá-las melhor, por educação mais do que qualquer outra coisa. Com certo aborrecimento, reparou que as montanhas ainda estavam coroadas por um branco cintilante. Se a neve ainda estava lá àquela altura da estação, talvez nunca tivesse derretido para começo de conversa. Que ótimo. Se precisassem atravessar aquele trecho ou escalar as montanhas, a viagem seria muito mais desagradável e muito mais difícil. Alguém provavelmente perderia um ou dois membros.

— Sim, é mesmo.

Aparentemente aquela não era a resposta certa. Sylvia deu um suspiro infeliz.

Antes que Lorelei tivesse a chance de salvar a conversa, os outros chegaram. Estavam vestidos para a viagem com capas forradas de pele e tweed e calçavam botas de couro. Heike e Ludwig vinham juntos, com os braços enganchados, rindo de alguma coisa. Adelheid se aproximou acompanhada por Johann. A simples visão dele fez com que a raiva de Lorelei disparasse tanto que suas mãos começaram a tremer. Como se percebesse, Johann a encarou de volta com um semblante de afronta. No entanto, não pareceu surpreso em vê-la.

Estranho. Então Johann já imaginava que ela sobreviveria?

— Todos prontos para partir? — perguntou Sylvia.

Cada barco tinha capacidade para apenas dois passageiros, e todos já pareciam estar em pares. No entanto, Lorelei enxergou uma oportunidade para ficar sozinha com Johann que não podia deixar escapar. Ela precisava ter certeza antes de acusá-lo de qualquer coisa, ou correria o risco de colocar todos os outros contra ela. Usando a primeira desculpa que veio à mente, Lorelei disse:

— Não posso ir com von Wolff. Vamos afogar uma a outra no primeiro minuto.

Sylvia virou-se para ela, indignada.

Ludwig sorriu de maneira sugestiva, mas seu tom foi inocente ao se oferecer:

— Eu vou com você, Lorelei.

Mas Heike se intrometeu:

— Eu também não posso ir com ela!

— Temos mesmo que fazer isso agora? — Sylvia parecia verdadeiramente magoada e Lorelei sentiu um peso na consciência. — Estou cansada de vocês fazendo com que eu me sinta...

— Insignificante? Rejeitada? — listou Heike, impassível. — Que horrível deve ser.

— Chega. Vocês estão agindo como um bando de crianças. — Adelheid soltou um suspiro cansado. — Sylvia, vem comigo.

Adelheid e Heike — de forma bastante intencional, percebeu Lorelei — não interagiram uma com a outra. O desentendimento do dia anterior parecia ter causado alguma desavença entre elas e o fato de Adelheid ter ficado do lado de Sylvia depois da pirraça de Heike certamente não ajudaria em nada.

Johann fitou Lorelei com um olhar odioso.

— Vamos logo.

Pelo menos conseguira o que queria.

Lorelei só se esquecera de considerar um pequeno detalhe: a altura dos dois. Tanto ela quanto Johann pareciam feitos só de pernas e ela teve que se dobrar para não cair do barco. Nenhum dos dois dizia nada, mas a frustração de Johann era tão evidente que era quase palpável. Ele por vezes empurrava o remo com tanta força que acabavam navegando em direção à margem.

Nesses momentos, Lorelei sentia vontade de usar o próprio remo para golpeá-lo na nuca, mas acabava desistindo da ideia. Nem ele nem Adelheid ficariam muito felizes com isso e ela não tinha instintos suicidas. Em vez disso, então, enfiava o remo na lama e fazia força para corrigir o curso do barco.

— Minha companhia é assim tão desagradável?

Johann reagiu com um riso ácido, mas não respondeu.

Então Lorelei puxou o remo, encarando a parte de trás da cabeça dele.

— Queria te devolver uma coisa.

Johann torceu o corpo para olhá-la, parecendo ofendido por Lorelei ter ousado falar com ele sem ser solicitada.

— O que foi que você roubou?

— Não roubei nada. — Lorelei o ignorou e tirou o botão do bolso do casaco.

O latão reluzia à luz do sol. Johann pegou-o da mão dela e ajeitou os óculos, examinando-o com um semblante confuso. Nenhum lampejo de reconhecimento passou por seu rosto. Não havia nada em sua expressão além de uma vaga curiosidade. Ele quis saber:

— De onde tirou isso?

— Achei no meu quarto. — Lorelei não conseguiu controlar a irritação em sua voz. Ela esperava algum tipo de reação. — É seu, não é?

— Não. — Johann franziu a testa e devolveu o botão à Lorelei.

Lorelei ficou genuinamente surpresa por Johann ter devolvido o botão sem contestar. Ela imaginou que ele iria acusá-la de estar preparando um ritual com o botão e uma mecha de cabelo, ou algo do tipo. Como se só então se lembrasse de que era com Lorelei que estava falando, ele acrescentou em tom condescendente.

— Não está vendo o que está gravado? Não é do meu batalhão.

Lorelei não tinha meios de confirmar se isso era verdade. Ele só poderia estar mentindo.

— Entendi — disse ela.

Com um gesto de desinteresse, ele virou-se para frente outra vez.

Lorelei girou o botão nos dedos para examiná-lo e a única coisa que encontrou foi a figura desgastada de um dragão. De um jeito ou de outro, iria pegá-lo. Mas, naquele momento, apenas guardou o botão de volta no bolso e voltou a remar.

O rio estava feroz e espumava ao se chocar contra as rochas que permeavam seu leito. Era muito reconfortante conseguir enxergar as pedras lisas no fundo, um mosaico cinza e azul. Cardumes de peixes prateados cortavam a água e, próximo às margens, havia tartarugas tomando sol em troncos cobertos por grossas camadas de musgo. Era tudo perfeitamente agradável — e perfeitamente normal. Lorelei não detectou nenhum resquício de magia na água, nenhum animal estranho ou fantástico, nenhuma planta incomum. Se ela mesma não tivesse visto o instrumento, poderia ter suspeitado que Adelheid estava mentindo.

De repente, Lorelei se viu prestando atenção em Sylvia. Seu barco estava a cerca de dez metros à frente dos demais, ainda que ela fosse a única remando. Adelheid estava concentrada em seu instrumento de radiestesia. A luz do sol deixava o cabelo de Sylvia em tons de dourado e a preocupação a fazia cerrar a mandíbula e franzir as sobrancelhas. Mesmo à distância, Lorelei conseguia enxergar os músculos dos antebraços de Sylvia tensionados, a forma como sua camisa branca de linho aderia a seu corpo. Ela tinha dobrado as mangas e deixado o casaco sobre o assento a seu lado.

Lorelei desviou o olhar. *O que estava acontecendo com ela ultimamente?*

O barco de Ludwig e Heike ficara um pouco para trás. Ludwig alternava entre remar e parar para colher lírios d'água na superfície do rio e taboas nas margens. Elas saíam da água pingando e desapareciam na caixa de amostras pendurada em seu pescoço. Heike, por sua vez, pousara o remo no colo e apoiara o queixo nas costas da mão, como se estivesse em uma carruagem. Ela até mesmo trouxera um guarda-sol.

Lorelei sentiu um calafrio. O rio refletia as árvores nos dois lados das margens; todas eram altas, mas erguiam-se em ângulos estranhos, como dentes tortos em uma boca. O solo de onde cresciam era escuro e encharcado e as margens pareciam ter derrocado. A grama um pouco mais além estava morta, tinha sido pisoteada ou arrancada pela raiz. O ar era denso como se navegassem sobre um grosso cobertor de lã e abafava todos os sons, exceto pelo barulho da água.

Lorelei olhou para Adelheid. O cabo do aparelho de radiestesista oscilava da forma mais violenta que ela já vira e, no instante seguinte, ficou completamente imóvel.

O vidro estourou.

Adelheid ergueu o rosto para Lorelei e anunciou, com uma tranquilidade impressionante:

— Temos um problema.

A correnteza guiou os barcos para um trecho mais aberto do rio que parecia ter sido esculpido deliberadamente no formato de um olho. Várias das árvores no entorno norte tinham se partido ao meio como ossos quebrados, outras estavam caídas no chão com a casca rasgada em tiras compridas e irregulares. Algumas, tanto entre as que estavam em pé quanto as do chão, estavam marcadas com cortes profundos que sangravam seiva. Quando Lorelei olhou para baixo pela lateral do barco, sentiu-se prestes a desmaiar. A água sob eles era de um azul puro e cristalino que parecia ter quilômetros de profundidade.

Lá no fundo, Lorelei avistou uma mancha vermelha que cintilava como uma moeda no fundo do poço. A lembrança do sangue se acumulando nos paralelepípedos invadiu sua mente e seu estômago se revirou. Ela segurou o remo com mais força, concentrando-se no som de suas luvas de couro contra a madeira e na cadência trêmula de sua respiração.

Sylvia inclinou-se sobre a borda do próprio barco e empalideceu.

— Isso não é um bom sinal.

No mesmo instante, o rio se agitou e se ondulou como se um coração pulsasse na água. O borrão vermelho no fundo do poço pareceu se mexer e Lorelei jurou ter visto olhos brilhando nas profundezas escuras. A cena se desmanchou quando a água se agitou sob eles e ela não viu mais nada além de bolhas.

— Eu imaginei que algo assim poderia acontecer. — Adelheid se agarrou à máquina enquanto os barcos sacolejavam sobre as ondas.

— Guarde o seu "eu avisei" para outra hora — rebateu Heike.

Antes que Lorelei pudesse raciocinar, algo irrompeu das profundezas como rolos de corda puxados do fundo do mar. A cabeça emergiu primeiro, depois o pescoço e, em seguida, dois enormes membros dianteiros com garras que tinham quase a altura de Lorelei. O monstro as cravou na terra ao se erguer da água e uma árvore próxima rangeu ao se partir. A água escorria em jorros por suas escamas.

Um dragão vermelho-sangue olhava para eles de cima, com olhos verdes raiados de ouro. Ao piscar, uma película opalescente deslizava diagonalmente sobre seus olhos.

Johann fez uma sequência de gestos rápidos com as mãos que Lorelei reconheceu vagamente, algum tipo de proteção religiosa. Ele murmurou baixinho e a única palavra que ela conseguiu entender foi *demônio*.

Heike gritou.

— O que é aquela coisa?

— É um lindworm — disse Sylvia fracamente.

A única menção àquela criatura nos diários de viagem de Sylvia era sobre evitá-los.

Ludwig se encolheu, pressionando a testa contra os joelhos.

— A gente vai morrer, não vai?

Sylvia gritou:

— Se vocês ficarem calmos...

O dragão-serpente soltou um rosnado grave e gutural que fez vibrar a superfície da água, depois encolheu-se mais e mais para se preparar para o ataque. Seu olhar faminto estava concentrado em Sylvia. Ela pousou a mão sobre o sabre em seu quadril, mas pareceu mudar de ideia.

Por que ela não estava fazendo nada?

Lorelei só conseguia imaginar seu rosto pálido e amedrontado refletido nos olhos terríveis daquela coisa, seus cabelos brancos cobertos de sangue. Sem pensar, ergueu os braços e invocou seu poder.

O éter rapidamente atendeu ao chamado e faíscas azuladas estalaram no ar. Ela cerrou os dentes sob o peso e a força do rio mas, em um piscar de olhos, sentiu o fio que unia sua vontade à da água se tornando frágil a ponto de se romper. Um filete pingou de seu nariz e escorreu sobre os lábios. *Intenso demais, depressa demais.* Ela não ia aguentar.

Então, de repente, o peso desapareceu.

Ao seu lado, Johann ficou de pé para ajudá-la a levantar a parede de água. O rosto dele mal estava corado com todo o esforço; sem dúvida treinara para lidar com algo muito maior. Lorelei estremeceu ao pensar no que ele era realmente capaz de fazer.

Quando o lindworm deu o bote e avançou em direção ao barco de Sylvia e Adelheid, as duas fecharam as mãos em punhos e congelaram a parede de água. Ela se despedaçou com o impacto, fazendo chover cacos de gelo que eram como vidro quebrado. Por reflexo, Lorelei puxou o casaco e o usou como escudo em volta do corpo. Pedaços afiados de gelo reluziam no chão a seus pés.

A fera silvou, furiosa, e mergulhou de volta na água. Com a violência do mergulho, o rio se agitou e Lorelei precisou se segurar para manter o equilíbrio.

Johann a encarava como se a estivesse vendo pela primeira vez.

— Você consegue usar magia?

Já era tarde demais quando ela percebeu seu erro. Uma onda de pânico a atravessou, mas manteve a voz firme ao responder:

— Talvez não seja o melhor momento para falar sobre isso.

O dragão cortou a água como uma flecha. Nas profundezas, ele era como um clarão vermelho, veloz demais para se acompanhar. No barco ao lado, Sylvia se encolheu no assoalho, escondendo o rosto com os braços como se estivesse se protegendo de um golpe. Ela empalidecera, mas a pior parte era o olhar assombrado em seu rosto. Lorelei o conhecia muito bem. Sylvia estava presa em um momento e um lugar muito distantes dali.

Adelheid deu um passo à frente de Sylvia e assumiu uma posição de ataque.

— Mantenha o foco, Kaskel. — A voz de Johann era um rosnado.

O lindworm emergiu do rio outra vez e as ondas que se chocaram contra o barco foram tão fortes que Lorelei não conseguiu se segurar; seus pés deslizaram e ela escorregou. Enquanto caía, não viu nada além do céu. Ela bateu a cabeça no assento do barco quando aterrissou e sua visão escureceu.

A cauda espinhosa do dragão ergueu-se no ar e bateu contra outro barco. O som de madeira estilhaçada e gritos penetrou a névoa que abafava os pensamentos de Lorelei. Ela se forçou a ficar de pé a tempo de ver Adelheid surgindo na superfície do rio, cuspindo água. Ela se agarrou a um pedaço de madeira do barco que balançava na correnteza.

Onde estava Sylvia?

— Adelheid? — gritou Johann, em pânico.

— Eu me viro — respondeu ela. — Cuide daquilo.

Ao se reaproximar do lindworm, Johann tinha um semblante assassino. Seus movimentos eram precisos como se tivesse nascido para a luta. Era quase bonito vê-lo erguer a água do rio com tanta facilidade, transformando-a em lanças de gelo que se estilhaçavam, inofensivas, ao atingir as escamas da criatura. Com um brado de frustração, ele levantou outra onda de água e a lançou para cima. Ela formou pontas serrilhadas ao congelar.

Era nítido que Johann se perdera em meio a própria ira e Lorelei percebeu que a precisão dele diminuía. Ela mal conseguia pensar em meio ao zumbido dentro de seu crânio. Com os outros incapacitados, restavam apenas os dois. O lindworm piscou com sua pálpebra translúcida e direcionou seu olhar furioso para Lorelei. Isso funcionou como um empurrão para que ela pensasse com clareza.

— O olho — gritou.

Johann virou-se para Lorelei, seu lábio crispado em uma careta.

— O quê?

— Não adianta perder tempo tentando perfurar as escamas.

Depois de um momento, as palavras de Lorelei pareceram penetrar a sede de sangue de Johann. Ele acenou com a cabeça em um gesto brusco. Quando o lindworm se preparou para dar o bote outra vez, Johann tomou impulso e arremessou uma lança de gelo fina e precisa na direção da criatura. A lança o acertou em cheio, enterrando-se profundamente no olho verde vibrante.

O monstro guinchava e se debatia fazendo com que a água se agitasse violentamente. Suas garras se fincaram na terra úmida das margens do rio. Suor escorria pelo rosto de Johann e ele cerrou os punhos com mais força, enterrando ainda mais a lança no crânio do lindworm.

Com um urro final, o corpo do dragão-serpente tombou na margem. O sangue da criatura escorreu por suas escamas e depois para o rio, fazendo com que uma espuma rosa se acumulasse ao redor de seu corpo enquanto uma mancha vermelha florescia lentamente na superfície da água. A visão do monstro sem vida quase fez com que Lorelei perdesse totalmente o controle. Ela se apoiou na lateral do barco, respirando com dificuldade, e pressionou os polegares nas têmporas. Seu estômago se revirava.

— Não é muito inteligente tirar os olhos de algo que está morrendo — disse Johann. — Todo ser fica ainda mais fascinante e mais belo em seus momentos finais.

Lorelei olhou para ele. Johann estava de lado, mas havia um indício de um sorriso orgulhoso em seus lábios ao admirar seu feito.

— Johann!

O corpo dele pareceu relaxar ao som da voz de Adelheid. Ela estava ao lado de Sylvia na margem oposta, ambas tremendo e encharcadas. Lorelei não conseguiu compreender a rigidez no semblante de Adelheid, que encarava Johann com um olhar de censura. Uma conversa inteira pareceu ter acontecido entre os dois. Johann cerrou os punhos, mas, pouco a pouco, os afrouxou e os virou para cima, encarando as palmas das mãos trêmulas. Ele pareceu sentir horror e depois vergonha.

Mas aquilo não apagava a imagem de seu rosto momentos antes. Ele se parecera com um monstro.

Não, pensou ela, *com um assassino*.

CAPÍTULO DEZ

Eles puxaram o que restava dos barcos para a margem, os amarraram e depois cobriram o melhor que puderam usando galhos e folhas soltas. Sylvia estava estranhamente quieta e tinha a postura curvada como se mal conseguisse se manter em pé. Ludwig passou o braço ao redor de seus ombros e, apesar das vestes encharcadas, deixou que ela descansasse a cabeça na curva de seu pescoço.

Ele acenou no ar com a mão, aparentemente na tentativa de extrair a água das roupas de Sylvia, mas conseguiu tirar apenas algumas gotas.

— Desculpe — disse Ludwig com um sorriso triste. — É o máximo que consigo fazer.

Sylvia apenas sorriu de volta, cansada.

Heike assistia aos dois com aversão. Ela passou os olhos pelo grupo procurando um alvo para sua raiva e, previsivelmente, parou em Lorelei.

— Então quer dizer que você consegue usar magia?

Seu tom era descontraído, mas vertia um veneno doentio. O estômago de Lorelei se revirou quando a advertência de seu pai soou em seus ouvidos. *Nunca faça isso na frente de outras pessoas.*

Por anos, ela fora extremamente cuidadosa. Bastou um erro — um ato bobo de altruísmo — para colocar tudo em risco. Uma coisa era as pessoas suspeitarem que você era uma aberração, outra completamente diferente era entregar uma prova de bandeja.

Lorelei não conseguia desviar o olhar da espada de Johann, reluzindo à luz da lua. Por milagre, sua voz se manteve firme ao responder:

— Não sei do que você está falando.

— Não? — Os lábios de Heike se curvaram. — Talvez eu tenha visto coisa demais, então.

— Eu não vi nada — interveio Ludwig.

— Eu vi. Ela canalizou o éter. — Johann tirara os óculos para secá-los com a barra da camisa. Quando voltou a acomodá-los na ponta do nariz, Lorelei não conseguia decifrar sua expressão. Embora a contragosto, ele continuou: — Mas a reação rápida dela provavelmente salvou a vida de vocês.

A intensidade da gratidão de Lorelei a pegou de surpresa. Demorou um momento para que sua mente conseguisse assimilar que Johann zu Wittelsbach, um seguidor dos Caçadores, a defendera.

— O que disse?

Heike estava boquiaberta.

— Você bateu a cabeça? Ela é...

— Uma bruxa. Sim. — Johann comprimiu os lábios em uma linha fina. — Mesmo assim...

— Não, seu *palerma* supersticioso. Ela é uma mentirosa. — Heike avançou um passo em direção a Lorelei olhando fixamente para ela. — Não é, Lori? Que conveniente para você fazer todo mundo acreditar que era a única que não poderia ter matado Ziegler.

— Muito cuidado — advertiu Lorelei em voz baixa —, antes que diga algo de que vá se arrepender.

— Podemos encerrar esse assunto? — Ludwig soava inexplicavelmente aflito. — Pelo menos até nos abrigarmos do frio. Eu queria continuar com todos os meus dedos, se possível.

Depois de alguns segundos excruciantes, Heike suspirou e sua raiva se esvaiu.

— Tá bom.

— Tem que haver um lado positivo nisso tudo — arriscou Ludwig. — Ainda temos o mapa, pelo menos?

— Não. Nem um aparelho de radiestesia. — Heike torceu o cabelo molhado como se fosse um pano encharcado. Com alegria teatral, acrescentou: — Estamos fodidos até o último fio de cabelo. Espero que estejam felizes.

Adelheid soltou um grunhido enfezado. Era a primeira vez que Lorelei a via tão desarrumada; seu vestido estava ensopado e sujo de lama e o cabelo loiro escorria pelas costas dela. Mesmo assim, permanecia imponente como sempre.

— Pena que não tinha outro caminho.

Heike apontou o dedo para ela.

— *Não* me culpe por isso.

— Claro que não vou culpar — respondeu Adelheid. — Você foi uma vítima nessa situação, como sempre.

Heike respondeu com um sorriso maldoso.

— Olha só quem está falando.

— Chega — interrompeu Lorelei. — Não consigo pensar com vocês duas gritando no meu ouvido.

Um silêncio carregado caiu sobre o grupo.

Ela respirou fundo e continuou.

— Segundo as histórias, lindworms se alimentam de gado. Deve haver uma cidade por aqui.

Os olhos claros de Sylvia eram como uma tatuagem em seu rosto, mas não expressavam mais a vivacidade de sempre. Vê-los tão vazios perturbou Lorelei.

— Ela tem razão.

Johann fez um gesto em direção ao sulco que o dragão-serpente deixara na terra, permeado por árvores quebradas e manchas na grama machucada que pareciam assustadoramente com sangue. Aquele devia ser o caminho que a criatura utilizava para chegar até a cidade; Lorelei conseguia imaginá-la deslizando de volta para a água, sua barriga cheia depois de se alimentar do gado.

— Está sugerindo que a gente siga o rastro dele até a cidade?

— Estou. A menos que algum de vocês tenha uma ideia melhor — respondeu Lorelei. — Se tudo der errado, pelo menos podemos nos reorganizar lá.

Eles partiram a pé, a neblina chegando à altura do tornozelo. Aos poucos, a noite tomou o céu como águas escuras tomam uma bacia. A trilha do lindworm se embrenhava por uma floresta densa de abetos e bétulas de tronco branco. Cogumelos da cor de ossos brotavam das cascas das árvores em decomposição, esticando-se para alcançar o luar.

Com as mãos enfiadas nos bolsos do sobretudo, Lorelei seguia sozinha, andando atrás do grupo. Ludwig caminhava com o braço sobre os ombros de Sylvia, enquanto Heike estava sozinha alguns passos atrás deles, irradiando autocomiseração. Depois vinham Adelheid e Johann, falando tão baixo que Lorelei não conseguiu ouvir uma palavra sequer. Ele estava cabisbaixo, como se estivesse rezando — ou talvez aguardando julgamento. Depois de uma breve pausa, Adelheid segurou a mão dele por um instante e a soltou logo em seguida, indo se juntar à Heike. Lorelei observou Heike recebê-la com irritação e depois relaxar quando Adelheid começou a falar. Por fim, as duas deram as mãos.

Ao que parecia, tudo estava perdoado. A facilidade da reconciliação trouxe para Lorelei a dolorosa lembrança das discussões que tinha com a irmã.

A dor de cabeça insistente que latejava em sua nuca depois de todo o estresse e exaustão só piorou quando viu Johann desacelerando o passo para ficar a seu lado. Talvez ele a deixasse em paz se parecesse desinteressada. Mas ela não deu essa sorte. Johann se pôs a caminhar ao lado dela em um silêncio inquietante, seus olhos fundos atentos ao rosto de Lorelei.

Relutante, ela também olhou para ele e, pela primeira vez, notou que tinha cicatrizes como as de Sylvia. As de Johann cobriam suas têmporas e brilhavam ao luar, mas eram menos profundas e mais antigas. Ele claramente vencia duelos com mais frequência.

— Imagino que esteja esperando uma demonstração de gratidão — disse ela.

— Não. — O lábio dele se curvou. — Não disse aquilo por sua causa. Às vezes Heike precisa aprender a calar a boca.

— Então o que você quer?

— Quero te perguntar uma coisa. — Ele falou cada palavra como se estivesse pisando em ovos. — *Como* você conseguiu seus poderes?

— Da mesma forma que você, imagino — respondeu Lorelei, cortante.

Johann estreitou os olhos. Era óbvio que não acreditava nela.

— Quem ensinou você?

— Ziegler. — A dor que despertou em seu peito quase deixou Lorelei sem fôlego. Ansiando por levar a conversa para um território mais seguro, acrescentou: — É meio comum entre meu povo, mas poucos praticam magia.

A magia reside na água; este era um fenômeno observável cientificamente. Os bruneses se orgulhavam muito de suas habilidades mágicas e as enxergavam como um elo intrínseco entre eles e a terra. Os yevani, por sua vez, não se encaixavam nessa ideia. Eles eram ditos "sem raízes", adequados para o empreendedorismo e a vida nas cidades. O fato de um yevani usar magia causava incômodo aos bruneses, e o incômodo os tornava violentos. Era mais fácil abrir mão da magia por completo do que convidá-los a adentrar os muros do Yevanverte com suas pedras e tochas. Ziegler sempre desprezara esse tipo de fanatismo; para ela, qualquer instituição que tentasse esconder a verdade não deveria existir. E, assim, ensinara Lorelei a manipular a água como parte de seus estudos.

— Você lutaria bem se treinasse — disse ele. — A menos que esteja escondendo o jogo. Já ouvi falar de yevanis que conseguem controlar até o sangue nas veias de uma pessoa.

— Infelizmente ainda não encontrei uma entidade disposta a me ensinar isso — respondeu, amarga. — Você se engana em relação a nós.

— Não estou enganado em relação a vocês. — Ele olhou para ela, sério. — Pode ter nos defendido hoje, mas isso não muda as coisas. Se julgar necessário, vai se voltar contra nós.

— Quanta certeza — rebateu Lorelei. — O que vai ser de você quando for obrigado a se curvar perante uma rainha albenesa?

De repente, Johann ficou ansioso.

— Se a pergunta foi pelo que eu disse naquela noite, saiba que estava com raiva. Wilhelm tem uma mente estratégica. Fazer o necessário para aplacar o descontentamento dos albeneses é um plano sábio. Lutei por ele e por seu sonho, posso ser paciente para vê-lo realizado.

Lorelei foi pega de surpresa.

— E que sonho seria esse?

— Uma Brunnestaad unida e pura — respondeu Johann, com certa reverência em seu tom de voz.

Meu Deus, como Lorelei o detestava. Não conseguiu disfarçar o asco que sentia ao alfinetar:

— E você acha que ele vai te dar o que quer?

— Na hora certa. — Johann franziu a testa. — Quando toda a área estiver sob o comando dele, bem como o poder do Ursprung, Wilhelm vai poder governar como desejar. Eu também não vejo a hora. Tempos de paz são tão monótonos.

— E se ele não fizer o que você deseja?

— Herzin é influente — respondeu com frieza. — Ele vai seguir na direção correta.

Lorelei não sabia o que a perturbava mais: o que Johann acreditava ser uma Brunnestaad "pura" ou o quanto ele tinha frustrado suas expectativas. Se ele estava disposto a aceitar Sylvia — e Wilhelm —, não teria motivos para ser o assassino. Para recuperar o controle da conversa, ela perguntou:

— Não acha que um dos seus seria mais adequado para governar?

Ele sorriu, implacável.

— Nem todo mundo é tão desleal quanto você.

Lorelei não mordeu a isca.

— Sei que não está aqui por causa de Wilhelm. Ouvi dizer que veio para cumprir uma promessa.

— Adelheid te contou? — Ele ajustou os óculos, confuso. — Eu mal penso nisso, para falar a verdade. Alexander salvou minha vida no campo de batalha, é verdade, mas Adelheid me salva todos os dias desde então. Isso é mais forte do que uma promessa.

— Muito romântico — disse Lorelei. — Quase fiquei com inveja.

Ele soltou um riso sarcástico.

— Não há nada a ser invejado nisso.

— Não?

Depois de um longo momento de silêncio, ele disse:

— Em Herzin, desde seu primeiro passo, pegam você pelos ombros e posicionam você na direção de um inimigo. Depois colocam uma espada na sua mão e dizem que isso é ter um propósito. Ela foi a única a me pedir para baixar a espada. Não sei do que você chama algo assim.

Por um momento, ele pareceu cansado. *Humano*. Lorelei olhou a presa que brilhava em seu pescoço.

— Você sabe o que é um golem?

Ele a olhou com cautela.

— Não.

— É um protetor. As histórias são muitas, mas a mais popular é sobre um rabino que salvou o Yevanverte de homens como você.

Ele não disse nada.

Lorelei continuou.

— Um dia, o rei ameaçou expulsar todos os yevani da cidade. O rabino então foi até as margens do rio e construiu um golem de lodo e lama. Quando terminou, escreveu o nome de Deus em um pergaminho e o colocou na boca do golem, que ganhou vida. A história diz que o golem ficava invisível e invocava os espíritos dos mortos. Assim, toda vez que o rei mandava os exércitos para expulsar os Yevani, o golem fazia com que dessem meia volta e fossem embora, amedrontados, correndo e gritando pelas ruas. No dia de descanso, o rabino retirava o pergaminho da boca do golem, que adormecia.

— E o que aconteceu?

— A resposta depende de quem está contando a história. Em algumas versões, o rei implora ao rabino para que destrua o golem em troca da segurança dos yevani. Com apenas uma canetada, ele muda a palavra *verdade* para *morte* no pergaminho do golem. Os yevani continuaram vivendo em paz na cidade, podendo reviver o golem outra vez em situações de necessidade.

Johann pareceu decepcionado.

— E nas outras versões?

— O rabino se esquece de remover o pergaminho e o golem causa alvoroço para além dos muros do Yevanverte, matando muitas pessoas antes que ele pudesse intervir.

— Que deprimente.

— É uma história reconfortante para nós — defendeu Lorelei, com mais intensidade do que pretendia. — Mas você me lembra ele. É como se Adelheid tirasse o pergaminho da sua boca.

Johann ficou imóvel como se tivesse levado uma bofetada. Lorelei continuou andando.

Detestava Johann, mas, ao mesmo tempo, sentia pena. Ela tinha visto a maneira como ele se transformara quando começou a lutar; tinha visto o medo paralisante e violento nos olhos de Sylvia. Lorelei sabia como era travar guerras dentro da própria mente, inclusive guerras que já tinham terminado há muito tempo para os demais.

Ele sempre foi cruel e mesquinho, até quando era criança, dissera Adelheid. *Com o pai que teve, não tinha como ser diferente.*

Wilhelm com certeza conhecia Johann. Não a surpreendia que ele tivesse usado todas as armas e recursos à sua disposição. Lorelei lembrou-se do aperto na voz de Johann ao falar de Adelheid, em seu ar exausto ao descrever o propósito que fora imposto a ele. Havia outra versão da história do golem, uma em que o rabino começava a ter medo de sua criação. Nessa versão, quando tentava recuperar o pergaminho, o golem se voltava contra ele.

Mas aquilo tudo não parecia suficiente para justificar um assassinato. Talvez estivesse enganada em relação a Johann. E, se esse fosse o caso, o que ela ia fazer?

Quando chegaram ao topo de uma colina, a paisagem se abriu diante deles: dali via-se grama alta e verde prateada sob a luz do lugar e, ao longe, luzes suaves salpicando a escuridão até certo ponto da encosta da montanha.

— Um vilarejo! — exclamou Ludwig. — Nós vamos conseguir!

O vilarejo não era nada além de um amontoado de chalés de madeira que soltavam fumaça pelas chaminés. Ao passar por eles, Lorelei prestou atenção nas proteções utilizadas: havia espigões de ferro nos batentes das portas e os sinos de vento prateados que faziam barulho com a brisa. Lorelei sentia os olhares dos moradores sobre eles. Os poucos que ainda estavam do lado de fora pararam o que estavam fazendo para observá-los e outros espiavam por trás das janelas, seus olhares desconfiados e atentos iluminados pelas velas acesas nos peitoris. Embora o grupo estivesse com trajes de viagem, as roupas que usavam possivelmente eram mais sofisticadas do que qualquer coisa que aqueles moradores tinham visto em anos.

— Aparentemente tem uma pousada por aqui — disse Heike. — *Graças a Deus.*

Ludwig e Adelheid se entreolharam.

— Bom... Falando nisso, — disse Ludwig, — Lorelei, posso falar com você?

O tom de Ludwig deixou Lorelei apreensiva. A maneira como ele precisou que se afastassem do grupo também não ajudou muito.

— O que foi?

— Nossos equipamentos estão... Como posso dizer? Bom, metade deles foi parar no fundo do rio e a outra metade está caindo aos pedaços.

A compra dos equipamentos consumira mais da metade do orçamento concedido por Wilhelm. Mesmo que tivessem verba, só poderiam ser consertados por especialistas e, por alguma razão, Lorelei duvidava que encontrariam um fabricante de barômetros naquela cidadezinha de caipiras.

— Algo mais?

— Praticamente todo nosso dinheiro *também* ficou no fundo do rio, então... — Ludwig recuou um passo. — Lorelei? O que está...?

Depois de tudo o que acontecera naquele dia, Lorelei não tinha mais energia para gritar. Devagar, ela se abaixou e se sentou no meio da rua. O frio dos paralelepípedos penetrou sua pele e, acima de sua cabeça, as estrelas no céu impiedoso pareciam dar risada.

Estou pronta, pensou ela. *Pode me levar.*

Mas Deus foi mais cruel do que isso. Em vez de ser levada, Lorelei viu o rosto de Sylvia von Wolff surgir diante dela

— Levante-se daí, por favor. As pessoas estão começando a olhar estranho.

Lorelei não quis se dar ao trabalho de dizer que já estavam olhando estranho desde o início.

— Não ligo.

Sylvia suspirou como se Lorelei estivesse sendo completamente irracional. E Lorelei até concordava, mas não conseguia mais se importar.

— Não tem nada que eu possa fazer em relação aos equipamentos, mas posso dar um jeito na questão da hospedagem — ofereceu Sylvia.

Ela estendeu a mão, mas Lorelei afastou seu braço e se levantou sozinha, tentando se convencer de que o olhar sentido de Sylvia não a incomodava nem um pouco.

Eles avistaram a pousada logo no fim da rua. Era sem dúvida o maior prédio da cidade, com um jardim pitoresco necessitado de manutenção e uma cerca de madeira que certamente já vira dias melhores. Ao entrarem pela porta, Lorelei e Johann tiveram que se abaixar para não bater a cabeça.

Tudo lá dentro parecia ter saído diretamente de uma ilustração albenesa. As paredes brancas atrás do bar estavam cobertas de imagens de santos e pinturas de vacas. Exibiam também uma coleção notável de relógios cuco e cinco pares de chifres tão pequenos que Lorelei deduziu serem de uma família de rasselbocks.

Os habitantes do vilarejo estavam reunidos em mesas ao lado de uma fogueira crepitante, jogando conversa fora com suas canecas de cerveja e pratos cheios de beterraba e embutidos suínos. O burburinho diminuiu quando entraram, embora as pessoas estivessem fazendo o possível para tentar não os encarar. Depois de um momento, Lorelei notou que a maioria estava olhando para Sylvia como se a reconhecessem.

Eles foram recebidos por uma mulher de meia-idade que, depois do que Lorelei considerou um exagero de gentilezas e cerimônias, disse se chamar Emilia.

— Podem entrar, meus senhores, podem entrar! Se soubesse que estavam vindo, teria preparado a cozinha para sua chegada. — Quando os olhos deslumbrados da mulher pousaram em Lorelei, seu sorriso vacilou como se tivesse notado um fio solto em uma tapeçaria que até então parecia perfeita. — Como posso ajudá-los?

— Com um lugar para passar a noite — respondeu Lorelei.

Emilia titubeou.

— Ah.

Ah, pensou Lorelei. *E lá vamos nós.*

Ela voltou-se para Johann primeiro.

— A yeva não pode ficar.

Lorelei mordeu a língua para não retrucar. Ela tentara driblar seu sotaque por anos, mas fora impossível perdê-lo por completo, principalmente depois de ter se acomodado em Ruhigburg.

— O que sugere que eu faça com ela? — indagou Johann, parecendo achar graça. — Que eu a coloque nos estábulos?

Sylvia, que ainda não tinha se recuperado totalmente do confronto com o lindworm, de repente mudou da água para o vinho. Com um sorriso cativante e persuasivo, deu um passo à frente e segurou as mãos de Emilia entre as dela.

— Não é preciso se preocupar! Posso garantir que ela não vai causar problemas.

— Não tem como garantir, minha senhora, por mais que sejam boas suas intenções. O tipo dela é traiçoeiro.

— Seja como for, ela vai nos acompanhar. É uma companhia estimada.

Emilia parecia tão desgostosa quanto Lorelei, que ficou surpresa ao ouvir as palavras de Sylvia. Talvez ela não mentisse tão mal quanto Lorelei imaginara.

Sua expressão era resignada.

— Se me der licença, gostaria de me apresentar. Sou Sylvia von Wolff…

Emilia arfou, tropeçando alguns passos para trás.

— Minhas mais sinceras desculpas! Não reconheci você, *Mondscheinprinzessin.*

Princesa da Lua? Lorelei guardou a informação para poder caçoar de Sylvia mais tarde. Heike tossiu para disfarçar uma risada.

— Por favor, não precisa de tanta formalidade — riu Sylvia, desconfortável. Ela falava baixo como se não quisesse que fossem ouvidas por mais ninguém. — Aceite minhas desculpas por ter chegado de surpresa. Fomos emboscados por um lindworm em nosso trajeto. Johann conseguiu lidar com ele, mas, infelizmente…

— Está morto? — perguntou Emilia em tom lânguido.

— Deveria estar vivo? — perguntou Ludwig.

— Não, meu senhor. — Emilia parecia prestes a se ajoelhar aos pés de Johann. — De forma alguma. Ele passou meses matando nossas ovelhas.

A mulher se virou para o salão e compartilhou a notícia com os presentes — provavelmente em brunês, embora fosse impossível entender uma palavra sequer agora que não estava falando em floreios com eles. Lorelei pensou que Sylvia provavelmente se esforçara muito para se fazer entender; seu sotaque mal era perceptível àquela altura.

Houve um momento de silêncio e, em seguida, todos explodiram em aplausos e ergueram seus copos no ar, derramando cerveja para todo lado. Johann parecia querer sumir.

— Por favor, fiquem por quanto tempo quiserem — convidou Emilia. — Temos que agradecer vocês direito.

— Não é necessário agradecer — disse Johann.

—Ah, mas eu faço questão — insistiu ela com um sorriso determinado. — Imagino que tudo aqui seja provinciano demais em comparação com o que estão acostumados, mas amanhã vamos ter a festa em homenagem a São Bruno.

— Que ótimo — exclamou Sylvia. — Vai ser uma honra ficar aqui.

— Von Wolff — chamou Lorelei, falando baixo. — Com todo o respeito, não temos tempo para isso.

— Lorelei — respondeu Sylvia com amargor —, São Bruno foi o primeiro rei de Albe e é uma figura muito importante para nós. Reza a lenda que ele caiu no Ursprung. Sei que você entende.

Ela entendia, infelizmente. Sem um mapa e sem os equipamentos, eles teriam que confiar no conhecimento local. E tinham chegado até ali, afinal. Com certeza haveria alguém naquele vilarejo capaz de ajudá-los.

— Está bem — respondeu, rangendo os dentes.

—Além disso — continuou Sylvia —, precisamos reabastecer nossos suprimentos antes de seguirmos viagem.

— Que maravilha! — comemorou Emilia, unindo as mãos na altura do peito. — Vou pedir para que preparem comida e acompanhem vocês até os quartos. Espero que fiquem de olho naquela ali…

Cheia de rancor, Lorelei disse:

— Imagino que todos se sentiriam mais seguros se Sua Alteza ficasse responsável por isso.

Sylvia olhou para Lorelei como se quisesse matá-la.

— Será um prazer.

Serviram pãezinhos recheados com carne de porco empratados sobre uma camada de repolho, o que Lorelei deduziu ser proposital. Ela deixou os pãezinhos intocados no prato, mas não fez diferença; ainda estava sem apetite. Discretamente, Ludwig empurrou sua porção de repolho para o prato dela e ficou confuso quando ela tentou devolver. Ninguém parecia querer conversar, então todos comeram em silêncio e depois se recolheram para dormir.

Lorelei subiu as escadas em um estado agudo de apreensão, mas, para seu alívio, o quarto tinha duas camas. Pareciam a ponto de desabar com um simples espirro, mas a lareira do quarto estava acesa e havia uma bacia com água limpa. Assim que fechou a porta, Lorelei disse:

— Não precisava ter intercedido por mim.

— Ah, não? Preferia que eles te expulsassem da cidade assim que abrisse a boca? — Lorelei não respondeu imediatamente. Sylvia bufou. — Esta é a hora em que você diz *obrigada*.

— Por que se dar ao trabalho?

— Você faz com que seja muito difícil responder essa pergunta. — Sylvia empilhou as malas em um canto. — Mas, para sua sorte, algumas pessoas têm princípios.

— Claro. Os mesmos princípios que você demonstrou de forma tão nobre quando Heike me acusou de assassinato. Ou quando Johann disse que devo ser uma feiticeira. — Um sentimento reprimido de mágoa se revirou teimosamente no peito de Lorelei. Sentiu que estava mergulhando a mão em uma cama de brasas ao perguntar: — Você concorda com eles?

— É claro que não — respondeu Sylvia com fervor. — Podemos até não nos dar bem, mas você não merece ser tratada assim. Peço desculpas por não ter dito nada. De verdade. Eu não estava bem.

Em defesa de Sylvia, ela parecia envergonhada. A vingança não tinha o gostinho que Lorelei imaginara. Em vez disso, o pedido de desculpas de Sylvia tocou em uma ferida antiga. Mesmo quando era criança, Lorelei nunca fora alguém fácil de ser amada. Descobrira muito cedo que era preferível aceitar sua natureza desagradável a se submeter à agonia de tentar agradar e não conseguir, o que viera a calhar ao transitar como uma estranha em dois mundos diferentes. Ao longo dos anos, se acostumara tanto com a desconfiança de sua própria comunidade quanto com o desprezo de seus colegas de sala. Mas, em um instante, Sylvia transpassou sua armadura e a dor familiar foi quase um alívio.

Era melhor que não gostassem dela por quem realmente era do que pelo que ela representava.

A expressão de Lorelei provavelmente transparecia o que estava sentindo, porque Sylvia estendeu a mão como se tivesse a intenção de tocar o braço dela. Lorelei recuou, estabelecendo uma distância segura entre as duas. Seu coração tamborilava no peito.

— Enfim. Imagino que deve ser boa a sensação de exercer influência em um lugar onde seu nome é tão importante. — Com malícia divertida, ela completou: — *Mondscheinprinzessin*.

Sylvia soltou um grunhido aborrecido.

— Não me chame assim.

— O que significa?

— Não é nada. É uma velha história de família — respondeu ela, evasiva. — Agora quero saber o que foi aquilo que você fez. Estava tentando ficar a sós com Johann, não estava?

Lorelei pousou a mala no chão e foi até o lavatório. Ela tirou o casaco úmido e o pendurou sobre o encosto de uma poltrona. Com sorte estaria seco até a manhã seguinte, mas não havia muita solução para o fedor de lodo do rio. Com agilidade, ela se pôs a desabotoar o colete.

— Também não tenho sua permissão para falar com Johann?

Quando Lorelei olhou para ela, Sylvia desviou o rosto. Suas bochechas estavam coradas. Lorelei a observava, desconfiada. Pigarreando, ela disse:

— É difícil imaginar que você queira fazer isso.

Os dedos de Lorelei se detiveram no último botão. Ela não gostava do rumo que a conversa estava tomando.

— Vocês se davam bem quando eram crianças?

— Não muito. Johann era bastante tirano e sempre obrigava Ludwig a fazer coisas constrangedoras porque sabia que ele queria muito se enturmar. E, uma vez, convenceu os outros a fazer um exorcismo em mim. Foi… — Ela parou e bufou. — Você está mudando o assunto de novo.

— Você sabe que não vou conseguir ignorar a informação do exorcismo. Deu certo?

— Eu não sou tão tapada quanto você pensa! Acha que não estou reparando na sua mente a todo vapor? Quando você fala com eles, fica com a mesma cara de quando está coletando seus contos populares.

— E como é essa cara?

— Assim. — Sylvia contorceu o rosto em uma imitação exagerada. — Você torce até a ponta do nariz. É admirável, na verdade. Agora, desembuche. O que foi que descobriu?

— Que ele é um homem extremamente desagradável — contou Lorelei, sem paciência. — Mas, quando você for a rainha, não vai tentar te destituir até que seja politicamente conveniente. Satisfeita?

Sylvia pareceu querer discutir, mas, quando Lorelei tirou o colete, ela de repente se interessou muito pelo teto. Lorelei — muito heroicamente, na própria opinião — resistiu ao impulso de revirar os olhos. Não fazia sentido ficar tão desconcertada com isso. Os albeneses eram mesmo muito puritanos!

Sem se dar ao trabalho de responder, Sylvia sentou-se, exausta, à penteadeira no canto do quarto. O espelho estava embaçado e tinha pequenos pontos de oxidação. Ela vasculhou seus pertences e alinhou uma sequência de frascos de cristal sobre a mesa. Em seguida, se pôs a aplicar — sem grande alegria — várias poções (Tinturas? Séruns? Lorelei não fazia ideia) em sua pele e, em seguida, a passar óleos nos cabelos. A cena era trágica, como a de uma donzela apaixonada sentada à janela.

O perfume encheu o quarto. Lorelei já tinha sentido o cheiro dos perfumes de Sylvia antes — limão, bergamota, rosas —, sempre que chegava perto demais ou quando ela jogava os cabelos sobre os ombros. Mas agora, a concentração pura no ar estava deixando Lorelei embriagada. Aquilo a perseguiria até em seus sonhos.

Lorelei afrouxou o nó do lenço em seu pescoço.

— Está me dando dor de cabeça.

— Problema seu — retrucou Sylvia. — Agora vire o rosto.

Obediente, Lorelei se virou. Às suas costas, ela ouviu o som suave de Sylvia abrindo os botões da camisa de linho e o farfalhar do tecido que escorregava de seus ombros para o chão.

Lorelei sentiu a boca seca. Tentou tirar as próprias luvas, mas estavam coladas na pele úmida depois da água do rio e do suor. Apesar da corrente de ar que entrava pela janela, estava muito quente ali dentro e isso a deixava irritada. Ela molhou o rosto com a água do lavatório.

O mais rápido que pôde, vestiu uma camiseta e se enfiou na cama. As cobertas eram finas e ásperas e fazia com que ficasse consciente de cada centímetro da própria pele. Por alguns instantes, ficou imóvel sob o lençol, encarando o tato.

Ela ouviu passos leves no assoalho, depois o som de um sopro quando a vela se apagou. O quarto foi inundado pela escuridão e logo em seguida ouviu o ranger das molas da cama de Sylvia quando ela se deitou. Lorelei ficou acordada ouvindo as batidas desenfreadas do próprio coração, o roçar de lençóis sobre pele. Ela já tinha flagrado Sylvia cochilando tantas vezes em locais ensolarados da biblioteca e pelo campus que reconhecia a cadência exata da respiração dela ao dormir. Estava atenta a isso agora, ao momento em que ela se renderia ao sono.

As duas ficaram em claro por horas e horas.

CAPÍTULO ONZE

Lorelei acordou com o galo cantando e quase caiu da cama — depois bateu a cabeça na cabeceira quando viu Sylvia em pé perto da janela. Ela quase se esquecera de que tinham dormido no mesmo quarto na noite anterior.

A luz do sol que entrava no quarto cobria Sylvia em um véu branco. Seu cabelo era como uma corda macia jogada por cima do seu ombro, pingando nas pontas e manchando a camisa engomada igualmente branca. Lorelei sentiu um frio na barriga quando Sylvia se virou em sua direção. O sorriso idiota em seu rosto imediatamente se transformou em pena.

— Que foi? — balbuciou Lorelei. Sua voz estava rouca de sono.

— Você teve pesadelos. — Sylvia se encolheu quando a frase saiu de sua boca, como se não tivesse tido a intenção de dizê-la. — De qualquer forma... O dia está lindo!

Lorelei não se deu ao trabalho de responder, apenas revirou os olhos da forma mais cruel que conseguiu e afastou as cobertas. Sylvia von Wolff, olhando para ela com pena. Era um insulto insuportável. Além do mais, Lorelei não via motivos para conversa fiada tão cedo pela manhã.

Ao se levantar, percebeu o estado do quarto e soltou um grunhido zangado. Parecia que um furacão tinha passado por lá, ou poderia ter sido uma das criaturinhas malignas de Sylvia, contrabandeadas por ela na bagagem. O conteúdo das malas da colega de quarto (livros, roupas, sabre) estava todo espalhado pelo chão.

— O que aconteceu aqui?

— Eu tinha que me arrumar — respondeu Sylvia, como se aquilo explicasse alguma coisa.

Lorelei não sabia como tinha conseguido dormir enquanto ela fazia *aquela* bagunça. Sylvia apanhou o sabre da pilha de cacarecos e o prendeu no quadril.

— Emilia disse que tem um comércio no fim da rua. Acho que podemos reabastecer nossos suprimentos lá.

Lorelei já estava sentindo os sinais de uma dor de cabeça.

— Caso tenha se esquecido, não temos dinheiro.

— Ludwig com certeza vai poder nos ajudar. Agora, ande logo! Estou acordada há horas!

A segunda metade do que Sylvia dissera viera do lado de fora do quarto. Ela não se importou em terminar a frase antes de sair para o corredor.

— Ludwig é filho de um comerciante, não de um santo milagreiro. Ele já me disse que o dinheiro foi…

Lorelei tentou responder, mas a porta se fechou. Ela suspirou. Ludwig conseguia ser muito persuasivo quando queria, pois o pai o ensinara a pechinchar e a administrar negócios. O fato de haver algo de adoravelmente patético em seus traços também ajudava com que a maioria das pessoas caísse em sua lábia.

Quando ela desceu as escadas, os dois já esperavam à porta. Por um milagre, o guarda-roupa de Ludwig parecia ter sobrevivido à viagem. Ele estava vestindo uma capa feita sob medida bordada com flores cor de lavanda e girava um anel no dedo mindinho que era estranhamente familiar.

— Pronta para ver um profissional em ação? — perguntou ele, astucioso.

— Onde arranjou isso? — questionou Lorelei.

— Isto aqui? — Ele jogou o anel para cima como se fosse uma moeda e o fechou na mão quando aterrissou em sua palma. As facetas da gema tinham um tamanho tão impressionante que refletiam a luz. — Heike me deu para penhorar. Disse que tinha enjoado dele.

Sylvia estava toda arrumada, o que Lorelei achou completamente fora de tom.

Juntos, saíram para o frescor da manhã. Para além do portão bambo de madeira da pousada, a cidade se estendia em ruas de casas muito brilhantes, amontoadas para se proteger do frio. Logo no fim da rua, encontraram a mercearia que procuravam. Ao lado da porta, havia uma placa grosseiramente improvisada que informava:

PRODUTOS ENCANTADOS — SOB CONSULTA
LEITE — 1,00
OVOS — 0.25 (A UNIDADE!!)
NÃO FAZEMOS REEMBOLSOS. FAVOR NÃO RECLAMAR

— Com uma propaganda dessas, como é que poderíamos *não* entrar? — disse Ludwig.

— Que curioso! Tenho quase certeza de que o leite é de bahkauv. E os ovos devem ser de erdhenne, imagino? — O interesse na voz de Sylvia era nítido. — Queria saber quais são os efeitos após o consumo.

— Nada bons — adiantou-se Lorelei.

Ela sinceramente não entendia como aquela mulher tinha sobrevivido por tanto tempo.

Uma Correnteza Sufocante 169

Embora se parecessem com vacas, bahkauvs tinham presas e garras afiadas e nutriam um profundo desprezo por bêbados. No primeiro livro de Sylvia havia um longo interlúdio em que ela fazia amizade com um bahkauv que vivia em uma fonte próxima a um pub. Ele atacou mais de quarenta homens que tentavam voltar para suas casas. Já os erdhennes eram criaturas muito ariscas que alguns diziam ter escapado de galinheiros de povos da floresta mais poderosos. Quando estabeleciam residência em celeiros de mortais — e caso fossem bem tratados, é claro —, eles cacarejavam para alertar a casa do perigo.

Os povos da floresta não eram citados em nenhuma regra dietética dos yevani, o que fora motivo de debate acadêmico por séculos. Um bahkauv seria kosher visto que tinha aparência de vaca, mas caçava homens? Uma criatura da floresta poderia ser abatida sem sofrimento desnecessário? Seriam elas, em sua magia estranha e poderosa, recipientes para o divino? Para Lorelei, a justificativa não importava. Nenhuma pessoa sensata se incomodaria com isso.

— Só existe uma maneira de descobrir — declarou Ludwig ao abrir a porta.

Um sino tocou quando entraram. Lá dentro estava quente e aconchegante e um cheiro agradável de café pairava no ar. Das vigas pendiam maços de ervas volumosos e perfumados e, se não estava enganada, Lorelei notou alguns pedaços de osso enfiados em meio à lavanda. Uma escada estreita em espiral levava ao que Lorelei deduziu ser as dependências dos proprietários. Uma porta ornamentada com pregos rangeu sinistramente atrás do balcão, atraindo o olhar interessado de Sylvia.

A responsável pela mercearia apareceu no topo da escada usando um xale sobre os ombros. Sem prestar muita atenção, Lorelei registrou o broche de prata em seu pescoço, gravado com a imagem de um santo. O choque da mulher ao ver Sylvia foi evidente e por pouco não tropeçou nos degraus em sua ânsia para atendê-los.

— Sua Alteza, que grande honra. Como posso ajudar?
Ludwig falou primeiro.
— Viemos em busca de suprimentos para nossa viagem. E de histórias. Você sabe alguma coisa sobre o Ursprung?
— Por que estão interessados em histórias de criança?
— Somos acadêmicos — respondeu Sylvia, jovial.

A lojista pareceu atônita; sua expressão era piedosa, como se os considerasse terrivelmente tolos.

— No festival há uma mulher que conta essa história de forma muito mais bonita do que eu jamais seria capaz.

Lorelei guardou aquela informação. Com sorte, aquele desvio no caminho não seria uma completa perda de tempo.

— Excelente — respondeu Ludwig. — Agora gostaríamos de saber sobre os produtos encantados.

Ela foi evasiva, como se tivesse sido treinada para isso, dizendo apenas o suficiente para não arruinar o mistério da coisa. Mas Ludwig sustentou um fluxo de conversas ilógicas ao passo que indicava o que queria. Lorelei mal conseguia acompanhar. Eles falavam sobre colheitas e padrões de chuva, estratégias de negócio, povos da floresta da região, uma clareira ao norte do vilarejo onde havia uma planta que atraía tempestades (Ludwig pareceu verdadeiramente intrigado nessa parte) e sobre as muitas virtudes de seus seis filhos solteiros. Lorelei pensou que aquele oportunismo descarado era quase de se admirar.

Finalmente, depois de embrulhar todas as compras em papel, Ludwig colocou o anel de Heike sobre o balcão. O sol, solidário com a situação em que se encontravam, escolheu aquele exato momento para penetrar gloriosamente pela janela. Um feixe de luz projetou-se sobre a pedra preciosa refletindo feixes de luz multicolorida.

A lojista olhou para o anel como se Ludwig tivesse despejado um saco de cobras sobre o balcão.

— Não é suficiente.
Ele assoviou.

— Tudo bem, então. Seus preços são consideravelmente mais elevados do que eu imaginava. Você aceita negociar?

— Bem, agora não — resmungou ela. — O que vou fazer com um anel tão sofisticado?

Ludwig deu uma piscadela.

— Ele já foi da princesa de Sorvig, a mulher mais bonita do mundo. Daria um dote excelente para um de seus filhos, não acha?

— Um item de valor realmente inestimável — debochou Lorelei.

A lojista pareceu não dar ouvidos.

— Dez marcos e você leva. Não posso fazer por menos que isso.

— Vi um vendedor do outro lado da rua cobrando muito mais barato. — Ludwig se inclinou sobre o balcão e baixou a voz, como se fosse contar um segredo. — Mas sinceramente não gostei muito da aparência da mercadoria dele. E ele com certeza não tinha nada encantado.

— E é exatamente *por isso* que cobro mais caro — disse a mulher, muito orgulhosa.

— Mas com o nosso dinheiro tão contado... — Ele balançou a cabeça com ar de seriedade. — Perdemos muito no confronto com o lindworm e nossa *Mondscheinprinzessin* precisa se alimentar.

Sylvia abriu a boca pronta para protestar, mas Lorelei chutou seu tornozelo.

— Está bem. — A mulher suspirou, resignada. — Eu aceito o acordo.

— Fico imensamente feliz em ouvir isso. Mas acho que você poderia nos dar um pouco mais — insistiu Ludwig. — Sua Alteza jamais esquecerá uma gentileza como essa.

O grupo saiu da loja levando comida, botas, sapatos para neve, casacos e vários amuletos e talismãs. Ludwig conseguiu até mesmo arranjar uma bandeja de bolinhos fritos, alguns polvilhados com açúcar, outros com cobertura de chocolate e marzipã. Para Lorelei, aquilo era uma extravagância, mas assim era Ludwig.

Ele também comprou um litro de leite e uma dúzia de ovos, provavelmente porque sabia que isso a deixaria irritada. Os ovos eram estranhos e translúcidos, pareciam gelados e eram preenchidos com um líquido preto cintilante que lembrava Lorelei das águas do Vereist. Até Sylvia foi obrigada a admitir que não pareciam apetitosos ou sequer próprios para consumo. O leite era menos esquisito, mas Lorelei fez uma nota mental para jogá-lo fora antes que Sylvia tivesse acesso à garrafa. A regra de não reembolso existia por uma razão.

Depois que deixaram as compras na pousada, Ludwig sugeriu:

— Por que não pegamos os doces e saímos para explorar um pouco? Queria encontrar a planta que ela mencionou que atrai tempestades.

Eles subiram as estradas sinuosas pouco adiante da pousada e, quando chegaram ao final da trilha, se esgueiraram pelas cercas do pasto. Ao vê-los passar, o gado de pelagem vermelha ergueu suas imensas cabeças e fez tilintar os sinos de prata que carregavam pendurados em fitas ao redor do pescoço. Pouco depois, a grama deu lugar a pinheiros perfumados. Feixes de luz solar iluminavam o caminho e, lá em cima, os galhos emolduravam fatias assimétricas do céu. Mesmo àquela altura da manhã, a geada ainda umedecia a grama rígida.

Ludwig caminhava olhando para o chão, sua longa capa varrendo o caminho atrás dele. Seu silêncio pareceu estranho para Lorelei. Ele avançava imerso em pensamentos, parecia até que não se lembrava de que estava acompanhado.

— Aconteceu alguma…

Ele parou e estendeu o braço na frente dela, obrigando-a a parar também.

— Cuidado onde pisa. Irrwurzel.

Ele apontou para uma planta com folhagem delicada e emplumada. Da perspectiva leiga de Lorelei, parecia uma samambaia comum, mas ela se lembrou de ter lido aquele nome nas publicações de Ludwig. Aquele que pisasse nela se desviaria do trajeto intencionado e seria amaldiçoado a vagar a esmo até o amanhecer seguinte.

Sylvia analisava a planta.

— Já descobriu como coletar uma amostra?

— Não. Nem me atrevi a tentar de novo. — Ele mostrou uma cicatriz mosqueada em sua mão. — Dizem que atrai víboras. Quem diria?

Sylvia emitiu um ruído de empatia, mas sorria como se estivesse imersa em um devaneio.

— Parando para pensar, é muito engraçado, não é?

— Engraçado? Eu quase morri!

— Não sabia que vocês tinham partido em expedições juntos — disse Lorelei.

— Não era nada oficial. Muitos anos atrás, a gente passava tardes inteiras explorando os arredores na casa de campo de Ludwig. — Sylvia contornou o irrwurzel e subiu em um tronco que estava caído por ali, andando de uma extremidade a outra, com os braços abertos para se equilibrar. — Ludwig me motivou a continuar meu trabalho.

— Não sei, não. A verdade é que você foi quem mais me influenciou. — Ele estendeu a mão e segurou a de Sylvia, ajudando-a a descer de volta para o chão. — Fui contagiado por sua imprudência.

Eles seguiram em frente e a caminhada se estendeu. A cada minuto, o humor de Lorelei piorava. O ar frio descia pelas encostas e se concentrava nas bacias; não havia nada além de árvores ao redor, espruces, faias e abetos, todas cobertas com camadas espessas de musgo. O verde não tinha fim e era tão pitoresco que chegava a ser banal. O que eles estavam fazendo ali? Lorelei não tinha chegado nem perto de achar alguma coisa e, sem o equipamento, não tinham esperança de...

— Acho que esta é a clareira que a mulher da loja mencionou — disse Ludwig.

As árvores, antes a perder de vista, terminavam em uma clareira atapetada com flores roxas. Do outro lado via-se o cadáver do que um dia fora um bordo imponente, seu tronco dividido em dois e transformado em carvão. Os galhos que restavam estavam esqueléticos e chamuscados, destoando da vegetação ao redor. A árvore claramente tinha sido atingida por um raio. Lorelei achou sua beleza contrastante muito mais interessante do que tudo o que tinha visto até então.

Ludwig continuou andando e Sylvia se acomodou em uma parte ensolarada do gramado. A luz fraca dançava nas ondas de seu cabelo e iluminava seu rosto. Até mesmo a cicatriz que tinha na bochecha reluzia como gelo. Olhar para ela fez Lorelei pensar, com certa amargura, que era injusto que alguém pudesse ser tão bonita sem sequer tentar.

— Estou vendo que ainda está de ótimo humor.

Lorelei por pouco não passou pelo constrangimento de soltar uma exclamação de surpresa. Sylvia tinha mordido um dos bolinhos e sujado a ponta do nariz com açúcar de confeiteiro. Lorelei se concentrou, talvez com afinco exagerado, na única imperfeição que conseguiu encontrar nela. Isso fez com que, depois de um instante, Sylvia esfregasse o polegar no canto da boca para limpar uma migalha inexistente, um pouco encabulada. Isso não ajudou em nada.

— Ainda estou de luto pelo nosso equipamento — disse Lorelei.

— Não precisamos de equipamentos para encontrar o Ursprung.

Lorelei não queria se aprofundar no assunto. Em vez disso, disse:

— Mas vamos precisar para coletar dados. Sem eles...

— Dados não proporcionam uma compreensão completa das coisas. — O semblante de Sylvia era indecifrável, mas não agradava Lorelei. Parecia próxima demais de uma expressão de pena. — Por que não se deixa deslumbrar pelas coisas? Às vezes tenho a impressão de que você preferiria conferir a cor do céu usando um cianômetro em vez de simplesmente olhar para cima.

Lorelei abriu a boca para reclamar, mas a fechou novamente. As palavras de Sylvia doeram mais do que o esperado. Talvez, quando ainda era criança, tenha acreditado nas mentiras de Ziegler, que o mundo do outro lado dos muros do Yevanverte era cheio de magia. Mas já se deparara com a realidade vezes demais para acreditar nisso. O mundo era, na verdade, um lugar brutal e violento que a rejeitara. Se conseguisse se tornar uma naturalista quando tudo aquilo terminasse, poderia exercer seu trabalho com base na certeza fria da racionalidade. Não era necessário pensar em coisas como *imersão* ou *deslumbramento*.

— Bom, o cianômetro certamente me informaria a tonalidade com mais precisão.

Sylvia riu. O som foi caloroso e inesperado e Lorelei o recebeu como uma carícia em seu rosto. Mas antes que ela pudesse retrucar, Ludwig gritou, triunfante. Ele estava do outro lado da clareira, sorrindo feito bobo com um punhado de flores douradas em mãos.

Em uma fração de segundo, o céu escureceu e ficou cinza. Uma onda de medo — mais arrebatadora do que jamais sentira — percorreu todo o corpo de Lorelei. Os pelos de seus braços se eriçaram e os dedos formigaram com uma energia frenética. Os cabelos de Sylvia se ergueram em direção ao céu, ondulantes como se estivesse debaixo d'água. Ela voltou-se para Lorelei com um olhar que sugeria que as duas tinham chegado à mesma conclusão.

Um raio.

Ludwig atirou as flores para longe e correu em direção a elas.

Então veio um clarão. Um estrondo pareceu rasgar o mundo, tão alto que Lorelei teve a impressão de que algo esmagava seu crânio.

O mundo inteiro ficou imóvel. Lorelei baixou as mãos que protegiam seus ouvidos, examinando o próprio corpo. Podia sentir gosto de metal na boca e a corrente de ferro em seu pescoço vibrava, mas todos os seus membros pareciam estar intactos. Por trás das manchas fractais que dançavam em suas retinas, ela viu quando Ludwig e Sylvia também saíram de seu estupor. Os dois se entreolharam por um segundo, depois desataram a rir.

— Vocês dois só podem ter ficado malucos! — vociferou Lorelei.

Uma chuva leve começou a penetrar a copa das árvores. A água pingava dos galhos lá em cima como gotas de prata, levantando um cheiro doce e intenso de ozônio. A mente de Lorelei se calou enquanto ela absorvia o momento. Seu coração batia, seu peito se enchia a cada respiração. Por alguma razão, a mudança brusca entre medo e alívio confundiram seus pensamentos e ela não conseguia sentir raiva.

Quando retornaram à cidade, o festival já estava a todo vapor, como em um passe de mágica.

Barraquinhas se enfileiravam nas ruas vendendo todo o tipo de mercadoria: maçãs e uvas lustrosas como pedras preciosas, caixas de morangos e maços de cebolinha, montes de repolhos e batatas, buquês vibrantes atados com barbante e expostos em baldes. As crianças corriam pelos becos com espadas de madeira, seguidas por outras que vinham com os braços estendidos como asas. E também havia as vacas.

A fila se estendia por vários quarteirões. Algumas delas usavam coroas com ramos verdes, outras guirlandas de rosas e narcisos e havia aquelas que usavam enfeites chamativos na cabeça bordados com imagens de santos. Cães malhados de pastoreio corriam de um lado para o outro acompanhando o desfile, latindo e mordiscando seus calcanhares. Lorelei mal conseguia ouvir os próprios pensamentos com tanto barulho.

Aquilo só podia acontecer em Albe, pensou ela. Não conseguia entender como um vilarejo tão pequeno poderia ser tão movimentado.

Os olhos de Sylvia brilhavam de animação.

— Que divertido! Vamos dar uma volta por aí? Nosso festival de primavera tem várias coisas legais. Barracas de jogos, concursos de comida, competições de força...

Lorelei a encarou, inexpressiva.

— Qual dessas coisas você acha que vou gostar?

— Você só está com medo de perder — provocou Sylvia. — E acho que faz bem. Afinal, eu fui a *campeã* de escalada de árvores no meu vilarejo.

Ludwig piscou para Lorelei.

— Eu particularmente adoraria ver isso. Talvez eles também tenham uma competição dessas por aqui.

— Pode ser! Vou dar uma olhada e volto para contar.

Sylvia não precisava de mais incentivo. Ela desapareceu no meio da multidão, deixando Lorelei e Ludwig sozinhos. Ele olhou para ela com um sorriso espontâneo.

— Quer dar uma volta?

Lorelei abriu a boca para dizer não, mas mudou de ideia.

— É, acho que não temos outra opção.

Eles passaram por várias barraquinhas que vendiam diferentes tipos de linguiça. O cheiro de fumaça e carne de porco assada estava começando a fazê-la se sentir ligeiramente enjoada. Em frente a um bar, as pessoas conversavam e tomavam cerveja em mesas espalhadas pela calçada. Um homem subiu em uma delas erguendo um copo no ar enquanto outro tentava oferecer cerveja para uma das vacas com enfeites na cabeça, que apenas o encarou de volta.

Então alguém derrubou um copo.

Lorelei estremeceu. Todos os seus sentidos se aguçaram, captando o cheiro de cerveja e suor e o som de gargalhadas. Lá estava ela, uma mulher adulta com os pés firmemente plantados no solo de Albe, e ainda assim voltou a ser uma criança correndo às cegas pelas ruas do Yevanverte. As lembranças a atravessaram sem aviso. Dentes à mostra no escuro. Punhos erguidos. Sangue e cacos de vidro nos paralelepípedos. Água pingando, pingando, pingando dos dedos flácidos de Ziegler e formando uma poça no chão.

— Ei — exclamou Ludwig, conduzindo-a para longe daquela rua. — Calma.

Que droga. De novo, não.

Ludwig a ajudou a se sentar na grama e aguardou em silêncio até que a respiração de Lorelei se acalmasse e seus dedos parassem de formigar, depois a entregou um saco de papel. Lá dentro havia amêndoas torradas, glaceadas e polvilhadas com canela. Ela sentiu vontade de vomitar. Tinha sido açúcar demais para um único dia.

— Não, obrigada.

— Você está bem? — perguntou ele.

Lorelei ardeu de raiva ao perceber a piedade na voz de Ludwig. Ela sabia o tipo de imagem que passava com seus olhos assustados e distantes. A imagem de alguém que não sabia se controlar.

— Estou — respondeu, mais bruscamente do que pretendia. Tentando ser um pouco mais gentil, acrescentou: — O estresse deve estar me afetando.

Mas ela não podia se dar ao luxo de desmoronar. Lorelei tinha se deixado distrair naquela manhã, mas estava de volta à estaca zero. Se Johann não era o culpado, teria que recalcular rota. Sua vida dependia disso.

Do outro lado da rua, Lorelei viu Adelheid e Heike juntas em uma barraca de flores. Heike estava prendendo uma coroa de narcisos no cabelo de Adelheid, que tolerava tudo com nobreza. Depois de terminar, ela sorriu, satisfeita, e fez contato visual com Ludwig ao olhar para cima.

Ele acenou, mas Heike fechou a cara na mesma hora e desviou o olhar. Lorelei não conseguiu disfarçar achar graça quando perguntou:

— Ela te deu um gelo?

— Acho que sim — respondeu ele, divertido. — Deve ser porque estou confraternizando com o inimigo.

Estava claro que ela sabia guardar rancor. Lorelei respeitava isso.

— E você gosta mesmo dessas pessoas?

— Gosto. Na maior parte do tempo, pelo menos. É complicado.

Lorelei deve ter parecido não acreditar, porque ele perguntou:

— Por quê? Alguém disse alguma coisa?

Johann era bastante tirano, dissera Sylvia. *Sempre obrigava Ludwig a fazer coisas constrangedoras porque sabia que ele queria muito se enturmar.*

— Não — respondeu Lorelei. — Ninguém disse nada.

Ele pareceu relaxar.

— Que bom. É sério, a maior parte dos boatos é baboseira. Wilhelm em particular é um pouco dramático, principalmente quando o assunto é histórias de guerra. Aposto que você já ouviu aquela sobre como ele conquistou uma vitória gloriosa sem derramar sangue na batalha final de sua campanha.

Todo mundo já tinha escutado aquela história. Wilhelm, magnânimo no dorso de seu dragão, sobrevoou o campo de batalha. O inimigo soltou as armas em reverência e Brunnestaad foi finalmente unificada.

— Claro que já.

— Nenhum sangue foi derramado em combate, isso é verdade — disse Ludwig casualmente. — Mas Imre... digamos que ele *se comportava mal* na adolescência.

Lorelei deduziu que Imre se tratava do dragão. Ludwig continuou.

— A poucos quilômetros do campo de batalha, ele incendiou um vilarejo inteiro até transformá-lo em cinzas.

Lorelei sentiu os pelos da nuca se eriçarem.

— Meu Deus.

— Sylvia e Adelheid ficaram bem zangadas com ele, pelo que me lembro.

— E Johann?

— Ele achou engraçado. — Ludwig colocou uma amêndoa na boca. — Várias coisas parecidas aconteceram, mas ninguém quer saber. Ninguém quer a verdade.

— E qual é?

Ludwig abriu um sorriso sarcástico.

— Eles não são heróis.

Lorelei franziu a testa. A não ser pela explosão de Johann, aquele foi o mais próximo que um deles chegou de criticar Wilhelm naquela viagem.

— Mas é claro que são pessoas incríveis e eu as amo muito — acrescentou ele, depressa. — Eu jamais falaria mal de nenhum deles. Olha só, é Adelheid.

Naquele momento, Adelheid passou por eles, indo contra a correnteza da multidão. Sua expressão de poucos amigos surpreendeu Lorelei. Sem pensar muito, disparou atrás dela. Ludwig soltou um grunhido em protesto, mas a seguiu. As estradas de terra batida viraram um lamaçal após a chuva evocada por Ludwig, mas ninguém parecia se importar. Quanto mais adentravam o vilarejo, mais barulhento os arredores se tornavam. Na praça, um palco improvisado tinha sido erguido, onde Lorelei deduziu que dançarinos ou músicos se apresentariam à noite.

Lorelei abriu caminho entre os foliões com seus trajes berrantes até encontrar Adelheid diante de uma barraca que ostentava o maior repolho da estação. Ela o encarava como se aquilo fosse uma ofensa pessoal.

— Está se divertindo? — perguntou Ludwig.

Adelheid se sobressaltou com a aparição repentina dos dois. Ela usava um vestido branco simples, arrumada e elegante como sempre, e fitas coloridas se desprendiam de sua coroa de flores e emolduravam seu rosto sério.

— Não temos essas coisas em Ebul — respondeu ela.

Lorelei achou a resposta satisfatória.

— Claro que não. Só há trabalho maçante e sujeira debaixo das unhas.

O tom reverente de Ludwig acabou soando como desdém.

Em resposta, Adelheid ficou ainda mais carrancuda e Lorelei sentiu que aquela deveria ser uma discussão antiga. Os dois pareciam ridículos lado a lado: a caricatura exagerada de um nobre e a donzela de conto de fadas com sua beleza austera.

Antigamente, Ebul fora conhecida por suas tulipas e vinhedos verdejantes, mas seus campos já não passavam de cinzas. Quando pensava nisso, Lorelei visualizava um campo destruído e incinerado, uma infraestrutura cedendo sob o peso de uma população que se multiplicava. Por ser a província mais oriental, ela ficava entre Neide — a sede real do que era agora Brunnestaad — e sua antiga rival, Javenor. Por conta disso, servira como campo de batalha por tanto tempo que quase todos lá falavam tanto brunês quanto javenês.

— Certo — disse Ludwig, pigarreando. — Bem, vou lá tentar ver Sylvia escalando a árvore.

Depois que ele foi embora, Adelheid suspirou.

— Acho que você entende. O excesso me espanta, mas não posso me ressentir dessas pessoas por celebrarem a própria sorte. Não é de se admirar que Sylvia seja tão amada.

Adelheid apontou com a cabeça para a multidão que se aglomerava atrás delas. Lorelei se virou, piscando forte sob a luz do sol e viu então cabelos brancos como a neve. Sylvia tinha atravessado o mar de gado e passeava pelo festival, parando para conversar com vendedores ou agachando-se para falar com crianças corajosas o suficiente para se aproximar dela. Lorelei queria sentir asco. Ela queria mesmo. Mas ali, rindo com a cabeça inclinada para trás, com as bochechas coradas pelo frio alpino, Sylvia parecia feliz de uma maneira que Lorelei raramente vira antes.

Ela se obrigou a desviar o olhar.

— O povo pediu a cabeça do meu pai na última colheita — contou Adelheid.

— E conseguiram?

Adelheid sorriu com tristeza, mas seu olhar era cortante feito uma lâmina.

— Não. Ele fugiu.

— E por isso você embarcou nesta expedição? — indagou Lorelei. — Para se esconder?

— Não. Fugir do meu dever seria covardia. — Sua voz estava carregada de desprezo. — Meu pai nunca protegeu os interesses de Ebul, mas eu vou. Wilhelm vai me ouvir. Quando ele reivindicar o poder do Ursprung, vai estabilizar a região. Se estivermos unidos, nenhum exército baterá à nossa porta novamente.

Lorelei reprimiu um arrepio diante do fervor nos olhos de Adelheid. Assim como Johann, Adelheid acreditava em Wilhelm. Anos sobrevivendo fora do Yevanverte aniquilaram o otimismo de Lorelei. Ainda assim, só podia rezar para que Wilhelm também mantivesse as promessas que fizera a ela.

— Essa expedição deve ser muito importante para você, então — arriscou Lorelei.

— Sim, é. — respondeu Adelheid — É importante para quase todo mundo. Mas alguns de nós não conseguem deixar a ambição de lado por um bem maior.

— O que você...

O som de uma buzina estremeceu o festival e Lorelei xingou, levando um susto. Os cães uivavam e a multidão gritava; as apresentações estavam prestes a começar. Lorelei esticou o pescoço para dar uma olhada na praça e viu que uma mulher idosa subira ao palco, mas ela não segurava nenhum instrumento e nem usava fantasia, apenas um xale de crochê enrolado em seus ombros estreitos.

— Em tempos passados, quando desejos ainda detinham poder — começou ela, — uma mulher estéril rezou a Deus pedindo por um filho.

Era a contadora de histórias. Lorelei vasculhou a bolsa em busca de uma caneta e de seu caderno. Teria que transcrever essa história com muito cuidado se quisesse extrair algo de útil dela.

— Ele a atendeu e, quando a criança de cabelos prateados nasceu, foi dito que um dia ele se tornaria um grande rei. E assim o bebê cresceu sendo muito amado em seu vilarejo.

A mão de Lorelei pairou sobre as palavras *cabelos prateados*, sentindo um calafrio.

— Naquela época, havia um dragão que vivia dentro da cratera da lua. Uma vez por mês, ele descia e deixava o céu escuro, e então não havia nada além de estrelas para iluminar o caminho. Com suas asas, ele manipulava as marés e, com um sopro, enchia de vento as velas dos barcos. Mas ele cobrava um preço por seus serviços, e se fartava com cordeiros e donzelas que saíam contra a vontade de suas mães até que estivesse saciado por um mês inteiro. Eram tempos sombrios no vilarejo, que não conseguia encontrar cordeiros ou donzelas suficientes para manter o dragão satisfeito. Não havia ninguém digno para matá-lo; todos os que tentavam, padeciam.

Lorelei sublinhou a palavra *digno* depois de escrevê-la. A vaga ideia de dignidade era uma característica constante em todas as lendas do Ursprung, que sempre escolhia quem exerceria seu poder.

— Certa noite, o garoto de cabelos prateados elaborou um plano. Ele iria subir até o topo da montanha mais alta e mataria o dragão durante o sono. — A mulher fez uma pausa. Atrás dela, a cadeia de montanhas se desdobrava. Conforme o céu escurecia, a luz do sol poente iluminava o pico mais alto em tons de vermelho-sangue. — Ele partiu em sua perigosa jornada com a lança entre os dentes e, quando chegou ao topo, perfurou a lua. O dragão soltou um uivo terrível e seu sangue jorrou do céu, correndo como um riacho montanha abaixo para se acumular na cavidade de uma pedra. O garoto perdeu o equilíbrio em meio à morte agonizante do dragão e despencou lá de cima. Ele se preparou para a morte, mas mergulhou na poça de sangue. Para a própria surpresa, quando voltou a se levantar, percebeu que conseguia manipular as marés e dobrar o curso de um rio como bem entendesse. Assim começa a lenda de São Bruno, o primeiro rei de Albe. — A mulher sorriu. — E hoje fomos abençoados com a presença de uma de suas descendentes, a senhorita Sylvia von Wolff.

Lorelei voltou-se para Adelheid.

— Você sabia disso?

— Mais ou menos — respondeu Adelheid. — Nunca ouvi a história toda, mas sei que é importante para a mãe dela. Sylvia sempre odiou.

Aparentemente, apenas as crianças albenesas cresciam ouvindo histórias da família real de cabelos prateados.

— Senhorita von Wolff — chamou a mulher —, poderia nos honrar com algumas palavras?

Era como se aquela fosse a terrível versão inversa da noite do baile. Lorelei permaneceu completamente imóvel, observando a multidão se abrir em torno de Sylvia. Havia terra em seu rosto e flores desajeitadamente presas em seu cabelo, como se tivessem sido colocadas por uma criança. Realmente não era surpresa que seu povo a adorasse. Sylvia não era apenas benevolente e encantadora, não era só pelo fato de que ela genuinamente se interessava em saber o nome do cavalo favorito das pessoas ou quantos cordeiros tinham nascido naquela estação. Ela era um símbolo, um conto de fadas que ganhara vida.

Mondscheinprinzessin.

— Albe livre!

O primeiro grito ressoou e os que vieram depois se alastraram como um incêndio pela multidão até que todos ficassem inflamados. As pessoas olhavam para o palco como se Sylvia tivesse vindo pessoalmente anunciar a independência deles. Seus lábios se entreabriram de surpresa; Lorelei podia ver a mente dela trabalhando enquanto ela recompunha o semblante.

— Obrigada por ter contado a história de maneira tão formidável. — Ela passou os olhos pela multidão como se reconhecesse cada um deles. — A força de uma nação está em seu povo, nas pessoas comuns. Histórias como essa não devem ser esquecidas. Elas falam de quem somos e de onde viemos.

Sylvia era uma iludida caso acreditasse naquelas palavras. Histórias como aquelas não ensinavam *nada*. Não passavam de aço derretido, prontas para serem moldadas e usadas como arma por alguém inteligente o suficiente para manejá-las.

— Estive em muitos lugares do mundo e do reino. A história de São Bruno é nossa, mas muitas de nossas lendas populares são contadas em Brunnestaad. Talvez não com as mesmas palavras, mas com o mesmo coração.

Murmúrios se espalharam pela plateia.

— Sei que muitos de vocês não se consideram pertencentes à Brunnestaad. Alguns talvez sejam até mais velhos do que a própria Brunnestaad. — Ela exibiu um sorriso indulgente em reação aos gritos concordantes. — Entendo o anseio de vocês pelo dia em que Albe será independente outra vez. Talvez alguns tenham começado a planejar a luta por esse dia.

Lorelei olhou em volta, aterrorizada. Os murmúrios de *sim, sim, sim* se intensificavam. Onde ela estava com a cabeça, encorajando aquelas faíscas de rebelião?

— No entanto — continuou Sylvia —, o mundo está mudando e não podemos ficar sozinhos.

A multidão ficou em silêncio.

— Nossos inimigos além das fronteiras são muitos. Eu já lutei ao lado de Sua Majestade, o Rei Wilhelm, e quando ele precisar de nossa força novamente, estarei ao seu lado outra vez. Ele vai nos proteger, assim como São Bruno fez. Por isso digo a vocês que ele é um sucessor digno de seu poder. — Ela colocou o punho fechado sobre o coração. — Wilhelm é o rei de *todo* o reino Brunnestaad, o rei de Albe. Vocês vão caminhar ao meu lado?

Não houve mais do que um instante de silêncio antes que a multidão irrompesse em aplausos. O semblante determinado de Sylvia não vacilou, mas Lorelei percebia sua apreensão.

Albe é a maior ameaça ao reinado de Wilhelm. E se ele quiser me acusar pelo assassinato de Ziegler?

Lorelei não conseguia imaginar o quanto custara para Sylvia estar diante daquelas pessoas e jurar lealdade a um homem que suspeitava que pudesse se voltar contra ela. Lorelei reconheceu o medo angustiado em seu olhar; era o olhar de alguém que tinha algo a provar.

Sylvia saiu do palco e a multidão se abriu para ela. Algumas pessoas se ajoelharam a seus pés, outras tentaram tocar seus cabelos nevados ou segurar a bainha de sua capa. Com imensa elegância, ela segurava suas mãos e os abençoava com seu sorriso.

Então alguns homens entraram na praça com carrinhos de mão trazendo três efígies toscas de palha ensacada. Uma delas usava uma bandeira javenesa no pescoço. A segunda, que supôs representar Wilhelm, exibia trajes escarlates e uma coroa de galhos. A última vestia um casaco preto com um anel dourado costurado na lapela: uma Yeva.

Lorelei sentiu vontade de vomitar.

Adelheid a segurou pelo cotovelo, mas ela nem pensou em se desvencilhar.

— É melhor você sair daqui.

Dois homens ergueram a efígie de Wilhelm sobre os ombros e começaram a desfilar pela praça, sob gargalhadas e gritos de *Viva o rei de Albe*. Em meio ao caos, Lorelei viu uma mulher erguer uma tocha e incendiar outras duas efígies. As chamas lamberam e rasgaram a palha. A visão do casaco preto pegando fogo deixou Lorelei gelada de pavor.

— Agora, Lorelei — repetiu Adelheid, ríspida.

— Merda — murmurou Lorelei, estranhamente atordoada. — Está bem.

Mas para onde deveria ir? Para onde *poderia* ir? Os corpos quentes as cercavam e encurralavam, empurrando-as em meio ao turbilhão.

O olhar de Sylvia encontrou o de Lorelei como se tivesse sido atraído por um imã. Uma expressão de pânico — e arrependimento — dominava o rosto dela. Lorelei mal conseguia sustentar seu olhar; naquele momento, a determinação valente e protetora nos olhos de Sylvia pareceu ser um escudo impenetrável.

Sylvia atravessou a multidão, mas na névoa entorpecida em que Lorelei se encontrava foi quase como se tivesse simplesmente se materializado ao seu lado. A bainha de sua capa esvoaçou atrás dela, revelando sua mão pousada no punho do sabre.

— Não saia de perto de mim.

O que Lorelei poderia fazer a não ser obedecer? Tudo o que ela conseguia enxergar eram os cabelos brancos de Sylvia tingidos pela luz vermelha do fogo que se erguia em direção ao céu escuro.

CAPÍTULO DOZE

Na manhã seguinte à festa de São Bruno, eles partiram assim que o dia raiou.

De acordo com a lenda contada pela mulher, o Ursprung ficava no alto das montanhas que rodeavam o vilarejo, justamente no pico da mais alta de todas, que os moradores chamavam de *Himmelstechen*. Para Lorelei, era um risco depositar tanta fé em um conto de fadas.

Contudo, sem equipamento — e sem Ziegler —, aquela era a única pista que tinham. A anfitriã, Emilia, praticamente implorara para que não fossem. Se a própria floresta — que ao que tudo indicava tendia a se reorganizar após o anoitecer — não os enlouquecesse ou matasse, as criaturas que a habitavam certamente o fariam. O trajeto até Himmelstechen em busca do Ursprung tornara-se uma tradição entre os mais fortes e corajosos da região. Nenhum deles tivera êxito.

Que desperdício, pensou Lorelei. Àquela altura, eles já deveriam ter ajustado a métrica de virtude levando em conta todas as mortes prematuras e em vão.

Mas sem dúvida, uma descendente do próprio Santo vai se mostrar digna, concluíra Emilia.

Sylvia respondera com um sorriso tímido e sofrido. Os outros trocaram olhares e ficaram, ainda que brevemente, unidos no desespero.

Uma descendente do próprio Santo. Lorelei ainda não conseguia entender por que Sylvia nunca mencionara isso antes. Parecia ser o tipo de coisa que ela faria questão de comentar sempre que possível. Lorelei podia ouvir sua voz com muita clareza, cheia de pompa e orgulho sem sentido. *A linhagem von Wolff tem como ancestral o herói popular mais importante de Albe. Por isso, sou uma dádiva para a humanidade!*

Talvez essa última parte tenha sido um pouco exagerada, mas ela sabia que tinha razão. Sylvia von Wolff não era humilde. Mas descendente de uma santidade? Na noite anterior, quando Sylvia dissera, iluminada pelo fogo, "Não saia de perto de mim", Lorelei talvez tivesse acreditado.

Não, não, não. Aquela intervenção não fora nada mais do que seu complexo de heroína em ação. De qualquer forma, era muito mais fácil continuar irritada com Sylvia do que lidar com o nó de sentimento que se instalara no peito de Lorelei.

Sylvia estabelecera um ritmo desnecessariamente exaustivo para a caminhada. Johann e Adelheid conseguiam acompanhá-la sem grandes problemas, mas Lorelei — que nunca se aproximara de uma montanha antes, muito menos escalara uma — ficara para trás. Em determinado momento do trajeto, Ludwig se afastou sozinho por mais de dez minutos. Lorelei o encontrou mergulhado até os joelhos em um riacho, segurando um maço de espécimes de plantas. Depois disso, ela o deixou sozinho também. Heike, ao que parecia, desistira completamente.

— Que se foda — dissera ela em dado momento da caminhada, seguindo então a ritmo de passeio.

Os outros paravam de vez em quando para que ela pudesse alcançá-los.

Lorelei olhou por cima do ombro e viu que Heike tinha se acomodado sobre o tronco de uma árvore caída. Depois de se recuperar do choque da noite anterior, Lorelei não conseguiu parar de pensar nas palavras de Adelheid: *Mas alguns de nós não conseguem deixar a ambição de lado por um bem maior.*

Ela estava se referindo a Heike.

Fazia muito sentido. Heike sempre fora transparente em relação a proteger os próprios interesses e, quanto mais Lorelei pensava nisso, mais compreendia seu comportamento. Ela vinha tentando sabotá-los desde o início. Tinham tomado um desvio que por pouco não os matara, depois se meteram em um vilarejo nos confins do mundo, tudo porque deram ouvidos a ela. Ela também fora a primeira a mencionar a capacidade de Lorelei de manipular o éter, quase como se tivesse a intenção de virar os outros contra ela. Lorelei só precisava ter certeza do motivo.

A espessa cama de folhagem no chão abafou o som dos passos de Lorelei quando ela se aproximou. Heike estava sentada de lado, o rosto molhado de suor e corado pelo esforço. Um cantil de água estava vazio ao seu lado e sua mochila estava jogada ali perto. Ela se assustou ao notar a presença de Lorelei e, por um momento, seus olhos denunciaram seu espanto. Mas, logo depois, se recompôs e cruzou as pernas com elegância, como se estivesse sentada em um trono.

Os sons distantes de água corrente e do canto dos pássaros preenchiam o silêncio entre elas. Havia um riacho por perto, com a superfície brilhando sob o sol. Ofegante, Heike disse:

— Veio até aqui para rir de mim?

— Vim conferir se você está viva. — Lorelei ofereceu o cantil de água à Heike, que recebeu o ato como se Lorelei tivesse trazido um rato morto a seus pés. Ela deu de ombros e tomou um gole. — Você é quem sabe.

Havia desconfiança no olhar de Heike.

— Agora diga o que quer de verdade.

Heike não gostava de Lorelei nem confiava nela, isso era nítido. Lorelei não se importava, preferia mesmo uma abordagem mais direta. Mas qual era a melhor maneira de fazê-la falar?

— Estou curiosa para saber seus motivos para vir nesta expedição. — Lorelei examinou a barra de sua saia manchada de lama e a pedra enorme da joia em seu polegar da qual ela ainda não tinha enjoado, aparentemente. — Você mal participava das viagens de suas próprias pesquisas e, quando ia, contava com assistentes para a coleta de dados. Por que se submeter a esta?

Heike levantou um lado de seus ombros elegantes.

— Não se pode mais fazer um favor para velhos amigos?

Evasiva, pensou Lorelei. Talvez ela respondesse melhor se fosse provocada.

— Difícil acreditar que você faria algo sem esperar nada em troca.

— Poxa, Lori. — Ela levou a mão ao peito, na altura do coração. — Isso me magoa. Eu também tenho sentimentos, sabia?

— Sabia, sim. E te entendo, na verdade.

Heike emitiu um som de desdém.

— Ah, é mesmo?

— Ou talvez eu tenha enxergado você de forma equivocada — disse Lorelei. — Talvez você seja mesmo tão egoísta e triste quanto parece, guardando rancor a vida inteira por um pequeno golpe em seu orgulho. A rejeição de von Wolff doeu tanto assim?

— O que disse? — Heike ficou de pé, exaltada. — Não sei onde ouviu isso ou qual é o seu jogo, sua víbora, mas você não sabe nada sobre mim. Você não tem o direito de me julgar.

Na mosca.

Ela sempre quis sair de casa, não importava como, contara Ludwig. *Sylvia sabia disso. Todos nós sabíamos.* Lorelei pegou a mochila de Heike do chão e, segurando-a pela alça, a estendeu para ela.

Uma Correnteza Sufocante **193**

— Foi o que eu pensei. Ela te abandonou.

Heike a observava apreensiva, seus ombros rígidos. Lorelei quase conseguia ver as engrenagens girando em sua mente à medida que a tensão de presa encurralada em seus olhos dava lugar a um brilho calculista. Ela sem dúvida estava planejando a melhor maneira de fazer com que a empatia de Lorelei funcionasse a seu favor. *Ótimo*, pensou Lorelei. *É melhor que Heike acredite que pode manipular alguém.*

— Se quer mesmo saber, *estou* aqui porque Wilhelm não confia em ninguém além de nós. — Ela pegou a mochila e, com relutância, a colocou sobre os ombros. — Mas recebi uma proposta de casamento do príncipe de Gansland há muitos anos. Ele quer uma resposta assim que eu retornar.

O príncipe de Gansland, até onde Lorelei sabia, tinha o dobro da idade de Heike e tinha sido viúvo duas vezes. Depois que começaram a surgir boatos sobre a morte de suas esposas, ambas jovens e bonitas, alguns passaram a chamá-lo de Príncipe das Pombas Negras, uma referência direta a um dos contos mais cruéis de Brunnestaad.

Em tempos passados, quando desejos ainda detinham poder, uma camponesa casou-se com um homem rico e bem-apessoado. Como presente de casamento, ganhou da mãe três pombas mensageiras: uma vermelha para enviar notícias de sua felicidade, uma branca para quando estivesse doente e uma preta se algum dia tivesse algum problema com o marido. O marido deu a ela um molho de chaves e livre acesso a todos os cômodos da casa, exceto um. É claro que, quando ele saiu para uma viagem de caça, a destemida donzela abriu a porta proibida e se deparou com oito mulheres mortas penduradas nas vigas do teto.

Lorelei e Heike retomaram a caminhada, lado a lado. As folhas mortas faziam barulho sob seus pés a cada passo e, no alto, a copa das árvores balançava ao sabor do vento, fazendo com que as sombras ganhassem vida ao redor delas.

— E você não pode dizer não? — perguntou Lorelei.

— Fui proibida de recusar a menos que recebesse uma oferta mais interessante. Minha querida mãe jamais o ofenderia. Você sabe como a relação entre Sorvig e Gansland pode ser difícil.

Ao longo dos séculos, Sorvig conquistara sua independência de Gansland várias vezes, mas ainda deviam muito a eles culturalmente falando: a navegação marítima, o apreço pelas artes, a culinária à base de pão. Se Gansland quisesse tomar Sorvig de volta, teria que entrar em guerra com Brunnestaad.

— Que diferença isso faz?

— Porque a minha mãe precisa sempre ter uma rota de fuga. Além disso, muita gente acredita que Sorvig estava melhor sob o governo ganslandês — explicou Heike, taxativa. — Se Wilhelm não conseguir manter o reino sob controle, podemos correr para os braços deles outra vez. Quanto a mim, não tenho que querer nada. Se isso agrada minha mãe, quem sou eu para desobedecer?

Apesar de tudo, Lorelei sentiu certa empatia por Heike.

— Depois que Sylvia me rejeitou, *implorei* à mamãe para que me deixasse ir para a universidade com os outros. Afinal, eles gostam de garotas instruídas em Gansland — explicou Heike. — Pensei que poderia encontrar outro pretendente até terminar o curso. Demorei o máximo de tempo que pude.

Lorelei decidiu não perguntar sobre Adelheid. Ela deduziu que, para a mãe de Heike, a herdeira de uma província em ruínas teria pouco a oferecer.

— Quando pensei que não teria mais para onde fugir, surgiu a proposta para essa expedição. Eu não podia recusar um pedido do nosso rei.

A possibilidade de o Ursprung ser encontrado em Sorvig era sua última chance, mas agora ela estava oficialmente sem saída.

— E se você agisse contra a vontade da sua mãe?

— Eu seria obrigada a abdicar da minha herança. — Heike olhou para Lorelei como se ela tivesse enlouquecido. — Eu preferiria morrer.

— Status realmente é mais importante do que sua vida?

— Você não entende. Status *é* a minha vida — disse Heike, baixinho. Um feixe de sol iluminou seus cabelos castanhos. — Eu sou uma princesa. Fora da casa de minha mãe, essa é a única coisa que me protege.

Só que Lorelei entendia.

Heike acelerou o passo, avançando na frente. Enquanto a seguia, Lorelei só conseguia pensar na história da garota que vivia trancada em uma torre pela mãe cruel e controladora. Todas as noites, soltava o longo cabelo e o atirava pela única janela, permitindo que sua mãe subisse até ela. Era uma existência infeliz e solitária. Até que, é claro, um príncipe apareceu.

Mas nenhum príncipe tinha aparecido para salvar Heike.

Heike era linda e já tinha sofrido. Se as histórias que as amas contavam fossem reais, isso deveria ter sido suficiente. Mas a vida real era muito mais cruel do que as histórias e, por isso, ela elaborou um plano para se salvar: sabotar a expedição e impedir que Sylvia roubasse o que era dela por direito.

Lorelei precisava apenas descobrir como provar isso.

Depois de cinco dias de caminhada, o desânimo era geral.

Os três primeiros dias tinham sido recompensados com um progresso constante. Nos dois dias seguintes, entretanto, eles perceberam que andavam em círculos. Não importava o quanto avançassem, mesmo que seguissem uma determinada direção de acordo com a bússola de Heike, inevitavelmente voltavam ao ponto de partida: uma clareira rodeada por um bosque.

Lorelei já esperava encontrá-la novamente.

Ela caminhava no fim da fila única que formavam. Tudo doía e, na altitude em que estavam, a respiração era difícil. Uma bruma fria escorregava pela encosta da montanha e a geada cintilava nas sombras compridas que as árvores projetavam sobre a terra. Lorelei nunca tinha sentido um frio como aquele antes. Ela podia senti-lo até no *nariz*.

O som da risada alucinada de Ludwig chegou até ela.

— Lar, doce lar!

— Espero que esteja brincando — gemeu Heike. Alguns segundos depois, ela choramingou: — Não acredito. Eu vou gritar!

— Andamos em círculos de novo? — Aparentemente, o otimismo de Sylvia ainda não tinha sido esmagado; mas ela soava desapontada e surpresa na mesma medida. — Que encantamento poderoso. Nunca vi nada parecido.

Johann e Adelheid apenas trocaram um olhar cansado. Lorelei chegou logo depois deles, agachando-se para passar por baixo de um galho.

E lá estava ela: a clareira que já era tão familiar.

Adelheid estendeu a mão para arrancar um ramo do cabelo de Johann, depois suspirou, derrotada:

— Bom, acho que vou começar a fazer o jantar.

Naquele ritmo, ficariam sem comida antes de chegar ao topo da montanha.

Enquanto Johann e Adelheid faziam uma fogueira, Sylvia se ocupou com a proteção da área, instalando estacas de ferro no chão ao redor do perímetro e pendurando sinos nos galhos mais baixos. Ludwig começou a desempacotar sua tenda e os suprimentos de cozinha. Heike soltou a mochila no chão, deitando a cabeça nela como um travesseiro, contente, como sempre, em não ser útil para ninguém além de si mesma.

O vento soprava pela clareira, trazendo o cheiro frio e fresco de seiva. Quando o vento diminuiu, Lorelei começou a sentir o cheiro de fumaça que vinha da lenha da fogueira. A situação poderia ter sido agradável se não fosse pelo céu sinistro; por dias, não importava a hora que fosse, o céu mantinha um tom escuro e arroxeado, iluminado por estrelas que se espalhavam feito vidro moído. Segundo o relógio de bolso de Lorelei, era início da noite.

Ela se acomodou em uma pedra plana e pegou o próprio caderno de anotações. Todas as noites, Lorelei procurava algum detalhe nos contos populares que pudesse ter passado despercebido, alguma chave que os livrasse daquele ciclo interminável, mas não encontrava nada.

Talvez fosse frustração, talvez fosse desespero, mas, por algum ímpeto adormecido, ela começou a escrever para a irmã.

Rahel, a irmã caçula, fora uma criança enferma. Quando Lorelei ficava sem livros para ler em voz alta, inventava histórias para distraí-la nos dias em que a menina não conseguia sair da cama. Contos de aventura e perigo, a maioria fortemente inspirada nos diários de viagem de Ziegler ou o que quer que pudesse entreter a imaginação de uma criança inquieta e ansiosa. Não era preciso muita criatividade para descrever as façanhas da Expedição Ruhigburg, mas, quanto mais ela escrevia, mais tinha certeza de que jamais poderia enviar aquela carta.

Aos dezesseis anos, a crueldade do mundo ainda não afetara Rahel. Ela era nova demais para se lembrar de Aaron, e Lorelei não tinha o hábito de contar à família sobre as coisas que sofria na universidade.

A pergunta de Sylvia ainda a assombrava. *Por que não se deixa deslumbrar pelas coisas?*

Talvez já não fosse capaz. O mundo, do seu ponto de vista, era feio e doloroso demais para ser compartilhado. A solidão desabrochou em seu peito tão subitamente que Lorelei não conseguiu reprimi-la.

Ela se lembrou da versão que menos gostava da lenda do Ursprung, narrada por uma idosa de Ebul.

Em tempos passados, quando desejos ainda detinham poder, havia um ladrão que, em meio à fuga, tropeçou e caiu em um buraco. Quando voltou a si, estava imerso em escuridão, cara a cara com os olhos brilhantes de um lindworm. O ladrão imaginou que seria devorado imediatamente, mas, para sua surpresa, foi levado pelo monstro para as profundidades de seu esconderijo.

No coração de uma caverna subterrânea havia uma fonte de água tão brilhante quanto o sol. O homem temia acabar morrendo de fome antes que alguém fosse resgatá-lo, mas, com o passar dos dias, percebeu que, ao beber da fonte, nunca sentia fome ou sede. Por três longos anos, o ladrão viveu na escuridão, sem ninguém além de seu lindworm como companhia.

Certo dia, um terremoto fez com que o teto da prisão — ou da casa deles, como o homem passou a vê-la — desabasse. O lindworm se esticou em direção ao céu e o ladrão escalou as costas da criatura para se libertar. Quando chegaram à superfície, os dois se deitaram em um bosque para descansar.

Naquele momento, no entanto, por ali passava uma soldada que há muito tempo sonhava em ser uma heroína. Então, aproveitando a oportunidade, amarrou correntes de ferro pesadas no pescoço do lindworm adormecido. O ladrão acordou a tempo de ver a soldada puxar a espada. Ele pensou em fugir, já que, se fosse reconhecido, ela poderia prendê-lo. Mas foi acometido por um sentimento de ternura pelo lindworm que salvara sua vida e, assim, derrubou a soldada com uma pedra e libertou o monstro, que olhou para ele por apenas um instante antes de se arrastar de volta para a caverna. O ladrão lavou o sangue de suas mãos e fez a longa jornada de volta à sua aldeia.

Ele não parou uma só vez, já que nunca ficava com fome ou cansado, mas quando chegou à casa da mãe, ela não o reconheceu. Seus vizinhos alegaram nunca tê-lo visto antes. Seu nome escapara de suas mentes como a fumaça escaparia de suas mãos. Infeliz, retornou ao único lugar ao qual ainda pertencia, mas o solo sobre o esconderijo do lindworm se fechara outra vez.

O poder, mesmo dado espontaneamente aos dignos, ainda tinha um preço muito alto. Wilhelm era um tolo por querer tê-lo.

— Lorelei?

Sua caneta escorregou pela página, fazendo a tinta sangrar por toda a ilustração que começara a rabiscar, distraída. O lindworm que emergia de sua poça de ouro agora se afogava em um mar escuro. Perfeito.

— Não chegue assim do nada — reclamou. — O que foi que disse?

Ela olhou para cima e viu Ludwig de pé ao seu lado, segurando duas tigelas cheias até a borda com um ensopado ralo que Adelheid fizera com seus suprimentos cada vez mais escassos: ervilhas e fatias de carne seca, ao que parecia. Um pedaço de biscoito salgado emergia da tigela como uma lápide. Lorelei estava faminta demais para se importar.

Ludwig entregou uma tigela para ela e disse:

— Eu estava pensando em uma coisa.

Lorelei aceitou a comida e, relutante, fechou o caderno. O calor da tigela se espalhou por suas mãos e o vapor da sopa aqueceu suas bochechas geladas.

— Ah, é? Mau sinal.

— Acho que sei como tirar a gente daqui.

— É mesmo? — Lorelei olhou para ele. — E como é?

— Quero saber se funciona antes de contar. Vai ser muito constrangedor se eu estiver errado — disse ele. — Confie em mim.

— Você ter dito isso me faz confiar consideravelmente menos.

— Wilhelm me prometeu algumas terras.

A confissão a pegou desprevenida.

— O que disse?

— Eu não queria vir nesta expedição, para ser sincero, mas ele me comprou. — Ludwig a observou com seus olhos de raposa, pesados de exaustão e quase vermelhos à luz do fogo. — Eu não me sabotaria ao nos desviar do caminho. Tenho muito a perder.

— Por isso mesmo não devo confiar em você.

Ludwig sorriu.

Então Wilhelm pretendia seguir os passos do pai. Se alguém o desafiava ou se voltava contra ele, tomava as terras dessa pessoa e entregava aos que permaneciam leais. Ludwig vivera entre a nobreza durante toda a vida; ele sempre fora próximo, mas nunca igual. No entanto, quando tudo terminasse, seria um deles. Seria da realeza.

— Não acredito que vai virar um deles — disse Lorelei, sentindo-se curiosamente decepcionada diante da necessidade de Ludwig de demonstrar sua lealdade. — Mas eu confio em você. Não precisava tentar me convencer.

— Fico comovido — respondeu. — E meio surpreso, para ser sincero. Eu já esperava certo julgamento. Pelo menos um ou dois insultos.

Como poderia julgá-lo? Ela mesma partira na expedição em uma tentativa desesperada de se proteger. Só um tolo recusaria a oferta de receber terras e um título de nobreza.

— Não precisa pedir duas vezes.

— Vá em frente, então.

— Tenha um pouco de respeito próprio, seu vendido de uma figa — provocou ela, sem maldade. — Et cetera.

— Tarde demais. — Ele dobrou o joelho e o abraçou contra o peito. — Sei que não vai gostar de ouvir isso, mas se for ajudar na investigação, tenho certeza de que Sylvia é inocente.

— Que investigação? Eu não... — Lorelei estava pronta para negar, mas, diante do olhar incisivo dele, apenas soltou um suspiro. — Tudo bem. Por que você está dizendo isso?

— Ela me escrevia com bastante frequência durante a guerra. As primeiras cartas eram mais ou menos como você já imagina, mas, depois de um tempo, algo nelas começou a parecer estranho. As cartas eram... — Ludwig tocou o lábio com o polegar, pensativo, como se a palavra tivesse escapado. Por fim, deu de ombros. — Fiquei preocupado com Sylvia, então disse a ela para ficar comigo por algumas semanas depois que a batalha acabou. Fiquei espantado com o estado em que ela chegou. Eu não via Sylvia há anos, mas era como se ela fosse uma pessoa completamente diferente. Havia algo atormentador nela, eu acho.

Lorelei não precisou de mais detalhes. Embora a surpreendesse, conseguia imaginar perfeitamente. Seus cabelos brancos desgrenhados, seus olhos claros tão vazios quanto os dela. Seu entusiasmo inabalável extinto.

Derrotada pelos fantasmas.

— A única coisa que parecia animá-la era um bando de kornhunds que vivia nas plantações de milho da minha propriedade. Ela saía e ficava olhando para eles por horas e horas depois de o sol se pôr.

Kornhunds eram criaturas da floresta que tomavam a forma de cães de caça. Eles corriam como rajadas de vento, com raios faiscando em suas patas, e traziam má sorte a qualquer um que olhasse em seus olhos. Sempre desapareciam quando era época de lavrar a terra, mas na estação de cultivo eram uma dor de cabeça. Também capturavam as criancinhas que se aventuravam nas plantações à procura de flores e dilaceravam qualquer um que imitasse seus uivos.

— Certa noite, olhei pela janela. Tudo estava escuro como breu e só consegui enxergar o cabelo dela e algumas faíscas. Um dos kornhunds tinha vindo atrás do milho e Sylvia estava agachada na beira da plantação, esperando por ele.

Nada disso surpreendia Lorelei. Ela imaginou que aquela tinha sido Sylvia antes de ter se transformado em *Sylvia*.

— E o que aconteceu?

— Peguei meu mosquete e corri para fora, mas quando cheguei ela já tinha sumido. E provavelmente foi melhor assim, Johann já tentou me ensinar várias vezes, mas sou péssimo para atirar. Fiquei horas procurando por ela. Então, de manhã, Sylvia saiu cambaleando do meio do milharal, de olhos arregalados e praticamente pulando de empolgação. Eu nem conseguia entender o que ela estava dizendo. Porque eu estava com tanta... raiva.

Lorelei não conseguia imaginar Ludwig com raiva, mas conseguia visualizar Sylvia perfeitamente, correndo descalça com uma matilha de cães selvagens, relâmpagos dançando ao seu redor, seus cabelos esvoaçantes em meio a escuridão como um estandarte de guerra que Lorelei seguiria até a própria morte.

— Eu disse que ela estava ficando maluca, que poderia ter morrido.

— E o que ela respondeu?

— Nada! Ela começou a dar risada. E quando parou de rir, disse: "Não é lindo, Ludwig? A vida não é incrível?"

Lorelei olhava para frente, evitando os olhos de Ludwig. As malditas criaturas tinham salvado a vida de Sylvia. Isso a fez se lembrar de uma jovem solitária no Yevanverte, pegando insetos do jardim dos vizinhos e divertindo-se como se fosse algo mágico.

— E isso prova a inocência dela?

— Ela não é capaz de matar ninguém. Não mais, não dessa forma. Ela se recusa a usar magia.

Lorelei franziu a testa. Parando para pensar, percebeu que nunca tinha visto Sylvia usar magia.

— Por que está me contando isso?

— Considere isso como meu presente de despedida — respondeu, descontraído. — Alguém precisa resolver essa bagunça e certamente não serei eu.

Uma Correnteza Sufocante **203**

Eu já resolvi. Ela confiava em Ludwig e até o considerava um amigo, mas ele gostava de Heike. Criar problemas entre eles sem provas não era o ideal. Em vez disso, disse:

— Pare de falar assim.

— Tudo bem. Mórbido demais. Perdão — desculpou-se. — Mas, falando sério, caso eu não sobreviva, pode ficar com aquele meu casaco que você adora. Sabe qual?

— Sei, sei. — Lorelei fez uma careta. — Quanta generosidade da sua parte.

Para o bem de todos, ela torcia para que o plano dele desse certo, fosse qual fosse.

Mais tarde naquela mesma noite, Lorelei foi se deitar em sua tenda e começou a prestar atenção nas sombras projetadas no teto de lona. A floresta estava assustadoramente silenciosa. Ela não ouvia nenhum pássaro noturno, nenhum inseto, nenhum ruído de criaturas no escuro. E, mesmo assim, não conseguia ignorar a sensação de que alguém — ou algo — os observava com intenções perversas.

CAPÍTULO TREZE

Lorelei acordou com dor no corpo e sentindo um frio que penetrava nos ossos. A primeira coisa que sentiu em meio à névoa de exaustão foi um leve cheiro de neve.

Como se as coisas já não estivessem difíceis.

Do lado de fora da tenda, o céu arroxeado a aguardava, loucamente imutável. Os galhos acima da clareira se entrelaçavam como barras retorcidas de um imponente portão de ferro forjado. Ninguém mais tinha acordado.

Café, decidiu. Era a única maneira de sobreviver a mais um dia como andarilhos sem rumo. Lorelei pegou a chaleira e caminhou até o riacho que ficava próximo ao acampamento, ajoelhou-se perto da água e submergiu a chaleira, sentindo a água da correnteza em seus punhos. Nada além do murmúrio da água interrompia o silêncio, mas não se mexeu até que seus dedos ficassem rígidos de frio. A inquietação apertou ainda mais seu peito. Mesmo agora, não conseguia driblar a sensação que a acompanhara até pegar no sono.

Algo na floresta os observava.

Depois de voltar ao acampamento, Lorelei limpou as brasas da fogueira e ferveu água para o café e o mingau de aveia. Infelizmente as uvas passas tinham acabado no dia anterior — ou, mais precisamente, sido devoradas por Heike —, então não restava nada além do mingau insosso.

Um por um, os outros começaram a acordar. Primeiro Johann, depois Adelheid. Eles se sentaram lado a lado, ambos sérios e de cabelos dourados. Depois de cumprimentos civilizados, os três ficaram em silêncio. Lorelei ficou contente; não queria conversar com nenhum deles, apenas se aquecer perto do fogo. Em poucos instantes, uma xícara de café e uma tigela de mingau foram parar nas mãos de Adelheid — cortesia de Johann, que a serviu antes mesmo de preparar algo para si.

Heike apareceu cerca de vinte minutos depois. Ela soltou um bocejo exagerado, mas, antes que pudesse começar a reclamar de alguma coisa, Adelheid serviu uma xícara de café para ela. Pouco depois, Sylvia também saiu de sua tenda. Lorelei sempre se surpreendia com o quanto o cabelo dela era rebelde — e com o quanto Sylvia parecia não conseguir domá-lo. Naquela manhã, estava enrolado em um coque frouxo na altura da nuca. Parecia mais um nó com alguns cachos soltos. Mais uma vez, Lorelei se policiou para não ficar olhando.

Ao ver os quatro reunidos, Sylvia perguntou:

— Onde está Ludwig?

Heike tomou um gole de café.

— Acho que ainda está dormindo. Falando nisso, acabou o chá. Desculpe.

Ela não parecia estar muito preocupada. Sylvia suspirou.

— Ah. Que coisa. Mas tudo bem. O que compramos na cidade mal valia a pena, mesmo.

Adelheid se levantou.

— Vou dar uma olhada em Ludwig. Já perdemos muito tempo.

— Bem pensado, Addie — disse Heike com um aceno de mão preguiçoso. — Não podemos nos atrasar para mais um dia andando em círculos.

Adelheid a ignorou.

— Não é sensato fazer pouco caso das forças do mal — observou Johann. — Deve haver uma forma de se escapar desta magia profana.

— Sim, sim, com certeza hoje é o dia em que vamos encontrar uma saída. — Heike revirou os olhos. — Às vezes vocês se iludem muito.

Adelheid mexeu na tenda de Ludwig para anunciar sua presença. Quando não obteve resposta, abriu os botões da lona e, no momento seguinte, se virou com uma expressão intrigada.

— Ele sumiu.

A tenda estava completamente vazia, como se Ludwig e todos os seus pertences tivessem desaparecido durante a noite.

Considere isso como meu presente de despedida, dissera Ludwig, piscando para Lorelei.

A lembrança voltou com toda a força. Quando ele disse isso, tinha interpretado como uma piadinha autodepreciativa, mas agora não tinha tanta certeza. Que maldito. Ela deveria ter exigido mais informações, ou pelo menos perguntado por quanto tempo ele ficaria fora. Tudo o que Lorelei sabia era que tinha sido a última pessoa a falar com Ludwig e que ele não contara a mais ninguém sobre seus planos. Ela sentiu um aperto no peito. Se soubessem que ele tinha ido procurar um caminho para a montanha, ela seria acusada de sabotagem?

Lorelei não queria descobrir.

— Ele me disse ontem que ia procurar uma planta que floresce à noite — disse ela. — Com certeza vai voltar logo.

Mas Ludwig ainda não tinha retornado quando levantaram acampamento e começaram a distribuir o pouco que restava de comida. Adelheid e Johann discutiam sobre o que fazer com os restos da fogueira e Heike rabiscava desenhos em um de seus cadernos, com a cabeça deitada no colo de Adelheid.

Sylvia, no entanto, andava de um lado para o outro, deixando Lorelei nervosa. No momento em que abriu a boca para dizer para ela se sentar, Sylvia parou. A cor de seus olhos se assemelhava ao violeta sinistro do céu.

— Será que ele se perdeu?

Heike não tirou os olhos do caderno. Quando ela falou, sua voz era puro sarcasmo.

— Ah, sim. Com certeza acho que ele se perdeu.

— O que você está insinuando? — perguntou Adelheid, cansada.

— Eu, insinuando alguma coisa? Jamais. — Heike deixou a caneta de lado e se sentou. — Lori, o que disse que ele ia tentar fazer?

— Ele queria encontrar uma planta que floresce de madrugada — mentiu Lorelei. Depois acrescentou, amarga: — Mas acho que ele usou a palavra *noturna*.

— Que fascinante — disse Heike. — Qual delas?

Seus olhos verdes felinos pareciam reluzir na luz do crepúsculo. Neles, Lorelei enxergou uma maldade pura e calculista. Na última conversa com Lorelei, Heike tinha tentado manipulá-la com sua história triste. Se ela tivesse matado qualquer um que não fosse Ziegler, talvez tivesse dado certo. E é claro que Heike sabia disso. A única chance que restava para ela era virar os outros contra Lorelei.

— Eu não sei. — Lorelei se esforçou para não soar hostil. — Na verdade, ele foi bastante vago.

— Entendi. — Heike voltou o olhar para Johann e Adelheid de forma sugestiva. — E agora ele está desaparecido. Não é estranho?

— Que mistério — ironizou Johann.

"Estar desaparecido" soava bastante dramático, mas Lorelei não gostou de pensar em Ludwig sozinho na floresta. Ele com certeza não estava tentando subir a montanha sozinho e já deveria ter voltado naquela altura.

— Você só está tentando criar intriga — rebateu Sylvia, exaltada. — Ludwig levou todas as coisas dele, menos a tenda. Está na cara que ele pretendia voltar a tempo de dormir. Ele está perdido. Ou ferido. Precisamos encontrá-lo.

— Precisamos pensar em uma estratégia. — Adelheid alisou a saia com as mãos. — Se ele voltar e não nos encontrar aqui, vai sair à nossa procura. Vai ser um desencontro eterno. O mais sensato seria nos dividirmos em dois grupos: um para ficar aqui e outro para procurá-lo.

— Eu vou — ofereceu-se Lorelei. — Mas, se ele estiver machucado, não vou conseguir carregá-lo de volta sozinha.

Lorelei olhou em volta. Ninguém se ofereceu. Sylvia evitava seu olhar, mas não era de se surpreender; elas não se falavam desde o dia da festa. Os outros, amontoados junto aos restos da fogueira, tinham chegado a uma conclusão mútua, debatida e decidida sem uma palavra sequer. Era uma linguagem que ela entendia bem: *nós contra eles*. Lorelei não ficou surpresa, apenas frustrada. A autoridade que tinha recebido de Wilhelm não significava nada.

Ela tinha sido exilada.

Lorelei pegou a mochila do chão e a atirou sobre o ombro. Ela queria partir sem alvoroço, mas a escuridão da floresta com o cume da montanha ao fundo a deixava nervosa. Nunca tinha enfrentado a mata sozinha. Se algo acontecesse, ou se decidissem voltar sem ela, Lorelei morreria. Ninguém viria buscá-la. Não haveria ninguém para contar à sua família o que acontecera com ela.

Então Sylvia bufou.

— Que bravura e altruísmo da parte de vocês. Realmente, que exemplo de nobreza. Eu vou com você, Lorelei.

Mais uma vez, o velho impulso mesquinho de atacá-la desabrochou dentro de Lorelei. Ela queria zombar de Sylvia, rejeitar a ajuda dela mesmo que fosse apenas para irritá-la. Lorelei dispensava aquela piedade. Não precisava disso. Mas não conseguiria ir sozinha.

— Tudo bem — disse Lorelei. — Então vamos.

Para sua completa humilhação, ela não conseguiu disfarçar a mágoa em sua voz embargada.

Lorelei sabia muito bem que elas poderiam estar marchando rumo à morte, mas depois que saíram da maldita clareira ela começou a se sentir estranhamente mais leve. Sylvia, por sua vez, ficou mal-humorada e petulante, arrastando os pés enquanto seguiam pela floresta. De tempos em tempos, resmungava algo sobre covardia e a decadência da virtude. Para o bem da própria sanidade, Lorelei deixava que os comentários dela entrassem por um ouvido e saísse pelo outro. Se respondesse, inevitavelmente teriam que falar sobre a maneira como Sylvia tinha se levantado em sua defesa. *Duas vezes*. E Lorelei preferiria morrer do que fazer isso.

O frio era intenso e o ar estava pesado com a ameaça de neve. Já tinham passado por aquele trecho da floresta tantas vezes que já era familiar e, mesmo assim, Lorelei não sabia mais o que esperar. Tudo parecia possível: Ludwig morto no chão da floresta; Ludwig aparecendo por trás de uma moita com um sorrisinho no rosto; Ludwig esperando por eles no acampamento como se nunca tivesse desaparecido.

Mas Lorelei não era tão otimista a ponto de esperar esse desfecho.

Elas caminharam pelo que pareceu horas em um silêncio sombrio. Lorelei estava atenta a qualquer coisa fora do comum, mas ao seu redor havia apenas um verde interminável e, acima, o emaranhado dos galhos das árvores. Não via a hora de voltar para a agitação e o barulho da cidade. Então se lembrou de que, se não encontrasse o Ursprung — ou provas convincentes para culpar Heike pelo assassinato —, nunca mais voltaria para casa.

O que eu vim fazer aqui? Andando em círculos, procurando por uma agulha no palheiro. Elas nunca encontrariam Ludwig naquele ritmo. Tudo aquilo era completamente sem sentido. E então...

Algo na árvore à frente chamou sua atenção: uma marca em forma de L entalhada no tronco. No dia anterior, quando perceberam que estavam perdidos, eles tentaram registrar os lugares por onde já tinham passado. Johann, contra os protestos de Ludwig, tinha ferido algumas árvores com profundidade suficiente para que sangrassem seiva. Mas aquela marca era cuidadosa, superficial e precisa.

Seria de Ludwig?

Lorelei parou para inspecioná-la. À primeira vista, nada na árvore parecia muito incomum. Então ela prestou atenção nos cogumelos que brotavam de suas raízes: o chapéu em forma de sino era estriado e pingava éter líquido, que formava uma poça cintilante e cor de índigo na terra. Sylvia apareceu atrás dela.

— Muito bem, Lorelei!

Lorelei pulou de susto.

— Não me assuste assim — ralhou, seu coração quase saindo pela boca. — O que é isso, exatamente?

— Um portal — respondeu Sylvia.

— *Para quê?*

— Para a liberdade. — Sylvia se iluminou. — Como você sabe, muitas criaturas da floresta conseguem enfeitiçar pessoas. Por exemplo, as nixes e suas canções hipnotizantes. Às vezes, lugares com altas concentrações de éter ficam encapsulados em uma espécie de encantamento ambiental, geralmente por proteção.

Lorelei franziu a testa.

— E você acha que este é o caso?

— Só pode ser! Não sei por que não pensei nisso antes. Ludwig estava escrevendo um artigo sobre esse fenômeno muitos anos atrás. Ele descobriu que os limites desses lugares ricos em éter são frequentemente identificados por uma flora incomum. Muitas vezes, a área de efeito é bem pequena: digamos, um círculo de cogumelos ou a sombra projetada por uma árvore solitária no meio de um campo vazio. Mas, neste caso... — Sylvia estendeu a mão. — É um portal. Está vendo?

Para surpresa de Lorelei, ela estava.

Duas árvores estreitas se inclinavam uma em direção a outra e seus galhos se entrelaçavam com muita graça, como se formassem uma passagem. Os cogumelos brotavam no pedaço de terra entre elas, todos levemente iridescentes no brilho crepuscular da floresta.

— Vamos? — perguntou Lorelei.

Sentindo-se um pouco boba, ela se espremeu pela fenda estreita entre os troncos. Não houve nenhum clarão repentino, nenhum arrepio. Ela quase ficou decepcionada. Mas, alguns passos depois, a paisagem começou a mudar. Uma leve camada de neve cobria o chão e pingentes delicados de gelo pingavam dos galhos. E mais adiante, aparecendo acima das árvores, estava o destino deles: o cume, envolto em uma névoa tão delicada como uma teia de aranha. Qualquer que fosse o feitiço de suspensão em que a floresta os tinha aprisionado ficara para trás.

Ludwig tinha conseguido.

— Ah, que maravilha! — As botas de Sylvia trituravam a neve conforme ela se aproximava de Lorelei. — Os outros ficarão felizes em saber que encontramos uma maneira de avançar. E Ludwig também, por ter mais um dado para seu projeto.

Estava óbvio que achava que Lorelei não prestava atenção, porque questionou, com indignação renovada:

— Para onde diabos estamos indo?

— Encontrar o Ursprung.

Sylvia parou no mesmo instante.

— O quê? Mas e Ludwig?

Lorelei suspirou por entre os dentes.

— Ele deixou o acampamento para encontrar uma maneira de sair da floresta. Se esse fosse seu único plano, ele teria voltado. Acho que Ludwig subiu a montanha.

— Mas você disse que...

— Esqueça o que eu disse! — exclamou Lorelei, exasperada, sem conseguir controlar seu temperamento. — Eu menti.

A decepção no olhar de Sylvia era de dar nos nervos.

— Entendi. Deixando isso de lado por enquanto, não podemos simplesmente... — Ela fez um gesto vago em direção à montanha. — Subir.

— É exatamente o que vamos fazer.

Com isso, Lorelei andou na frente, indo na direção do cume. Sylvia soltou um grunhido de frustração.

— Como você é teimosa. Não é tão simples assim.

— Você foi de grande ajuda até agora, mas...

— Em primeiro lugar, me incomoda muito que você me elogie em um tom tão ácido. Em segundo... — Sylvia interrompeu a frase no meio. — Será que você pode parar de andar por um momento e me ouvir?

Lorelei parou tão de repente que Sylvia quase a atropelou.

— Eu *estou* ouvindo!

— Então olhe para mim!

Lorelei respirou fundo e, relutante, virou-se para trás. Os olhos de Sylvia estavam arregalados e límpidos e seu rosto estava corado. Se Lorelei não a conhecesse, diria que ela parecia nervosa.

— Obrigada. — Sylvia soltou um suspiro trêmulo. — Como eu estava dizendo, em segundo lugar, eu me recuso a me submeter à tirania de... de...

— Termine a frase.

Lorelei teve a impressão de ouvi-la murmurar alguma coisa parecida com "um galalau carrancudo". Sylvia jogou as mãos para o alto, aflita.

— Você pode ser a líder da expedição, mas eu não sou uma peça em um tabuleiro de xadrez que só vai se movimentar de acordo com as suas vontades. Tenho conhecimentos que podem ser úteis se quisermos encontrar Ludwig e sair dessa ilesas.

Por mais que Lorelei quisesse ignorá-la, Sylvia tinha atributos que Lorelei não tinha. Suas habilidades de sobrevivência eram nulas e seu conhecimento sobre as criaturas que rondavam a encosta da montanha era limitado. Lorelei não podia se dar ao luxo de ignorá-la.

— Tudo bem — resmungou Lorelei. — Vamos fazer do seu jeito.

— E tem outra coisa! Como é que você espera encontrar... Ah. — A raiva se esvaiu da voz de Sylvia de uma só vez. — Você concordou? Achei que teria que insistir muito mais.

— O que você ia dizer?

— As florestas com proteção eschenfrau se reorganizam, as coisas mudam de lugar — disse Sylvia, soando um pouco pretensiosa. — Você não vai conseguir chegar ao topo sem mim.

Lorelei teria ficado impressionada não fosse o calafrio que sentiu com a ideia de estar perdida em um labirinto de árvores em constante mudança.

— E você sabe como traçar o caminho?

— Se a teoria de Ziegler estiver correta, não precisamos de um instrumento de radiestesia para rastrear uma fonte de magia. — Sylvia sorriu. — Os povos da floresta podem nos guiar até lá.

Lorelei sentiu uma dor de cabeça se aproximando.

— Você só pode estar brincando.

O semblante de Sylvia murchou.

— Não, é sério! Mas, claro, se você quiser tentar...

— Não temos mais tempo a perder. Fale *enquanto anda*.

Foi o que ela fez.

Embora o céu tivesse clareado em tons de lavanda à medida que o dia avançava, o silêncio da floresta não estava menos opressivo. Não havia nem mesmo o canto de um pássaro, nada além do som da neve sendo triturada sob os passos das duas.

Sylvia caminhava um pouco à frente de Lorelei. Ela tinha prendido os cabelos selvagens com um grampo com uma conta de vidro vermelha como uma gota de sangue. Lorelei estava prestando atenção nisso quando Sylvia freou bruscamente, seu braço estendido em sinal de alerta. Lorelei por pouco não se chocou contra ela.

— Freixos.

Eram árvores posicionadas como um grupo de anciãs, retorcidas, arcaicas e com ares de reprovação implacável. Os galhos se emaranhavam de forma tão tensa que elas não conseguiam enxergar o céu ou os pontos de luz que eram as estrelas. Mesmo no frio cruel, cachos de frutinhas prateadas pendiam de seus galhos, delicadas e brilhantes como cristais de gelo. Eram tentadoras assim como as lascas compridas que se soltavam das cascas das árvores, enroladas como gavinhas e implorando para serem arrancadas. Lorelei teve a nítida sensação de que encostar em qualquer coisa seria um erro fatal.

Sylvia tirou um frasco da bolsa e se aproximou da árvore mais alta. As raízes brotavam da terra retorcidas em forma de crânios. Ela derramou água sobre elas, sussurrando baixinho.

— Agora eu me sacrifico para que não nos façam nenhum mal.

As folhas vibraram em resposta. Soava como o suspiro de uma mulher.

— Não toque em nenhuma dessas árvores. — Isso confirmou as suspeitas de Lorelei. Sylvia apontou um dedo para ela. — Melhor ainda, nem pense nelas. Também não ande na minha frente. As eschenfrau são muito exigentes com suas oferendas.

— Tá bom, tá bom, entendi.

Sylvia lançou um olhar reticente para Lorelei antes de fechar o frasco. Elas continuaram subindo a montanha em silêncio, cercadas por fileiras e mais fileiras de freixos. Em um dia normal, Lorelei teria comemorado a pequena vitória de estar livre do falatório de Sylvia, mas a presença intimidante das árvores a fez sentir saudade de seu humor efusivo. Ela raramente sentia necessidade de iniciar uma conversa com Sylvia e era difícil pensar em um assunto que não terminaria em discussão.

Ela decidiu arriscar.

— Onde você aprendeu tanto sobre os povos da floresta?

Sylvia olhou para trás.

— Você realmente quer saber?

— Se eu não quisesse, não teria perguntado — disparou Lorelei, já impaciente.

Sylvia parou para derramar água sobre as raízes de outra árvore. O cheiro escuro e denso de terra úmida tomou conta de tudo.

— Boa parte de Albe é selvagem e ainda inexplorada; nós não expulsamos as criaturas como fizeram em Ruhigburg. Minhas babás me contavam histórias e eu cresci correndo atrás de silfos pelos bosques perto da minha casa. Também vi muitas criaturas durante a guerra. Muitas fugindo de seus habitats naturais, mas outras atraídas por toda a carnificina. Acabei aprendendo que é possível se comunicar até mesmo com a mais temível delas, é só descobrir como.

— E como você aprendeu?

— Por tentativa e erro, principalmente. — Ela sorriu de forma que beirava a timidez. — E acho que conversando com as pessoas. Meus soldados me contavam coisas sobre eles, sobre as histórias que ouviam das mães. Acho que é por isso que ainda estou viva e tantos outros não estão.

Era terrível carregar o peso do que Ludwig contara para ela somado com aquela quase confissão. Lorelei conhecera as profundezas da desesperança e se forjara no ferro dessa dor. Jamais havia imaginado que Sylvia também soubesse o que era passar por algo assim. Lorelei achava que sua vida sempre fora um mar de rosas.

De fato, era, lembrou-se Lorelei. As dificuldades que ela escolhera enfrentar não mudavam isso. De forma alguma começaria a sentir pena de Sylvia von Wolff.

— Entendi — disse Lorelei, com mais frieza do que pretendia.

Sylvia pareceu chateada por um momento antes de virar-se para frente outra vez.

— E você? Realmente não sabe nada sobre elas?

— Morei na cidade a vida inteira, então acho que não tive a oportunidade de brincar com elas como você. Antes, os yevani tinham hausgeisters, mas a maioria não sobreviveu. — O avô de Lorelei, também sapateiro, contava que tinha um gnomo doméstico que terminava os sapatos que ele deixava na bancada após o fim do expediente, sem pedir nada em troca. — Eles cuidavam dos lares com muita coragem, mas no fim não conseguiram defendê-los de tudo.

— Sinto muito. — O tom de Sylvia era genuíno. — Às vezes as pessoas são muito cruéis.

Enquanto seguiam caminho, Lorelei conseguia sentir a atenção das árvores sobre elas. As cascas ondulantes a deixavam inquieta, assim como os buracos nos troncos que pareciam piscar como olhos e os sussurros que se faziam ouvir quando as folhas se agitavam. Sylvia caminhava como se estivesse em casa, tão etérea quanto os silfos com que brincava quando era criança.

A bota de Lorelei esmagou algo diferente. Ela se abaixou e pegou um caco de vidro.

— Achei alguma coisa.

— O que é? — Sylvia agarrou seu pulso, assustando-a. Quando viu o caco, seu rosto empalideceu. — Parece ser de um dos frascos de coleta de Ludwig. Você acha que ele está…?

O vento soprou entre as árvores. Seus galhos se agitaram e as folhas sibilaram. De uma só vez, todas ficaram em silêncio.

Um alerta.

De repente, nuvens de tempestade dominaram o céu e a escuridão caiu sobre Lorelei e Sylvia como um punho que se fecha. E então, rasgando o silêncio sinistro: um grito.

CAPÍTULO CATORZE

O gritou ecoou entre as árvores, distorcido. Parecia vir de todos os lugares e de lugar nenhum ao mesmo tempo. A mão de Sylvia tocou o sabre em seu quadril.

— Fique atrás de mim.

Lorelei quase sentiu raiva diante da insinuação de que precisava ser protegida, mas, enquanto o grito ainda ressoava na escuridão, o insulto na ponta de sua língua perdeu a força. Ela seguiu Sylvia bosque adentro, pulando raízes e abrindo caminho entre as folhagens como se fossem cortinas. Fez o possível para não entrar em pânico com a sensação macabra de pequenas mãos agarrando seus cabelos e a barra de seu casaco conforme avançavam.

Outro grito dilacerou a floresta, mais alto dessa vez.

— Parece que está vindo de cima. — Sylvia apontou para um grupo de rochas de onde caía uma cascata que desaguava em um riacho estreito. — Ali.

Havia um bosque de pinheiros cerca de cinco metros acima de onde estavam. Não havia outra forma para chegar lá: elas teriam que escalar. Sem hesitar, Sylvia encaixou as botas e as mãos em pequenas fendas na superfície da rocha e impulsionou o corpo para cima. Lorelei a imitou como pôde, mas a pedra estava traiçoeira e escorregadia sob seus dedos e fria como a morte. Quando ela olhou para cima, Sylvia já tinha escalado toda a parede rochosa. Não pareceu muito justo.

Lorelei buscou outro apoio, a borda afiada de uma rocha que se projetava a menos de um metro acima de sua cabeça. Porém, assim que apoiou o próprio peso, a rocha se soltou e despencou, espatifando-se lá embaixo. Lorelei pressionou o corpo contra a parede, xingando e tentando se equilibrar o máximo que podia. O susto a deixara tonta e seus dedos estavam doloridos.

— Lorelei!

A mão estendida de Sylvia apareceu diante dela e Lorelei se surpreendeu com a facilidade com que aceitou ajuda. Equilibrando-se, ela agarrou o antebraço de Sylvia, grunhindo enquanto era puxada para terra firme.

Quando finalmente conseguiram, Sylvia se deitou no chão, ofegante e com uma das mãos sobre o peito que subia e descia. O rosto dela estava corado por causa do esforço.

— Pelos céus! Você é mais pesada do que parece.

— É que a minha mochila está cheia!

O grito veio de novo, excruciante. Sem dizer uma palavra, as duas se levantaram e correram para a mata. Embrenhando-se por entre os galhos pesados, Lorelei ouviu um som de água. Era como estar encurralada no sonho com o alpdrücke: a água entrando em sua boca como dedos gélidos, as mãos se fechando em torno de seus pulsos. Então, de repente, uma clareira surgiu diante dela. Bem no centro, ela avistou um lago raso e, dentro dele, alguém se debatia na água.

Alguém, não. *Alguma coisa.*

Quando se aproximaram, o movimento cessou de súbito e a figura se virou para elas devagar. A boca estava retorcida em um sorriso alegre e endiabrado e os dentes eram afiados e amarelos.

A criatura usava um manto longo e encapuzado que escondia seu corpo e a maior parte do rosto. Seus trajes eram feitos de gravetos e algas, pedaços de vidro azul e pedras lisas do fundo do lago. Quando se movia, as pedras e os vidros se chocavam uns contra os outros em uma barulheira hipnotizante e musical. Ela abriu os braços e fez uma pequena reverência, como se dissesse *tcharam!*

Sylvia grunhiu.

— Claro.

— O que é essa coisa? — perguntou Lorelei, impaciente.

— Um schellenrock — respondeu Sylvia. — Eles gostam de pregar peças. Deve ter ouvido a gente se aproximar e decidido atrapalhar.

O schellenrock pareceu se intimidar sob o olhar impassível de Lorelei.

— Se era para ser engraçado, não funcionou.

— Por favor, se comporte — ralhou Sylvia. — Eles se ofendem com muita facilidade e não queremos deixá-lo com raiva.

— Mas a gente não tem tempo para…

Vermelha de raiva, Sylvia ergueu a mão para que Lorelei se calasse.

— Talvez ele consiga nos ajudar. Espere só um momento.

Ela se aproximou lentamente do lago, tomando cuidado para não pisar nos cogumelos brancos e graúdos que se espalhavam pelo chão. Com a mesma ternura com que falava com as crianças do vilarejo, Sylvia se agachou na beirada do lago e mergulhou um dedo. A superfície se ondulou ao seu toque.

— Com licença, senhor, boa tarde — cumprimentou ela. — Não queremos invadir o território de vocês. É que estamos procurando nosso amigo. É um homem, um pouco mais alto do que eu, mas mais baixo do que ela. Ele tem cabelos castanhos e está usando um… — Ela pausou, procurando as palavras. — Está usando um tubo em volta do pescoço, que usa para coletar plantas que encontra por aí. Por acaso você não o viu?

O schellenrock pareceu desinteressado. De dentro de seu capuz, um par de olhos amarelos piscou lentamente. Ele inspecionou a bainha do próprio manto, virando-a de um lado para o outro como se fosse infinitamente mais interessante do que o que Sylvia estava dizendo. Lorelei quis enforcá-lo com as próprias mãos por tanta insolência, mas Sylvia sorriu carinhosamente e tirou um sino de prata do bolso.

— Entendo. Bem, eu trouxe este sino de Ruhigburg. — Ela sacudiu o sino, que ressoou docemente no silêncio da floresta. — Acho que combina com seu manto.

O schellenrock se aproximou, seus olhos brilhando pela cobiça.

— Vai poder ficar com ele — continuou Sylvia, fechando a mão em volta do sino e segurando-o contra o peito, — *se* você tiver a bondade de nos apontar a direção correta.

Ele acenou com a cabeça, afoito, e Sylvia sorriu, abrindo a mão novamente. Lorelei se lembrou de como tinha enganado e ameaçado o alp para conseguir as informações das quais precisava. Sylvia, por outro lado, apenas deixou que o schellenrock estendesse a mão com suas garrinhas e agarrasse o sino, colocando-o no bolso. O sino fazia um barulho alegre e, embora Lorelei não conseguisse ver o rosto da criatura, uma felicidade infantil irradiava dela. O schellenrock balançava o sino como Sylvia fizera pouco antes, mas o toque era abafado e dissonante devido à força com que se agarrava a ele. A dor de cabeça de Lorelei pulsava no mesmo ritmo do som.

— E então? — exigiu Lorelei.

A criatura olhou para ela e depois para Sylvia. Devagar, se virou e apontou para o cume da montanha. O pico mais alto perfurava o céu como uma lança. Lorelei pensou na lenda que a velha contara: na noite seguinte, quando a lua estivesse cheia, ela se enroscaria na rocha pontuda e derramaria sangue no lago lá embaixo.

O Ursprung estava quase ao seu alcance.

— Então você viu nosso amigo? — perguntou Sylvia. — Ele está vivo?

— Por enquanto. — Sua voz acariciou os ouvidos de Lorelei, delicada como sementes de dente-de-leão levadas pelo vento. — As mulheres da floresta tentaram mexer com ele. Elas estavam rindo. Eu ouvi.

— As eschenfrau? — perguntou Sylvia. Lorelei tentou ignorar a preocupação na voz dela. Quando o schellenrock não respondeu, Sylvia insistiu. — Você sabe como chegar lá em cima?

Ele titubeou. Com um suspiro, Sylvia enfiou a mão no bolso e pegou outro sino, que deixou na beirada do lago. O schellenrock o agarrou depressa e prontamente o escondeu dentro do manto.

— Siga o riacho até ver a lâmina. Quando cruzar a borda, vai chegar.

— Fale direito — ordenou Lorelei, enfurecida. — O que quer dizer com isso?

Mas, quando ela deu um passo à frente, o schellenrock deslizou para baixo da água. Uma onda suave percorreu a superfície e então o lago ficou imóvel como um espelho, refletindo as estrelas.

— Você o assustou — disse Sylvia, aborrecida.

— Ele não estava dizendo coisa com coisa! Com essas orientações, vamos nos perder ainda mais.

— Se você tiver alguma outra ideia...

Lorelei não tinha. Assim, por quase duas horas, elas seguiram a margem do lago do schellenrock como um traço em um mapa. A altitude aumentou de forma considerável ao longo do caminho e, quando o sol se pôs, a respiração de Lorelei estava irregular e ela começou a se sentir nauseada. Ela já tinha lido sobre o mal-estar causado pela montanha em relatos de viagem, mas não imaginava que fosse tão brutal. A dor de cabeça era um latejar constante em suas têmporas, mas não disse nada até que um véu de neve começou a cobrir o chão da encosta da montanha.

— Devíamos montar acampamento para passar a noite — sugeriu Lorelei.

— Concordo. — Sylvia cruzou os braços para se proteger do frio. Havia neve em seus cílios e cabelos. — Talvez seja melhor dividirmos uma tenda esta noite. — Lorelei provavelmente reagira com uma expressão de repulsa, porque Sylvia se apressou em acrescentar, indignada: — A menos que queira morrer congelada, é claro.

— Não — disse Lorelei, rangendo os dentes. — Faz sentido. Claro.

Enquanto Sylvia montava a tenda, Lorelei se ocupou em acender a fogueira. Quando terminaram de comer uma refeição modesta à luz do fogo, Sylvia ajeitou as brasas para preservar as chamas e se arrastou para dentro da tenda. Lorelei a seguiu, relutante.

O interior da tenda era apertado, mas surpreendentemente aconchegante. Uma lamparina esquisita estava acesa no canto, lançando luz quente contra as paredes, e o chão estava coberto por peles.

— É pequeno.

Lorelei não queria que tivesse soado como um insulto, mas suas palavras saíram cortantes mesmo assim. Sylvia fez uma careta e suas orelhas ficaram vermelhas.

— Bom, lamento que não esteja de acordo com os seus padrões, mas é o que temos — disse ela, abrindo o saco de dormir.

Lorelei abriu o vidro da lamparina e soprou. A chama dançou sobre o óleo, mas não se apagou. Ela soprou de novo e de novo, sem êxito. Sylvia observou a cena com certo divertimento, mas não disse nada. Lorelei então deduziu que se tratava de magia e se conformou, pensando que pelo menos a lamparina era útil.

Com raiva, Lorelei se deitou ao lado de Sylvia, que afastou o corpo, deixando o máximo de espaço possível entre as duas. Lorelei tentou não se ofender. Ela não deveria se surpreender com o fato de Sylvia tratá-la como uma coisa afiada que não queria tocar, como uma cobra venenosa que daria o bote se tivesse chance. Já tinha destruído qualquer camaradagem que pudesse existir entre elas há muito tempo.

Ao se acomodar, o corpo de Lorelei se afundou ainda mais na ridícula coleção de peles de Sylvia. Em outras circunstâncias, talvez aquele fosse um motivo para que Lorelei caçoasse dela, mas, naquele momento, se sentiu incrivelmente grata pelo calor que proporcionavam. Seus dedos pareciam ter congelado dentro das luvas, mas já estavam começando a recuperar os movimentos.

Não importava o quanto se ajeitasse, Lorelei não conseguia evitar que seus ombros se tocassem. Era enlouquecedor, mas sentir o calor do corpo de Sylvia era um alívio.

Quando Lorelei se virou de lado, ficando de frente para Sylvia, percebeu como ela parecia vulnerável ali. Na escuridão, sua pele era tão pálida quando a neve. Seus cílios brancos roçavam a maçã de seu rosto e os cabelos o emolduravam como água correndo sob a luz do luar. Bastaria um movimento de sua mão para que segurasse um dos cachos de Sylvia entre os dedos.

Como se pudesse ler a mente de Lorelei, Sylvia abriu os olhos. Lorelei quase se engasgou com a intensidade do olhar. Ela teve a impressão de que sucumbiria a algum tipo de feitiço se encarasse Sylvia por mais um segundo sequer. *Por Deus, o que tinha dado nela?*

— Lorelei? — A voz de Sylvia soava frágil. — Por que você me odeia?

Eu não te odeio. Só odeio o que você representa. Lorelei ficou surpresa com a facilidade com que a resposta surgiu em sua mente. Mas, quando abriu a boca para falar, nada saiu. Para Sylvia von Wolff, o ódio era uma emoção simples demais.

Uma Correnteza Sufocante **225**

— Não represento mais uma ameaça — continuou ela. — Você conseguiu as nomeações que queria. E, mesmo que não tivesse conseguido, não precisava ser assim. Ziegler nos jogou uma contra a outra.

A pressão que sentia no peito deu lugar à tristeza do luto.

— Como tem coragem de dizer isso? *Você* fez isso virar uma competição. Você passou anos tentando me ofuscar, como se precisasse de qualquer coisa além do seu sobrenome.

Os lábios de Sylvia se entreabriram e suas bochechas ficaram coradas de raiva.

— O sobrenome von Wolff tem certo peso, sim. É o sobrenome de Anja von Wolff, a líder de uma província rebelde, uma mulher sempre à espera de uma brecha para atacar.

Lorelei não respondeu. Ela já ouvira Sylvia falar da mãe daquele jeito, mas era a primeira vez que soava como se a odiasse.

— Ela é a verdadeira razão pela qual eu me alistei no exército de Wilhelm. — A voz de Sylvia estava embargada. — O que mais me restava? Quando comecei a visitar Ruhigburg, ainda criança, as pessoas me olhavam como se eu fosse me revoltar contra elas como um cão raivoso.

— Ninguém mais pensa isso de você — disse Lorelei, espantada com a própria gentileza.

— Porque passei a vida inteira tentando me desassociar dessa imagem. Mas não posso vacilar nem por um segundo, especialmente porque sou a substituta de minha mãe. Você estava lá, você viu qual é o sentimento geral de Albe. Eles estão prontos para a rebelião! Vou ter que passar a vida inteira provando minha lealdade.

Lorelei conhecia muito bem o sentimento de... Não. Ela *não ia* sentir pena de Sylvia von Wolff.

— Bom, sinto muito — disse Lorelei, com uma ponta de ironia. — Imagino que tenha sido um obstáculo muito difícil.

— Não aguento mais esse seu vitimismo! — Sylvia respirou fundo. — E estou de saco cheio de estar sempre em pé de guerra com você. Ziegler poderia ter dado espaço suficiente para nós duas se quisesse.

Lorelei sentiu um arrepio. Haviam demorado a enterrá-la; mal tinham enterrado de fato. Assim que retornassem, o fantasma de Ziegler estaria lá, esperando por ela nas águas do Vereist.

— Não fale mal dos mortos.

— Estou falando a verdade sobre os mortos. Talvez a morte seja o único momento em que podemos falar a verdade sobre uma pessoa. Nem tudo o que Ziegler fez foi bom, ela só usou nós duas.

Lorelei fechou os olhos.

— Não quero falar sobre isso.

Sylvia suspirou, frustrada.

— Então como posso ter esperanças de um dia me acertar com você?

— Não pode. — Lorelei olhou para Sylvia com um semblante inexpressivo. — Nossos mundos são muito distantes.

— Você é tão dramática, sabia?

Lorelei riu amargamente. Vindo *dela*, aquilo só poderia ser uma piada.

— Parece que você simplesmente não se toca, então vou te ajudar. Você realmente acha que o discurso que deu naquele dia foi inofensivo?

— São apenas histórias, Lorelei. É provável que São Bruno nem sequer tenha existido, mas é claro que minha família gosta disso, já que...

— Ah — interrompeu Lorelei. — Então você entende. Você usa essas histórias como ferramentas.

— Acertou! Algumas podem sim machucar, mas outras podem servir para finalmente unir as pessoas. — O olhar de Sylvia era ardente mesmo na escuridão. — Você não esteve na linha de frente, não cresceu em um território com sede de rebelião. Você nunca esteve na guerra. Se conseguirmos fazer com que as pessoas entendam que não somos tão diferentes, o solo de Brunnestaad nunca mais será manchado com sangue.

— Então por que não me conta uma história?

Sylvia ficou desconcertada com a aspereza na voz de Lorelei e com a mudança abrupta de assunto.

— Tudo bem. Qual delas? — Ela pigarreou para limpar a garganta. — Já sei. Em tempos passados, quando desejos ainda detinham poder, havia uma garota de capa vermelha...

— Não. Essa não. Que tal a do sol radiante que traz a verdade à tona? — A expressão de Sylvia se fechou. Usando o silêncio dela como combustível, Lorelei insistiu. — Ou a história sobre a yeva em meio aos espinhos?

— Não quero contar essas. — Sylvia falou tão baixo que mal se fez ouvir.

— E você acha que eu quero? Tem noção de quantas vezes já ouvi histórias como essas, em diferentes versões? Elas servem para mostrar quem vocês são de verdade, assim como sua história sobre a garota de capa vermelha. Eu as transcrevi, ilustrei e enviei para publicação. Fiz isso comigo mesma na esperança de poder tirar algo bom disso.

Pela primeira vez na vida, Sylvia não sabia o que dizer. Parecia completamente abalada, como se não esperasse tanto fervor vindo de Lorelei, que já tinha ido longe demais para voltar atrás. Embora sua voz estivesse trêmula, Lorelei continuou.

— Não há lugar para mim no Brunnestaad que vocês estão construindo. Nós, Yevani, não temos raízes. Nosso lugar é na cidade, proliferando como vermes. Não somos nada além de uma praga na fantasia pastoral que vocês estão ajudando a criar com seus diariozinhos idiotas de viagem. E *por isso* eu te abomino. Nós jamais teríamos sido amigas. Jamais *nos tornaremos* amigas. É impossível transpor o abismo entre nós duas.

— Eu não te odeio — sussurrou Sylvia.

Por alguma razão, aquelas palavras atingiram Lorelei em cheio.

— Mentirosa — respondeu ela, em um sussurro engasgado.

Sylvia deu um sorriso exausto.

— Mas você disse que eu não sei mentir.

Lorelei virou-se de bruços. Com um riso amargo, falou:

— Você acha que eu não sei nada sobre guerras, mas sei, sim. Vivo em uma guerra há anos. A morte me persegue e não sei como fugir dela.

— A morte é parte da vida. Você não fez nada para causá-la e é impossível escapar.

Lorelei encarava o teto da tenda. Com o vento, os galhos das árvores roçavam a lona do lado de fora.

Sylvia continuou, ainda que de forma cautelosa.

— Eu aprendi que a única coisa capaz de fazer sarar essas feridas é perdoar a mim mesma. Não posso trazê-los de volta, nem você. A única coisa que você pode fazer agora é continuar vivendo.

Sylvia nunca entenderia. Os Yevani viviam tanto para os mortos quanto para os vivos.

Sylvia suspirou baixinho e virou-se para o outro lado. De costas para ela, Lorelei teve a impressão de que havia um oceano de distância preenchendo os poucos centímetros que as separavam. Ela prestou atenção na respiração entrecortada de Sylvia, no riso sussurrante das eschenfrau nas árvores.

Lorelei repetiu para si mesma várias vezes: *eu te odeio, eu te odeio, eu te odeio*. Como um encantamento, como um conto de fadas, a repetição poderia transformar suas palavras em realidade.

Em seus sonhos, Lorelei mergulhava em águas frias e escuras. Seu cabelo e seu casaco flutuavam e seus pulmões queimavam. Ao seu redor, também flutuantes, estavam os rostos pálidos e atormentados das pessoas que ela abandonara em seus momentos finais, as pessoas cujas almas condenara a caminhar sobre a terra para sempre, impedidas de seguir para a vida após a morte.

Lorelei abriu os olhos sufocada pelo calor. Por um momento, tudo parecia turvo, como se estivesse enxergando o mundo debaixo d'água. O cabelo úmido estava colado na testa.
Ela estava se afogando outra vez.
Mas então sentiu o cobertor macio contra a bochecha, viu a lona da tenda. E depois viu Sylvia, abraçada nela como um bicho-preguiça se agarra a uma árvore.
Lorelei controlou o impulso de se contorcer. Ela ainda era criança da última vez em que alguém dormira em sua cama, o que acontecia quando Rahel tinha um pesadelo e se arrastava até seu quarto. A situação não era de todo desagradável, exceto pelo fato de que Sylvia era quente *como uma fornalha.*
Lorelei estava muito ciente do ritmo da própria respiração, de seus batimentos acelerados. Era uma verdadeira tortura conhecer a sensação de ter o corpo de Sylvia pressionado contra o dela, um gostinho cruel de algo que jamais poderia ter.
— Von Wolff — chamou Lorelei em voz baixa.
Sylvia apenas gemeu enquanto dormia.
— Von Wolff — repetiu Lorelei, com mais urgência. — Acorde.
Sylvia se mexeu. Seus olhos se abriram como duas luas cheias a poucos centímetros do rosto de Lorelei. Ela piscou sem entender, mas, no segundo seguinte, levou um susto com a proximidade inesperada.
— Lorelei! Desculpe!
— Tudo bem — balbuciou Lorelei. — Só... Saia de cima de mim.
Sylvia se afastou, levando consigo seu calor embriagante.
— Bom, pelo menos não congelamos à noite.

— Pois é. Obrigada por ter nos salvado dessa — rebateu Lorelei com frieza.

Relutante, ela se arrastou para fora da tenda. Suas botas rangeram sobre a neve que caíra durante a noite. Ela ainda se sentia envolta no calor de Sylvia, mas o frio mordeu sua pele exposta. Já de pé, Lorelei percebeu que a pressão insistente atrás de seus olhos voltava com força total. Sua respiração parecia curta e insuficiente, como se alguém estivesse tentando sufocá-la, e continuava exausta apesar da noite de descanso.

Quanto antes se afastassem daquelas malditas montanhas, melhor.

Lorelei se deu conta de que não fazia ideia de que horas eram. A neve era brilhante sob a luz fria, mas não havia nenhum sinal do sol no céu púrpura. Também não sabia onde estavam. Nada era familiar. Conforme tentava assimilar o ambiente, Lorelei tinha cada vez mais certeza de que as árvores tinham se reorganizado e mudado de posição enquanto dormiam. O caminho que tinham percorrido até então tinha sido costurado como um buraco em um tecido.

Momentos depois, Sylvia saiu da tenda.

— Este lugar me traz uma sensação ruim.

Pelo menos nisso elas concordavam.

Depois de levantarem acampamento, as duas continuaram a seguir o riacho do schellenrock. O terreno se tornava cada vez mais acidentado e o ar, mais frio. Em dado momento, Lorelei jurou estar sentindo a neve entrando em suas botas. Quando levantou o pé para dar uma olhada, encontrou um pequeno buraco de desgaste na sola. Isso resultaria em queimaduras de frio mais cedo ou mais tarde, supondo, é claro, que não sucumbisse ao mal-estar causado pela altitude antes de chegarem ao cume. Ela desacelerou, respirando com dificuldade.

— Achei que a sensação seria diferente — comentou Sylvia, distraída.

— Como assim?

— Não sei. — Sylvia ajustou as alças da mochila no ombro com uma expressão preocupada. — O Ursprung realmente está aqui? Não que este lugar não seja impressionante, mas eu esperava algo mais...

— Sublime? — completou Lorelei.

— Exatamente! — concordou, satisfeita. — Se essa é realmente a origem de toda a magia do mundo, não acha que tudo deveria ser mais... mágico?

— Que pena que se desapontou. — Lorelei fez um gesto com a cabeça em direção ao céu, que, naquele momento, era de um roxo limpo e salpicado de estrelas. — O crepúsculo perpétuo não é suficiente para você? O que você quer, um raio de luz perfurando os céus? Deus em pessoa espreitando por entre as nuvens?

— Ah, deixe para lá — murmurou Sylvia. — Talvez a gente precise chegar mais perto do cume.

Então concordou com a cabeça, como se para reforçar a própria avaliação.

Lorelei sentia-se exausta demais para continuar a provocá-la, principalmente por estar pensando na última conversa que tivera com Ziegler. *Tem certeza?*

Não, Ziegler garantira ter certeza do que dizia. Lorelei se recusou a abrir aquela ferida novamente. A pesquisa de Ziegler sempre fora cuidadosa e a lenda que tinham ouvido na cidade praticamente corroborava isso. Seria uma reviravolta cruel do destino se tivesse sido assassinada por causa de uma conclusão falsa. Era impensável que ela tivesse morrido em vão.

Ao virarem uma curva, uma paisagem se abriu diante delas e Lorelei parou onde estava. Acima, via-se o pico da montanha coroado de neve, parecendo estar a um passo e a mil mundos de distância ao mesmo tempo.

Lorelei retornou para a trilha ao mesmo tempo em que uma rajada de vento sacudiu a neve das árvores. Em meio ao manto branco, conseguiu distinguir um borrão ao longe. Ela estreitou os olhos e, piscando forte, pensou avistar um abrigo. A esperança invadiu seu peito, mas tinha certeza de que só podia se tratar de outra alucinação.

— Você está vendo aquilo?

Sylvia arfou.

— Estou! Talvez seja...

Antes mesmo de terminar a frase, Sylvia saiu correndo. Lorelei a seguiu, mas imediatamente se arrependeu quando seus pulmões pareceram se contrair. Ela se apoiou nos joelhos tentando se recompor, mas a dor de cabeça latejava atrás de seus olhos.

— Pelos céus, Lorelei. — Sylvia voltou para perto dela. Ela falava como se estivesse irritada, mas Lorelei notou a preocupação em seu rosto. — Está bebendo água o suficiente? É importante se manter hidratada em altitudes como esta.

— Sim. Eu sei — retrucou Lorelei.

Elas avançaram juntas. O vento frio deslizava pelo casaco de Lorelei e pedrinhas de gelo se acumulavam em seus cílios. A exaustão pesava mais a cada passo, mas ela mantinha o foco no caminho adiante e na fumaça que subia de uma fogueira quase extinta. A determinação vibrava em suas veias. Se conseguisse salvar pelo menos uma pessoa, já seria o bastante.

— Ludwig! — gritou Sylvia.

O vento fez o possível para calar sua voz, golpeando a lona do abrigo impiedosamente.

Nada se mexeu sob a lona.

Elas se entreolharam. Ajoelhando-se na neve, Lorelei engatinhou para dentro da tenda. Lá, envolto em quatro casacos, estava Ludwig. Seu rosto era pálido e fantasmagórico e seus lábios entreabertos estavam azuis. O corpo inteiro de Lorelei se retraiu ao vê-lo.

Por que fez isso comigo? Por que eu continuo sobrevivendo enquanto as pessoas morrem ao meu redor?

Não havia sentido naquilo, não havia resposta para algo tão...

Não. Ela se repreendeu com firmeza. Não havia nada no universo que não tivesse um sentido, especialmente a violência.

Ela se obrigou a olhar para Ludwig. Uma respiração fraca saiu de seu nariz, esvoaçando o cabelo comprido sobre seu rosto. Graças a Deus. Ela olhou por cima do ombro para Sylvia.

— Ele está vivo — disse Lorelei, engolindo a emoção presa em sua garganta.

Sylvia deixou escapar um soluço de alívio, arrastando-se para perto dos dois. Ela tirou as luvas e tocou as bochechas de Ludwig, que gemeu em resposta. Sylvia afastou o cabelo do rosto dele, descobrindo sua testa úmida de suor.

— Ele está queimando de febre.

— Lorelei? Sylvia? — A voz de Ludwig não passava de um sussurro.

A cada respiração dele, Lorelei sentia sua esperança transformar-se em cinzas. Ludwig parecia estar se afogando em terra firme.

Sylvia revirou a própria bolsa e pegou um cantil de água, depois o levou aos lábios de Ludwig e o ajudou a beber devagar. Ela virou-se para Lorelei com uma expressão preocupada.

— Ele foi amaldiçoado.

— Amaldiçoado?

Sylvia virou a palma da mão dele para cima e puxou a manga de suas vestes. As veias no pulso de Ludwig mostraram-se verdes e espessas contra a pressão do polegar de Sylvia. *Raízes*, percebeu Lorelei depois de um momento. O estômago dela se revirou. Olhando com mais atenção, notou a casca de árvore enxertada na pele de Ludwig, saindo pelo colarinho e avançando pescoço acima.

— Como isso aconteceu?

— É uma doença das eschenfrau. Ele deve tê-las irritado de alguma forma.

Sylvia começou a vasculhar a bolsa de Ludwig e puxou uma tira fina de casca cinza-claro: era a casca de um freixo.

— Esse idiota deve ter coletado a casca como amostra.

— Não sei. — Sylvia examinou a casca em suas mãos. — Ludwig não é descuidado assim. Além disso, teria colocado no tubo se quisesse preservá-la.

Lorelei sentiu-se dominar pelo medo.

— Mas se outra pessoa pegou a casca na intenção de amaldiçoar Ludwig, ela também estaria doente, não estaria?

— A menos que as eschenfrau tenham feito isso por conta própria. Elas costumam gostar de travessuras.

Ludwig não estava morto — ainda —, mas a superstição de Lorelei falou mais alto. Era melhor não discutir esse assunto perto de Ludwig.

— Vamos lá para fora.

Quando saíram, a neve continuava a cair, mas Lorelei já não sofria com o frio; em vez disso, ela o vestiu como uma armadura. Quando Sylvia voltou a falar, sua voz tremia de fúria.

— Por que fizeram isso com ele? Matá-lo de uma vez teria sido menos cruel.

— Alguém não queria que ele encontrasse o caminho para o topo da montanha. Estão tentando nos atrasar outra vez — sussurrou Lorelei. — Seguimos em frente depois que Ziegler foi assassinada, mas sabiam que não poderíamos continuar com alguém tão doente.

Lorelei não esperaria pela justiça do rei. Quando retornassem ao acampamento, ela mesma mataria Heike, com as próprias mãos. Ela provavelmente estava com uma expressão homicida, porque Sylvia esticou o braço e tocou seu ombro timidamente.

— Lorelei...

Mas ela se desvencilhou do toque.

— Fique aqui e cuide dele. Vou encontrar o Ursprung.

— Não vai, não! Ludwig vai morrer se ficar exposto ao frio por muito mais tempo e eu não consigo carregá-lo de volta sozinha.

— Olhe o estado dele. — Lorelei fez um gesto desesperado em direção à tenda. — Ele não vai aguentar de qualquer forma.

— Você não sabe. Nós temos que tentar, devemos isso a ele.

De repente, elas se viram muito próximas uma da outra. Lorelei não percebera que tinha dado um passo à frente; para ela, era praticamente instintivo usar a altura ao próprio favor. Apesar disso, Sylvia não recuou. Ela se posicionava como se estivesse resistindo bravamente diante de uma criatura malvada de um conto de fadas. Lorelei odiou isso e chegou ainda mais perto, tanto que Sylvia precisou inclinar a cabeça para trás para não interromper o contato visual. Lorelei conseguia sentir o calor da respiração de Sylvia contra seus lábios e todo o seu campo de visão estava preenchido pela glória ardente e audaz de Sylvia. Lorelei sentiu vontade de segurar seu queixo e...

Sylvia deixou escapar um som indecifrável, mas seus olhos claros estavam rendidos, quase esperançosos.

Lorelei teve que lembrar a si mesma de que Sylvia não podia ler seus pensamentos. Ela recuou um pouco e respirou fundo e devagar, tentando se recompor. Pareceu impossível encontrar ar suficiente.

— Entendo sua preocupação — disse Lorelei. — Mas se não encontrarmos o Ursprung agora, não vamos ter outra oportunidade. Vão tentar nos impedir outra vez.

Sylvia não parecia totalmente convencida. Lorelei continuou.

— E talvez essa seja a nossa melhor chance de salvar Ludwig. Não há consenso nos contos sobre os poderes do Ursprung, mas se essa de fato for a fonte de toda a magia, é possível que todos estejam corretos. É possível que o Ursprung tenha propriedades curativas.

— Eu... Não sei se esse silogismo faz sentido — confessou Sylvia, parecendo confusa.

— Nós temos que tentar. Não devemos isso a ele? — perguntou Lorelei, sem conseguir resistir a uma última alfinetada.

— Eu me viro sozinha.

— Mas você sequer sabe o que está enfrentando! — protestou Sylvia. — E se você não voltar…

— Vai ser ótimo para você, imagino.

Sylvia massageou as têmporas.

— Sua teimosa. Como você é cabeça-dura. Eu vou com você.

CAPÍTULO QUINZE

Enquanto subiam o último trecho da montanha guiadas pelo som da água corrente, a lua cheia surgiu no céu como um selo gravado em cera brilhante. A neve cintilava e o mundo inteiro parecia estar coberto de pequenos diamantes.

E ali, logo depois do bosque de abetos que a cada passo se tornavam menos denso, elas avistaram o primeiro sinal do Ursprung. A água descia a encosta da montanha e se desmanchava em névoa nas rochas lá embaixo. Mesmo de onde estava, Lorelei conseguia sentir o frio da água em suas bochechas.

— Estamos quase lá! — gritou Sylvia, mais alto do que a cachoeira.

E estavam, mesmo. Mas nunca conseguiriam chegar.

Pouco depois, alcançaram a beira de um cânion. Do lado em que estavam, não havia nada além de rocha e placas de gelo impossíveis de escalar sem equipamento. Do outro lado, o caminho para o cume se tornava gradualmente mais e mais íngreme. A não ser que decidissem descer o barranco e cruzar o rio até o outro lado, o único caminho era uma passagem estreita de rocha sobressalente que se escondia por trás da cortina da cachoeira.

Sylvia não demorou para entender a situação. Muito menos otimista do que antes, ela disse:

— Esta deve ser a lâmina que o schellenrock mencionou.

Então as direções dele estavam corretas, afinal.

— Que ótimo. Que maravilha.

Lutando bravamente para não soar apavorada, Sylvia disse:

— Como é mesmo aquele ditado? "A única saída é atravessar"?

Lorelei se agachou para examinar o pedaço de rocha. A largura era equivalente a um pouco mais que o comprimento de sua mão. Elas precisariam colar as costas na parede de pedra e ir arrastando os pés até o outro lado, tudo isso enquanto eram atingidas pela água da cachoeira. Com um gesto da mão, ela secou a umidade de seu rosto.

Sylvia sentou-se ao seu lado com os pés pendurados na beira do penhasco. Lorelei sentiu um aperto no peito só de olhar para ela.

— Quer que eu vá na frente?

Imagens terríveis surgiram em sua mente. Sylvia despencando como um anjo caindo do céu, Sylvia estatelada lá embaixo, o sangue de Sylvia formando uma poça ao redor da própria cabeça como uma auréola carmesim. Lorelei com certeza enlouqueceria. Era melhor ir primeiro e morrer logo, sem maiores preocupações.

— Não. Eu vou.

Sylvia olhou para ela com um sorriso levado.

— Você está com medo, não está?

Lorelei fez uma careta.

— Não seja ridícula.

— *Você está!* — Sylvia uniu as duas mãos, satisfeita. — Então você é humana mesmo.

— Foco, Von Wolff. Está se divertindo?

— Um pouco, talvez. Desculpe. — Uma covinha apareceu por cima da cicatriz de Sylvia quando ela sorriu.

Lorelei deixou a bolsa de lado e guardou um frasco vazio em um bolso na altura do peito. Se tudo desse errado, poderia voltar com uma amostra. Então ela deu o primeiro passo em direção à passagem. A parede rochosa cutucava desconfortavelmente sua coluna. Respirando fundo, ela deslizou um centímetro para frente. Um pedregulho se desprendeu da borda e despencou em queda livre, até se perder de vista. Lorelei sentiu vontade de vomitar. Se desse um passo em falso, seria a próxima. Ela xingou baixinho.

— Tem certeza de que não quer que eu vá primeiro? Tenho experiência em escalada! Já te contei sobre a vez em que encontrei um aufhocker?

— Fique quieta — disparou Lorelei. — Se eu tiver que morrer, pelo menos me deixe ter uma última lembrança agradável de você.

Sylvia fechou a boca.

Lorelei desviou a atenção de Sylvia e concentrou-se unicamente no caminho diante dela. A travessia era lenta e aterrorizante e saber que a boca do abismo estava aberta e pronta para engoli-la causava uma vertigem insuportável em Lorelei. Seu peito se contraía mais a cada passo arrastado e ela conseguia sentir seu coração batendo em cada centímetro do próprio corpo. Quando se aproximou da cachoeira, o barulho da água abafou todos os seus pensamentos. Uma quantidade colossal de água jorrava a apenas um braço de distância, tão pura que parecia ser feita de vidro.

— Não estou mais te vendo! — A voz de Sylvia soou impossivelmente distante.

Lorelei firmou os dedos na rocha para não perder o equilíbrio.

— Estou bem.

Prendendo a respiração, ela continuou em direção ao outro lado. Assim que pisou no chão firme, Lorelei desabou, esforçando-se para manter o que comera no estômago. Entre o mal-estar causado pela altitude e a tensão da travessia, ela sentia que já estava com um pé na cova.

— É seguro — gritou Lorelei.

— Estou indo!

Venha devagar, sentiu vontade de dizer.

Pela primeira vez em semanas, estava sozinha — sozinha de verdade. A luz do luar era forte a ponto de conseguir enxergar por onde andava, mas tênue o suficiente para projetar sombras nos cantos mais escuros. Ela respirou fundo, lutando contra as garras do medo. Não havia fantasmas ali, não havia nenhum homem para matá-la nas ruas do Yevanverte. Ali, longe de tudo, Lorelei quase sentia-se em paz.

De repente, o silêncio pareceu se transformar em algo sólido ela sentiu um arrepio na espinha.

— Até que enfim — disse uma voz familiar. — Alcancei vocês.

Não podia ser. Lorelei sentou-se depressa e, ao se virar, deparou-se com Ludwig. Ele estava parado próximo às árvores com os braços ao lado do corpo. Ela não conseguia discernir o que sentia ao olhar para ele. Havia algo de inquietante nele, ali no escuro. Ele estava imóvel de um jeito que parecia sobrenatural e os cabelos estavam arrepiados. Mesmo assim, Lorelei quis ter esperanças.

— O que está fazendo aqui? — perguntou. — E como chegou? Você vai acabar morrendo, vagando por aí nesse estado.

— Pode ser, mas eu não poderia perder a chance de encontrar o Ursprung.

Ludwig estava diferente. Falava perfeitamente bem, mas seu rosto...

O sorriso parecia um quadro torto na parede. Quando ele deu um passo à frente, seus movimentos foram desajeitados como se não estivesse acostumado com seu próprio corpo. Naquele momento, Lorelei desejou ter cedido ao ego insuportável de Sylvia e tê-la deixado atravessar primeiro.

— Você se recuperou depressa.

Ela tentou fazer as palavras soarem acusatórias, mas saíram amedrontadas de um jeito patético. Ele inclinou a cabeça em um ângulo bizarro.

— Pensei que você ficaria um pouco mais feliz em me ver.

— É claro que estou feliz em ver que está bem.

Só não acredito que esteja.

— Talvez seja melhor para você ficar aqui. A não ser que esteja se sentindo disposto para escalar a montanha. — Lorelei apontou com o queixo em direção ao cume.

— Acho que consigo. Não vai ser um problema. Onde está von Wolff?

Lorelei emudeceu. Ludwig nunca chamava Sylvia pelo sobrenome. De repente pareceu uma boa ideia informar que não estava completamente sozinha.

— Está do outro lado. Deve chegar a qualquer momento.

Conforme ele se aproximava, sua sombra se projetava no chão, comprida e esguia, e seus passos tinham um ritmo trêmulo.

Lorelei sentiu o rio vibrar, reconfortante e constante logo atrás dela. Respirando fundo, tateou em busca dele e... *lá estava*. Como se a correnteza fosse um fio, Lorelei a agarrou. O éter resistia à vontade de Lorelei. Ela colocou um braço atrás das costas e, ao curvar os dedos, gavinhas de água saltaram do rio e se enrolaram em seu pulso como uma serpente.

Ludwig parou sob um feixe iluminado e Lorelei notou o lenço vermelho em seu pescoço, o tecido em um tom de ferrugem que era estranhamente familiar.

Um tarnkappe.

A transformação de um alp nunca era perfeita. Os dedos dele eram longos demais e grotescos na altura das articulações, o que dava às suas mãos um formato de garras.

Lorelei jogou a mão para frente, atirando água nele.

Ludwig cambaleou, recuando. Quando voltou a olhar para ela, a água pingava das pontas de seu cabelo e o seu rosto estava retorcido de raiva. Ela nunca tinha visto o Ludwig de verdade olhar para alguém daquele jeito.

— Por que você fez isso? — indagou ele, falando baixo.

— Eu sei o que você é. — Lorelei fez o possível para parecer destemida. — Foi uma boa tentativa, mas o Ludwig real ainda está doente demais para ficar de pé.

Os lábios do alp se entreabriram em confusão, como se não tivesse considerado aquilo. Então seu rosto adquiriu uma coloração púrpura.

— Eu disse que ia voltar.

— Deveria ter esperado mais.

Lorelei puxou outro fio de água do rio e, cerrando o punho, o congelou e arremessou em direção ao alp em forma de lança de gelo. Ela acertou na mosca e a lança cravou-se profundamente no músculo do ombro da criatura. Ele uivou em uma mistura de dor e fúria e, antes que pudesse processar o que estava acontecendo, mais rápido do que conseguia acompanhar, saltou sobre ela.

Lorelei caiu e bateu as costas no chão com um baque surdo. Seus pulmões se esvaziaram dolorosamente com o choque e ela viu estrelas. As mãos da criatura que não era Ludwig se fecharam em torno de seu pescoço e ela sentiu unhas afiadas mordendo sua pele. Quando o sangue começou a escorrer quente por seu pescoço e o cheiro de cobre invadiu suas narinas, o alp abriu a boca, exibindo os dentes.

Von Wolff. Os lábios de Lorelei formaram as palavras, mas ela não conseguia respirar, não conseguia gritar. Sua visão se escureceu e o mundo começou a se transformar em um borrão.

Não assim, pensou ela. *Não agora*.

Com um movimento rápido dos dedos, Lorelei empurrou ainda mais fundo o pedaço de gelo no ombro do alp. A criatura gritou, afrouxando o aperto. O ar finalmente voltou para os pulmões de Lorelei e um gemido constrangedor escapou dela enquanto seus olhos automaticamente se enchiam de água.

Mexa-se, ordenou ela ao próprio corpo imóvel. *Mexa-se, ande logo.*

A cachoeira corria ao alcance de Lorelei, sibilando de forma sedutora. *Víbora*, parecia dizer.

Com um grito, ela evocou um borbotão de água que arremessou o alp para trás. Foi o suficiente para que ganhasse abertura. Lorelei se jogou em cima dele, prendendo-o no chão com os joelhos, e posicionou a porção d'água sobre o rosto dele, como uma máscara. Uma pequena parte dela hesitou diante das próprias ações, da facilidade com que estava fazendo aquilo com o falso Ludwig. A respiração dele borbulhava sob a camada de água.

Lorelei sabia o que significava o ódio. Aprendera desde o momento em que o viu nos olhos das pessoas, desde que foi atravessada pelo sentimento na noite em que Aaron morreu. Ela o sentia agora, formigando sob sua pele. O alp conseguiu levantar o rosto o suficiente para puxar uma golfada de ar, mas Lorelei forçou a água sobre sua boca outra vez.

— Por que você não morre logo? — rosnou ela, com o desespero engrossando sua voz.

— Lorelei! O que está fazendo?

Ouvir a voz de Sylvia a deteve por um instante. O rosto da criatura que se passava por Ludwig emergiu da água com um soluço. Seus olhos estavam injetados de sangue e ele tinha uma expressão alucinada.

— Socorro — balbuciou a criatura, agarrando-se ao antebraço de Lorelei. — Me ajude, por favor!

O olhar de Sylvia alternou-se entre os dois.

— Solte ele.

Por que era tão fácil enganar Sylvia?

— Você não pode estar falando sério! É um...

— Agora — interrompeu Sylvia, um pouco ríspida.

Ela soltou o sabre da bainha usando o polegar. Lorelei a encarou sem entender no começo, mas então compreendeu o que Sylvia pretendia fazer. Demonstrando relutância, ela soltou o alp e saiu do caminho.

Sylvia avançou. Seu sabre fez um som metálico quando ela o puxou e, com um floreio, o cravou na barriga do alp.

A criatura soltou um urro gutural, curvando-se sobre o ferimento. O sangue escorreu por seus dedos e sua carne começou a escurecer e a se soltar. Por baixo, via-se grossas faixas de sombra que se entrelaçavam freneticamente em um esforço para manter a forma humana.

Um brilho de arrependimento passou pelos olhos de Sylvia. Ela descansou a lâmina na dobra entre o indicador e o polegar, limpando o sangue com um longo gesto, depois a guardou novamente. Para Lorelei, o momento beirou o sedutor — e ela estava aturdida demais para se repreender pelo pensamento.

— Prata — sibilou o alp. A máscara que criara do rosto de Ludwig continuava a derreter. — *Como se atreve?*

— Sinto muito! — Com a mão limpa, Sylvia agarrou a mão de Lorelei e a puxou para que ficasse de pé. — Corra. Não dá para matar alps, mas dá para atrasá-los.

E, juntas, elas saíram correndo. Não havia outra alternativa a não ser subir pela rocha ao lado da cachoeira. Ela jamais teria coragem de olhar para baixo, mas se tivesse que escolher entre um medo ou outro, preferia encarar a solidez da montanha à fúria assassina de um alp. Então ela subiu, derrubando pedras soltas e pilares de gelo pelo caminho.

Assim que terminou a escalada, Lorelei se encolheu em posição fetal para recuperar o fôlego. Sua garganta queimava a cada puxada de ar e seu estômago ameaçava se revoltar contra ela, mas o que ela viu fez com que sua mente acelerada ficasse em completo silêncio.

A piscina natural de uma segunda cachoeira borbulhava suavemente a partir de sua fonte. *A fonte.*

O Ursprung.

Feixes de luz dançavam no fundo da água: éter puro, brilhando como a aurora iluminando o céu noturno. A beleza era assustadora.

Sylvia agarrou Lorelei pelo cotovelo e a puxou com urgência.

— Temos que ir.

Lorelei olhou para trás. O alp tinha se recomposto e as perseguia, os olhos brilhando com fúria renovada. A neve caía em torno delas. Não havia para onde correr.

Antes que pudesse raciocinar, Lorelei jogou a mochila e mergulhou na água. O frio comprimiu o ar em seus pulmões no mesmo instante e enrijeceu todos os músculos de seu corpo. Ela ouviu um mergulho às suas costas e, quando se virou, viu Sylvia nadando em sua direção.

Mas então algo puxou Sylvia com um tranco e Lorelei viu seus olhos se arregalarem de terror.

O alp a segurara pelo tornozelo. Sylvia chutava e se debatia com violência, mas a criatura era forte. Em um piscar de olhos, ele afundou as presas na curva entre o pescoço e os ombros de Sylvia. Ela soltou uma bolha de ar pela boca e o vermelho se espalhou pela água. Por um momento, Lorelei pensou ter visto Aaron olhando para ela com seus olhos vazios, o sangue se acumulando como uma coroa em torno de seu crânio quebrado.

Sua visão ficou embaçada com o medo. Lorelei precisava respirar, precisava fugir. Seria tão simples deixar que sua rival afundasse cada vez mais. Inclusive imaginara isso mil vezes.

Lorelei sentiu a presença da morte, abrindo suas asas acima dela. A luz da lua que conseguia penetrar a superfície da água pareceu esmaecer.

Não, pensou ela. *Você não vai tirar mais ninguém de mim.*

Lorelei invocou sua magia, deixando que sua consciência se espalhasse pela lagoa. Ela cerrou os punhos, imaginou as moléculas se comprimindo. O gelo aprisionou primeiro o braço do alp, depois espalhou-se por toda a extensão do corpo dele em cristais irregulares. Assustada, a criatura soltou Sylvia.

Livre das garras do alp, o corpo desacordado de Sylvia começou a afundar. Com o que restava de suas forças, Lorelei a agarrou pelo cotovelo e a puxou.

O peso das roupas encharcadas de Sylvia ameaçava puxar as duas para o fundo. Mas, com a cabeça latejando pelo esforço, Lorelei ordenou que as águas às levassem para a margem e assim começaram a subir em direção à superfície.

Ao emergirem da água, Lorelei ofegou, puxando o ar gelado para dentro dos pulmões. Dominada por força de vontade, ela se arrastou para fora do lago, puxando Sylvia. O frio cortante era como milhares de agulhas picando seus ossos. Ela trincava os dentes violentamente e, em algum lugar no fundo de sua mente, soube que as duas não resistiriam e morreriam de hipotermia cedo ou tarde.

Preocupe-se com isso depois. Por enquanto, precisava apenas fazer com que chegassem ao Ursprung.

Da melhor forma que pôde, Lorelei enganchou os cotovelos sob os braços de Sylvia e a puxou para cima. Ela era pequena, mas pesada devido aos músculos — e estava completamente apagada. Aos poucos, Lorelei a puxou pela encosta e só a soltou à beirada da nascente. Lorelei quase chorou ao ver o vapor saindo de sua superfície. Elas iam sobreviver.

Por Deus. Ela chegara perto de ver Sylvia morrer.

Lorelei não podia perdê-la. E, se não fizesse nada, isso ia acontecer.

Ela segurou o rosto de Sylvia e virou sua cabeça com cuidado. O ferimento em seu pescoço era grave, mas felizmente a mordida não atingira sua artéria. Os lábios de Sylvia estavam roxos de frio, mas, por misericórdia divina, seu peito subia e descia no ritmo da respiração.

Ela estava viva.

Sem o medo para mantê-la de pé, Lorelei se deixou cair de costas no chão. A lua parecia tão próxima que ela jurava que seria possível tocá-la se estendesse o braço. Quando olhou de volta para Sylvia, ela já estava de olhos abertos. Dessa vez, nenhuma das duas desviou o olhar. Ficaram deitadas com o rosto virado uma para a outra enquanto suas respirações formavam pequenas nuvens de vapor.

À luz do luar, Sylvia resplandecia. Olhar para ela era doloroso, mas a forma como Sylvia a olhava de volta era muito mais, como se Lorelei fosse um sonho que se tornara realidade. Isso a fez sentir esperança. Naquele momento, quase acreditou que poderia ser algo digno da admiração de uma mulher como Sylvia.

Algo belo.

— Você me salvou. — A voz de Sylvia estava cheia de reverência. E então, como se de repente se lembrasse de tudo o que acontecera ao longo dos cinco anos em que se conheciam, perguntou: — Você… me salvou?

— Argh. — Lorelei colocou o braço sobre o rosto, cobrindo os olhos com o cotovelo. — Você precisa ficar tão espantada?

— Há menos de doze horas você estava falando sobre como me acha desprezível!

Lorelei não dissera isso, mas teve o bom senso de não insistir no assunto.

— Que tal um "obrigada"?

— Obrigada — disse Sylvia, pousando a mão sobre a de Lorelei. — De verdade.

— De nada — respondeu ela bruscamente. — Eu teria feito isso por qualquer um.

Por um momento, nenhuma das duas desviou o olhar. Lorelei pigarreou e por fim retirou sua mão. Desesperada para se concentrar em outra coisa, *qualquer coisa*, ela se sentou e olhou para a água.

Era um espelho perfeito do céu, serena e límpida, refletindo a luz fria de mil estrelas. Eram tão brilhantes que Lorelei teve a impressão de que realmente havia estrelas submersas no fundo. Bastava querer e seria possível pegar uma delas e engoli-la de uma só vez.

Naquele momento, ela se deu conta de que tinham conseguido. Tinham encontrado a fonte.

— É tão lindo — disse Sylvia, baixinho.

E de fato era. Mas Sylvia era muito mais. Lorelei piscou depressa para afastar *aquele* pensamento. Quando falou, sua voz saiu rouca.

— É mesmo — concordou. — Mas é melhor montarmos acampamento e começarmos a nos secar. Não quero morrer de frio depois de ter escapado de tudo isso.

Lorelei se pôs a secar o casaco, fazendo as gotas de água flutuarem no ar ao redor. Aquele frio mataria as duas em menos de uma hora. Sylvia estava fora de seu campo de visão, mas Lorelei sentia seu olhar atento e assustado como o de um animal selvagem.

Ela se recusa a usar magia. É doloroso demais para ela.

Havia boatos de que Sylvia costumava ser muito habilidosa com magia. O que será que aconteceu para fazê-la renunciar ao uso completamente? O que teria feito? Lorelei não conseguia imaginar Sylvia sendo verdadeiramente cruel.

Por alguma razão, ela se viu perguntando:

— Posso secar suas roupas?

— Por favor — aceitou Sylvia, mas acrescentou depressa: — Já que está oferecendo, seria mal-educado recusar.

Depois que Lorelei secou as roupas da melhor forma que pôde, elas voltaram para buscar as mochilas esquecidas no outro lago. Quando finalmente terminaram de montar a tenda com as mãos desajeitadas e meio congeladas, as duas estavam irritadas e morrendo de frio, mas ao menos puderam vestir roupas mais quentes.

Lorelei saiu da tenda e foi se juntar à Sylvia, que estava fazendo um curativo em seu ferimento à beira do Ursprung.

— Como você acha que funciona? — retomou Lorelei. — Em todas as histórias, o poder é concedido aos escolhidos ou aos tolos que tentam tomá-lo à força.

— Quando você coloca uma coisa na cabeça, realmente não tem quem tire — murmurou Sylvia, com ternura. — Não sei bem. Na lenda, o garoto cai na água. Acho que só existe uma forma de descobrir.

— Não — contestou Lorelei, talvez depressa demais.

— O que foi? Acha que não sou digna? — Sylvia tentou dar um sorriso convencido. — Eu não vivo mergulhando de cabeça nas coisas, como você disse?

— Não seja idiota — repreendeu Lorelei. A leveza evaporou do rosto de Sylvia. — Não posso deixar você fazer isso.

— Não é só curiosidade — disse Sylvia, ficando séria. — Quero saber que tipo de arma estamos entregando para Wilhelm. É meu dever.

Lorelei sentiu um aperto no peito. Ela não gostava da ideia. Gostava menos ainda do fato de que não tinha como argumentar.

— Então eu posso te empurrar?

Sylvia riu.

— Prefiro enfrentar meu destino com certa dignidade, obrigada.

Lorelei não suportaria ver aquilo. O que ia fazer se o corpo de Sylvia não aguentasse? Se ela começasse a se esvair em sangue ou, ainda, se emergisse, assim como o ladrão da caverna do lindworm, como uma completa estranha?

— Não se preocupe — disse Sylvia. — Pelo menos a água é morna. Está vendo?

Ela tocou na superfície com a palma da mão e o mundo inteiro pareceu prender a respiração. O vento cessou e os flocos de neve congelaram. As estrelas refletidas na água do Ursprung esmaeceram e o lago brilhou tão escuro quanto uma noite sem lua. Naquela quietude sobrenatural, foi como se algo desconhecido e ancestral tivesse voltado os olhos para elas.

Sylvia se assustou. Ela parecia constrangida, como se tivesse falado uma besteira à mesa do jantar e não *despertado a fonte de toda a magia do mundo* sem querer. Se Lorelei não estivesse tão apavorada com o que poderia acontecer a seguir, teria gritado com ela.

Um rastro de voz invadiu a mente de Lorelei, furtiva como o som da chuva ou uma brisa sussurrando em um campo vazio. *Faça sua pergunta.*

Lorelei se enrijeceu.

— Este não é o Ursprung.

Sylvia olhou para ela, perplexa.

— Mas tem que ser.

— Em tempos passados, quando desejos ainda detinham poder, — começou Lorelei, sua certeza infeliz se concretizando a cada palavra, — havia um rei cujo reino havia passado por tempos difíceis. No entanto, não importava quão ruim fosse a colheita ou quão vis fossem seus inimigos, ele tinha uma dádiva: todas as águas em seu território guardavam uma estranha e poderosa magia. De todas elas, o maior tesouro do rei era uma lagoa que respondia a uma pergunta de cada pessoa que a fizesse.

— Incrível — sussurrou Sylvia. — O que será que eu pergunto?

Ela imediatamente cobriu a mão com a boca, percebendo o que acabara de fazer. Era tarde demais. A terrível voz sibilou: *O desejo mais profundo de seu coração.*

Lorelei encarava Sylvia, sem acreditar. A situação era tão absurda, tão *ridícula,* que mal conseguia formular um pensamento coerente. Tudo o que disse foi:

— Você desperdiçou sua pergunta.

— Desculpe! — lamentou-se Sylvia. — Eu não pensei que fosse contar.

— Você poderia ter perguntado *qualquer coisa,* sua...

Lorelei pensou em tantos insultos que não conseguiu escolher apenas um. Todos evaporaram de sua mente quando a raiva que sentia se desmanchou e deu lugar para uma agonia humilhante. Se elas tivessem só mais uma pergunta, ou talvez milhares de perguntas... Teria a lagoa respondido se todas as decisões que já tomara tinham sido as certas? Teria a lagoa dado à Lorelei a evidência perfeita para acusar Heike — ou revelado se Ziegler verdadeiramente a amara?

Sylvia pousou a mão sobre seu ombro.

— Lorelei.

Lorelei levou alguns instantes para perceber que estava quase chorando. Diante do olhar de compaixão no rosto de Sylvia, sua fúria se transformou em cinzas. Devagar, Lorelei se recompôs. Elas tinham chegado até ali; tinha que terminar o que começara. O peso da expectativa da fonte sobre seus ombros.

— Onde está o Ursprung? — perguntou Lorelei.

O éter reluzia no ar. Na escuridão da água, uma imagem rodopiava, tomando forma. A lua cheia patinava pela superfície, diminuindo à medida que avançava. Então desapareceu, e o céu ficou escuro. No mesmo momento, outra forma surgiu: uma ilha em meio a águas também escuras, envolvida por um cobertor de bruma. À distância, Lorelei enxergou campos de tulipas cobertos de cinzas e vilarejos repletos de pessoas furiosas e famintas. Quando a imagem da lua nova surgiu, despontando com uma luz tímida, a ilha estremeceu e desapareceu como se fosse uma miragem.

Onde quer que o Ursprung estivesse, certamente não era ali.

PARTE 3

A ilha perdida

CAPÍTULO DEZESSEIS

Ziegler se enganara.
Lorelei não conseguia acreditar. Todos eles tinham dedicado anos de suas vidas ao projeto. Ela depositara todas as suas esperanças, todos os seus sonhos... não, todas as suas chances de sobrevivência no êxito daquela jornada para que, no fim das contas, chegassem a uma conclusão completamente falsa. Como era possível que Ziegler tivesse cometido um erro tão crasso? Como ela *não soubera?*

Ziegler não era uma mulher reservada, especialmente quando se tratava de seu trabalho. Embora Wilhelm a tivesse obrigado a ficar de boca fechada nos meses que antecederam a expedição, isso ia contra a visão que ela tinha da ciência. Compartilhava sua pesquisa livremente, quando e com quem desejasse: acadêmicos estrangeiros, legisladores, jovens estudantes. Ela alcançava a excelência em seu trabalho quando debatia com outras mentes. *Para que serve o conhecimento*, dizia, *se não puder ser aprimorado?* Se Ziegler tivesse encontrado o Ursprung, não o teria escondido.

Ou teria?

Não, Lorelei não ficaria pensando nisso; a depender da resposta, ficaria arrasada.

A imagem na água desapareceu e a sensação de tensão se dissipou. Pouco a pouco, a piscina natural voltou a se iluminar com uma luz quase celestial. Na superfície, tudo o que Lorelei viu foi o reflexo de seu próprio rosto, abatido e atormentado.

A resposta para sua pergunta não poderia ter sido pior.

Nem todo o folclore coletado por Lorelei vinha na forma de pequenos contos de fadas. Em seu trabalho de campo, havia se deparado com todo tipo de coisa: músicas e brincadeiras de criança (que era o que menos gostava, já que crianças tendiam a perceber seu desdém por elas), ditados populares, piadas, diferentes tipos de casamento, até mesmo a maneira como as pessoas construíam suas casas. Sem falar nas lendas urbanas, que eram mais estranhas do que as histórias dos povos da floresta.

Uma das que aparecera por todo o reino era a história da Ilha Perdida. Contava-se que ela surgia do mar na noite de lua nova, cintilando como uma miragem. Depois, desaparecia como fumaça ao amanhecer, só para reaparecer em outro lugar na lua nova seguinte. Na visão que Lorelei teve no lago, ela a viu flutuando na escuridão da água, exatamente como havia ouvido várias vezes antes. O verdadeiro Ursprung estava em algum lugar na Ilha Perdida, e ela tinha apenas uma ideia vaga de onde a ilha apareceria na noite da lua nova que estava por vir, que aconteceria em duas semanas. Lorelei resistiu ao impulso de dar um pontapé inútil na água. Receber as coordenadas teria sido muito mais útil. Sylvia estava deitada de costas com o cabelo espalhado pelas pedras como se fosse um rio. As pontas de seus fios se misturavam com a água da nascente e o branco etéreo ganhava um tom cinzento como aço. Deitada ali, com a luz das estrelas refletida em seus olhos, ela parecia quase divina. Lorelei sentiu uma vontade repentina de arrumar os cabelos grudados na testa dela, mas se controlou, cerrando os punhos.

— Você conseguiu identificar o lugar que a água nos mostrou?
— Parecia ser Ebul.
— Como se isso respondesse alguma coisa.

A ideia também não era particularmente animadora. Naquele momento, eles estavam presos no coração de Albe, que ficava no sudoeste de Brunnestaad. Ebul estava na fronteira leste. Supondo que não houvesse mais criaturas assassinas para atrasá-los, o que parecia improvável dado o histórico da jornada até ali, as chances de chegarem a tempo para a noite de lua nova eram poucas. E, se não conseguissem, só Deus sabe onde a ilha apareceria em seguida.

— Se você desenhar a imagem para Adelheid, ela vai saber dizer — disse Sylvia. Ela franziu a testa. — Mas não seria mais sensato você voltar para Ruhigburg e pensar no que fazer? Isso está ficando perigoso.

Desejo saber quem foi o responsável antes de seu retorno à Ruhigburg. Se não for capaz de descobrir, espero que entenda que alguém deve responder pelo assassinato de Ziegler. União exige sacrifício.

— Não podemos voltar a Ruhigburg sem a localização do Ursprung.

Lorelei tentou amenizar o desespero em sua voz, mas aparentemente não deu certo. Sylvia a olhou com um misto de confusão e preocupação. Ela não podia contar sobre a ameaça de Wilhelm. Que bem faria à Sylvia sobrecarregá-la com essa informação? Todos eles, exceto por Ludwig, talvez, acreditavam que o rei era um bom homem. Além disso, o perigo não iria detê-la. Lorelei já estava habituada a destruir outra pessoa para salvar a si mesma.

E, no fundo, mesmo sem a ameaça de Wilhelm, ela não sabia se conseguiria parar àquela altura. Ser yevanesa significava saber reconhecer uma injustiça. Lorelei se orgulhava de poucas coisas na vida, aquela era uma delas. Ela não descansaria enquanto não descobrisse o que acontecera com Ziegler.

Respeite o seu luto e se permita ficar triste, dissera Adelheid, *mas não deixe que isso vire uma obsessão. Vai acabar arruinando você.*

— Pense bem — continuou Lorelei, mais calma. — A posição de Wilhelm é arriscada. Se voltarmos de mãos vazias, isso vai reforçar a visão de seus inimigos de que ele é um líder fraco, um rei desesperado a ponto de correr atrás de contos de fadas. Sem o poder do Ursprung, ele não vai conseguir se prevenir de um golpe.

— Evitar um golpe é a única intenção de Wilhelm? — indagou Sylvia em voz baixa.

Lorelei franziu a testa. Já tinha pensado nisso antes, é claro. Mas, com sua própria morte à espreita, não podia se dar ao luxo de ter tantos princípios.

— Não sei, mas você estará lá para aconselhá-lo.

Sylvia sorriu, hesitante, mas quando voltou a falar parecia estar mais tranquila.

— É, você tem razão. Pela estabilidade de Brunnestaad, é nosso dever seguir em frente.

— Sim. Por Brunnestaad. — Lorelei ficou em silêncio por um instante. — Obrigada.

— De nada. — Sylvia pareceu confusa e um pouco assustada. Lorelei guardou o momento na memória como uma técnica para futuras intimidações. — A gente deveria buscar Ludwig.

— *Agora?*

Lorelei achava que não conseguiria sequer rolar montanha abaixo, que dirá caminhar de volta até o abrigo improvisado de Ludwig. Por mais que detestasse a ideia de deixá-lo sozinho naquele estado, se recusava a arriscar suas vidas pela dele. Elas o cobriram com mais cobertores, além de deixarem comida e lenha. Teria que bastar.

— Péssima ideia. Você não vai conseguir salvar Ludwig se morrer.

— Ainda não estou morta.

— Mas parece estar quase lá!

Sylvia se resignou a soltar um longo suspiro, dando a entender que estava guardando o que realmente queria dizer para si.

—Além disso — continuou Lorelei, principalmente para tranquilizar a si mesma. — Ele mesmo pode escapar da Morte se preciso for.

— É, acho que pode. — Sylvia não parecia completamente convencida.

— Partimos ao amanhecer. Agora entre na tenda, senão você vai morrer congelada aqui fora.

— Nunca vi você se preocupando tanto — observou Sylvia. — Tem certeza de que está se sentindo bem?

Lorelei decidiu ignorá-la. Ao entrarem, a lamparina de Sylvia — que Lorelei deduziu ser encantada, já que nunca se apagava — iluminou o pequeno espaço. Sylvia parecia atrair toda a luz, que dourava seus cabelos e parecia incendiar seus olhos claros. Lorelei teria achado a cena bonita se não tivesse visto o sangue escorrendo por seu casaco. Por um instante horrível, a visão de Lorelei escureceu de medo.

— Me deixe dar uma olhada no seu ferimento — disse ela.

— Estou bem, Lorelei. De verdade.

Lorelei a fuzilou com o olhar. Felizmente, Sylvia não parecia disposta a discutir. Com um suspiro, ela contorceu o corpo, tentando desabotoar o casaco com uma mão só. Depois ajeitou o cabelo por cima do ombro que não estava machucado e virou-se de costas para Lorelei, que desviou o olhar enquanto Sylvia abria os botões da camisa. Uma mancha de vermelho-vivo espalhava-se por suas costas, umedecendo o tecido e deixando-o grudado à pele. A camisa então escorregou pelos ombros de Sylvia e desceu até a cintura. O curativo já estava empapado de sangue.

Com cuidado, Lorelei retirou as ataduras. O talho na carne de Sylvia parecia gravemente profundo, um prato cheio para infecções. Lorelei sentiu o estômago revirar. O medo quase a dominou, mas ela cravou os dedos contra a própria pele e respirou fundo.

Ela conseguiria.

— Vou ter que suturar.

Sylvia se espantou.

— Você? *Suturar?* Acho que você é melhor destruindo coisas, não costurando.

Lorelei sorriu, sarcástica.

— Para sua tristeza, Johann não está aqui. A menos que queira arriscar uma sepse, vai ter que se contentar comigo.

Parecendo preocupada, Sylvia não retrucou. A parte difícil, fazer com que ela cooperasse, estava feita; agora Lorelei só precisava se concentrar para não desmaiar. Ela tirou uma luva, hesitante, e Sylvia respirou fundo e virou-se para o outro lado de forma resoluta, como se tivesse visto algo proibido.

Não tenho garras, está vendo?

Por alguma razão, não conseguia aguentar aquele nível de vulnerabilidade. Lorelei tirou a outra luva e a colocou com cuidado no chão. A cena era insuportavelmente íntima: suas luvas dobradas sobre as roupas de cama improvisadas de Sylvia. Decidiu que era melhor se concentrar em preparar os itens dos quais ia precisar.

Lorelei pegou álcool, agulha, linha e um pano limpo dentro de sua mochila, depois derramou o álcool sobre o pano e se pôs a higienizar o ferimento. Sylvia emitiu um leve gemido de protesto antes de retesar a mandíbula e endireitar a coluna em uma postura rígida.

Lorelei segurou a agulha, que tinha um gancho em forma de lua crescente e brilhava à luz do fogo.

— A agulha vai ficar amaldiçoada se eu usar sua lamparina para desinfetá-la?

— Desculpe, não sei do que você está falando — respondeu Sylvia, arisca, mas havia um indício sutil de curiosidade em sua voz como se nunca tivesse pensado na possibilidade.

Lorelei abafou um riso irônico e esquentou a agulha no fogo.

— Pronta?

— Na medida do possível.

Sylvia praticamente não deu um pio enquanto Lorelei suturava o corte. O sangue que escorria deu ânsia de vômito em Lorelei, como se tivesse comido algo que não caiu bem. Ela terminou o mais rápido que pôde, deu o nó final e cortou a linha com uma tesoura. Um suor frio escorria por sua testa, mas ela se sentia estranhamente orgulhosa de si mesma.

— Acho que ficou bom.

— Obrigada. — Sylvia hesitou. — Você tem uma mão firme.

— Meu pai é sapateiro. Fui aprendiz dele por um ano antes de conhecer Ziegler. A pele humana não é tão diferente do couro dos sapatos.

Ela não sabia ao certo por que tinha contado isso nem por que falara com tanta naturalidade, como se tivesse o hábito de falar sobre si mesma.

— Couro de sapato — repetiu Sylvia. Ela parecia estar sorrindo. — Não sei se devo ficar ofendida ou não.

— Entenda como quiser.

Lorelei ardeu de constrangimento. Ela se ocupou em guardar tudo enquanto Sylvia tirava um pente ridiculamente ornamentado da bolsa, de cabo incrustado de opala brilhante como osso.

De soslaio, Lorelei viu Sylvia lutando contra o pente. Ela suspirava, pesarosa, tentando levantar o braço ferido. Depois, com grande esforço, começou a pentear o cabelo embaraçado e cheio de nós com sua mão não dominante. Lorelei achava aquilo uma vaidade inútil considerando tudo o que tinham passado naquela noite, mas estava cansada demais para fazer qualquer comentário. Estava cansada demais até mesmo para apreciar o sofrimento de Sylvia.

— Deixe que eu faço — ofereceu-se Lorelei.

Sylvia segurou o pente contra o peito como se Lorelei tivesse acabado de pedir que ela entregasse seu primogênito.

— Por quê?

— Porque essa imagem é de doer. E não sou tão insensível assim.

Sylvia, ainda que relutante, colocou o pente na mão estendida de Lorelei.

Ajoelhando-se atrás dela, Lorelei levantou o pesado cabelo de Sylvia e deixou que caísse por suas costas em uma cascata bagunçada. Por sorte, ainda estava úmido; ela nem queria imaginar o pesadelo que seria tentar penteá-lo se estivesse seco.

Lorelei começou a desfazer os nós de baixo para cima. Nada além do som de suas respirações ofegantes e do metal no cabelo de Sylvia preenchia o silêncio dentro da tenda. O calor irradiava suavemente das costas de Sylvia e seu coração pulsava na garganta. Era prazerosamente torturante. Lorelei nunca tinha tocado o cabelo dela, a não ser em sonhos, mas sempre quisera fazer isso. Era tão suntuoso quanto tinha imaginado. A cada passada do pente, jurava que conseguia sentir um perfume de rosas.

Depois de alguns minutos, todos os cachos estavam soltos, caindo em espirais elegantes pelas costas de Sylvia. Uma parte de Lorelei sentiu-se tentada a procurar os óleos de Sylvia ou talvez um pedaço de fita. *Que ridículo*, pensou. Uma trança teria que bastar.

— Onde você aprendeu a fazer isso? Seu cabelo...

Como se fosse um tabu tocar no assunto, Sylvia levantou o braço bom e fez um gesto de mão aberta na altura da mandíbula.

— Eu já tive cabelo comprido. Faz muito tempo.

Sylvia riu.

— Sério? Não consigo imaginar. Esse corte combina tanto com você.

Lorelei não soube como reagir ao elogio.

— Eu costumava trançar o cabelo da minha irmã quando ela era criança. Ela tinha a saúde frágil e ficava de cama por dias seguidos. Alguém tinha de cuidar do cabelo dela para que não embaraçasse. Na verdade, acho muito relaxante fazer isso.

Ela ficou constrangida em perceber que ainda falava. Para seus padrões, é como se estivesse tagarelando.

— Eu não sabia que você tinha uma irmã.

Lorelei amarrou a ponta da trança e, distraidamente, se pôs a afrouxá-la para soltar um pouco o cabelo.

— Por que saberia?

— Qual é o nome dela?

— Rahel. — Lorelei titubeou. — Eu também tinha um irmão. Aaron.

Ela podia ver Sylvia se segurando para não fazer mais perguntas, inquieta sob o peso de sua curiosidade.

— Imagino que seja a mais velha.

Lorelei pensou em responder com um comentário irônico, mas desistiu.

— Sim, eu sou.

Ela ouviu um sorriso na voz de Sylvia.

— Eu sempre quis ter irmãos.

— Eles dão mais dor de cabeça do que qualquer outra coisa.

Satisfeita com seu trabalho, Lorelei colocou a trança por cima do ombro de Sylvia, que tocou o próprio cabelo como se conferisse se era real.

— Pensei que vocês cinco e Wilhelm eram como irmãos.

— No verão, quando nossas famílias viajavam para Ruhigburg, sim, nós éramos. A gente se conheceu mais ou menos aos seis anos de idade. Aqueles verões eram tudo para mim. Mas, no restante do ano, sempre me senti muito sozinha.

Uma Correnteza Sufocante **263**

Sylvia ficou em silêncio, como se não soubesse se deveria ou não continuar. Mas Lorelei estava curiosa.

— E você estava? — perguntou.

— Sei que vai parecer besteira. — Sylvia virou o corpo de lado para olhar para Lorelei. — Minha mãe sempre me encheu de carinho. Ou, pelo menos, de extravagâncias. Eu sempre tive tudo o que quis, mas, desde cedo, sentia que tudo o que minha mãe via quando olhava para mim era a cor do meu cabelo. Sua pequena *Mondscheinprinzessin*, heroína do povo de Albe, *uma santa* renascida. Sua herdeira, futuro de sua província. Era tudo sobre ela.

Sylvia colocou uma mecha de cabelo atrás da orelha.

— Ela nunca me enxergou *de verdade*. Nas poucas vezes em que isso aconteceu, acho que não gostou do que viu: uma garota boba demais para ver suas ambições se tornando realidade. Por isso fez o melhor que pôde para me moldar à sua imagem. Me ensinou a grandeza do nome de nossa família, contratou os melhores professores. Ela me disse que eu estava destinada a fazer coisas incríveis para nosso povo, mas eu nunca soube se realmente me amava.

A voz de Sylvia ficou embargada e ela pareceu surpresa em perceber uma mágoa de infância ressurgindo tão ferozmente. Lorelei não sabia como confortá-la.

— Depois que me exibia na corte, ela me deixava sozinha em casa. A propriedade tinha muitos cômodos e ninguém para ocupá-los. Eu não sabia para que servia metade deles, era como um labirinto. Tinha escadas que não levavam a lugar nenhum, várias passagens secretas. Pensando agora, acho que eram para os criados.

Lorelei não ficou surpresa ao ouvir isso. Não era de se admirar que a imaginação dela fosse tão fértil. Conseguia imaginar Sylvia com clareza: uma pestinha explorando a floresta e perseguindo silfos pelos prados, vagando pelos corredores da casa vazia, inventando histórias. Era muito triste, mas o pior era que fazia muito sentido.

Sylvia passara a vida inteira ansiando por atenção.

A onda de empatia quase desestabilizou Lorelei. Por muito tempo, seu desprezo por Sylvia a motivara e a ancorara. Mas, ao revisitar as lembranças que tinha dela, percebeu que todas estavam tingidas por um carinho melancólico. Sylvia e suas interjeições exageradas e estridentes ao defender aquilo em que acreditava. Sylvia cantando ao preparar o chá nas noites em que ficavam até tarde no escritório. Sylvia mergulhando em águas perigosas para proteger estranhos. Sylvia, sempre nas margens de sua consciência, sempre desviando o olhar no momento em que Lorelei a percebia. Aquele enternecimento sempre existira ou teria substituído seu ódio com o passar do tempo? Lorelei não sabia dizer.

— Fascinante. — Seu tom foi apenas moderadamente irônico. — Quer me contar sua cor favorita também?

— Você sempre precisa estragar tudo? — revidou Sylvia amigavelmente. — Já que perguntou, minha cor favorita é...

— Violeta. Eu sei.

Sylvia ficou sem reação.

— Ah.

O que deu em mim? Não era como se ela tivesse investigado quais eram as cores favoritas de Sylvia e quais mais a favoreciam. Só era impossível não prestar atenção nela; ela rasgava o mundo como um raio em uma tempestade de verão.

Antes que Lorelei definhasse de vergonha, apressou-se em dizer:

— Enfim. A gente devia discutir nosso plano. Nós estamos em número menor e, agora que você está ferida, também estamos em desvantagem.

— Nós? Nosso plano? — repetiu Sylvia.

— Não finja surpresa.

—Ah — disse ela outra vez, corando. — Talvez eu esteja imaginando, então, o dia em que você me olhou com cara de vilã de ópera e disse: "Não tenho interesse em resolver este caso!"

A imitação de Sylvia foi pouco lisonjeira, com uma expressão que só poderia ser descrita como ameaçadora. Lorelei sinceramente esperava não soar *daquele jeito*.

— Eu menti. Você tinha razão.

— Como é? — perguntou Sylvia, abrindo um sorriso de orelha a orelha. — Pode repetir?

— Não se acostume — disparou Lorelei. Por sorte, tudo o que era preciso para acabar com qualquer sentimento de ternura por Sylvia era passar cinco minutos na presença dela. — Parabéns por seu impressionante poder de percepção, eu me rendo. Além do mais, você pode me ajudar. Você tem informações e habilidades que eu não tenho.

— Por favor, pare de me elogiar. Está me deixando nervosa.

— Tudo bem, vou me controlar daqui para frente.

Lorelei pegou um caderno na bolsa de Sylvia e o abriu em uma página em branco. Isso não foi tão fácil de encontrar, já que metade delas estava preenchida com o que parecia ser poesia. Ela bateu o olho em alguns versos sobre olhares penetrantes e capas elegantes e decidiu que definitivamente não queria saber do que se tratava.

— Vamos lá. Nosso plano.

— Certo. — Sylvia se acomodou ao lado dela. — Há uma possível falha na sua lógica. Concordo que alguém matou Ziegler porque o Ursprung estava em Albe, mas você está supondo que o intuito do assassino era que isso acontecesse na *própria* terra natal. E se o motivo for outro?

Lorelei preparou uma resposta, mas percebeu que não poderia descartar o argumento de Sylvia tão depressa.

— Qual, por exemplo?

Sylvia se endireitou como se tivesse acabado de ser chamada para falar em uma palestra.

— E se mataram Ziegler em meu nome?

Toda a compaixão que sentira por Sylvia evaporou no mesmo instante.

— Por que alguém faria isso?

Sylvia pareceu ultrajada.

— Por não querer que Wilhelm se case comigo! Talvez não queiram que a gente consolide nosso poder, ou... ou talvez a pessoa esteja apaixonada por mim! O amor não é o motivo mais poderoso de todos?

— Essa é a teoria mais imbecil que eu já ouvi! Ninguém nesta expedição está apaixonado por você.

— Não é nada imbecil! Saiba você que tenho muitos pretendentes em Ruhigburg, só não encontrei ninguém que parecesse valer a pena. Pelo menos não entre os que se manifestaram.

Lorelei percebeu que Sylvia tinha alguém específico em mente. Um sentimento amargo tomou conta dela, fazendo com que imediatamente ficasse irritada consigo mesma. Não deveria fazer diferença para ela a possibilidade de Sylvia estar interessada em alguém. Por que qualquer coisa vinda dela importaria para Lorelei, afinal? Mas ali, dentro daquela tenda aquecida e apertada, aquilo pareceu terrivelmente catastrófico, como se fosse consumi-la de dentro para fora.

Meu Deus, pensou horrorizada diante da compreensão que se instalava lentamente. Ela estava com ciúme.

— Que surpresa — disse Lorelei. — Ninguém é bom o suficiente para você.

Sylvia ruborizou.

— Andou falando com a Heike?

— Ah, sim. Talvez seja Heike que ainda esteja apaixonada por você.

— Não tire sarro de mim — disse Sylvia, soando infeliz.

— Certo. Vamos nos concentrar. — Lorelei voltou a atenção para o caderno, tamborilando com a caneta no joelho. — Acho que já entendi tudo, mas queria confirmar minha teoria com você.

Sylvia se sentou mais ereta e sua expressão ficou séria.

— Está bem.

Lorelei escreveu o nome dos membros da expedição em uma coluna e contou a ela sobre as conversas que tivera com cada um desde o início da viagem. Resumindo: Ludwig não tinha um bom motivo, especialmente considerando as terras que Wilhelm prometera a ele. Adelheid acreditava que Wilhelm usaria seu poder para estabilizar Ebul, em grande parte por estar apaixonado por ela. Johann, embora tivesse motivo e uma natureza violenta, parecia verdadeiro em sua devoção a Wilhelm. Assim, restava…

— *Heike*? — Sylvia pareceu achar a ideia completamente absurda.

Lorelei ficou ofendida.

— Sim, Heike. Ela quer alguém para protegê-la e você tirou isso dela. Duas vezes, na verdade. Sabotar a expedição pode ser uma forma de se vingar de você e também de ter outra chance com Wilhelm.

Sylvia se deitou de barriga para cima com um grunhido de humilhação ou exasperação, Lorelei não sabia dizer.

— Pelos céus — murmurou. — Você realmente andou falando com ela.

— Então quem você acha que foi?

— Johann.

Mais uma vez, aquele indício de repulsa — *não*, corrigiu-se Lorelei, *de medo* — apareceu em sua voz.

— Por quê? — perguntou Lorelei.

Sylvia a encarou como se fosse óbvio.

— Meu trabalho é observar monstros. Johann é o pior tipo de monstro que existe. Há grupos inteiros de pessoas que ele não considera como seres humanos. E gosta de fazer sofrer mesmo aqueles que considera.

Lorelei vira como ele matara o lindworm, como examinara o corpo de Ziegler com desprendimento e, ainda assim...

— Mas Johann é médico.

— É exatamente por isso que é um bom médico. — Sylvia suspirou. As pontas de seus dedos traçaram a cicatriz em sua bochecha. — Isso veio dele.

Não era um ferimento infligido por uma espada madeira usada para treinos. Lorelei endireitou a postura, surpresa.

— Você duelou com Johann?

— Nós lutamos no mesmo batalhão. Eu o desafiei porque ele tratava nossos inimigos de forma monstruosa, sem dignidade alguma. — Sua voz ficou distante. — Nem piedade.

— E você perdeu.

Sylvia sorriu com tristeza.

— Ele sempre foi o melhor manejando uma espada.

— Ainda não estou convencida — disse Lorelei. — Heike é quem mais tem a perder. Ela levou a gente até a emboscada do lindworm, ela foi a primeira a se levantar contra mim. Eu só... ainda não consigo provar.

E, àquela altura, não sabia como. O corpo de Ziegler tinha afundado no rio e o escritório fora esvaziado. O último recurso seria perguntar se Ludwig se lembrava de alguma coisa, supondo, é claro, que ele tivesse visto alguém antes de deixar o acampamento.

— Você já se preocupou o bastante para um único dia — disse Sylvia com gentileza. — Nós vamos resolver isso juntas. Eu prometo.

Juntas. Durante todos aqueles anos, Lorelei estivera inteiramente convencida de que Sylvia não queria nada além de vê-la fracassar e se frustrar.

Eu me enganei em relação a você, ela queria dizer. *Sinto muito.*

E, no entanto, tudo o que conseguiu responder foi:

— Já está tarde.

Quando se deitaram para dormir, o som da voz de Sylvia embalou o sono de Lorelei. *Sinto muito, Lorelei.* Naquela noite, como em todas as outras, sonhou que estava se afogando. Só que, dessa vez, ela se afogava na doçura delicada e insuportável dos olhos de Sylvia von Wolff.

Na manhã seguinte, o mundo pareceu bem menos estranho. O céu retornara a um azul límpido e revigorante. A luz do sol refletia na neve e iluminava os cabelos de Sylvia, a trança que Lorelei mal conseguia acreditar que tinha feito cuidadosamente com as próprias mãos na noite anterior.

Ainda não estava totalmente convencida de que não tinha sonhado com tudo aquilo, mas a evidência estava bem debaixo de seu nariz. Era mais do que a maldita trança, era a maneira como ela se sentia estranhamente... vazia. Não, vazia não era a palavra exata. Um certo fogo dentro dela certamente tinha se extinguido, mas ela sentia um novo incêndio dentro do peito, quente, insistente e *suave*.

Que pesadelo.

Sylvia caminhava à frente, cantarolando baixinho. Em qualquer outro dia, em um dia *normal*, aquilo teria lhe dado nos nervos, como uma farpa sendo enfiada sob sua unha. Mas, naquela manhã, Lorelei se sentia...

Argh. Ela precisava dar um basta naquela situação de uma vez por todas. Com o máximo de sarcasmo que conseguiu encontrar, disse:

— Parece que alguém acordou de bom humor.

— Eu? — Sylvia sorriu, radiante, como se Lorelei a tivesse elogiado. Seu coração disparou em resposta. — Desculpe. É que estou me sentindo muito inspirada. Eu seria capaz de escrever um livro inteiro sobre o que encontramos nos últimos dias.

— Seu trabalho realmente te deixa feliz.

Sylvia desacelerou o passo até que ficaram lado a lado.

— O seu não?

— Não tanto. Eu sempre quis ser naturalista.

Sylvia segurou o cotovelo de Lorelei.

— Jura?

— Juro. — Lorelei puxou o braço. Sua pele ardeu sob o toque de Sylvia, mesmo através da roupa. Ela resistiu ao impulso de sacudir a mão para espantar a sensação fantasma. — Mas Ziegler achou que eu me sairia melhor como folclorista.

Sylvia parecia querer dizer algo, mas pensou melhor.

— Bom, não importa o que ela pensou, não é? Talvez você queira experimentar por conta própria.

— Experimentar — ecoou Lorelei, desconfiada.

— Isso mesmo! *Experimentar*. — Sylvia deu um passo à frente, levantando uma nuvem de neve. — Ser naturalista. O Absoluto. Tudo isso! Não quer saber como é se desligar de si mesma por um tempo? Não quer se perder na beleza do mundo?

Seu entusiasmo repentino foi alarmante.

— Não. Já testemunhei a metodologia de vocês o suficiente para uma vida inteira.

— Onde está seu espírito aventureiro? Você nem precisa ser enfeitiçada.

Por alguma razão, aquilo não a tranquilizou.

— Não temos tempo para essas bobagens. Já se esqueceu de Ludwig?

— Claro que não! Eu tenho uma ideia. Vamos chegar lá ainda mais rápido.

Sem aviso, Sylvia agarrou a mão de Lorelei e entrelaçou os dedos nos dela. Lorelei teve certeza de que seu coração ia parar de vez, mas Sylvia não hesitou. Ela a tocava como se aquela fosse a coisa mais natural do mundo.

Ela a puxou pelo bosque de pinheiros, sacodindo os galhos e polvilhando suas roupas e seus cílios com a camada de neve que ali descansava. Quando o bosque se abriu, o que Lorelei viu quase a deixou sem fôlego.

Sob a luz da manhã, ela viu o mundo inteiro: montanhas azuis no horizonte, o rio em chamas com o nascer do sol e, ao longe, castelos brancos cercados por torres.

Sylvia apontou.

— Olhe ali.

Apenas alguns metros abaixo de onde estavam via-se um platô aberto onde um rebanho de maras pastava. À distância, talvez pudessem ser confundidos com cavalos comuns, mas seus olhos ardiam vermelhos como brasas e suas crinas se agitavam no ar como nuvens densas de fumaça. Aqueles que montavam em um mara nunca mais voltavam a pisar no chão; as criaturas corriam em disparada e nunca mais paravam.

— Vamos pegar carona em um deles — disse Sylvia, de repente muito perto do ouvido de Lorelei.

— De jeito nenhum!

Sylvia encostou um dedo nos lábios de Lorelei para impedi-la de falar. A *ousadia* daquele gesto… Lorelei sentiu vontade de revidar com uma mordida. Sylvia sussurrou:

— Você se preocupa demais. Já fiz isso várias vezes. Vai ser muito mais fácil e mais rápido chegar até Ludwig, não há nenhuma desvantagem.

Lorelei queria dizer algo mordaz, mas tudo o que saiu foi um grunhido. Aquela seria a morte mais patética de todas. Que tipo de idiota autodestrutivo inventara a ideia de andar de mara? Provavelmente alguém menos desmiolado do que aquele que aceitava aprender a montar, pensou Lorelei.

— Tudo bem. Mas tem que ser rápido.

— Perfeito! É muito fácil. Você precisa ficar em silêncio e projetar uma aura de calma absoluta.

Lorelei pensava ser capaz de muitas coisas, mas *projetar uma aura de calma absoluta* não era uma delas. Sylvia pareceu perceber o erro em suas palavras e acrescentou:

— Ah… Bom, talvez seja melhor você não chegar *tão* perto no começo.

Juntas, elas desceram um barranco rochoso até o campo de grama alta. Lorelei se abaixou o máximo que conseguiu e ficou atenta à Sylvia, que avançou na frente sem fazer barulho. Mesmo assim, os maras levantaram a cabeça quando ela se aproximou.

A maior criatura do rebanho encarou Sylvia com seus olhos vermelhos e sobrenaturais, as orelhas de pé. Com muito cuidado, ela se aproximou com a mão estendida. Lorelei estava ficando ansiosa, mas não conseguia desviar o olhar. O mara devia ter o dobro do tamanho dela. Quando finalmente Sylvia ficou a um braço de distância da criatura, esticou a mão e tocou seu nariz como se acariciasse um pônei.

— Só pode ser brincadeira — resmungou Lorelei.

O vento carregava o canto suave de Sylvia até Lorelei. Ela enredou os dedos na crina diáfana do mara e, sem qualquer hesitação, tomou impulso e subiu em seu dorso.

Lorelei sentiu que seu coração sairia pela boca. Era isso, estava acabado; Sylvia não conseguiria escapar dessa vez. Um instante se passou, depois outro. Quando nenhuma tragédia aconteceu, Lorelei se forçou a soltar a respiração.

Sylvia guiou o mara até onde ela estava e, quando pararam diante dela, Lorelei não conseguiu fazer nada a não ser encarar Sylvia com admiração perplexa. Ela resplandecia como um anjo, ou talvez uma amazona de conto de fadas.

Com o máximo de calma que conseguiu, ela disse:

— Isso é muito perigoso.

— Eu sei. — Sylvia estendeu a mão para Lorelei, a imagem da graça e da gentileza. — Eu protejo você.

O coração de Lorelei disparou. Pela primeira vez em cinco anos, Sylvia dissera algo que a chocou além das palavras, além do sarcasmo. Ela teve a impressão de que nunca tinha ouvido palavras como aquelas antes.

Eu só posso ter perdido a cabeça.

Lorelei se deixou puxar para cima e se acomodou no dorso do animal. De imediato, detestou tudo aquilo. O chão parecia longe demais. Sylvia estava despreocupadamente pressionada contra suas costas e uma voz tênue ressoava em sua mente. Não parecia estar falando nenhuma língua que ela conseguisse compreender, mas, mesmo assim, a mensagem era clara e instruções como "relaxe" e "solte-se" pairavam em sua cabeça sem convite. Quando disse isso à Sylvia, ela respondeu, rindo:

— Pois é, eles fazem isso. Está pronta?

— Acho que sim. — Até sua voz soava amedrontada.

— Ótimo — disse Sylvia contra sua nuca. Ela parecia muito empolgada. — Segure firme.

Lorelei mal teve tempo de segurar as crinas do mara antes que ele disparasse a galope. O mundo virou um borrão colorido e ela gritou, fazendo Sylvia morrer de rir. Seus olhos lacrimejavam e o vento chiava em seus ouvidos, embora não calasse a voz do mara. A corrente em seu pescoço queimava como se estivesse em brasa. No fundo, talvez estivesse com medo, mas naquele momento, tudo, seus fantasmas, seus medos, a expedição em si, parecia muito distante. Eles correram tão rápido que ela jurou que estavam a um passo de levantar voo.

Aaron, queria que pudesse me ver agora.

Quando Lorelei olhou para trás, Sylvia estava sorrindo. A trança tinha se desmanchado e seu cabelo se esvoaçava, selvagem, atrás dela. Seu entusiasmo era contagiante, tão inebriante quanto vinho, e seu sorriso era ainda mais. Um sorriso teimoso insistia em aparecer no canto dos lábios de Lorelei também.

Ela realmente estivera cega, recusando-se a reconhecer a imensidão da beleza de Sylvia até aquele momento. O Absoluto estava muito mais próximo do que ela jamais imaginara. Não estava em Deus, não estava na natureza. Estava bem ali, junto dela. À distância de um toque.

Perto demais para o seu próprio bem.

Sua idiota, pensou. Todos aqueles anos observando Sylvia, analisando-a, invejando-a... tinham deixado uma janela aberta para que outra coisa se esgueirasse.

Depois de viver entre os nobres por tanto tempo, Lorelei parecia ter se esquecido do tamanho do abismo que existia entre as duas. Não existia uma realidade em que aquela fantasia adolescente pudesse se concretizar. Suas posições eram muito diferentes. *Elas* eram muito diferentes. Sylvia murcharia sob sua sombra, seu brilho se extinguiria. Ela se deterioraria como metal oxidado ao simples toque de Lorelei. Ela sentiu um aperto doloroso no peito. Aquele tipo de desejo era um lembrete agridoce e extremamente necessário.

Se sobrevivessem, não manteriam uma amizade. Quando os documentos detalhando o desastre da Expedição Ruhigburg fossem arquivados em algum armário empoeirado, seguiriam rumos diferentes.

Lorelei conhecia os contos de fadas: eram uma prisão. Ela tinha transcrito centenas deles, detalhado seus fins sórdidos com as próprias mãos. Qualquer coisa que pudesse imaginar acontecendo entre ela e a herdeira de Albe já começaria com um fim predeterminado. Talvez sua cobiça realmente fosse inescrupulosa como nas histórias contadas pelo povo bondoso de Brunnestaad.

Certas coisas jamais seriam dela.

CAPÍTULO DEZESSETE

Quando chegaram, o sol já se punha, tingindo a neve de vermelho com sua luz. Elas quase passaram reto pelo abrigo de Ludwig, que estava parcialmente soterrado, despontando dos montes de neve como os destroços de um navio.

— Pare!

Antes mesmo de Sylvia parar o mara, Lorelei saltou do dorso da criatura. Ao pisar no chão, ela imediatamente se deixou cair de joelhos, exausta. Por quanto tempo tinham cavalgado? Não poderia ter sido mais do que algumas horas, mas ela se sentia como se tivesse nadado por dias sem sequer colocar a cabeça para fora d'água para respirar.

— Você está bem? — Sylvia desceu também, aterrissando com a graça de alguém que já fizera aquilo milhares de vezes.

— Estou — disparou Lorelei. — Segure bem essa coisa.

O mara pareceu ofendido e Sylvia coçou sua orelha. Ao anoitecer, os olhos do animal pareciam incandescentes.

Xingando entredentes, Lorelei se abaixou e entrou debaixo da lona. Lá dentro, o ar estava pesado e tinha um cheiro doce e outonal de decomposição. Ludwig usava a mochila como travesseiro e seus olhos, agora de um verde intenso, estudaram o rosto dela. Neles ardia um temor familiar e apavorante; era como se Ludwig visse o rosto de alguém morto há muito tempo, ou talvez para a própria Morte. Rahel olhava para Lorelei da mesma forma em seus momentos febris.

— Ludwig? Consegue me ouvir?

Ele gemeu em resposta.

A culpa revirou seu estômago. Nunca deveria ter concordado com as ideias bobas de Sylvia, nem ter se deixado enfraquecer a ponto de um sorriso ser o bastante para fazê-la esquecer de todo o bom senso. Mas com a noite caindo depressa e a exaustão se instalando em seus ossos, o mara talvez tivesse salvado a vida delas.

Você conseguiu de novo, von Wolff.

Lorelei se agachou ao lado de Ludwig. A casca de árvore já cobria seu queixo e uma fina camada de musgo crescera em seus ombros. Ela não sabia se teria estômago para avaliar as raízes que tinham começado a penetrar na pele dele como se fosse solo. Lorelei se esforçou para encontrar algo que pudesse servir de conforto, mas não tinha nada concreto a oferecer.

— Você consegue ficar de pé?

Ele gemeu algo desconexo que Lorelei interpretou como uma resposta negativa. Isso significava que teriam que carregá-lo montanha abaixo. Que maravilha. Também teriam que abandonar a lona, que era grande demais para carregarem e, portanto, ficaria para sempre ali, como um memorial agourento da expedição desastrosa. Na mochila dele, no entanto, talvez houvesse algo de valor.

Lorelei vasculhou os pertences, jogando fora frascos vazios e outros cheios de espécimes misteriosas e meio apodrecidas. Ela colocou o pedaço de freixo de lado com cuidado, já que não sabia se estava amaldiçoado e não queria descobrir.

Depois de pegar comida e alguns suprimentos médicos, ela tirou o coletor botânico do pescoço de Ludwig; não custava nada ver o que ele tinha encontrado até então. O cilindro de ferro era mais leve do que esperava; dentro dele havia plantas prensadas entre folhas delicadas de pergaminho, organizadas com capricho e meticulosamente preservadas. Ao examinar os espécimes, Lorelei encontrou uma folha que parecia particularmente frágil. Quando a puxou e a levantou contra a luz, mal pôde acreditar no que via.

Estava preenchida com a caligrafia inconfundível de Ziegler.

A professora geralmente escrevia de maneira desordenada, com sua letra elaborada indo em todas as direções do pergaminho. Seria preciso uma lente de aumento para apreciar totalmente aquele caos organizado: a forma como ela escrevia em javenês e brunês — às vezes na mesma frase —, como recortava e colava passagens de outros livros nas próprias anotações ou como pressionava folhas de árvore entre as páginas de seus cadernos. Era ao mesmo tempo íntimo e muito doloroso ver uma página perdida do diário.

Todos os documentos no quarto de Ziegler e na sala de comando tinham sido destruídos na noite de seu assassinato, ou pelo menos era o que Lorelei acreditava. Ela tomara o cuidado de verificar todas as páginas de todos os livros e vasculhar todas as gavetas.

— Onde conseguiu isso?

— Achei — arfou ele.

Lorelei não pretendia jogar aquele jogo. Com Ludwig naquele estado, era impossível dizer se ele estava delirando ou sendo deliberadamente obtuso. Ela o agarrou pelo colarinho e o sacudiu.

— *Onde?*

O rosto de Sylvia apareceu na entrada da lona.

— Está tudo bem?

Com um grunhido de frustração, Lorelei empurrou o pedaço de pergaminho para Sylvia. Embora confusa, ela o pegou sem questionar. Não havia nada especialmente importante no conteúdo, mas a mera existência daquilo parecia um mau sinal. Ludwig tinha guardado o documento quando *ele mesmo* se desfizera das coisas de Ziegler ou tinha encontrado escritos de Ziegler que passaram despercebidos pelo assassino. Ela esperava sinceramente que fosse a segunda opção.

— Onde ele arranjou isso? — perguntou Sylvia.

— Ele diz que achou.

— Hm. Talvez tenha achado, mesmo.

A vida de Lorelei estava totalmente fora de seu controle e ela sentiu seu temperamento explodindo diante de tanta impotência.

— É óbvio!

Sylvia dobrou o pergaminho.

— Gritar não vai ajudar em nada.

— Ele merece que gritem com ele — retrucou Lorelei, com raiva. — Queria que Ludwig tivesse noção do ódio que estou sentindo. Talvez devêssemos deixá-lo morrer aqui.

— Lorelei!

Sylvia lançou um olhar de reprovação, abaixando-se para entrar no abrigo também.

Ela afastou a bagunça que Lorelei fizera com os pertences de Ludwig, o segurou pelo braço e puxou para cima.

— Saia da frente, por favor. — Sua voz saia sufocada e seu rosto estava distorcido em uma careta.

O ferimento claramente doía. Depois de tudo o que Lorelei tinha feito para garantir que cicatrizasse bem, o descuido de Sylvia era um insulto.

— Pare com isso, sua idiota, ou vai romper seus pontos. Eu carrego Ludwig.

— Prefiro não ter que ver você se partindo ao meio. Não sou tão frágil a ponto de não conseguir suportar metade do peso dele.

Uma Correnteza Sufocante 279

Lorelei virou-se para Sylvia com um olhar fulminante, mas não reclamou. Embora fosse mais alta do que os dois, duvidava que conseguiria ir muito longe carregando o peso de Ludwig sozinha.

Elas apoiaram os braços dele sobre os ombros, cada uma segurando de um lado, e o puseram de pé. Ludwig gemeu em protesto, a cabeça pendendo em cima do ombro de Lorelei. Ela sentiu as pernas bambearem com o esforço, mas teria que aguentar. O verdadeiro desafio seria colocá-lo na montaria demoníaca de Sylvia.

— Ele tem sorte de ser tão franzino — murmurou Sylvia, fazendo força para colocá-lo sobre o dorso do mara.

A fera arrastou o casco na neve, descontente com o fardo extra. Sylvia grunhiu, frustrada, e olhou para Lorelei com ar de acusação.

— Será que dá para me ajudar?

Parecia que o melhor antídoto para aqueles sentimentos indesejados era a própria mulher por quem ela os nutria. Lorelei sentiu vontade de deixar Ludwig se espatifar no chão só para irritá-la.

— Cale a boca e empurre.

Por fim, finalmente conseguiram colocar Ludwig nas costas da criatura e os três desceram a montanha. Sylvia e Lorelei seguiram a pé, com Sylvia caminhando ao lado do mara e segurando sua crina com uma das mãos para guiá-lo. Lorelei caminhava um pouco mais à frente, segurando a lamparina mágica na lateral do corpo. A neve refletia a luz das chamas conferindo ao mundo ao redor um brilho sobrenatural.

Ela só conseguia pensar no fragmento do caderno de Ziegler. O restante só poderia estar em algum lugar do barco; Ludwig não teria guardado uma folha avulsa e destruído o resto, não fazia sentido.

Talvez ele queira que eu encontre o que falta, pensou Lorelei.

E ela encontraria, nem que tivesse que destruir o *Prinzessin* tábua por tábua.

Ao longe, ela avistou uma fogueira acesa cercada por três tendas de silhueta imponente. Quando se aproximaram da clareira, Johann foi até eles. Sua mão repousava sobre o punho da espada e ele parecia não saber para quem olhar primeiro: Sylvia, com seu casaco esfarrapado e manchado de sangue; Lorelei, com hematomas em torno do pescoço como um colar; ou Ludwig, inconsciente e pendurado sobre um cavalo bizarro como se fosse uma boneca de pano.

Johann parecia ter visto um grupo de fantasmas.

— Não fique aí parado — vociferou Lorelei. — Pegue ele.

Os quatro estavam sentados ao redor da fogueira enquanto aguardavam o retorno de Johann. Lorelei e Sylvia de um lado, Adelheid e Heike do outro. As chamas se erguiam como um muro entre elas, mas o assovio do fogo e o estalo da madeira que queimava preenchiam o silêncio. Depois do que pareceu uma eternidade, a tenda de Johann se abriu. Sylvia ficou de pé.

— Como ele está?

— Está medicado para dor, mas sua sobrevivência depende inteiramente do acaso. — Johann tirou os óculos e esfregou os olhos cansados. — A maldição pode matá-lo ou pode simplesmente sair de seu organismo naturalmente.

— Isso é tudo o que o célebre Herr Doktor Johann zu Wittelsbach tem a dizer? — O tom de Heike era venenoso, como de costume. — Impressionante.

— O que quer que eu faça? — Ele recolocou os óculos e a encarou com um olhar impassível. — Agora não vai adiantar cortá-lo ao meio. As raízes são profundas.

— Tenho certeza de que você fez tudo o que podia — interveio Adelheid, olhando de cara feia para Heike.

Heike revirou os olhos e, voltando-se para Lorelei e Sylvia, perguntou:

— Por que demoraram tanto?

A pergunta era uma armadilha. Embora Heike falasse com uma calma assustadora, parecia ter passado por maus bocados durante os dias em que se ausentaram. Seus cabelos pendiam sem vida ao redor do rosto, opacos como cobre, e sua pele estava vermelha e descascando por causa do frio. Até mesmo Adelheid a observava como se ela fosse um animal selvagem.

Lorelei temera a chegada daquele momento. A localização do Ursprung era um assunto que teria que ser abordado com mais cuidado do que o normal.

Sylvia, sempre paciente e cheia de tato, estufou o peito, na defensiva.

— Nós fizemos um desvio para procurar o Ursprung.

Lorelei estremeceu.

— Esse não foi o combinado. — Os olhos de Adelheid arderam à luz da fogueira. — Isso podia muito bem ter custado a vida de Ludwig.

Quanto cuidado.

— E vocês três fizeram o quê? Jogaram baralho? Andaram em círculos? — Quando Adelheid não disse nada, Lorelei soltou um riso de desdém. — Foi o que pensei. Nós encontramos Ludwig e fomos até o topo da montanha. O Ursprung não está aqui.

O choque fez evaporar a indignação de Adelheid. Ela encarou Lorelei com a boca entreaberta, mas se recompôs depressa.

— Impossível — refutou ela, balançando a cabeça. — Toda a nossa pesquisa nos trouxe até aqui.

— Como você disse antes, nossas pesquisas nos levaram a *uma* fonte de magia, não necessariamente à fonte certa.

Para explicar o que tinha acontecido, Lorelei pegou seu caderno de desenho na bolsa e rabiscou a imagem que a lagoa revelara: a ilha cercada por uma imensidão de água e ladeada por duas outras ilhas.

— Você reconhece esse lugar?

Adelheid pareceu apreensiva.

— Infelizmente, sim.

— Infelizmente? — perguntou Sylvia.

— Esse é o lago que chamamos de Mar de Dentro. Há quatro ilhas bem no meio. Você disse que havia uma quinta ilha nessa visão?

— Acredito que seja o que dizem ser a Ilha Perdida. Ela vai aparecer no tal Mar de Dentro na próxima lua nova e vai desaparecer outra vez pela manhã — explicou Lorelei. — Você tem certeza de que reconhece o lugar? Nós só temos uma chance.

— Tenho. A semelhança é grande. Eu só estive lá uma vez, mas não é um lugar fácil de se esquecer. Todas essas ilhas são completamente inabitadas.

Sylvia, evidentemente interessada pela promessa de perigo, se animou.

— Inabitadas? Por quê?

— Porque o Mar de Dentro está cheio de nixes e navios naufragados. Ir para lá é a mesma coisa que buscar a própria morte.

Lorelei não conseguiria ter imaginado um local pior nem se tentasse.

— Que maravilha. Que ótima notícia.

Heike começou a rir. A risada, que no início foi normal, se transformou em uma gargalhada. No segundo seguinte Heike estava com o corpo dobrado sobre os joelhos, sem conseguir parar de rir.

— Caramba, você acha mesmo que somos um bando de idiotas, não é?

Lorelei se irritou.

— Aonde quer chegar?

— Calma, quero ver se entendi. Você conseguiu cruzar uma floresta encantada sem recurso nenhum e, de maneira muito conveniente, encontrou Ludwig no caminho para o topo da montanha. Como se não bastasse, você conseguiu subir até o cume e lá teve uma visão mística sobre a localização do Ursprung, que, por acaso, está do outro lado do país. É isso mesmo?

Quando posto dessa forma, realmente era difícil de se acreditar.

— É isso mesmo.

O veneno na expressão de Heike parecia querer transbordar. Lorelei reconhecia muito bem aquele desespero pautado no ódio: em momentos de incerteza e medo, uma constante com a qual sempre se podia contar era a perversidade de uma yeva.

— Você realmente *sabe* como criar um conto de fadas, sua víbora.

— Lave a sua boca!

Sylvia se levantara em um salto, parecendo ter ganhado mais quinze centímetros de altura. Lorelei não conseguia desgrudar os olhos de sua mandíbula e de seus ombros largos. Vê-la daquele jeito, em um ataque de fúria, era quase hipnotizante.

— Parece que toquei a ferida de alguém — debochou Heike.

— Chega. — Adelheid também se levantou, olhando para ela. — Você não é assim.

— Você não pode estar falando sério! — Heike teve a audácia de parecer ofendida. — Você acredita nela?

— Ela nunca esteve no Mar de Dentro. Ainda que Sylvia o descrevesse nos mínimos detalhes, ela não conseguiria ter desenhado com tanta precisão.

— O que sugere? — perguntou Johann. — Que voltemos de mãos abanando?

— Claro que não!

— Então mentimos para ele? — continuou Johann, andando lentamente em círculos ao redor dela. Seus dedos se contraíram em direção ao sabre em seu quadril. — Apresentamos a falsa fonte albenesa?

Os olhos de Heike se arregalaram com mágoa dissimulada.

— Pelos céus, não. Não estou sugerindo que a gente *minta*. — Sua voz se endureceu. — Agora, você vai tirar a mão do sabre ou vou ter que pedir para que sua dona te controle?

Johann contraiu os lábios, mas se afastou alguns passos. Até Adelheid pareceu cautelosa ao falar com Heike.

— É por um bem maior. Vale o risco.

— Claro. Um bem maior. Nossa promessa. A porcaria do sonho do rei! — Ela soava mais amarga a cada palavra.

Então Heike soltou um suspiro trêmulo e envolveu-se com os próprios braços em um abraço solitário. Por um momento, Lorelei quase acreditou ela estava triste de verdade. *Quase*.

— Estou tão cansada disso — murmurou Heike. — Já não fizemos o bastante? Podemos tentar de novo depois, não podemos? Só quero ir para casa. Você não quer ir para casa, Addie?

— Ir para casa? — Os olhos de Adelheid se fecharam. Lorelei conseguiu acompanhar os pensamentos dela como se fossem seus. Sangue no solo. Fumaça no ar. Os campos pisoteados pelas botas dos soldados mais uma vez. — E se Wilhelm não conseguir se manter no poder enquanto nos preparamos para partir novamente? Qual será minha casa depois de tudo isso?

Heike segurou o pulso de Adelheid e puxou a mão dela para si.

— Comigo.

Adelheid desvencilhou-se do toque de Heike. Quando falou, sua voz era fria como gelo.

— Às vezes você é igualzinha a ele.

Heike piscou para conter as lágrimas que se formaram em seus olhos. Seu olhar de desespero desapareceu com a mesma rapidez que tinha surgido. Realmente, uma manipuladora da cabeça aos pés.

Uma Correnteza Sufocante **285**

— Se continuarmos, outro de nós vai morrer!

Lorelei quis dar risada. O que era aquilo, uma promessa?

Adelheid se recompôs e retornou ao seu comportamento perfeitamente polido. De cabelos dourados e postura decidida, parecia ser a estátua de uma rainha guerreira que ganhara vida.

— A decisão é sua, Lorelei.

Lorelei olhou para cada um deles. A luz da fogueira projetava uma sombra desagradável em seus rostos, e olhos assombrados estavam fixos nela. Ela teve a impressão de que estavam parados no meio de um lago bem no meio do inverno; o gelo sob seus pés estalava. Ela não sabia ao certo onde o gelo cederia, sabia apenas que todos entrariam em conflito uns com os outros até o fim.

— Já chegamos longe demais para desistir agora. — Ela torceu para estar soando mais segura do que se sentia. Por entre os galhos delicados lá em cima, a fatia da lua minguante os observava. — Vamos voltar com a localização do Ursprung, ou não voltaremos com nada. Não temos tempo a perder.

CAPÍTULO DEZOITO

Eles levaram três dias para chegar ao *Prinzessin*, que flutuava no rio como um dragão adormecido, soltando fumaça preguiçosamente. O alívio que Lorelei sentiu ao vê-lo desapareceu no instante em que subiu a bordo. Ela tinha se esquecido do balanço nauseante e a tripulação não ajudou a amenizar a atmosfera carregada, já que olhavam para Ludwig como se sua maldição fosse contagiosa.

Lorelei não podia culpá-los.

Assim que terminou de se lavar para tirar a sujeira acumulada das duas últimas semanas, ela se trancou no quarto. A vontade de se jogar na cama quase falou mais alto, mas não podia se dar ao luxo de pegar no sono. Em vez disso, começou a andar de um lado para o outro. A água que escorria de seu cabelo úmido descia pela nuca e entrava no colarinho como dedos frios e curiosos.

Precisaria encontrar o diário de Ziegler antes que os outros percebessem suas intenções — ou a vissem remexendo nos pertences da professora. Lorelei esperou até que seus olhos começassem a arder de cansaço, até ter certeza de que todos os outros já tinham dormido. Em seguida, enfiou um estojo de metal cheio de fósforos no bolso do colete e pendurou o sobretudo no encosto da cadeira.

Lorelei abriu a porta do quarto e o ar fresco invadiu o cômodo. Antes que pudesse raciocinar muito sobre o que ia fazer, saiu para a varanda.

A escuridão a cercou imediatamente, mas a luz do luar e a iluminação vinda dos andares da tripulação mais abaixo a tornava tolerável. Ela conseguia ver a enorme roda de pás mergulhando no negrume que eram as águas do Vereist. A roda funcionava incansavelmente, metade desaparecendo e reaparecendo de forma fantasmagórica enquanto agitava a água até transformá-la em espuma escura.

Ela tinha duas vantagens: primeiro, não havia uma linha de visão direta do convés. E, segundo, não havia ninguém para incomodá-la daquele lado do barco. Ali estava seu quarto, depois o de Ziegler seguido do de Ludwig e, por fim, o seu destino: a sala de comando. Por trás do zumbido em seus ouvidos, ela podia distinguir o falatório abafado da tripulação vindo lá de baixo.

É agora ou nunca.

As portas que davam acesso à sala de comando eram enormes e tinham janelas embutidas que refletiam o breu impiedoso da noite. Por milagre, estavam destrancadas. Quando Lorelei entrou, os sinos de proteção instalados no batente tilintaram, mas ela os abafou com o pulso antes de fechar as portas atrás de si. Assim que silenciaram, Lorelei recuou ao ver um movimento refletindo no vidro.

O rosto de Ziegler surgiu logo acima de seu ombro.

Lorelei ofegou e se virou depressa. Com o susto, derrubou um livro de seu suporte, que aterrissou com um baque sonoro. O carpete macio mal conseguiu abafar o som.

Não havia ninguém atrás dela, mas Lorelei *sentia* a presença de Ziegler, observando-a.

— Merda — sussurrou.

Então passos ecoaram do lado de fora e Lorelei voltou a si. Alguém provavelmente acordara com o barulho. Os resquícios de seu medo a paralisavam, mas se continuasse ali, aboboalhada, seria pega no flagra. Então Lorelei se escondeu atrás da escrivaninha e fez o possível para acalmar a respiração ofegante.

As portas se abriram e a luz de uma lamparina iluminou a sala. Naquele momento, ela percebeu que não pegara o livro do chão.

Descuidada. Se fosse flagrada por um descuido desse, jamais se perdoaria.

— Não, eu não ouvi nada — disse Sylvia, falando muito alto. Nada convincente, como sempre. Lorelei revirou os olhos.

— O que você acha que ouviu?

— Alguma coisa caindo — respondeu Adelheid, desconfiada.

Dobradiças rangeram quando alguém começou a vasculhar um armário do outro lado da sala. Passos suaves se aproximaram e pararam bem em frente à escrivaninha. Lorelei prendeu a respiração. Depois de um instante de tortura, Sylvia anunciou:

— Não achei nada por aqui.

E deslizou o livro para baixo da escrivaninha com a ponta da bota.

— Que estranho. — Adelheid soava intrigada. — Acho que não foi nada.

— Talvez o barco seja mal-assombrado — sugeriu Sylvia de forma conspiratória.

Lorelei praticamente conseguiu ouvir o olhar fulminante de Adelheid.

— É, talvez.

O trinco da porta se fechou, anunciando a partida das duas. Lorelei contou até dez antes de sair de baixo da mesa. Uma escuridão sufocante a aguardava. Ela fechou as cortinas sobre os vidros da porta, retirou o estojo de fósforos do bolso e acendeu um deles. A chama cresceu, longa e bruxuleante, revelando as estantes com livros desordenados e a mesa maciça no centro da sala sob uma luz. Lorelei transferiu a chama para as velas sobre a escrivaninha e sacudiu o fósforo. A fumaça rodopiou no ar enquanto ela se sentava na cadeira estofada que fora de Ziegler.

Eu vou encontrar o que você escondeu de mim.

Lorelei convivera com sua mentora por doze anos e já chegara a pensar que conhecia a mente de Ziegler tão bem quanto a própria. Claramente não tinha se lembrado disso ao entrar naquela mesma sala, exausta e cega de tristeza. Se Ziegler não quisesse que ninguém encontrasse alguma coisa, onde teria escondido?

Lorelei abriu uma gaveta e tateou a parte interna, em busca de um fundo falso. Nada. Com um estalo de língua, continuou vasculhando a escrivaninha. Ao analisar as gavetas, tirou uma por uma e as virou de cabeça para baixo. Depois usou as velas para iluminar o buraco vazio na escrivaninha, em busca de algum sinal de uma porta falsa ou compartimento escondido. Demorou apenas alguns minutos para examiná-la por completo.

Em seguida, Lorelei começou a puxar os livros das prateleiras e sacudi-los. Não encontrou nada além de uma chuva de flores prensadas e nuvens de poeira que deixaram seus olhos lacrimejando e depois uma extensa coleção de textos sobre cosmos e botânica ao folhear as páginas. Quando terminou de inspecionar o quarto, tinha retirado todos os animais empalhados da parede e o armário parecia ter vomitado seu conteúdo no tapete ornamentado.

Que esforço inútil.

Lorelei soltou o corpo na cadeira atrás da escrivaninha, que, sob seu peso, girou lentamente. Se não havia nada ali, talvez houvesse no quarto de Ziegler.

Depois de organizar a sala, Lorelei afastou as cortinas e olhou para a escuridão. Nem sinal de lamparinas ou de Sylvia e Adelheid. Ela aproveitou a deixa e saiu. O chão rangeu sob cada passo que deu em direção ao quarto de Ziegler.

Lorelei parou do lado de fora da porta, mas seu braço de repente pareceu pesado demais. Seus sentimentos já estavam à flor da pele e só a ideia de entrar naquele quarto fazia com que se sentisse mal. Ela não podia fazer isso. Não podia vasculhar os pertences de Ziegler feito uma gatuna. Até que ponto iria seu desrespeito? Ela afundara o corpo de Ziegler no rio. Mas a verdade era que tudo aquilo fora feito enquanto tentava descobrir a verdade. Conseguir isso talvez fosse a maior honra que poderia dar à Ziegler.

Ela se obrigou a abrir a porta.

Lorelei acendeu as velas ao entrar. Embora nunca tivesse estado nos aposentos de Ziegler antes, tudo parecia estranhamente em ordem. A mentora nunca fora organizada, o caos de seu espaço era reflexo de sua mente. Alguém, provavelmente Ludwig, devia ter passado por ali para arrumar as coisas.

Mesmo assim, havia indícios de que alguém tinha morado ali, mesmo que por uma noite: um tinteiro sobre a escrivaninha, um pote aberto de sal e uma caneca de chá com as folhas já secas. Era como se ela tivesse dado uma saída rápida e deixado uma carta para terminar depois, como se, a qualquer momento, fosse voltar e sorrir ao ver Lorelei ali.

Sentindo-se humilhada, Lorelei piscou para conter as lágrimas que tinham se acumulado em seus olhos e se ajoelhou ao lado da cama. Ela se sentiu muito boba ao se abaixar para ver o que tinha lá embaixo como uma criança que procura por monstros. Quando não encontrou nada, tirou os lençóis e os jogou em uma pilha no canto, depois levantou o colchão do estrado e analisou as laterais para ver se algo tinha passado despercebido.

Nada.

Com um suspiro de frustração, Lorelei desmontou a escrivaninha com o mesmo cuidado que fizera na sala de comando. Desta vez, encontrou um capítulo rascunhado do quarto volume de *Kosmos*, o projeto mais recente e mais ambicioso de Ziegler, encadernado em uma delicada fita branca. Pelo menos seu assassino tivera o mínimo de respeito ao deixá-lo intocado.

Colocando-o de volta na gaveta, Lorelei abriu a porta do armário e se deparou com mais roupas do que Ziegler conseguiria ter usado durante a expedição inteira. Sem cerimônias, jogou-as no chão. Ali, em meio a tecidos de seda e algodão colorido, encontrou um casaco pesado que reconheceu como o mesmo que Ziegler usara na noite do baile de despedida. Dobrado em seus braços, era como a pele de uma serpente.

De repente, a temperatura despencou e sua respiração ficou ofegante com o frio.

Do canto mais escuro da sala, Lorelei jurou sentir aqueles olhos horríveis seguindo-a novamente. Sentiu cada músculo do seu corpo se contrair com um medo primitivo. De canto de olho, viu um borrão prateado, mas, ao se virar, o quarto ainda estava vazio e silencioso.

— Me deixe em paz — murmurou ela.

Quando colocou o casaco sobre a cama, Lorelei percebeu que alguma coisa de ponta afiada tinha sido costurada sob o forro. Suando frio, ela pegou um abridor de cartas na mesa e rasgou o tecido. Dentro dele havia um caderno de capa de couro com um marcador de páginas de seda.

Só podia ser o que Lorelei estava buscando.

Com dedos trêmulos, ela o abriu. A lombada estalou com um ruído satisfatório e, embora Lorelei soubesse que Ziegler o usara no mês anterior, de certa forma o caderno parecia algo antigo como um livro de feitiços de uma bruxa de conto de fadas.

Em um primeiro momento, Lorelei não achou nada fora do comum: havia documentações de suprimentos que Ziegler solicitara, lembretes para si mesma sobre coisas a serem delegadas à Lorelei, registros sobre o clima. Mas, em meio a anotações irrelevantes, Lorelei encontrou uma margem rasgada que se encaixava perfeitamente na página que encontrara com Ludwig. O que parecera tão interessante para ele? Era tudo tão… banal.

Ela se pôs a folhear as páginas com mais urgência. Perto da metade do caderno, as anotações de Ziegler cessaram abruptamente. As páginas seguintes estavam em branco, marmorizadas com manchas de água. Os registros anteriores eram de semanas antes da partida deles, mas Ziegler escrevia diariamente. Por que ela teria *parado*?

A menos que não tivesse.

Então Lorelei se lembrou de um dos primeiros "experimentos científicos" que Ziegler fizera com ela — ou será que ela teria usado o termo "truque de mágica"? Elas só tinham utilizado alguma fonte de calor, folhas de pergaminho e suco de limão. Seria possível que…

Lorelei arrancou uma página e a segurou acima da vela na escrivaninha. No mesmo instante, palavras começaram a surgir no pergaminho como se tivessem sido escritas por uma mão invisível, brilhando com uma cor de ouro e ligeiramente escurecidas nas bordas.

— Completamente doida. Doida de pedra — murmurou Lorelei, alternando entre uma sensação de admiração e de descrença.

Ziegler escrevera em todas aquelas páginas com tinta invisível.

Ela fez todas as letras em tamanho exagerado e com muito cuidado, mas sua taquigrafia era pouco compreensível. Por fim, Lorelei conseguiu decifrá-las: eram as especulações iniciais sobre a localização do Ursprung. Cada passagem carregava seu estilo tão característico, cheio de lirismo e paixão.

Lorelei sentia muita saudade de Ziegler.

Ela reprimiu o pensamento ao arrancar outra página, mas pouco serviam para saciar sua curiosidade. Todas pintavam um retrato de uma mulher que ela já conhecia, com um talento para o drama e amor pela vida. Ela pensou em jogá-las no fogo tamanha foi sua frustração, até que uma abreviação peculiar chamou sua atenção.

Falei novamente com AvW.

Lorelei aproximou a página da vela com determinação renovada. A cada nova palavra, seu coração parecia disparar mais. A cera da vela pingava em suas luvas enquanto ela lia.

As pesquisas sugerem ser improvável encontrar Fonte em Albe. Entretanto, a evidência da alta concentração etérica nas montanhas deve ser suficiente para embasar o ponto de A.

Quanto mais Lorelei olhava para as páginas, mais desejava que tudo aquilo fizesse sentido. Seu coração parecia bater nos ouvidos e abafar o som do mundo exterior. Ziegler sabia. *Sabia* que estavam indo em direção à fonte errada e os enganara. Foi como se ela tivesse morrido uma segunda vez.

Depois de tanto trabalho, depois de quase um ano de esforço e preparação, ela tinha jogado a verdade no lixo pela politicagem de Anja von Wolff. E com toda a instabilidade do reinado de Wilhelm, praticamente tinha abandonado o povo de Brunnestaad à própria sorte. Parecia impossível que ela tivesse feito algo tão egoísta — e tão estapafúrdio.

Mas é claro que faria, pensou Lorelei.

Wilhelm a mantivera em uma coleira por anos. Depois da expedição, ele jamais voltaria a perdê-la de vista. Aquele era um plano de fuga, muito semelhante a um animal que arranca a própria pata para se libertar de uma armadilha. Se ela enganaria Wilhelm ou não, não importava. Ziegler vivera em Javenor por boa parte da vida, tinha amigos e pares que a escreviam centenas de cartas por ano. Se a guerra caísse sobre Brunnestaad, a prisão que tanto detestava, ela teria para onde fugir. De que importava o que acontecia com o resto deles?

Lorelei jogou o diário no chão. Onde havia fumaça, havia fogo. Aquilo provavelmente não acabava ali.

Movida por sua descoberta, ela revirou os pertences de Ziegler mais uma vez. Costurada com cuidado no forro de outra jaqueta, havia uma generosa quantia em dinheiro com evidências que prometiam mais dos cofres de von Wolff. Escondido na sola de suas botas de couro favoritas havia um passaporte já carimbado, válido daquele mês até os próximos cinco anos. Lorelei encontrou até mesmo a escritura de uma casa em uma charmosa cidade litorânea onde seus amigos javeneses mais influentes moravam.

Ziegler partira muito antes de sua morte. Em seus últimos meses de vida, ela jogara todos os seus princípios no lixo e assim, sem saber, selara a própria morte.

Idiota.

Peça por peça, Lorelei montou o quebra-cabeças do que Ziegler fizera. Em troca do financiamento vitalício de sua pesquisa por parte de Anja, Ziegler prometera encontrar um falso Ursprung em Albe. Uma troca justa, pensou Lorelei, já que Ziegler praticamente entregaria a Anja uma narrativa que justificaria sua rebelião. O rei Wilhelm, o conquistador malvado, roubando a magia de Albe e de seu povo de bem para sustentar seu fraco reinado. Um insulto como aquele não poderia ser aceito.

Sob orientação de Ziegler, Lorelei afiara sua mente como uma lâmina. Naquele momento, ela se sentia como um soldado que retornava da guerra: confusa e sem propósito, portando uma arma que não poderia ser apontada para lugar algum a não ser o próprio peito. Ela se sentia ingênua, tomada pelo ódio. A expedição nunca tivera um propósito acadêmico, não era nada além de uma luta desesperada por sobrevivência. Antes, Lorelei acreditava que a verdade era a força mais poderosa do mundo. Mas depois de tudo aquilo passara a entender que nada do que fizeram era tão puro quanto Ziegler a fizera acreditar.

Por trás daquela dor, havia ainda uma terrível constatação: Sylvia não sabia o que sua mãe fizera e Lorelei seria responsável por contar a verdade.

CAPÍTULO DEZENOVE

Lorelei foi até os aposentos de Sylvia antes mesmo de o sol nascer. Ela ainda não tinha baixado o punho depois de bater quando a porta se abriu.

Lá estava Sylvia, parecendo etérea sob o luar, seus olhos de quartzo brilhando suavemente. Ela usava uma camisola transparente amarrada de qualquer jeito na altura da cintura, como se tivesse se vestido às pressas. A cena tão íntima e espontânea desestabilizou Lorelei e fez a raiva que sentia se evaporar no mesmo instante.

Sem dizer nada, ela passou por Sylvia e entrou no quarto, encostando-se na porta depois de fechá-la. Mesmo com o corpo apoiado, ela se elevava acima de Sylvia, que a analisava com uma expressão que era um misto de indignação e encanto.

— Eu não te convidei para entrar.

— Tenho que te contar uma coisa.

Sylvia balançou a cabeça, atônita, como se Lorelei tivesse falado yevanês.

— O que é tão urgente assim?

Lorelei girou a chave e o clique decisivo na fechadura ecoou alto demais no silêncio do quarto. Sylvia engoliu em seco e Lorelei não conseguiu não encarar seu pescoço, acompanhando o movimento de sua garganta.

— Sua mãe e Ziegler estavam armando para fraudar a expedição — contou Lorelei, finalmente olhando Sylvia nos olhos.

As palavras foram recebidas como um balde de água fria. A expectativa no rosto de Sylvia se dissolveu em um vazio desolado.

— O quê?

Lorelei tirou as páginas do diário do bolso e as entregou para Sylvia, que as pegou com cuidado e começou a ler em silêncio. Quando finalmente encontrou o olhar de Lorelei outra vez, seu semblante era de angústia.

— Por favor, diga que foi você quem escreveu isso.

Diante dela, os ânimos de Lorelei se resfriaram até virarem cinzas.

— Sinto muito.

Sylvia agarrou o pergaminho com tanta força que o amassou.

— Por que Ziegler faria isso?

— Ela estava pronta para deixar tudo para trás e fugir para Javenor se precisasse. Achei também um passaporte e algumas economias. O que restou delas, pelo menos.

Sem falar na quantidade de roupas que Ziegler trouxera, todas as peças necessárias para começar uma vida nova. O sentimento amargo de traição voltou a queimar no peito de Lorelei. Ela sentiu gosto de bile na boca.

— Ela estava muito endividada por causa das publicações. As expedições e gravuras certamente não se pagaram sozinhas. — Lorelei fez uma careta. — Sua mãe concordou em pagar as dívidas e financiar as pesquisas de Ziegler em troca da descoberta do Ursprung, ou de um falso Ursprung, em Albe. Assim que Wilhelm reivindicasse a magia albenesa, ela pretendia instaurar um golpe.

— Que ardilosa — murmurou Sylvia. — Minha mãe provavelmente estava preparando o terreno há muito tempo. Acho que isso explica por que todo o vilarejo já estava com tanta raiva de Wilhelm.

Lorelei encostou a cabeça na porta.

— Eu entendo por que Ziegler faria isso, mas, ao mesmo tempo, não. Ela estava disposta a nos condenar a todo o escarcéu que viesse depois que nos abandonasse.

— Sinto muito, Lorelei — disse Sylvia em voz baixa. A luz da vela que tremulava no canto da sala a coloria em tons tão adoráveis que chegava a doer. — Sei que é difícil quando as pessoas que amamos nos decepcionam. Mas me recuso a acreditar que ela te abandonaria assim.

— Por que ainda insiste em ver o lado bom de Ziegler? Você leu as anotações.

— Sim, eu li — disse Sylvia. — Mas ela deixou a chave para encontrar o verdadeiro Ursprung. Talvez esse tenha sido o último plano de contingência dela: confiar que você saberia como usá-la.

Aquilo era pura ilusão. Poderia até ter servido de consolo se Lorelei estivesse disposta a perdoá-la ou a ser otimista, mas não conseguia pensar como Sylvia.

— Como você está se sentindo? — perguntou Lorelei.

— Não sei. Como eu deveria estar me sentindo depois de descobrir que a minha vida foi destruída? Meus sonhos, meus planos, qualquer resquício de evidência de que minha mãe se importa comigo... Tudo isso foi pelos ares. — Sylvia parecia arrasada. — Como ela teve coragem de esconder isso de mim? Ela pensou que eu fosse concordar? Ou que eu fosse me opor? Não sei qual das duas coisas é pior. Eu...

Ela pressionou as palmas das mãos sobre os olhos e Lorelei se segurou para esconder a surpresa quando os ombros de Sylvia começaram a tremer. Por Deus, como odiava quando choravam na frente dela. Não era boa com aquele tipo de coisa.

— Quer que eu faça um chá? — sugeriu Lorelei. — Acho que é o melhor que posso oferecer, além de me certificar de que ela seja presa quando voltarmos à Ruhigburg.

Sylvia soltou uma risada engasgada em meio ao choro.

— Você é péssima.

— Eu sei, eu sei.

Com um suspiro, Lorelei tirou um lenço do bolso e o entregou para Sylvia. Era de linho áspero, nada sofisticado como os lenços de seda bordados que ela tinha, mas, mesmo assim, Sylvia sorriu em resposta como se fosse a coisa mais preciosa do mundo.

—Acho que você tem razão quando diz que, apesar de tudo, devemos continuar. — O olhar de Sylvia era tão determinado que Lorelei sentiu a boca seca. — De qualquer forma, quando voltarmos, vou fazer minha mãe pagar pelo que fez. Vou reivindicar meu título legítimo de duquesa de Albe e cuidar do meu povo.

— Não acha que a independência é a melhor coisa pra eles?

— Eu falei sério naquele dia, minha intenção é apoiar Wilhelm. Ele não é perfeito, mas não nos tratou mal. Uma guerra faria com que perdêssemos muitas vidas. — Sylvia suspirou. — E para quê? Os albeneses têm medo de que nossa cultura seja tirada de nós. Temos muito orgulho dela e isso eu entendo. O que me preocupa é a forma como esse orgulho tem se manifestado.

Lorelei entendeu que ela se referia às efígies.

— O reinado de Wilhelm não sobreviveria a um golpe albenês e Deus sabe que há pessoas muito piores esperando para tomar o lugar dele. Eu sei muito bem quem são os amiguinhos de Johann. — Sylvia franziu a testa. — Vou ter que fazer o máximo que puder para manter a ordem. Isso quer dizer ter reuniões com meus súditos, fazer uma revisão cuidadosa da correspondência de minha mãe e, é claro, reconsiderar as posições de todos os que são próximos a ela dentro da corte.

— Um plano controverso para a nova duquesa de Albe — observou Lorelei. — Você vai ser destituída em menos de um ano.

Sylvia sorriu carinhosamente para ela.

— Obrigada pelo voto de confiança na minha capacidade.

— Eu tenho total confiança na sua capacidade. — Lorelei percebeu que falava sério. Um sentimento curioso e agridoce se alojou em sua garganta. — Não vejo a hora de acompanhar seu progresso de longe.

— De longe? — repetiu Sylvia. — Eu imaginei que...

— O que, que eu iria com você?

— Se você quisesse. — Ela pareceu estranhamente insegura.

Lorelei ficou desconfiada.

— Desculpe, eu só posso estar com sequelas cerebrais pós-estrangulamento.

Sylvia corou.

— Que burrice a minha expressar afeto justamente por você!

— Não me entenda mal — disse Lorelei. Ela soara mais ríspida do que pretendia. — Eu agradeço o convite. Só fiquei... confusa.

— Não é uma cilada! — protestou Sylvia. — Talvez você pudesse aconselhar a mim em vez de Wilhelm. Ou talvez pudesse passar seus dias andando zangada por aí, fazendo... o que quer que você queira fazer. Para mim, pouco importa.

Lorelei sentiu-se atordoada. De todos os sentimentos possíveis, a hostilidade falou mais alto. Ela não tinha passado a vida inteira com medo e fazendo das tripas o coração para sobreviver apenas para que Sylvia von Wolff a oferecesse um bote salva-vidas como se não fosse nada.

— Que proposta é essa?

O silêncio entre elas se estendeu até o ponto de Lorelei mal conseguir respirar. Ela se sentia furiosa e um pouco fora de si. Então, quando pensou que não conseguiria mais suportar aquele embate mudo, Sylvia riu. Foi um riso ofegante, desvairado e aliviado ao mesmo tempo. Ela passou as mãos pelos cabelos e seus fios revoltos se agitaram em torno do rosto como labaredas de fogo branco.

— Preciso dizer com todas as letras?

— Dizer *o que* com todas as letras?

Lorelei começou a ficar nervosa. Não tinha ideia do que estavam falando, mas tinha a sensação de que Sylvia se preparava para contar alguma coisa. Sylvia chegou mais perto e Lorelei se concentrou no espaço estreito que ainda existia entre as duas. Ela conseguia ouvir a respiração irregular de Sylvia, sentir o corpo dela encostado no seu. Conseguia sentir o calor de Sylvia emanando mesmo por cima de seu casaco.

— Como é possível que você seja tão inteligente e tão... tapada!

— *Tapada?!*

— Estou tentando dizer que gosto de você, sua insuportável! — Sylvia enrubesceu. — Está feliz agora? Você com certeza já sabe há anos.

Lorelei abriu a boca, mas, pela segunda vez naquela noite, ficou sem palavras. Tudo o que saiu foi um som engasgado, algo entre um grunhido e um gemido abafado. Quando finalmente conseguiu formular uma frase, disse:

— Eu não sabia.

— Mas como... É claro que sabia! Era tão óbvio! Você zombava de mim todas as vezes que me pegava olhando para você. E o jeito que você... — Sylvia se interrompeu no meio da frase, constrangida ao perceber que compartilhara mais do que devia.

Ela escondeu o rosto nas mãos e soltou um gemido frustrado. Quando Sylvia baixou os braços, Lorelei ainda estava lá, boquiaberta e de olhos arregalados. Naquele momento ela entendeu que não tinha mais volta.

— Como você nunca percebeu o quanto eu te quero?

Lorelei nunca tinha sentido tantas emoções ao mesmo tempo antes.

— Como eu iria perceber? Se você realmente me queria… — sua língua quase se enroscou naquelas palavras — por que sempre foi tão desagradável?

— Porque você me despreza! Você me vê enxerga como alguém inferior. Isso estava estampado no seu rosto, e eu… Meu Deus, eu teria feito qualquer coisa para merecer o seu respeito, sua atenção. Eu só queria que você olhasse para mim. — Sylvia pareceu se atrapalhar. — E quando você me olha, é assustador. É eletrizante. Você é a coisa mais assombrosa que eu já vi.

Lorelei encarava Sylvia como se sua vida inteira tivesse se reorganizado a partir daquela confissão. Muita coisa se esclareceu de forma aterradora. Todas as vezes em que interpretara o rosto corado de Sylvia como aversão. Todas as vezes em que a voz de Sylvia oscilara ao falar com ela e Lorelei interpretara como raiva mal contida. A forma como os olhares das duas sempre se encontravam em um ambiente cheio de pessoas. A forma como ela sempre chegava perto demais quando estavam discutindo.

E se parasse para rever o próprio comportamento, certamente entraria em combustão de tanta humilhação. Realmente, como ela podia ter sido tão tapada? E fazer alguma coisa em relação a isso naquele momento, quando a vida delas estava na balança, era loucura. E ainda assim…

— Mas é claro que eu compreendo se não quiser nada comigo — disse Sylvia. — Não vou causar problemas se você não me quiser. Mas não consigo continuar assim. Não consigo mais fingir que não…

— Sylvia.

Ela silenciou ao ouvir o próprio nome. Era a primeira vez que Lorelei o usava em voz alta e ela sentiu vontade de repeti-lo à exaustão. *Sylvia, Sylvia, Sylvia.* Era como se o nome dela estivesse em sintonia com as batidas do coração de Lorelei, como se fosse algo do qual dependia para viver.

Lorelei acariciou o pescoço de Sylvia com os dedos até aninhar sua mandíbula na palma da mão. Ao erguer o queixo dela para cima, seus olhares se encontraram. Lorelei sentiu a pulsação de Sylvia acelerada sob o polegar que estava em seu pescoço e, quando fez uma leve pressão, arfou em resposta, deixando escapar um gemido afogado e extasiante que deixou Lorelei zonza. Lá no fundo, ocorreu-lhe que uma boa pessoa talvez não se sentisse tão seduzida pela ideia de ter nas mãos a vida de um amante.

Você é a coisa mais assombrosa que eu já vi.

Já você, pensou Lorelei com pesar, *é resplandecente.*

O que alguém como Sylvia via nela, uma criatura tão repugnante? Não era possível que a desejasse como realmente era, até mesmo as partes sensíveis e vulneráveis de si mesma que não deixava ninguém ver. Mas se sua monstruosidade era o que Sylvia queria, uma fantasia, Lorelei poderia dar.

Em um movimento ágil, ela virou Sylvia e a encostou na porta, que vibrou com o baque. Depois, aproximou o rosto ao de Sylvia e roçou os lábios nos dela. O ar parecia tão rarefeito quanto no topo da montanha.

Sylvia ofegava e olhava para Lorelei como se tivesse saído das profundezas mais improváveis de sua imaginação. Seus olhos claros estavam entreabertos e suas pupilas dilatadas quase engoliam completamente a cor de sua íris. Lorelei sentiu um frio na barriga ao vê-la tão aberta, tão faminta. Jamais imaginara ser alguém capaz de inspirar aquele tipo de desejo tão inebriante.

Quando Lorelei a beijou com todo o seu ser e toda sua alma, Sylvia deixou escapar outro gemido que quase a desestabilizou.

Os lábios dela se abriram com avidez e, ao encaixar o corpo no de Lorelei, Sylvia agarrou-se às lapelas de seu casaco de punhos cerrados. O beijo foi como uma colisão — como se queimassem vivas. Sylvia a beijava como se quisesse devorá-la e Lorelei sentiu vontade de sorrir.

É claro que não poderia ser diferente. Sylvia von Wolff nunca conseguira moderar as próprias paixões.

Ela tateou desesperadamente o nó do lenço no pescoço de Lorelei e por fim, com um som de triunfo, conseguiu desfazê-lo. Lorelei sentiu um sopro gelado na clavícula quando o tecido de seda saiu voando pelos ares, flutuando até ir parar em um canto esquecido do quarto.

Insaciável, pensou, em um arremedo de desaprovação. É claro que Sylvia mergulharia de cabeça naquilo como fazia com todas as outras coisas, mas Lorelei tinha imaginado aquele momento vezes demais para deixá-la estragar tudo por ser afobada.

Lorelei emaranhou os dedos pelos cabelos de Sylvia e, por um instante, permitiu-se saborear a sensação da textura em suas mãos. Então puxou com certa firmeza e inclinou a cabeça dela para trás, deixando seu pescoço pálido à mostra. Sylvia era tão linda, cada centímetro dela suplicava para ser tocado. Lorelei não resistiu ao desejo de aproximar-se e roçar os lábios na lateral de seu pescoço em um toque delicado. Sylvia se arrepiou e sua respiração falhou por um instante.

— Como você consegue ser tão...

Sylvia se interrompeu com um gemido — em partes de prazer, em partes em protesto — quando sentiu um chupão em seu pescoço. Dessa vez Lorelei não conteve o sorriso, pensando que gostaria de ter descoberto antes que havia, afinal, uma forma de fazer Sylvia von Wolff ficar calada.

— Seus insultos não vão te levar a lugar algum — sussurrou ao pé do ouvido de Sylvia. Sua própria voz saiu ligeiramente trêmula.

Os pensamentos de Lorelei se embaralharam quando Sylvia rebateu, com uma pitada quase imperceptível de sarcasmo:

— Por favor.

Por favor. O corpo inteiro de Lorelei se incendiou. Ela segurou o cabelo de Sylvia com mais força, segurando-a no lugar ao retomar o beijo, dessa vez faminta, com avidez redobrada. Sylvia se desvencilharia facilmente do controle de Lorelei se quisesse, mas, em vez disso, ela se rendeu. O corpo dela pareceu se derreter devotamente ao ser enganchada pela cintura por Lorelei. A ilusão de controle que aquele momento proporcionava, algo que ela provavelmente nunca mais voltaria a ter, provocava uma sensação inebriante.

Ela passara muito tempo desejando massacrar Sylvia, tê-la inteiramente à sua mercê. E, agora que a tinha, mal sabia o que fazer com todo o poder ao seu alcance. Lorelei desejava Sylvia de corpo e alma, desejava Sylvia para sempre, em todos os sentidos possíveis. O sentimento era apavorante, mas ela não sabia como detê-lo. E nem queria.

Lorelei afastou-se para recuperar o fôlego. Os lábios molhados de Sylvia estavam entreabertos e seus olhos eram dóceis e entregues. Parecia que ela ainda não tinha processado o que estava acontecendo. Não havia nada de nobre nela naquela situação. Que escândalo seria se alguém descobrisse.

Uma onda de preocupação atravessou Lorelei como uma corrente elétrica. Ela recuou alguns passos, apreensiva, determinada a estabelecer uma certa distância entre as duas. Por Deus, ela mal conseguia pensar direito com Sylvia a olhando daquele jeito. O mais calmamente que pôde, Lorelei disse:

— Não posso fazer isso.

— O quê? — sussurrou Sylvia.

— *Você* não pode fazer isso.

Sylvia levou um instante para entender o que estava ouvindo. Quando conseguiu se recompor, seu rosto exibia um misto de decepção e revolta.

— Por que não?

Ela pulsava com a obstinação de sempre. Seus cabelos eram como um clarão no quarto escuro e a luz das velas que dançava pelas paredes parecia existir com o único propósito de iluminá-la. Sylvia estava radiante, brilhante como o sol. E vê-la assim foi tudo o que Lorelei precisava para selar sua decisão.

Ela era como uma mariposa, involuntariamente atraída por uma luz que não merecia. E agora conhecera algo que jamais poderia ser seu. O som de seu nome em um suspiro nos lábios de Sylvia, o sabor de seu beijo. Lorelei nunca mais deixaria de desejá-la. Como em um conto de fadas, fora amaldiçoada com uma sede que jamais conseguiria saciar.

— Ninguém aceitaria isso.

Dizer aquelas palavras em voz alta doeu mais do que esperava. Mas, não importava o que acontecesse, aquela realidade era inescapável.

O peso da constatação caiu sobre as duas como uma gota de tinta manchando a água. Sylvia era uma princesa e Lorelei, filha de um sapateiro. Algumas distâncias eram longas demais para serem percorridas. Como seria útil no papel de conselheira em questões de governança? Pior ainda, quando algum dignitário estrangeiro viesse visitá-las, como saberia as regras de etiqueta à mesa? As duas seriam motivo de chacota para toda a nação. Lorelei não suportava a ideia de submetê-la a uma humilhação como aquela.

Com delicadeza, Sylvia tocou o rosto de Lorelei com a ponta dos dedos. O toque queimou como fogo.

— Eles não teriam escolha.

— Não se engane. Pessoas como eu não ganham o coração da princesa.

— Não leve isso tão a sério, Lorelei. — A voz de Sylvia oscilou. — São só histórias.

— Nós duas sabemos muito bem que não são.

Suas respirações se encontraram. Lorelei viu o hematoma que acabara de deixar na lateral do pescoço de Sylvia. Orgulho e vergonha se misturaram dentro dela.

Descuidada, pensou. *Minha.*

Ainda assim, Sylvia nunca seria verdadeiramente dela.

— Eu não estava brincando — insistiu Sylvia. — Não consigo voltar a fingir que não gosto de você. Não acha que podemos ser felizes juntas?

— Felizes — repetiu Lorelei. A palavra soava estranha em sua língua. Se ela não conseguia convencer Sylvia pelo bom senso, seria preciso magoá-la. — Que felicidade uma vida ao seu lado me traria? Eu seria completamente dependente de você até o fim da minha vida. Nunca mais veria minha família, nunca mais ouviria minha língua. Não posso continuar cortando pedaços de mim mesma. Não tenho mais nada a oferecer.

Ela não esperou por uma resposta para sair porta afora.

Enquanto caminhava de volta para a própria cabine, a mente de Lorelei funcionava em ritmo frenético. De uma forma ou de outra, Sylvia von Wolff ainda acabaria com ela. Se Lorelei não conseguisse encontrar provas concretas, Wilhelm poderia muito bem punir Sylvia pelo assassinato de Ziegler em vez de Lorelei. Seria uma história interessante. Anja von Wolff e Ziegler tinham planejado plantar um Ursprung falso e Sylvia se livrara da ponta solta.

Talvez Lorelei jamais pudesse ter Sylvia, mas ainda poderia salvá-la. Isso teria que bastar, ao menos naquela vida. De uma forma ou de outra, Lorelei daria um jeito de encontrar as provas necessárias.

Ela só precisava da oportunidade certa.

CAPÍTULO VINTE

A oportunidade surgiu no dia seguinte.

Do lado de fora do refeitório, o céu noturno estava limpo a não ser pela nuvem de fumaça que saía das chaminés do *Prinzessin* e viajava preguiçosamente pelo céu, encobrindo a lua minguante. A lua era como uma ampulheta, o lembrete de que estavam apenas a dez dias da aparição da Ilha Perdida.

Da mesa de canto onde sempre se sentava, Lorelei examinou o salão, aquecendo as mãos em sua xícara de café. A tripulação do barco tinha chegado para o jantar e todos passaram grande parte de seus quinze minutos de intervalo fulminando-a com o olhar. Lorelei não podia culpá-los. Para chegar a Ebul a tempo, eles estavam trabalhando 24 horas por dia sob ordem dela. Estava rezando para que não se rebelassem — e para que o motor a vapor não superaquecesse e explodisse todos eles junto com o barco antes que pudessem chegar ao destino. Tinham sobrevivido a coisas demais para sofrer uma morte tão banal.

As portas duplas do refeitório se abriram e Adelheid e Heike entraram juntas — *rindo,* para a surpresa de Lorelei. Ao que parecia, tinham feito as pazes. Elas escolheram uma mesa e a equipe da cozinha apressou-se em atendê-las. Com eficiência máxima, trouxeram os talheres e duas porções da refeição daquela noite: filés de peixe empanado acompanhados por uma montanha de batatas cozidas.

Heike deu uma olhada no próprio prato, depois o empurrou para o lado e se inclinou sobre a mesa com as mãos cruzadas sob o queixo, preparando-se para contar uma fofoca. No começo, Lorelei estava prestando atenção com curiosidade despreocupada, mas se empertigou na cadeira quando ouviu:

— Ficou sabendo? Hoje Ludwig conseguiu ficar sentado!

A expressão de Adelheid não mudou e ela sequer tirou os olhos de seu prato, concentrada em cortar o peixe.

— Johann me disse pela manhã. É um bom sinal.

As únicas certezas da vida eram a morte e as reações blasé de Adelheid, pensou Lorelei. Aquilo era muito mais do que "um bom sinal". Se Ludwig estava se recuperando a ponto de conseguir se sentar, talvez em breve estivesse lúcido o bastante para contar o que acontecera na noite de seu desaparecimento.

Heike pareceu murchar com a reação branda de Adelheid, mas continuou.

— E aí? Você já foi visitá-lo?

Adelheid deixou o peixe de lado e começou a cortar as batatas em cubos cuidadosos.

— Não. Johann não está permitindo visitas até que ele esteja mais estável.

Heike fez uma careta.

— Nunca vi Johann se preocupar tanto com Ludwig. Mas se ele não está deixando que *você* o veja... — Ela franziu a testa, preocupada. — Lud já disse alguma coisa?

Depois de engolir o que estava mastigando, Adelheid respondeu:

— Não que eu saiba. Você vai comer tudo?

Heike suspirou, vencida, e empurrou o prato para ela do outro lado da mesa.

É claro que Heike queria vê-lo. Se Ludwig estivesse melhorando, ela teria que silenciá-lo outra vez antes que ele desse com a língua nos dentes, o que significava que Lorelei tinha que chegar até ele primeiro.

Maldito Johann, dificultando as coisas. Felizmente, ele era alguém extremamente previsível; Lorelei poderia praticamente ajustar seu relógio de acordo com a rotina dele. A cada hora, em ponto, ele administrava uma dose de analgésico para Ludwig. Lorelei consultou seu relógio de bolso; naquele horário, ele estaria em sua caminhada noturna, andando depressa pelo convés como se quisesse ir mais rápido do que algo que o perseguia.

Lorelei olhou de volta para Adelheid e Heike. Pelo jeito, elas tinham começado a discutir por alguma coisa. Com sorte, ficariam ocupadas por mais dez ou quinze minutos, no máximo. Era uma janela estreita, mas se Heike a flagrasse entrando escondida na enfermaria, Lorelei não teria outra oportunidade de falar com Ludwig a sós — talvez nunca mais.

Ela tinha que ir imediatamente.

Do jeito mais casual que pôde, Lorelei levantou-se e foi em direção às portas do refeitório. Ela saiu para o convés principal e deixou que o ar fresco da noite a envolvesse. Tarde demais, ela percebeu a figura que vinha em sua direção e quase colidiu com…

— Sylvia.

Lorelei a segurou pelos ombros e quase a arrastou para uma alcova. Uma lanterna balançava acima delas, espalhando luz pelo convés. Na escuridão, podia distinguir os cabelos de Sylvia, iluminados pelas estrelas, e o brilho alarmado de seus olhos pálidos.

— Graças a Deus. Que bom que você apareceu — exclamou Lorelei.

Seu semblante se suavizou.

— Eu?

Lorelei não imaginava que uma única sílaba pudesse soar tão esperançosa. Ela percebeu, atordoada, que a encostara contra a parede. Sylvia estava usando um casaco com uma gola exageradamente alta com botões dourados para esconder o chupão que Lorelei tinha deixado em seu pescoço. Lorelei quis se esconder de vergonha. Como ela poderia ter...

Não, por um bem maior, deixaria os próprios sentimentos de lado. Devagar, ela soltou Sylvia e deu um passo para trás.

— Preciso que você distraia Heike para mim. Ela está na cozinha.

A esperança no rosto de Sylvia evaporou dando lugar a uma expressão de raiva — e, ainda pior, *de mágoa*. Aparentemente, ela não podia esperar que Sylvia também conseguisse separar as coisas.

— Por quê?

— Só faça o que eu pedi — insistiu Lorelei. — Não tenho tempo para explicar.

— Você é muito cara de pau, Lorelei Kaskel. Isso é realmente tudo o que você tem para me dizer?

Sylvia não era nem de longe tão alta quanto Lorelei, mas estava fazendo um esforço consciente para dar essa impressão. Pensando bem, pedir ajuda para ela poucas horas depois de beijá-la — e de ter recusado qualquer possibilidade de ser feliz ao lado dela — não tinha sido a mais brilhante das ideias. Lorelei se viu encurralada, prestes a entrar em uma discussão sobre o *relacionamento* das duas. Ela quase se engasgou com a saliva ao pensar na palavra.

Lorelei passou uma mão pelo cabelo.

— O que mais há para ser dito que já não conversamos?

Sylvia pareceu ofendida.

— Não devo esperar nada além disso de você, então? Sei que você acha que sou uma desmiolada inconsequente. Talvez eu seja. Mas algumas pessoas têm sentimentos. Sentimentos de verdade. E eles importam!

Lorelei ficou abalada com a acusação, tão semelhante a que Sylvia fizera na noite seguinte à morte de Ziegler. *Você realmente não tem coração.* Ouvir aquilo a afetou mais do que ela imaginava. Ela queria muito provar que Sylvia estava certa. As coisas seriam mais fáceis se realmente fosse tão insensível como esperava que os outros acreditassem que era.

— Eu sinto muito — desculpou-se Lorelei, rangendo os dentes. — De coração. Isso basta por enquanto? Por favor, preciso da sua ajuda. Ludwig estava acordado hoje, preciso falar com ele sem chamar a atenção de ninguém.

Sylvia pareceu se acalmar, mas cruzou os braços, cismada.

— Tudo bem. Mas não se esqueça de que Heike *abomina* minha presença. O que vou dizer para prender a atenção dela?

— Vocês se conhecem há mais de vinte anos, tenho certeza de que vai conseguir pensar em alguma coisa.

Sylvia pareceu considerar.

— Acho que posso tentar me desculpar com ela de novo. Ou talvez eu possa dar a entender que meus sentimentos mudaram. É, isso vai fisgar a atenção dela. Vou dizer que sinto muitíssimo pelo rompimento da nossa amizade e que, nas últimas semanas, acabei percebendo que estive cega diante da minha paixão. Que minha capacidade de me enganar vai além do que…

— Não, pelo amor de Deus. Isso não — interrompeu Lorelei, sem se dar ao trabalho de disfarçar o ultraje em sua voz. — Parece que você está em uma audição para o papel principal de um melodrama de meia tigela.

Sylvia bufou.

— Sua insuportável, você não tem tato algum! Me dê uma razão para não te jogar ao mar agora mesmo!

— Estou indo salvar nossa vida.

Sylvia estava perto demais outra vez. Mesmo em momentos assim — ou *especialmente* em momentos assim — Lorelei não conseguia evitar desejá-la. Aquilo a desestabilizava, a deixava com medo. Seria tão fácil simplesmente eliminar a distância entre elas, pressioná-la contra a parede e beijá-la até que se esquecesse do próprio nome. Seria tão mais fácil se deixar levar por todas as promessas malucas e impulsivas de Sylvia. Os olhos de Lorelei provavelmente deixaram transparecer a natureza de seus pensamentos, porque as bochechas de Sylvia ficaram coradas de repente. Ela parecia querer beijar Lorelei — ou, quem sabe, jogá-la ao mar.

Mas ela não tinha tempo para isso.

— Confio em você para lidar com isso — disse Lorelei, apressada.

Então, ela deu meia-volta e deixou Sylvia remoendo a conversa.

Lorelei nunca tinha se autossabotado tanto.

As arandelas iluminavam o corredor dos alojamentos do navio, a poeira dançando através da luz. Ela estava parada diante da porta de Ludwig, com o coração saindo pela boca. Finalmente conseguiria as respostas que procurava.

Ao bater à porta, o som reverberou pelo corredor vazio. Não houve resposta. Mas o que ela estava esperando, afinal? Ludwig com certeza teria voltado a dormir. Johann o mantinha fortemente sedado. Lorelei tocou a maçaneta com cuidado e, devagar, abriu a porta.

Ela foi recebida por um cheiro adocicado de natureza e de decomposição. Lá dentro estava escuro, mas a janela estreita atrás da cabeceira deixava entrar um pouco da luz da lua. Então Lorelei viu uma silhueta contra a luz e cambaleou para trás, assustada.

— Merda.

No começo, ela só conseguiu distinguir seus ombros largos. Então, piscando forte, seus olhos se ajustaram e ela viu Johann, inclinando a cabeça. Sua maleta médica estava aberta a seus pés e ele segurava uma seringa.

— Kaskel — disse Johann, arisco. — O que veio fazer aqui?

Quando seu coração se acalmou um pouco, ela respondeu:

— Pensei em visitar Ludwig. Ouvi dizer que ele conseguiu se sentar.

— Sim, conseguiu. Mas agora está dormindo.

Um feixe de luz iluminava o rosto pálido de Ludwig. Ainda se via tênues linhas verdes subindo por seu pescoço. Apesar da barba por fazer, ele ainda parecia um menino indefeso ali, dormindo. Lorelei desviou o olhar para Johann. Ele também não parecia estar bem. Seus olhos estavam fundos de exaustão. Passada a surpresa, ela se deu conta de que não havia nenhuma vela acesa. Ele apenas a encarava no escuro, como uma criança pega com a mão enfiada no pote de biscoitos.

Lorelei sentiu o sangue gelar nas veias.

— O que *você* está fazendo aqui?

Johann mostrou a seringa.

— Estou administrando a medicação para dor.

— No escuro?

— Não preciso de muita luz — respondeu ele. — Quando se faz isso tantas vezes como eu, se torna automático.

Lorelei sentiu um calafrio e uma estranha pressão se acumular em seu crânio. Era um instinto muito além da racionalidade no qual ela já confiara muitas vezes antes. *Perigo*. Olhando para Johann, lembrou-se da história do Afilhado da Morte.

Em tempos passados, quando desejos ainda detinham poder, havia um homem pobre que procurou por todos os cantos alguém que fosse digno de apadrinhar seu filho. Depois de descartar toda a família — e até mesmo Deus —, ele finalmente escolheu a Morte, que prometeu transformar a criança em um homem rico e poderoso. Quando o menino chegou à maioridade, a Morte o buscou no meio da noite e o levou para a floresta, às margens de uma fonte que concedia a capacidade de promover a cura de qualquer ferimento ou doença.

Ao beber desta fonte, você estará destinado a se tornar o médico mais renomado do mundo todo, disse a Morte. *Mas eu cobrarei um preço. Eu surgirei ao lado da cama de seus pacientes. Se eu estiver ao lado da cabeceira, você poderá salvá-los. Mas se estiver aos pés, a alma deles será minha.*

Como prometido pela Morte, o menino cresceu e se tornou um médico famoso — e também um homem ambicioso e traiçoeiro que acreditava ser capaz de enganar sua madrinha. Sempre que queria salvar um paciente fadado a morrer, ele o virava na cama para que a Morte aparecesse em sua cabeceira. A Morte, percebendo que seu afilhado não era mais digno do poder que concedera a ele, cobrou seu preço no final. A magia apodreceu dentro do médico e o correu de dentro para fora.

Lorelei sempre achara aquela história estranha. O Deus yevanês admirava a astúcia em encontrar brechas em suas leis e o folclore deles refletia isso. Ao lembrar daquilo, foi dominada pelo medo. Ela teve a impressão de ver a Morte de pé na cabeceira da cama de Ludwig, olhando para Johann com seus olhos brilhantes e tão familiares. Lá estava o afilhado que a Morte merecia: um homem disposto a libertar almas antes da hora.

Franzindo a testa, Johann seguiu o olhar de Lorelei até o canto escuro do quarto. Quando não encontrou nada, voltou-se para Lorelei outra vez.

— Não está cedo demais para o remédio dele?

O rosto de Johann se endureceu.

— De fato está.

— O que é isso, então?

— Uma dose fatal de morfina — respondeu ele com calma perturbadora. — O que pretende fazer agora?

Então ele não negava. Todos os sentidos de Lorelei estavam à flor da pele. Até então, ela tivera certeza de que Johann não era o culpado, mas não entendia o que estava acontecendo.

— Ainda não sei — disse Lorelei. — Eu poderia gritar.

— Fique à vontade — disse ele, deixando a seringa de lado. — Talvez Sylvia acredite em você, mas Adelheid certamente não vai. Heike já acha que você matou Ziegler. E eu estava aqui, fazendo meu trabalho, quando você entrou cheia de acusações, talvez pensando em matar Ludwig com as próprias mãos.

Lorelei sentiu sua fúria prestes a cegá-la. Foi necessário todo o autocontrole do mundo para mantê-la onde estava.

— Então foi você. Você tentou matar Ludwig.

— Não exatamente. Se eu quisesse matá-lo, ele já estaria morto. — As lentes dos óculos de Johann refletiam a luz que entrava pela janela. — Eu não podia deixar que ele nos guiasse para fora da floresta. Essa me pareceu uma boa alternativa para atrasá-lo.

Lorelei soltou uma risada seca.

— Por que não acabar com isso de vez? Razões sentimentais?

— Por aí — disse ele, sem emoção. — Infelizmente, ele se mostrou mais resiliente do que eu imaginava. É arriscado demais deixá-lo vivo por mais tempo. O mesmo vale para você.

Por reflexo, Lorelei recuou um passo e bateu as costas contra a porta. Devagar, ela percebeu a gravidade da situação. Johann era um soldado que tinha o dobro de seu peso; ela não teria chance alguma. Talvez pudesse apelar para os preconceitos dele, desempenhar o papel que esperava dela: a yeva covarde e conivente.

— Me deixe ir embora. Eu fico de boca fechada.

— Não acredito em você — disse Johann, pesaroso. — Você é igual à Sylvia, um exemplo raro da sua laia. Vocês duas nunca aprenderam a calar a boca e não se meter no que não é da conta de vocês.

Ele se levantou de onde estava, uma sombra ameaçadora no escuro.

A mente de Lorelei estava a mil por hora. Mesmo que escapasse dele naquele momento, não conseguiria sobreviver por muito mais tempo. Adelheid acreditaria em tudo o que Johann dissesse, Heike já achava que ela era culpada. E Sylvia... ela não conseguiria confrontar os três sozinha. Mas Johann tinha razão sobre Lorelei: ela passara tempo demais lutando para se render e morrer assim. Ela passara muito tempo fugindo da Morte.

Lorelei puxou o frasco que trazia no cinto e o destampou. Estendendo o braço em um arco o máximo que pode, ela invocou sua magia. A água prontamente respondeu, irrompendo em um jorro que seguiu o caminho traçado no ar por sua mão. Lorelei sentiu uma onda gelada correndo por suas veias e se concentrou, fazendo congelar a água para em seguida arremessar duas adagas de gelo em direção a Johann. Uma delas se chocou contra a parede e se estilhaçou feito vidro, mas a segunda se fincou no ombro dele, ainda que longe de qualquer ponto vital. Mesmo assim ele gritou de dor.

Johann tocou o ferimento e olhou para os próprios dedos manchados de sangue. Por um momento, pareceu atordoado, mas então seus olhos se fixaram nos de Lorelei, acesos por uma sede de sangue cruel.

O olhar de Johann dizia: *Vou pegar você.*

Lorelei saiu pela porta, correndo sem rumo. Seu coração estava disparado e sua respiração acelerada soava alta demais em seus próprios ouvidos. Sentia-se outra vez como a garota apavorada que fora um dia, correndo por um beco com as botas sujas de sangue. Ela ouvia o som de ossos sendo quebrados, risadas e vidro estilhaçado.

Levou pouco tempo até que os passos de Johann ecoassem às suas costas e ela se atrevesse a olhar para trás. O éter formigava na pele de Lorelei enquanto a névoa que cobria o rio invadia o convés e entrava pelas janelas e por baixo de cada porta. Com um movimento circular dos dedos, ele fez com que a névoa rodopiasse em torno dele como um espectro convocado para atendê-lo.

Lorelei abriu as portas da sala de comando e entrou aos tropeços. Depois de trancá-la, apoiou uma cadeira para bloquear a maçaneta. Ela recuou e caiu no chão, sua visão se escurecendo em um terror urgente e familiar. A névoa se infiltrou pela fresta da porta e preencheu a sala, fazendo o ar sibilar de forma ameaçadora.

— Não adianta se esconder — disse Johann. — Ninguém vai te salvar.

E lá estava Lorelei, encurralada no mesmo quarto onde Ziegler morrera. Ela sentiu gotas de suor se acumularam na testa. A maçaneta girou, mas se recusou a ceder, então Johann jogou o corpo contra a porta.

— Pense. Use a cabeça — murmurou para si mesma. — Controle-se.

Tinha que haver algum truque — alguma coisa, *qualquer coisa*, que pudesse fazer. Com as mãos trêmulas, ela extraiu a umidade do ar. Se conseguisse apenas um golpe certeiro...

A barricada que ela criara rangeu e por fim cedeu. Lorelei rastejou para trás quando as portas se escancararam. Ela só conseguia enxergar os cabelos dourados de Johann, soltos e selvagens ao redor dos ombros, e a névoa abraçando-o como se fosse o manto da Morte. Tudo aconteceu muito depressa. Antes que pudesse pensar, uma torrente de água caiu sobre ela.

A enxurrada a arrastou pelo chão e a fez perder o fôlego. Apesar da visão turva, ela enxergava a brutalidade nos olhos de Johann, que pairava sobre ela.

— Não resista.

Lanças de gelo se cravaram em cada uma de suas palmas. Ela reprimiu um grito quando Johann usou o calcanhar da bota para pisar na extremidade de uma delas, fazendo com que penetrasse mais fundo. Sua visão se escureceu momentaneamente e seus pulmões se contraíram em agonia.

Quando recobrou a consciência, mal reconheceu Johann. Ela já o vira melancólico e taciturno; já o vira perverso e ameaçador. Mas diante dela estava alguém completamente diferente. Os olhos dele brilhavam, suas pupilas estavam tão dilatadas que quase consumiam toda a íris de seus olhos, e um sorriso selvagem rasgava seu rosto. Lorelei sentiu-se paralisar. Ele parecia quase empolgado.

Embora a adrenalina tivesse amenizado a pior parte da dor, o lado primitivo de Lorelei queria se debater e tentar fugir.

—Antes de me matar, quero saber a razão. Por quê? Por que você matou Ziegler?

Ele pareceu surpreso.

— Não matei.

O choque da resposta a deixou atordoada. Ela deve tê-lo ouvido mal.

— O quê?

Johann se agachou ao lado dela. Quando se inclinou, as pontas de seu cabelo roçaram as bochechas de Lorelei.

— Eu não menti. Eu acredito em Wilhelm. Mas se tiver que escolher entre os dois, sempre vou escolher ela.

É claro. Se ele não matara Ziegler, estava protegendo o verdadeiro culpado.

— Seu... seu *imbecil!*

O que mais ela poderia dizer? Lorelei imaginara que todos eles, a não ser pelo assassino, estariam unidos em um único propósito: descobrir quem era o culpado. Mas ela não tinha levado em conta as particularidades das pessoas e como podem ser falhas.

Johann endireitou a postura outra vez, olhando para Lorelei como se ela fosse um inseto a ser esmagado sob sua bota. Ele levantou a mão e a água obedeceu, enrolando-se como uma serpente pronta para dar o bote.

— Cuspindo veneno até o último suspiro. Eu quase te admiro.

— Johann!

Como se fosse uma marionete cujas cordas foram subitamente cortadas, a água despencou.

Uma mancha cinzenta surgiu à porta da sala de comando. Por entre os cabelos grudados em seu rosto, Lorelei viu a assassina de Ziegler parada ali, com semblante vil.

Adelheid.

CAPÍTULO VINTE E UM

Adelheid segurou Johann pelo cotovelo e, com a voz cheia de ira, disse:

— Já chega, não acha?

O efeito foi imediato. O corpo de Johann estremeceu violentamente e ele deu um passo para trás, afastando-se de Lorelei como se tivesse acabado de perceber que ela estava ali.

— Ela me viu com Ludwig. Vai ser um problema deixá-la viva.

— E o que você estava fazendo no quarto dele? — perguntou, autoritária. — Eu te disse para *esperar*.

Johann estava cabisbaixo.

— Se ele falasse...

Adelheid ergueu a mão.

— Vamos fazer isso sem derramar mais sangue sem necessidade. Pode ir. Eu cuido de Lorelei.

Ele não respondeu, mas Lorelei sentiu quando passou por ela para sair da sala.

Assim que ficaram sozinhas, Adelheid se ajoelhou no chão ao lado dela. Havia algo de tenro e igualmente sombrio em seu olhar. Com um aceno de sua mão, o gelo que prendia Lorelei ao chão se derreteu. A água gelada pingava em suas feridas, esfriando a pele exposta de seus pulsos. Adelheid segurou a barra de suas luvas e as puxou como se fosse removê-las.

— Não — protestou Lorelei.

— Não seja tola. Se não tirar, suas mãos vão ficar infeccionadas.

Como se aquilo importasse naquele momento. Lorelei levantou-se em um salto e jogou Adelheid no chão. Movida pela adrenalina, foi fácil imobilizá-la, mas a dor foi excruciante quando ela fechou as mãos feridas ao redor do pescoço de Adelheid. Mesmo assim, se recusou a recuar.

— Você matou Ziegler.

Não é muito inteligente tirar os olhos de algo que está morrendo, dissera Johann certa vez. Lorelei finalmente entendeu o que ele queria dizer. Quando não se tem mais nada a perder, pode se dar ao luxo da imprevisibilidade violenta e imprudente.

Tirar a vida de Adelheid talvez pudesse ser a coisa mais satisfatória que Lorelei já fizera um dia. Ter o alvo de sua raiva ali, em suas mãos, fez com que ela se sentisse extremamente viva, mais concentrada e com a mente mais limpa do que estivera há semanas. Ela seria capaz de matar Adelheid sem sequer saber por que exatamente tinha feito isso.

Adelheid, por sua vez, parecia muito calma. Ela mal se contorcia, a não ser por uma leve pressão no punho de Lorelei, como em um lembrete cordial de que ela estava de fato sufocando. Seus lábios se entreabriram uma ou duas vezes antes de Lorelei finalmente soltá-la.

Ela respirou fundo, enchendo os pulmões de ar.

— Você quer saber por quê?

Lorelei fez uma careta.

— Não mais do que quero te ver morta.

Adelheid a encarou com um olhar decepcionado.

— Sylvia voltou machucada da viagem de vocês pela montanha. Você está sozinha neste barco e na capital. Sylvia pode te apoiar, mas sabe tão bem quanto eu que Wilhelm não quer saber a verdade sobre o que aconteceu aqui. Quando entregarem uma yeva para ele, a filha do maior inimigo de seu pai, e ele tiver que escolher entre ela e a mulher que ama, em quem você acha que ele vai acreditar?

Não havia presunção ou um ar de vitória antecipada em sua voz. Sua naturalidade deixava tudo ainda mais doloroso. As feridas de Lorelei latejavam no ritmo de seus batimentos cardíacos. Por um breve momento, ela não conseguiu fazer nada além de observar, atônita, enquanto seu próprio sangue escorria pelo pescoço de Adelheid. Seus olhos se fecharam.

— O que, então? Por que decidiu me poupar?

— Queria conversar com você — respondeu ela. — De víbora para víbora.

Lorelei abriu os olhos, cansada. A imagem do rosto de Adelheid oscilava à sua frente como se ela estivesse no fundo de um lago.

— Estou ouvindo.

— Assim como você, fiz o que foi preciso para sobreviver. Assim como você, sei o que é desespero de verdade. Por isso eu a matei. Wilhelm não pode ter acesso ao poder do Ursprung.

Lorelei queria enxergar aquilo como pura manipulação. *Era mesmo* pura manipulação. No entanto, a determinação inabalável na voz de Adelheid a compeliu.

— Por quê? Você me disse que...

— Eu menti. — Ela cerrou a mandíbula. — Wilhelm não está apto a governar. Acho que, por um tempo, acreditei que ele tinha um plano, mas aos poucos entendi do que se trata de verdade. Não passa de uma fantasia. Ele está disposto a sacrificar muita gente por ideais egoístas. Continuar aquelas guerras sem sentido depois do pai é prova suficiente disso.

— Mas quando o reino se estabilizar...

— Sempre haverá guerras. — Adelheid falava com a vivência de uma mulher que já sofrera. — Assim que o reino estiver seguro, outros na região vão vê-lo como uma ameaça. Ebul é um ponto fraco conveniente para pagar o pato, como sempre foi. Wilhelm vai recrutar nosso povo para lutar a guerra dele, e assim as poucas colheitas que temos vão secar nos campos sem ninguém para cuidar. E, quando tudo terminar, ele não vai nos mandar ajuda. Isso é o que nos aguarda em um Brunnestaad unificado.

— Então qual é o seu plano? — perguntou Lorelei.

Adelheid ergueu o queixo.

— Vou reivindicar o poder do Ursprung e voltar para Ruhigburg. E quando chegar, vou entregar o culpado que ele espera: Sylvia. Então vou me casar com Wilhelm e, enquanto ele dorme, vou perfurar o coração dele com minha lança.

Era um plano digno de uma heroína de conto de fadas, como a história do Príncipe Dragão.

Em tempos passados, quando desejos ainda detinham poder, a rainha deu à luz um dragão. Quando chegou o momento de encontrar uma esposa para o príncipe, não havia nenhuma mulher em todo o reino que estivesse disposta a aceitar. Elas morriam de medo dele por sua aparência grotesca e porque havia muitos boatos sobre sua crueldade e seu apetite. Mas uma jovem garota, filha do pastor, teve coragem de oferecer sua mão ao príncipe. Ela não era apenas destemida, mas também inteligente, e a fome era uma velha conhecida. No dia do casamento, ela pôs todos os vestidos que tinha e guardou uma faca contra o peito. Quando o Príncipe Dragão levou a moça para a cama naquela mesma noite, ele pediu a ela que se despisse.

Camada por uma camada, meu amor, dissera. A cada vestido que ela tirava, ele se despia de uma camada de suas escamas. Por baixo de todas elas, havia um belo jovem.

Um jovem sem escamas ou dentes afiados.

— Você quer dar um golpe em Wilhelm — disse Lorelei.

— Não. — Adelheid a encarou, resoluta. — Assim que Wilhelm estiver morto, pretendo retornar para Ebul, que será independente. Depois disso, não me interessa quem vai disputar o que restar de Brunnestaad.

— Heike sabe?

— Não. — A expressão de Adelheid vacilou. — Ela jamais teria concordado com isso. É muito direto. Além do mais, se eu falhasse, não queria que nada disso respingasse nela.

— E Ludwig? — questionou Lorelei amargamente.

— Ludwig foi um efeito colateral. — Ela comprimiu os lábios em uma linha severa. — É uma maldição triste, mas Johann fez o que tinha que ser feito.

— O que ele fez foi monstruoso!

O rosto de Adelheid retomou sua habitual polidez inexpressiva.

— Há mais alguma coisa que queira saber?

— Por que está me contando tudo isso?

— Porque você e eu podemos nos ajudar. O que eu peço é simples: faça vista grossa. Me ajude a encontrar o Ursprung. Deixe Sylvia assumir a culpa.

— Se você *acha* que eu...

— Wilhelm é traiçoeiro — interrompeu Adelheid, começando a perder a paciência. — Quando o reinado estiver ameaçado, acha que ele vai hesitar em jogar os yevani na fogueira caso isso signifique receber nem que seja um pingo de aprovação pública? Confiar na promessa de proteção de Wilhelm é o maior erro que alguém pode cometer. Não admito que mais alguém seja vítima das mentiras dele.

Lorelei não podia argumentar. Ela já vira as profundezas da crueldade do rei quando recebeu aquela carta. *A união exige sacrifício.*

— Mas há uma coisa que não entendo. Por que eu? Sylvia seria uma aliada muito mais valiosa.

— Seria — admitiu. — Mas Sylvia jamais aceitaria participar de algo tão sujo. Ela é idealista demais para enxergar Wilhelm como a causa perdida que ele é. Além disso, posso te dar algo que você quer.

Lorelei franziu o lábio.

— E como você saberia o que eu quero?

— Posso garantir liberdade e segurança para você e para todo o seu povo. Só peço a sua colaboração em troca.

Isso era *tudo* o que Lorelei queria. Se Wilhelm perdesse Brunnestaad, era impossível saber o que aconteceria com os yevani de Ruhigburg ou com os outros Yevanvertes do reino. Sylvia se oferecera para levar Lorelei com ela para Albe, mas tal generosidade não se estenderia a todo o seu povo. A traição de sua mãe resultaria em uma posição precária para ela. Seria muito mais seguro se unir à governante e livrar os yevanis da ruína. Mas permitir que Sylvia levasse a culpa? Ela não conseguiria conviver consigo mesma.

— Tem que haver outra pessoa. Johann se sacrificaria por você sem pensar duas vezes.

— E perder o apoio de Herzin e o meu amigo mais querido? Não.

— Heike, então.

Adelheid olhou-a em silêncio, parecendo estar com pena.

Em algum nível, Lorelei sempre soube que esse dia chegaria: sua sobrevivência ou a de Sylvia. Ela vinha tentando se enganar desde que recebera a carta de Wilhelm na esperança de encontrar alguma forma de mudar seu destino. Por um momento, Sylvia fizera isso parecer possível. Ouvi-la era como ser guiada por um bosque escuro e encantado.

Mas Lorelei não era mais tão ingênua.

Adelheid segurou o punho de Lorelei, como se fossem duas amigas encorajando uma à outra.

— É uma escolha óbvia. Não tome a decisão errada.

A lua iluminava a sala com uma luz fria e fantasmagórica. O cabo prateado da bengala de Ziegler reluzia no canto, um item esquecido como se esperasse o retorno de sua dona. Apesar da dor da tristeza, Lorelei não pôde deixar de pensar que a decisão da traição fora simples para Ziegler. Mesmo naquele momento, ela não conseguia escapar da realidade de quão fielmente tinha se moldado à imagem de sua mentora.

Por anos, Lorelei lutara por sua própria segurança e pela segurança de seu povo. E agora isso estava a seu alcance. Qualquer que fosse o preço, valia a pena. A vida de Sylvia não significava nada contra a de centenas de pessoas. Não tinha valor algum. Ela não podia viver apenas para os mortos, tinha que viver pelas pessoas que ainda podia salvar. E isso também significava salvar a si mesma.

— Tudo bem — disse Lorelei, por fim. — Eu topo.

Se estivesse sóbria, Lorelei talvez tivesse sentido mais culpa diante da perspectiva de apunhalar Sylvia pelas costas. Mas ela tinha calado esses pensamentos com meia garrafa de destilado que surrupiara da cozinha. O mundo inteiro parecia envolto em uma tela transparente, o que fazia com que fosse difícil se concentrar no que quer que fosse.

Ela tinha organizado as provas que recolheu antes de pedir a todos que a encontrassem na sala de comando. Uma garrafa de bebida para dormir pela metade. Um fragmento de cinza. Os documentos de viagem de Ziegler e todas as correspondências que ela conseguira encontrar de Anja von Wolff, amarrados com um barbante. Tudo estava disposto sobre a escrivaninha de Ziegler, como uma oferenda em um altar para algum deus sombrio.

Heike chegou primeiro, parecendo ter voltado a si. Seu cabelo castanho-avermelhado estava penteado em cachos e ela usava o batom vermelho como uma armadura. Como Lorelei tinha suspeitado dela? Ela nunca se sentira tão tola.

Com um gesto vago para a escrivaninha, Heike perguntou:
— Que coisas são essas?
— Você vai ver.
— Hm. — Heike abriu seu leque e olhou Lorelei da cabeça aos pés escancaradamente. — Meu Deus, Lori. Que cara horrível. Parece que não anda dormindo nada bem.

Lorelei não queria nem imaginar seu estado.
— É. Mais ou menos.

Então a voz de Sylvia ecoou pelo corredor.
— Onde ela está? Quero saber onde ela está imediatamente!

Heike soltou um suspiro cansado, como se desejasse evitar aquela situação. Lorelei queria o mesmo, mas teria que enfrentar o que fizera. Não era possível voltar atrás.

Johann empurrou Sylvia porta adentro e Adelheid veio logo depois. Ela entrou aos tropeços, encharcada e com as mãos amarradas. Seu cabelo estava um desastre e a lateral de seu rosto estava coberta de sangue seco e hematomas. Lorelei prendeu a respiração, enfurecida. Ela não pensara que precisariam deter Sylvia. Era óbvio que ela não se entregaria sem resistência. Lorelei se permitiu um instante de satisfação ao ver o ferimento aberto na têmpora de Johann.

— Meu Deus. — Heike cobriu a boca, horrorizada. — Sylvia?

Mas Sylvia apenas olhou para Lorelei.
— Você não está ferida.

Toda a postura de Sylvia se suavizou. Seu alívio era nítido e caloroso como o sol, e mesmo o álcool no organismo de Lorelei não conseguiu amenizar a dor de vê-la assim. Mesmo depois de tudo, Sylvia confiava nela.

Sua tola romântica.

Preparando-se para o que estava por vir, Lorelei cruzou as pernas e se recostou na cadeira. A sala girou e ela sentiu vontade de vomitar.

— Finalmente te peguei, Von Wolff.

O sorriso de Sylvia se extinguiu.

Heike bateu com a palma da mão sobre a mesa.

— Será que pode explicar o que diabos está acontecendo?

— A família von Wolff passou a perna em todos nós — declarou Lorelei. — Este é um trecho do diário de Ziegler. "É indiscutível que o Ursprung se encontra em Ebul. Mas não se pode negar à Anja von Wolff o que ela deseja. Entretanto, acredito que encontrei outra fonte que será uma substituta satisfatória para ela".

Lorelei fechou o caderno com um movimento firme e o atirou na mesa.

— Se quiserem ler todos os documentos, fiquem à vontade. Verão que há muitas evidências que mostram que Anja conspirou com Ziegler. Ela ia falsificar as descobertas da Expedição Ruhigburg para ganhos políticos e financeiros, mas aparentemente von Wolff deu um jeito na única ponta solta.

— Lorelei, por favor — pediu Sylvia, sem fôlego. — Você sabe que eu não tive nada a ver com isso.

— Chega de mentiras — rebateu Lorelei, implacável.

Adelheid a observava com intensidade assombrosa. Na noite anterior, ela analisara cada movimento, embaralhara cada peça do tabuleiro de xadrez em sua mente. Não conseguiria sair daquela situação usando força bruta, nem distorcer as evidências a seu favor. Tudo apontava para Sylvia. A confissão de Adelheid não servia para nada, mas a proteção que ela prometera, sim.

Ela já vira o que acontecia quando os homens invadiam o Yevanverte: janelas estilhaçadas, crânios partidos, espíritos derrotados. Não podia permitir que isso acontecesse novamente, mesmo que significasse aguentar o desamparo nos olhos claros de Sylvia. Não, era pior do que desamparo.

Era traição.

Uma faísca de magia estalou pela sala e o vaso de flores sobre a escrivaninha de Ziegler explodiu em mil pedaços. A água rodopiou em torno do corpo de Heike, que olhava para Sylvia com um olhar de ódio escancarado. Por um momento, Lorelei teve certeza de que ela a atacaria. Sylvia recuou.

— O que foi aquilo ontem à noite, então? Uma piadinha de mau gosto? — O rosto de Heike se distorceu em uma careta de repulsa. — Eu pensei que você... Não importa. Meu Deus, estou com vontade de te matar pelo que fez com Ludwig.

— Heike — interveio Adelheid, cansada. — Ela é a única que sabe como dominar as nixes. Sem ela, vamos morrer quando chegarmos ao Mar de Dentro.

— E o que você acha que vai acontecer? — revidou Heike, furiosa. — Assim que descermos na ilha, ela vai estar livre para transitar pelo barco. Quem sabe o que vai acontecer enquanto estivermos fora?

— Não se a levarmos conosco — sugeriu Lorelei. — Ela vai ser nossa prisioneira.

— E se eu me recusar?

Mesmo com os braços amarrados atrás das costas, Sylvia se aprumou com valentia. Lorelei quase conseguia enxergar os dedos dela formigando na ânsia de sacar o sabre.

— Você vai enfrentar o carrasco de uma forma ou de outra. Por que não preservar um último resquício de sua honra? Ninguém mais precisa morrer nesta expedição.

Por um momento, Sylvia a encarou em espanto silencioso. E então atirou-se para frente, avançando contra Lorelei em um movimento tão sorrateiro que Lorelei estremeceu e recuou. Ela se odiou por isso. Johann agarrou Sylvia pelo cotovelo, segurando-a.

— Não pode fazer isso. — Sua voz estava esganiçada de desespero.

— Neste barco posso fazer o que eu quiser.

Sylvia estremeceu. Seu semblante carregava uma ira pura e inabalável, ardendo tão selvagem quanto um incêndio fora de controle. Então, Lorelei percebeu algo que nunca havia visto no olhar de Sylvia, nem mesmo quando se conheceram cinco anos antes. Foi como levar um tapa na cara. Ela tinha sido uma idiota ao pensar, por um momento sequer, que já vira uma expressão de ódio no rosto de Sylvia von Wolff antes.

— Um dia você vai cansar dessa coisa na qual se transformou — disse Sylvia. — Um dia você não vai ter ninguém além de fantasmas.

Era melhor assim. As coisas seriam mais fáceis se Sylvia a desprezasse. Se ela desejasse aquele tipo de dor para Lorelei, talvez conseguisse seguir vivendo.

— Levem von Wolff para o quarto. Não aguento mais olhar para ela.

Adelheid acenou com a cabeça para Heike.

— Venha comigo.

Juntas, elas arrastaram Sylvia e levaram embora. Johann ficou perto da porta, observando Lorelei como se ela pudesse voar pela sala e rasgar sua garganta. Era uma perspectiva tentadora, sem dúvida. Mas, quando todos foram embora, já livre da adrenalina do momento, Lorelei de repente se sentiu muito bêbada e extremamente infeliz. Ela deitou a testa sobre a escrivaninha.

— Como estão suas mãos? — perguntou Johann.

— Vai se foder.

Ao se virar para o lado oposto, Lorelei viu Johann erguer a maleta médica com um sorrisinho, como se pedisse trégua com uma bandeira branca.

— Me deixe higienizar seus ferimentos. É o mínimo que posso fazer.

Lorelei não disse nada, apenas puxou as luvas com os dentes. Quando o tecido se agarrou em sua pele e a puxou, a dor foi excruciante e ela apagou no mesmo instante. Quando voltou a si, piscando, Lorelei sentiu gosto de bile na boca. As palmas de suas mãos estavam tão dilaceradas que ela mal conseguia processar aquela visão.

— Tome cuidado — censurou ele, aborrecido. — Vai acabar batendo a cabeça se desmaiar.

Ela não tinha se dado conta de que quase caíra da mesa.

— Tá bom.

Enquanto as pontas dos dedos de Lorelei pulsavam, Johann preparava um pano embebido de antisséptico.

— Isso vai doer.

Ele parecia estar se divertindo com a situação.

— Da mesma forma que doeu ontem à noite — respondeu Lorelei.

Dando de ombros, Johann esfregou a ferida. A dor foi muito pior do que ela imaginara. Enquanto ele mexia em seus dedos, cada um de seus tendões gritava de dor, ou ao menos aqueles que ela conseguia sentir entre os pontos de dormência.

À luz do dia, as feições de Johann eram outras. O sol suavizava suas marcas de expressão e ele tinha as sobrancelhas franzidas em concentração enquanto cuidava dos ferimentos de Lorelei. A pressão dos curativos a deixou zonza e sua visão quase se escureceu outra vez.

— Você tem medo de sangue? — perguntou ele, achando graça. — Que curioso.

— Pois é. Como eu dizia, não sou de realizar sacrifícios de sangue — murmurou ela. — Você está de bom humor hoje. Mais calmo, pelo visto.

— Então você entende por que preciso proteger Adelheid.

— Porque você é um babaca apaixonado que não sabe pensar com o próprio cérebro.

Ele amarrou o curativo com mais força do que o necessário.

— Porque quando estou com ela quase consigo acreditar que sou humano de verdade.

Lorelei retorceu a boca, enojada.

— Você *é* um homem comum. E isso é o que faz de você tão desprezível.

— E você é apenas uma mulher. Se existir justiça no mundo, um dia você e eu teremos o que merecemos. — Os lábios de Johann se contraíram em um sorriso amarelo. — Sorte a nossa que não existe.

Assim que ele foi embora, Lorelei escancarou as portas da varanda e, apoiando-se na lateral do barco, imediatamente vomitou tudo o que tinha em seu estômago. Ali, pendurada no parapeito como um lençol deixado para secar, encarou o próprio reflexo pálido na água. Ao lado do seu, via-se dois rostos na superfície.

Ziegler. Aaron.

Você não terá ninguém além de fantasmas.

Talvez ela de fato merecesse aquele fim.

PARTE 4

A fonte

CAPÍTULO VINTE E DOIS

Ebul se desdobrava como um estandarte de guerra com suas colinas ensolaradas e solo de cascalho. As flores resilientes nos campos de tulipas se ondulavam em campos secos e os poucos povoados pelos quais passaram eram pequenos, habitados por pessoas esquálidas e de olhar severo que paravam para observar o *Prinzessin*. Lá estava o verdadeiro legado da família real, pensou Lorelei.

Enquanto avançavam, Adelheid permaneceu plantada na proa como uma estátua, seus olhos fixos no sol nascente. Ela tinha um manto branco em volta dos ombros largos e usava os cabelos dourados trançados ao redor das têmporas como um diadema, compondo assim uma silhueta imponente. Johann a seguia para cima e para baixo como uma sombra e Heike vagava pelo barco como uma sonâmbula. Ao menos sua hostilidade contra Lorelei diminuíra; elas agiam como se estivessem pisando em ovos uma com a outra.

De acordo com Johann, a febre de Ludwig tinha finalmente dado uma trégua e ele parecia respirar com menos dificuldade. Mas, ao que parecia, não havia nada que pudesse ser feito em relação à casca de árvore que crescera em seu pescoço. Cada vez que Johann tentava arrancá-la, a ferida escorria seiva e depois se transformava em uma cicatriz de cortiça. Ludwig sem dúvida se divertiria fazendo um estudo botânico nele mesmo quando acordasse, supondo que Adelheid poupasse sua vida.

Quanto a Sylvia, Lorelei não a vira mais. Era melhor assim.

Eles ancoraram perto de onde o rio virava o Mar de Dentro. Quatro ilhas se erguiam de suas águas como a coluna de um lindworm. Pela primeira vez em quase duas semanas, o motor silenciou e os jatos de fumaça das chaminés cessaram. Por milagre, tinham conseguido chegar a tempo.

Lorelei subiu até o convés de observação e esperou. O sol se punha devagar, derramando sua luz no mar e pintando o céu em tons de laranja e roxo. Quando finalmente desapareceu no horizonte, deixou para trás uma escuridão completa e obliterante. A respiração de Lorelei se acelerou com a expectativa. A lua nova pairava no céu, com um leve contorno prateado.

Ela pensou estar delirando: primeiro, avistou uma sombra trêmula, depois uma silhueta e, em seguida, uma massa grandiosa se ergueu da escuridão da água. A Ilha Perdida era exatamente como a lagoa mostrara: algo que anuncia um mau presságio.

Ela segurou-se na grade e se inclinou sobre a borda. A dor ferroou suas palmas e veio seguida de dormência na parte interna do braço. Um dia antes, ela se atrevera a perguntar a Johann se recuperaria a mobilidade das mãos e o olhar que ele dera em resposta tinha sido quase de ofensa. *Não há garantias com lesões como essa.*

Só restava a Lorelei se conformar, então ela se recusava a pensar no assunto. Ainda que sobrevivesse, ela nunca mais conseguiria segurar uma caneta direito e não queria saber o que isso significaria para sua carreira. Parecia uma punição adequada pelo que fizera.

Formas escuras moviam-se debaixo d'água, serpenteantes. Volta e meia, ela conseguia ver caudas com barbatanas, lampejos de escamas iridescentes ou olhos escuros sob a superfície. Nenhum canto se fizera ouvir até aquele momento, mas algo na mera sugestão daquela presença, aparecendo e desaparecendo de vista, fazia Lorelei sentir vontade de mergulhar na água para ir a seu encontro. Os outros tinham optado pela alternativa mais sábia, a de ficar nas dependências internas, em segurança atrás de suas defesas e das portas grossas de madeira. Lorelei usava ferro no pescoço, nas abotoaduras e em todos os botões do sobretudo pesado. O verdadeiro perigo começaria quando o barco chegasse à costa; até lá, ela queria sentir o vento em seu rosto. Queria ficar sozinha.

Ela sentiu a pele se arrepiar conforme se aproximavam da Ilha Perdida. O ar era pesado e parado, como se a ilha inteira tivesse prendido a respiração no momento em que fora avistada. Então as rochas submersas rasparam o fundo do barco e a prancha de embarque colidiu com a lama debaixo d'água.

Era hora de pôr um ponto final naquilo.

O restante da equipe se reuniu no convés. Na escuridão, seus rostos eram lúgubres e abatidos. Enquanto isso, um grupo de marinheiros puxava o *Prinzessin* para a parte rasa a fim de amarrá-lo na margem. Se as lendas fossem verdadeiras, a ilha desapareceria ao amanhecer. Lorelei não tinha dúvidas de que ficariam ali por mais tempo, e não queria ter que ir embora a nado e muito menos ter que arranjar um novo meio de transporte. Isto é, se *conseguissem* partir antes de a ilha sumir e reaparecer Deus sabe onde no mês seguinte. Tinham estocado comida para o caso de a magia aprisioná-los por lá. Os ombros de Lorelei doíam com o peso de sua mochila.

— Bem, então é isso — disse Lorelei. — Chegou a hora.

Ela liderou o grupo pela prancha de embarque, mas, a caminho da margem, notou um fulgor suave na água. Decidiu ignorá-lo. Alguma coisa na forma como a água se agitava por ali soava estranhamente como risadas abafadas.

Heike foi a segunda a descer, segurando com força o amuleto de prata que trazia no pescoço. Adelheid veio em seguida, examinando os arredores com cautela, e o último foi Johann, que arrastava Sylvia como se fosse um cavalo desobediente.

Os punhos dela estavam amarrados às costas com uma corda grossa. Lorelei detestou a brutalidade desnecessária daquele nó. Acima de tudo, não gostou da aparência de Sylvia, com os cabelos sem volume e hematomas cobrindo a lateral de seu rosto. Apesar dos ferimentos, Sylvia se portava com orgulho e bravura, de ombros para trás e queixo erguido. Quando ela ergueu os olhos para Lorelei, o ódio que emanava dela a atingiu em cheio. Lorelei desviou o olhar depressa.

Culpa sua, culpa sua, culpa sua.

O coro de vozes de seus fantasmas era doloroso e opressivo, mas Lorelei não precisava de ajuda para punir a si mesma.

Heike se abaixou-se sob o galho pesado de uma árvore com um semblante vagamente enojado. A árvore estava carregada de frutas redondas e peculiares que tinham uma fenda bem no meio, revelando a camada interna de um azul indecifrável. A polpa cintilava com éter concentrado. Lorelei perguntou-se o que aconteceria se ela desse uma mordida.

Que Deus a ajudasse. Viva ou morta, Sylvia nunca mais a deixaria em paz.

— E aí? — questionou Heike. — Para onde vamos?

Sylvia falou sem hesitar. Sua voz estava rouca depois de tanto tempo calada, ou talvez depois de usá-la demais.

— Primeiro, temos que encontrar um rio. Se o Ursprung estiver mesmo aqui, só vamos precisar segui-lo rio acima até encontrar a nascente.

Ninguém se opôs e, assim, partiram em silêncio.

Johann e Sylvia lideravam o grupo. Ele segurava a corda na qual ela estava amarrada com uma das mãos e a estranha lamparina encantada na outra. Algum tempo depois, chegaram a um riacho estreito que parecia ser de vidro.

Algo naquele lugar deixava Lorelei inquieta. A magia parecia transbordar como em um copo cheio demais. O éter vibrava na névoa e se acumulava na água, desdobrando-se nas veias de cada folha, faiscava no ar e fazia o mundo reluzir com sua luz fantástica. A ilha inteira vigilante, à espera do próximo passo deles. Depois de uma caminhada que pareceu durar horas, Sylvia parou de repente.

— Espere. Olhem só.

Lorelei estreitou os olhos para enxergar no escuro. A poucos metros de distância, os vultos vagos e convidativos que Lorelei vira no fundo do Mar de Dentro emergiam das águas. Nixes se arrastavam para as rochas para se banharem à luz das estrelas. Uma delas examinava as unhas pontiagudas, tão lustrosas quanto letais, enquanto outra acomodava a cauda sobre uma pedra lisa, sedutora como uma mulher deitando-se em uma espreguiçadeira. Elas espiavam o grupo com seus tenebrosos olhos de réptil.

— É perigoso demais. Encontre outro caminho — disse Lorelei, com medo.

— *Não existe* outro caminho — respondeu Sylvia. — Querem minha ajuda ou não?

— Lorelei tem razão — concordou Heike despreocupadamente. — Por que deveríamos acreditar que você não vai nos afogar?

Sylvia parecia exausta e impaciente.

— Não quero morrer. Mesmo que eu consiga escapar de Johann e impedir todos vocês, a tripulação me prenderia assim que eu pusesse os pés no *Prinzessin*.

Heike não pareceu convencida.

— É perigoso seguir o rio — admitiu Sylvia, — mas, com base na linguagem corporal dessas nixes, elas não me parecem agressivas. Elas estão curiosas. — Ela fez uma pausa pensativa antes de acrescentar: — Mas acho que isso pode mudar se identificarem que somos uma ameaça.

Johann perguntou, sem tirar os olhos das nixes:

— Alguém tem uma prata da qual esteja disposto a se desfazer?

Adelheid voltou-se para Heike, que usava um xale com contas delicadas de prata.

— Ah, não — choramingou Heike. — Esse xale é novinho.

Adelheid continuou encarando-a, inexpressiva. Com um suspiro sofrido, Heike segurou o xale que tremeluzia a cada movimento e arrancou algumas contas da barra, colocando-as na palma da mão de Johann.

— O que vai fazer com isso? — indagou Lorelei, atenta.

Ele fechou o punho em torno da prata.

— Podemos purificar a água e encurralar as nixes.

Sylvia arregalou os olhos.

— Não faça isso! É monstruoso tratá-las dessa forma.

— Falo por mim, mas prefiro não ser devorada — contribuiu Heike. Ela sequer olhou para cima, estava ocupada com o fio que ficara solto em seu xale. — Você tem um plano melhor?

— É possível conquistar a confiança delas dentro de poucos dias. Talvez semanas…

— Vá em frente — ordenou Adelheid, irritante.

Sem hesitar, Johann arremessou uma moeda na água. Ela girou pelo ar, brilhando em branco e prata, e cortou a superfície do rio como uma faca. Levou apenas um momento para que as nixes reagissem. Suas guelras se abriram, elas arrancaram tufos dos próprios cabelos. Então ouviu-se um guincho.

O som estridente pareceu penetrar o âmago dos ossos de Lorelei. Alucinadas, as nixes mergulharam no rio e nadaram corrente acima. Quando a última delas desapareceu de vista, Lorelei se deu conta de que tinham feito algo irreversível. Ela imaginou o metal contaminando a água como veneno.

Johann observou a cena com um sorriso contente e só se virou quando Adelheid o puxou pelo ombro. Ele era como uma criança queimando formigas sob a lente de uma lupa.

Os olhos de Sylvia estavam marejados de raiva — e de algo parecido com tristeza. Quando percebeu que Lorelei estava olhando para ela, sua expressão se fechou.

Lorelei sentiu um aperto doloroso no peito.

— Suponho que estamos agindo como bárbaros, então — disse Lorelei. — Podemos seguir?

Adelheid, Johann e Heike foram à frente seguidos por Sylvia, que se arrastava. A corda desgastada que a prendia se arrastava atrás dela como um pesaroso véu de noiva. Lorelei sentiu vontade de segurá-lo, mesmo que fosse apenas para que ela não tropeçasse ou para que não tivesse que continuar a caminhada como um soldado seguindo a marcha da morte, mas achou melhor não. Sylvia detestaria isso e Lorelei não queria dar mais motivos para que ela ficasse com raiva. Antes, uma parte dela teria se divertido em vê-la decair tanto, mas, naquele momento, era como observar um falcão cujas asas tinham sido podadas.

Elas caminharam lado a lado sem dizer nada. Lorelei imaginou que Sylvia teria autocontrole ou que estaria sentindo tanto rancor que jamais quebraria o silêncio entre as duas, mas, por fim, ela perguntou:

— Por quê?

— Você vai ter que ser mais específica — disse Lorelei.

— Você sabe muito bem o que quero dizer. Depois de tudo, depois de… — Ela não terminou a frase.

As palavras não ditas dilaceraram o peito de Lorelei. Até mesmo respirar pareceu doloroso. Sem aviso, lembranças das duas invadiram sua mente: o cabelo de Sylvia coberto de flocos de neve; seus olhos claros, entregues; a forma como seus lábios estavam roxos quando Lorelei a salvou das águas geladas; a alegria contagiante de sua risada no dorso do mara. Sylvia, por um único e glorioso momento, inteiramente dela.

Uma Correnteza Sufocante **343**

Tudo aquilo pareceu tão distante.

Já não havia nada nos olhos de Sylvia além de lágrimas represadas.

— Como você teve coragem?

O que ela poderia responder? Depois de tudo o que passara, talvez Lorelei estivesse realmente se tornando o que todos suspeitavam que ela fosse: traiçoeira, conivente e egoísta. Uma cadela disposta a se curvar perante a qualquer um se isso a protegesse de um golpe.

— Eu estava de mãos atadas.

Sylvia riu. A ironia não passara despercebida por ela.

— Covarde.

Sim, eu sou. Mais do que você imagina.

— Nem todo mundo pode se dar ao luxo de ter princípios.

Johann virou-se para trás, olhando para elas com o semblante ameaçador, como se dissesse: *Estou de olho.*

Lorelei acelerou o passo, esbarrando no ombro de Sylvia ao passar por ela.

O musgo espesso que crescia às margens do rio abafava os passos do grupo, mas o som da correnteza e o estalar de galhos de tempos em tempos quebrava o silêncio carregado. Diferente do Vereist com suas águas insondáveis, o rio ali era transparente. O éter se assentava sobre a superfície da água como uma camada de óleo, iridescente sob a luz de suas lamparinas. De vez em quando, Lorelei percebia os olhos assombrados dos fantasmas, espiando-a de trás das folhagens ou das profundezas das águas.

Ela estremeceu. Quanto antes deixassem aquela ilha, melhor.

Enquanto caminhavam, Johann atirava na água todo o ferro ou prata que conseguisse encontrar: contas do xale de Heike, moedas de sua própria carteira e até mesmo uma medalha que ele encontrara descartada no fundo da mochila. Sylvia se encolhia toda vez que ouvia um tilintar de metal.

Eles seguiram caminho até ficarem exaustos demais para continuar. Quando levantaram acampamento, Lorelei se acomodou perto da fogueira. Para suportar a temperatura, Lorelei tirou o sobretudo e subiu as mangas da camisa até os cotovelos. A noite estava úmida a ponto de beirar o sufocante, mas as chamas afastavam os fantasmas. Eles pairavam nos limites da esfera de luz, piscando os olhos brilhantes.

Lorelei se distraiu observando as chamas dançarem até que um movimento em sua visão periférica chamou sua atenção. Johann empurrara Sylvia para o chão e amarrava as cordas que a prendiam ao tronco de um teixo.

— Precisa mesmo disso? — questionou Sylvia. — Garanto que não estou planejando uma fuga.

Ele não respondeu.

— Estou com sede — disse Sylvia, de maneira mais imperativa do que Lorelei jamais teria tido coragem se estivesse em seu lugar.

—Ah, é mesmo? — perguntou Johann, parecendo achar graça.

Ele abriu seu odre de água e, com crueldade estarrecedora, derramou água sobre a cabeça dela. Sylvia ofegou, piscando forte enquanto a água escorria por seu rosto. Com o mesmo orgulho mordaz em sua voz, ela exclamou:

— Obrigada.

Johann ficou olhando para o cantil por um longo tempo, como se assimilasse o que acabara de fazer. Sem mais uma palavra sequer, ele se virou e entrou em sua tenda.

Lorelei foi tomada por um impulso assassino, embora impotente. Sua repulsa por Johann crescia a cada minuto. Acima de tudo, ela desejava ter o poder de feri-lo de uma forma que o abalasse. Ela sentiu vontade de acordar Adelheid e exigir que acorrentasse seu cão raivoso. Para Sylvia, no entanto, isso não adiantaria nada. Ela estava encostada na árvore com água escorrendo pelo queixo. A cena era patética. Lorelei não podia abandoná-la.

Ela vasculhou sua mochila até encontrar o cantil. O mais silenciosamente que pôde, aproximou-se de Sylvia. O calor do fogo mal chegava até ela, mas a luz tênue banhava suas feições em tons de dourado.

Lorelei se agachou ao lado dela e abriu o cantil com os dentes.

— Beba.

— Não vou cair nessa duas vezes — disse Sylvia, hostil. — Ou talvez seja água envenenada desta vez.

— Não seja ridícula. Se eu quisesse te matar, não seria tão óbvio.

Lorelei quase se desapontou quando Sylvia não retrucou. Ela sentiu uma gota de suor gelado escorrendo pela nuca.

— Você está cooperando. Johann está sendo desnecessariamente cruel.

— É reconfortante saber que você ajudaria os dois no momento em que eu parasse de cooperar.

Paciência nunca fora o forte de Lorelei. Mesmo agora, sabendo que deveria estar rastejando aos pés de Sylvia para pedir perdão, ela se sentia perigosamente à beira de fazê-la engolir toda a água à força e depois enforcá-la com a alça do cantil. Seria mais fácil para as duas se Sylvia simplesmente aceitasse a gentileza. No entanto, quando Lorelei processou a violência da mágoa nos olhos de Sylvia, toda sua irritação se esvaiu depressa. Elas tinham chegado ao fundo do poço, ao que tinham de mais vulnerável e mais atroz...

Lorelei não queria mais isso. Como poderia querer?

— Não tenho mais energia para te machucar — disse Lorelei. — A menos que você me peça.

Sylvia engoliu em seco.

— Pare de zombar de mim.

— Não estou zombando — respondeu Lorelei, falando baixo. — Beba a água, von Wolff. Sua vida vale mais do que seu orgulho.

Sylvia assentiu com a cabeça, embora estivesse reticente. Lorelei levou o odre aos lábios de Sylvia, que bebeu como se a folclorista fosse tirá-lo dela a qualquer instante. Quando terminou de beber, arfando, um filete de água escorreu pelo queixo dela.

Lorelei queria secá-la com seu lenço. Queria cuidar dos ferimentos de Sylvia, desembaraçar os nós de seu cabelo e trançá-lo como fizera quando estavam juntas na montanha em Albe. Queria beijá-la outra vez, com ternura no começo e depois com toda a sede que ainda não conseguira saciar. Seu desejo por Sylvia era tão vasto e profundo que Lorelei temia que sua ganância não tivesse limites quando se tratava de Sylvia von Wolff. E, no entanto, tinha escolhido um destino que para sempre a privaria de tê-la. Lorelei se odiava às vezes, para não dizer que se odiava na maior parte do tempo.

— Você poderia enganá-los — sugeriu Lorelei. — Fazer todo mundo se perder. Seria tão simples.

— Para quê? Se eu morrer, vocês morrem também. Não é o que eu quero.

— Mas é o que eles merecem. — *E eu também. Principalmente eu.* Lorelei hesitou. — Eu sinto muito. Se eu tivesse encontrado outra saída...

— É tarde demais para dizer isso. — Sylvia soltou um suspiro que emendou em uma risada engasgada. — Mas aqui estou eu, pronta para te perdoar. Como posso ser tão boba?

As palavras de Sylvia soaram como uma benção que Lorelei não merecia.

— Me deixe fazer por merecer — pediu ela, as palavras saindo de sua boca antes que tivesse tempo de raciocinar. — Isso ainda não acabou.

— Como pode dizer isso? — perguntou Sylvia com a voz embargada. — Não resta esperança alguma. Se você realmente não teve escolha, então você e eu somos prisioneiras. Podemos sobreviver, mas Wilhelm vai me punir pelo assassinato de Ziegler e vai punir Albe pelo que minha mãe fez. Não há nada que eu possa fazer para impedir isso.

Se havia uma certeza sobre Sylvia von Wolff, era seu otimismo infalível que chegava a dar raiva. Lorelei mal conseguia reconhecer a Sylvia diante dela. Ela entregara os pontos, parecia derrotada e resignada. Lorelei ficou furiosa.

— Você me enoja.

Os olhos de Sylvia se transformaram em pedra.

— Eu? *Eu* enojo *você?*

Revide, pensou Lorelei. *Brigue comigo.*

— Você é Sylvia von Wolff — sibilou Lorelei. — Esse nome significa alguma coisa, ou você se esqueceu? Vai desistir assim?

— E o que você quer que eu faça? Graças a você, não tenho escolha. — Ela se afastou bruscamente. — Saia daqui, Lorelei. Quero descansar.

Lorelei obedeceu, furiosa.

Embora quisesse simplesmente apagar de sono, isso parecia impossível com o seu sangue fervendo daquele jeito.

Lorelei foi até o rio. Quando terminou de encher o cantil e molhar o rosto, parou para prestar atenção no próprio reflexo. Estava magra e debilitada, mas, pela primeira vez em semanas, sentia-se verdadeiramente viva.

Sua mente voltou a funcionar. Enquanto yeva, Lorelei carregava consigo dois princípios importantes desde o nascimento: a sobrevivência e o senso de justiça. Quando se viu encurralada, conciliar as duas coisas pareceu impossível e se aliar a Adelheid pareceu a melhor opção — *a única opção.* Mas ela não tinha garantia alguma no jogo que aqueles nobres estavam jogando, nenhuma vantagem, e mesmo que Adelheid mantivesse sua palavra, o poder que tinha sobre Lorelei seria um veneno que a mataria lentamente pelo resto da vida. Saber que sua liberdade e sua mente não pertenciam a ela era o tipo de morte mais agonizante que Lorelei conseguia imaginar.

E ela já sofria com isso há anos.

O céu estava limpo e a água refletia as estrelas no céu. No fundo do rio, parcialmente enterrada debaixo das pedras lisas, Lorelei viu algo familiar: uma das moedas jogadas por Johann.

Em um gesto impensado, ela tirou uma das luvas e mergulhou a mão. A água gelada trouxe um prazer doloroso, como o de pressionar gelo sobre uma queimadura. Seus dedos desajeitados rasparam o lodo, agitando a lama. Foi difícil segurar a moeda, mas Lorelei sentiu-se pateticamente vitoriosa quando por fim conseguiu.

Então uma cabeça cinzenta emergiu da água.

Lorelei levou um susto. A nixe a encarava com hostilidade, mas quando notou a moeda em sua mão, seus olhos negros se suavizaram com uma curiosidade desconfiada e ela entreabriu os lábios, revelando uma fileira impressionante de dentes serrilhados.

Seria muito fácil para a criatura afogar Lorelei bem ali, naquele momento. Mas ela permaneceu completamente imóvel, como se estivesse esperando para ver o que aconteceria em seguida. Sem interromper o contato visual, Lorelei guardou a moeda no bolso. A nixe pareceu acompanhá-la com um olhar de aprovação.

Não, pensou Lorelei. *Era gratidão.*

Assim, a nixe deslizou para baixo d'água e desapareceu.

Aquele sem dúvida não era o fim. Um plano se formava na mente de Lorelei. Sylvia tinha razão: as duas eram prisioneiras e, como Johann tinha provado, eram vistas como seres inferiores. Sozinhas, não tinham chance de escapar. Mas ainda podiam fazer aliados.

Se precisasse usar força física para fazer com que Sylvia despertasse de seu torpor, ela o faria. Lorelei não permitiria que Sylvia se rendesse.

CAPÍTULO VINTE E TRÊS

Na manhã do dia seguinte, já estava tão quente que todos abandonaram os casacos. As nuvens incharam e escureceram até se desmancharem em um ataque de mau humor. Eles tomaram um banho de chuva e o mundo inteiro ficou empapado de umidade. O ar vibrava com a magia e a corrente de ferro no pescoço de Lorelei queimava enquanto o canto distante de uma nixe se elevava acima do silvo da tempestade.

— Estou odiando isso — disse Heike. — Esta é, *de longe*, a pior viagem que já fizemos.

Ela caminhava atrás do grupo, emburrada. Seu cabelo estava despenteado e colado no rosto e suas botas finas pareciam ser feitas mais de lama do que de couro. Ela irradiava uma infelicidade aguda que estava acabando com a paciência já frágil de Lorelei.

— Por que não vai coletar alguns dados? — sugeriu Adelheid, categórica. — Faça alguma coisa útil em vez de ficar aí, reclamando.

— Pensando bem, caminhar por essas terras ermas é revigorante. — Naquele momento, por irônica coincidência, a parte superior da mochila de Heike ficou enroscada em um galho e ela teve que se debater violentamente para conseguir se soltar. — O que deu nele?

Andando à frente, Johann marchava como se alguém o perseguisse, puxando a corda de Sylvia que, por sua vez, tinha que apressar o passo para conseguir acompanhá-lo.

— Vai saber — respondeu Lorelei.

— Tenho certeza de que não aconteceu nada — disse Adelheid, com um olhar de reprovação para Lorelei.

No passo seguinte, ela pisou sem querer em uma poça e afundou até o joelho. Esperneando de forma constrangedora, Adelheid puxou a perna e a bota saiu da lama com um som constrangedor de sucção.

Heike deu risada.

Com um suspiro zangado, Adelheid resmungou:

— Bom, tomem cuidado.

Eles seguiram o rio até encontrarem uma cachoeira. A queda d'água despencava de um penhasco de calcário como uma cortina branca, desaguando em uma vasta piscina natural. De repente, Johann freou sem aviso, fazendo com que Sylvia colidisse em cheio com as costas dele. O motivo se fez claro bem depressa.

As rochas se projetavam da água em um estranho formato circular e uma horda de nixes descansava sobre elas, tomando banho de sol, cantarolando e trançando os cabelos. Era o maior número de nixes que Lorelei já vira. Provavelmente tinham migrado rio acima depois de suas águas serem contaminadas por ferro e prata. A corrente no pescoço de Lorelei queimava em sinal de alerta.

— Que ótimo — reclamou Heike. — Parabéns pelo plano sagaz, Johann. E agora, o que vamos fazer?

As nixes voltaram-se para eles. Era difícil atribuir características humanas a elas, mas pareciam descontentes ao vê-los. Suas guelras se abriram, assim como as barbatanas na extremidade inferior de suas caudas. Não havia outro caminho, a menos que voltassem para a floresta.

— O que sugere? — perguntou Adelheid, falando com Sylvia.

Por mais triste que estivesse, Sylvia não conseguia deixar de compartilhar seu conhecimento, ainda mais quando era solicitado.

— Bom... Ontem à noite eu disse que as nixes não pareciam particularmente agressivas, mas essas estão muito diferentes.

— Jura? — disse Heike de forma azeda. — E como é que elas estão?

— Estão hostis! — exclamou Sylvia. — Se tivessem me ouvido, não estaríamos nesta situação para começo de conversa.

— Então dê um jeito! — demandou Heike.

Adelheid interrompeu com um pigarro sutil.

— Talvez seja melhor voltar.

— Não — disse Lorelei. — Por que não canta para elas, von Wolff?

Johann pareceu nauseado apenas com a sugestão. Sylvia olhou para Lorelei, desconfiada.

— Ela consegue se comunicar com nixes — continuou Lorelei. — Eu já vi.

Ela não sabia até onde ia a... *fluência* de Sylvia, se é que se podia chamar assim, na língua das nixes, mas se encontrasse alguma forma convencê-las a distrair o resto do grupo ou até mesmo imobilizá-los, talvez as duas tivessem uma chance de escapar.

Lorelei olhou para Sylvia, tentando comunicar uma expressão que dissesse: *Entre na onda.*

O rosto de Sylvia era imperscrutável e Lorelei sentiu a frustração pesar em seu estômago como uma pedra. Sylvia não tinha entendido, ou talvez tivesse realmente se conformado com seu destino. Mas então um sorriso apareceu no rosto dela e o brilho em seu olhar foi algo maravilhoso e dolorosamente familiar: um olhar de esperança.

Ela ainda não tinha desistido.

— Consigo — concordou Sylvia. — É mesmo uma excelente ideia.

— Mal posso esperar — resmungou Heike.

A desconfiança abalou a máscara impassível de Adelheid, mas ela não se opôs à ideia e os cinco foram até a água.

Enquanto Sylvia se aproximava da margem, os outros se reuniram a uma distância segura. Seus punhos ainda estavam atados nas costas. Lorelei tentou não reparar demais nos hematomas que cobriam sua pele pálida ou em como seus dedos estavam inchados depois de ter passado tanto tempo amarrada.

Concordar com aquele plano tinha sido muito corajoso ou muito idiota, talvez os dois. Bastava um passo em falso para que ela fosse arrastada para um túmulo submerso ou destroçada pelas nixes. Mas, talvez pela primeira vez na vida de Lorelei, a preocupação parecia algo distante. Como poderia duvidar de Sylvia? Ela a vira desafiar a morte diversas vezes. Embora Sylvia não canalizasse o éter, ela tinha outro tipo de magia ainda mais potente. Todas as criaturas que encontravam sucumbiam irremediavelmente ao seu encanto. Por muito tempo, Lorelei não conseguiu entender como ela fazia isso. Mas finalmente entendera.

Sylvia tinha se mostrado aberta ao fantástico.

Ela amava aquelas criaturas.

As nixes exibiram seus dentes pontiagudos para ela. A maioria permaneceu nas rochas, sacudindo as caudas, enquanto as mais atrevidas mergulharam na água e se aproximaram da margem. Suas escamas roçavam na rocha e cintilavam à luz do sol. Elas se apoiavam nos cotovelos, com os cabelos se amontoando em nós escorregadios ao redor do corpo de pele cinzenta coberta de lodo. Sylvia entrou na água até a altura dos joelhos.

Então começou a cantar.

A verdade era que ela não sabia cantar, mas estava se dedicando ao máximo, como sempre fazia. Lorelei estava genuinamente impressionada.

As nixes também a observavam com admiração. Uma a uma, se uniram a ela em coro. No céu, um grupo de corvos levantou voo, grasnando. A magia formigava na pele de Lorelei como eletricidade. Todas as proteções vibravam com a força do encantamento e a corrente de ferro em seu pescoço quase escaldava sua pele. O som era *pavoroso*, parecia arranhar as paredes de seu crânio, mas, curiosamente, parecia haver algo de irresistível naquilo. A melodia fluía em seu organismo como vinho.

Sylvia estava com o rosto voltado para o sol. Uma das nixes enroscou os dedos em sua panturrilha, quase em adoração. Lorelei não sabia ao certo se queria espantar a criatura para longe ou se juntar a ela aos pés de Sylvia.

— É lindo — disse Johann.

Lorelei se virou para ele em um sobressalto. Ele falara com um tom passional, mas seus olhos estavam vidrados. Quando ele deu um passo incerto à frente, Adelheid despertou de seu estupor. Ela piscou com força e agarrou o braço de Johann, em partes para se equilibrar e em partes para detê-lo.

Ele se desvencilhou do toque de Adelheid.

— Eu tenho que ir.

— *Johann*. — Ela o segurou pelo cotovelo.

Dessa vez, ele a fulminou com um olhar que Lorelei nunca imaginou vê-lo dirigindo à Adelheid. Sem aviso, Johann a empurrou violentamente e a fez se esborrachar no chão. Ela se levantou depressa, boquiaberta com o choque e pressionando a lateral do rosto. Lorelei conseguiu ver um hematoma por trás de seus dedos. Seu penteado tinha se desmanchado e seu cabelo amarelo caía sobre os olhos. Heike se ajoelhou ao lado dela com um sorriso distante e sonhador.

— O que foi, Addie? Não está ouvindo? Nós temos que ir.

— Não. *Não*. Nós vamos ficar bem aqui. — Adelheid passou os braços em volta dos ombros de Heike e lançou um olhar de pânico para Lorelei. — O que está acontecendo com eles?

— As proteções — disse Lorelei. — Eles jogaram quase todas no rio.

A compreensão inundou as feições Adelheid. Ela voltou-se para Johann.

— Cuide dela. — Ela se atrapalhou para tirar uma das correntes em seu pescoço e a colocou no pescoço de Heike. — Preciso ir atrás dele.

— Ficou maluca? Olha o que ele fez com você! Aquelas coisas vão te matar se chegar muito perto!

— Johann!

Johann já estava de joelhos à beira da água. Uma das nixes passou o braço em volta de seu pescoço e outra deslizou uma mão membranosa pela parte interna de sua coxa. Ele se curvou para elas, manso e de olhos arregalados. Uma delas acariciou o rosto dele, deixando um rastro brilhante de sua mandíbula até os lábios. Em seguida, inclinou o rosto dele e o beijou. Quando se separaram, suas bocas estavam manchadas de vermelho com o sangue de Johann, que escorria de um ferimento em seu lábio inferior.

A cena arrancou Lorelei por completo de seu torpor. Ela sentiu o estômago revirar enquanto se esforçava para tirar a moeda de ferro do bolso. Lorelei a apertou o máximo que pôde, como se apenas isso pudesse anular o encantamento da nixe. Naquele momento, no entanto, o gemido rouco que as nixes tinham tirado da garganta de Johann estava se mostrando uma proteção muito mais poderosa.

Que nojo. Ela tinha que chegar até Sylvia antes que a situação piorasse ou que ela presenciasse algo que jamais conseguiria tirar da mente.

— Sylvia...

Uma segunda nixe saltou da água e puxou Johann pelo lenço em seu pescoço. Antes que Lorelei tivesse tempo de entender o que acontecia, ela o puxou para baixo. Johann afundou com um sorriso delirante no rosto. A água se agitou e borbulhou vertiginosamente.

Adelheid gritou e o som se perdeu em meio ao caos.

Mesmo assim, isso fez com que as outras duas despertassem. Heike gemeu, segurando a cabeça e Sylvia cambaleou para trás, tropeçando nos próprios pés e depois tombando dentro d'água com alvoroço.

O sangue subiu à superfície, vindo das águas mais fundas. Era tanto que tudo o que Lorelei conseguia enxergar era *vermelho, vermelho, vermelho*. Vermelho escorrendo pelas frestas dos paralelepípedos da rua, vermelho acompanhando as risadas de escárnio ecoando pelos becos. As nixes guinchavam, nadando em círculos como um cardume de tubarões. A cabeça de Lorelei estava tomada pelo horror. Era como se *ela* estivesse se afundando naquelas águas escuras, sem ar, sem luz. Como se flutuasse acima de si mesma, observando a cena do alto, Lorelei conseguiu perceber que Adelheid se arrastava em direção à água.

— Adelheid! — Heike a agarrou pela cintura. — Pare! Você não pode fazer mais nada por ele!

A atenção de Adelheid concentrou-se em Sylvia. Lágrimas escorriam por seu rosto como pintura de guerra.

— Você vai pagar por isso.

As nixes gritaram outra vez.

— Vamos — vociferou Heike. — Agora.

Relutante, Adelheid se deixou levar de volta para a floresta. Ela e Heike adentraram a vegetação com um farfalhar de folhas.

— Lorelei! — chamou Sylvia, tentando se desvencilhar das cordas que a prendiam. — Que tal uma ajudinha?

Lorelei voltou a si com um solavanco.

— Não consegue fazer com que elas parem? — pediu ela, arfando.

— Acho que não!

As mãos de Lorelei tremiam violentamente e seu corpo estava empapado de suor frio. Ela não conseguia raciocinar. Não podia se aproximar da água sem perder completamente os sentidos, mas também não podia deixar Sylvia morrer.

Então ela avistou a mochila de Johann esquecida no chão. Suas mãos pareciam completamente *inúteis*, rígidas tanto pelo terror quanto pelos ferimentos no tecido nervoso. Com um urro frustrado, ela socou a terra com as duas mãos. A dor foi tão atroz que sua visão ficou turva.

Parece que ainda servem para alguma coisa.

Ela se atrapalhou para abrir a mochila, mas encontrou o bisturi ao vasculhar a maleta médica de Johann. Lorelei titubeou por um momento antes de pegar também o sabre que ele confiscara de Sylvia.

Uma nixe surgiu da parte mais profunda da água, tentando agarrar Sylvia. Lorelei jogou o braço para frente e deslocou a água o mais vigorosamente que pode, percebendo, naquele momento, como era fácil controlar uma água tão densa em éter. A água respondeu ao seu chamado como um cão de caça bem treinado e uma onda explodiu na superfície, arrastando a nixe para longe de Sylvia com muito mais força do que Lorelei planejava. Quando a criatura emergiu outra vez, rosnou com uma raiva destrutiva.

— Incrível — sussurrou Lorelei.

Mas ela não podia perder mais tempo. Lorelei correu até Sylvia e a agarrou pelo cotovelo. Embora segurar o bisturi causasse uma dor lancinante, ela serrou as amarras de Sylvia o mais rápido que pôde e puxou Sylvia para que ficasse de pé.

— Vamos — bradou Lorelei em meio aos guinchos estridentes das nixes.

De mãos dadas, as duas correram.

Não tinham avançado muito quando Sylvia tropeçou em uma raiz. Um som esganiçado escapou de sua boca e, por reflexo, Lorelei estendeu a mão para segurá-la. Por algum milagre, conseguiu segurá-la sem se desequilibrar. Mesmo por cima das luvas e das camadas de linho, o calor do toque de Sylvia era abrasador.

— Cuidado — alertou Lorelei, mesmo que apenas para preencher o frágil silêncio entre elas.

Sua respiração tocava os cachos emaranhados na testa de Sylvia. Por um breve momento, as duas se entreolharam em um silêncio atônito, mas Sylvia caiu em si, e a raiva que sentia explodiu como uma barragem que se rompe.

— Não se atreva a encostar em mim!

Mais uma vez, Lorelei teve certeza de que havia arruinado as coisas entre elas. Ela sabia que aquele era um momento de penitência e de pedir perdão, mas velhos hábitos eram muito mais difíceis de se abandonar do que imaginava. Por mais que tentasse, ela não conseguia se controlar, não conseguia baixar a cabeça com a mínima compostura mesmo estando errada. Assim, perdendo a calma, Lorelei simplesmente soltou Sylvia no chão sem a menor cerimônia.

— Eu deveria ter deixado você morrer, então?

Sylvia se recompôs do tombo imediatamente e ficou de pé em um salto, sacando seu sabre antes que Lorelei tivesse a chance de recuar. A ponta da lâmina tremia a poucos centímetros do nariz de Lorelei, brilhante sob a luz fraca do sol.

— Talvez devesse. Eu deveria te matar pelo que você fez.

As duas formavam uma dupla lamentável. Ambas respiravam com dificuldade, encharcadas de água e sujas de sangue. As mãos de Sylvia estavam tão machucadas quanto as de Lorelei, inchadas e azuladas devido à pressão das cordas, e o ferimento da mordida do alp tinha voltado a sangrar. Seu braço balançava com o esforço de segurar a lâmina.

— Então me mate.

Sylvia se deteve. Seu rosto era um misto de arrependimento e *pena*.

— Não é honroso atacar um oponente desarmado.

— Vai se foder! Que se foda a honra! Caia na real. Não existe honra neste mundo.

— *O que disse?* Como se atreve a falar comigo de forma tão baixa?

— Não estou desarmada — rosnou Lorelei.

Com um movimento de sua mão, a água irrompeu de seu cantil, mais facilmente controlável do que nunca, espiralando em volta de Lorelei de forma ameaçadora. Jamais tinha se sentido tão poderosa. Nem tão infeliz.

— Uma vez víbora, para sempre víbora. Não é o que dizem? Então é melhor me matar. Seria uma estupidez da sua parte não fazer isso. Sempre soubemos que as coisas terminariam assim entre a gente.

A expressão de Sylvia era indecifrável.

— Não.

— Então me ataque, ao menos!

Me castigue. Lorelei não conseguia fazer isso sozinha, não de uma forma que fizesse diferença.

Diante do silêncio de Sylvia, Lorelei explodiu em fúria. Ela nem mesmo se dignaria a deixá-la com uma cicatriz de duelo. Talvez aquele fosse o maior castigo de todos: que depois de tudo, Sylvia ainda encontrasse maneiras de lembrá-la de sua posição e de todas as coisas que ela jamais teria por ser quem era.

— Mesmo agora, você me insulta?

As feições de Sylvia se contorceram. E então ela começou a chorar.

Uma Correnteza Sufocante

— O que... Sylvia... — No mesmo instante, o ódio de Lorelei se esvaiu e deu lugar a um pânico avassalador. — O que está acontecendo? O que você está fazendo?

— Não vou aguentar. — Sylvia largou o sabre e desabou no chão outra vez. Escondendo o rosto nas mãos, ela gemeu. — Eu matei Johann.

Como se cercasse um animal ferido, Lorelei se aproximou e se ajoelhou ao lado de Sylvia, que não se esquivou. Com o máximo de cuidado que pôde, Lorelei acariciou o rosto dela. No fundo, sabia que não deveria tocá-la daquela forma depois do que fizera. Por trás da lama e da exaustão, Sylvia estava impecável e suas cicatrizes brilhavam à luz. Quando Sylvia se inclinou para se acomodar ao toque, Lorelei cedeu ao desejo de traçar com o dedo a cicatriz profunda de sua bochecha.

— Pare com isso — disse ela, severa. — Olhe para mim.

Sylvia ergueu o rosto. Seus cílios claros estavam molhados com as lágrimas. Lorelei não era o tipo de pessoa que sabia como confortar alguém, mas, por Sylvia, tinha que tentar.

— Você não matou Johann. Foram as nixes. Se fosse você quem tivesse caído, ele não estaria sofrendo. Você é benevolente demais, Sylvia. Guarde suas lágrimas para alguém que mereça.

Sylvia fungou e prontamente começou a enxugar as lágrimas.

— Sim... Sim, você tem razão. Acho que o garoto com quem cresci já estava morto há muito tempo. É que... Só queria que as coisas tivessem sido diferentes.

— Você fez o que precisava ser feito — consolou Lorelei. — E foi por um bem maior. Sem Johann, talvez a gente tenha chance.

Sylvia franziu a testa.

— Do que está falando?

— Johann não matou Ziegler. Foi Adelheid.

— Adelheid? — ecoou Sylvia. — Não! Não pode ser.

— Mas é.

Lorelei sempre soubera que Adelheid era uma mulher extremamente determinada e agora descobrira que era igualmente inescrupulosa. Ela contou tudo o que acontecera depois que pediu a Sylvia para que distraísse Heike, assim como o plano de Adelheid para assassinar Wilhelm e sua oferta para proteger os yevani em Ebul.

— Eu pensei que estava fazendo a coisa certa. Mas eu errei. Eu estava com medo. Senti medo a vida toda. Não sei se isso um dia vai mudar. — Lorelei começara a tagarelar e não conseguia parar, embora já estivesse se sentindo uma completa idiota. — Eu sou uma criatura desprezível e covarde como você sempre suspeitou. Sou impulsiva, egoísta e cruel. Mas eu deveria ter ido contra minha natureza. Eu não deveria ter te traído.

Eu deveria ter te escolhido.

— Por Deus, Lorelei! — esbravejou Sylvia. Foi como uma absolvição. — Você é *humana*. Consegue entender o que está acontecendo? Você assumiu o papel de vilã com tanto afinco que acabou se convencendo de que é assim de verdade. Eu juro que você é uma das pessoas menos críticas que eu já vi.

— Não é verdade! Você é mais radiante do que o sol, Sylvia. E eu...

— Chega. — A voz de Sylvia estava trêmula. — Você cometeu erros como qualquer pessoa. Por que não consegue olhar para si mesma? Você é perspicaz e observadora, protege quem ama com unhas e dentes e, do seu jeito, é imensamente leal. Acho que você nunca agiu totalmente em benefício próprio, para o bem ou para o mal. Sempre te admirei por isso.

Lorelei não sabia como responder. De repente sentiu-se ruborizar.

— Eu te perdoo. — Sylvia sorriu como se ela mesma fosse a luz do sol. — Se eu te abraçar agora, vou poder sair com todos os membros ilesos?

— Veremos.

Sylvia não hesitou e puxou Lorelei para um abraço. Lorelei imaginou que se sentiria sufocada, mas, depois que relaxou, sentiu-se surpreendentemente... confortável ali, sentindo o linho úmido da camisa de Sylvia e as batidas do coração dela contra sua bochecha. Os dedos de Sylvia se entrelaçaram gentilmente nos cabelos de Lorelei, segurando-a firmemente contra o peito. O cuidado e a doçura daquele momento a deixaram de olhos marejados, mas ela preferia morrer a chorar na frente de Sylvia von Wolff. Afinal de contas, velhos hábitos custam a desaparecer.

Lorelei se afastou e encontrou o olhar de Sylvia. Um dia, ela encontraria uma forma de expressar todas as coisas que queria dizer.

— Obrigada.

— Não precisa agradecer. Eu...

— Nós conseguimos dar conta dela juntas.

Sylvia pestanejou, confusa, como se tivesse levado um golpe na cabeça.

— Ela... Como? Ah. Sim, claro. Adelheid! Realmente, quando você coloca uma coisa na cabeça...

— Foco, von Wolff.

As feições de Sylvia murcharam, mas Lorelei encheu-se de uma determinação renovada — e estava desesperada para parar de falar sobre *sentimentos*. Ela só conseguia pensar na expressão de Adelheid quando Johann caiu na água: era o rosto de uma mulher que só tinha uma coisa a perder.

— Johann estava disposto a defender Adelheid até o fim — disse Lorelei. — Mas agora estamos no mesmo patamar. Heike não tem essa garra toda e Adelheid está cega pela dor. Se encontrarmos o Ursprung primeiro, nós mesmas poderemos decidir o que fazer com ele.

— E quando voltarmos para Ruhigburg? Wilhelm nunca vai ser imparcial quando se trata de Adelheid.

— Mas vai ter que ser. Nem mesmo Wilhelm é romântico a ponto de jogar fora tudo o que conquistou por algo tão ridículo como o amor.

— Não é ridículo!

Naquele momento, a luz do sol atravessou a densa copa das árvores, iluminando a indignação genuína e fervorosa que ardia nos olhos claros de Sylvia. Ela resplandecia em tons pasteis com seus cabelos desgrenhados. Sylvia era uma obra de arte. Sempre fora.

— Vamos concordar em discordar — balbuciou Lorelei, desconcertada.

Qualquer outra coisa a entregaria.

Uma covinha surgiu na cicatriz de Sylvia, como se estivesse tentando conter o sorriso.

— Está bem, está bem. Então acho que devemos partir logo.

— Ah, é? — Lorelei ergueu as sobrancelhas. — Você sabe onde fica, então?

— Na verdade, não — respondeu Sylvia alegremente. — Mas os povos da floresta sempre me indicaram o caminho certo.

Lorelei encarou Sylvia, descrente.

— Claro. Isso deu muito certo até agora.

— Estamos vivas, não estamos? Eu diria que essa é uma pequena vitória.

— A menor vitória já vista — suspirou Lorelei. — Mas não vamos cuspir no prato. Vá na frente, então.

Uma Correnteza Sufocante **363**

CAPÍTULO VINTE E QUATRO

Ao cair da tarde, a chuva deu uma trégua. Pérolas pesadas de água pingavam das folhas e decoravam as finas teias de aranha e, enquanto caminhavam, ouviam o som metálico de água pingando. A umidade transformou o ar em um manto sufocante que pairava pesadamente sobre a ilha.

O pouco do céu que se podia ver era de um roxo intenso como um hematoma. Lorelei se lembrou do cume da Himmelstechen. Onde quer que estivessem, não era mais o Mar de Dentro.

Um problema de cada vez, disse a si mesma.

Enquanto a noite se insinuava no horizonte como uma lâmina no pescoço da ilha, um orbe de luz piscou na escuridão, depois outro. Os globos de luz flutuavam suspensos entre as árvores esguias, agitando-se como se movidos pela correnteza de um rio. Quanto mais Lorelei olhava para eles, mais quente ficava a corrente em seu pescoço.

— Encontrei algumas criaturas para você perseguir.

— Jura? — A empolgação na voz de Sylvia era insuportavelmente cativante.

Ela parou e olhou em direção às árvores. Uma dúzia de luzes espectrais rodopiava no ar, circulando alegremente umas próximas às outras. Olhando com mais atenção, Lorelei distinguiu os contornos de criaturinhas feéricas dentro de cada aura dourada. Tinham corpos delicados, membros finos como palitos e cabelos espetados como labaredas.

— Ah, não — disse Sylvia, menos impressionada. — São irrlicht. Eles gostam de fazer com que as pessoas se desviem do caminho por pura diversão.

— Entendi. Iguais a todos os outros, então?

Em algum lugar ao longe ela ainda conseguia ouvir o canto das nixes.

— Estamos chegando perto — arriscou Sylvia.

— Que maravilha — devolveu Lorelei, sem grandes emoções.

A canção das nixes a atormentava. Lorelei não conseguia esquecer a imagem do sangue na superfície da água. Ela jurou ter avistado Johann na floresta, a silhueta de sua postura imponente traçada pelo brilho sinistro dos irrlicht. Mais um morto para se juntar aos demais. Os lábios dele estavam feridos e uma mancha de sangue que começava no pescoço parecia uma papoula. Seus olhos a condenavam: *Você me matou*.

Não era nada que ele não teria feito se tivesse a oportunidade. Ela queria dizer isso a ele, mas não adiantaria e nem serviria de consolo para Sylvia. Se Lorelei estivesse no lugar dela, não ia gostar de saber que tinha se aliado a alguém que claramente estava à beira de um colapso nervoso ou, na melhor das hipóteses, fosse um ímã para wiedergängers, as criaturas que vestiam os rostos dos mortos como máscaras.

— Lorelei? — Sylvia olhou para ela com preocupação. — O que está olhando?

— Nada — disse ela, disfarçando. Não era um wiedergänger, então. Que pena. — Eu não me dou tão bem com a morte.

— Uma vez você me disse que ela te assombra — lembrou Sylvia, cautelosa. — O que quis dizer?

Lorelei considerou responder de forma ríspida, nem que fosse para se fechar outra vez na segurança de sua parede de espinhos, mas a firmeza do olhar de Sylvia e a compaixão em sua voz a acalmaram. *Droga*. Ela queria conquistar o perdão de Sylvia; talvez deixá-la se aproximar e dizer a verdade fosse um bom ponto de partida.

— Às vezes eu vejo fantasmas — confessou, contrariada.

— Vê? — Sylvia esticou o pescoço para olhar para a floresta como se pudesse vê-los também. — Está vendo Ziegler?

— Às vezes vejo — respondeu Lorelei. — Outros também.

— Seu irmão?

— Sim. Quando éramos crianças... — Lorelei não contava essa história para ninguém havia anos, e não sabia se conseguiria suportar o olhar de Sylvia quando o fizesse. Sua mente pairou acima de seu corpo, permitindo que a lembrança a visitasse sem tocá-la. — Eu convenci meu irmão a sair escondido do templo comigo. Estava brincando de ser naturalista quando alguns homens de Ruhigburg entraram pelo portão do Yevanverte.

Ela pensou que poderia dizer mais do que isso, mas o desenrolar exato dos acontecimentos sempre a escapara. Quantos foram de fato? Como eles se pareciam? Os detalhes mais desimportantes e superficiais eram os que mais a assombravam.

— Eles mataram meu irmão. Foi como uma brincadeira para eles.

— Isso é... isso é monstruoso.

A dor nos olhos de Sylvia parecia queimar Lorelei. Quando soubesse de toda a verdade, não olharia para ela com tanta doçura.

— Ele me disse para fugir. E eu fugi.

— Claro que fugiu...

— Não, você não entende. Eu abandonei meu irmão. Deixei que ele morresse. — Sua voz estava embargada de maneira humilhante. — Então, é isso. Sempre fui covarde. Eu sacrificaria qualquer um e qualquer coisa para sobreviver.

Lorelei fechou os olhos. Ela não suportaria abri-los e ver o que a aguardava: recriminação. Repulsa. Julgamento. Mas quando enfim teve coragem de olhar para Sylvia outra vez, ela a encarava com uma tranquilidade agonizante.

— O que mais você poderia ter feito? — Sylvia segurou Lorelei pelo cotovelo, puxando-a para mais perto. — Lorelei, seja racional como você é com todas as outras coisas. Você era uma criança, eles teriam te matado também. Você teve sorte de ter sobrevivido.

— Não sei se tive muita sorte. — As palavras ficaram presas em sua garganta.

— No começo, eu também achava que não tinha. — Sylvia sorriu com tristeza. — Não conheci seu irmão, mas se essa foi a última coisa que Aaron fez em vida, ele foi extremamente bondoso e muito corajoso. Ele não queria que você fizesse justiça, Lorelei. Ele queria que você vivesse.

Aaron surgiu atrás de Sylvia. Sua eterna sombra, seu pestinha, seu pequeno cordeiro. O rosto dele ainda era arredondado como o de um menino. Quando Lorelei se forçou a sustentar o olhar, viu que não era tão cruel como sempre imaginara. Na verdade, ela mal conseguia distinguir os traços dele. Eles estavam enuviados, como se Aaron estivesse submerso em águas turvas. A constatação quase a deixou sem fôlego: ele estava indo embora.

Talvez ela fosse a razão pela qual Aaron não conseguira partir.

— Viver — ecoou Lorelei. — Não sei mais se consigo.

— Por ora, apenas respire. — Sylvia deslizou os braços para cima e aninhou o rosto de Lorelei nas palmas das mãos. — Concentre-se em mim. Fique comigo.

É o que eu tenho feito há anos, pensou, mas não respondeu.

O que saiu foi um simples suspiro:
— Vou tentar.

Quanto mais se embrenhavam por entre as árvores, mais estranha a floresta se tornava. Era como se mil olhos piscassem para elas na escuridão. Havia cogumelos brancos com brânquias ondulantes florescendo em troncos caídos, esporos eram luminescentes cintilando como vaga-lumes. Tudo tinha cheiro de verde, de umidade e decomposição.

Ali Sylvia parecia mais leve, verdadeiramente em casa. Ela parava de vez em quando e dava leves batidas nos troncos das árvores, como se estivesse chamando um vizinho ou se agachava para derramar água sobre raízes. Waldschrattens surgiam do nada com suas capas de folhas secas para conversar com ela em troca de pequenezas e pedaços de pão. Tudo era ridiculamente absurdo, mas Lorelei não tinha escolha a não ser confiar em Sylvia. Ela garantira que os povos da floresta nunca a tinham enganado.

Lorelei pensou que, da mesma forma, Sylvia também nunca a enganara.

Ela se adiantou à frente e afastou galantemente um galho enroscado nas trepadeiras para que Lorelei pudesse passar. Seu primeiro impulso foi repreender Sylvia, mas foi obrigada a aceitar a gentileza dela. Graças ao ferimento nas palmas das mãos, revezava entre a agonia da dor latejante e o alívio da dormência que de tempos em tempos a agraciava.

Depois de passar por Sylvia, Lorelei por pouco não despencou de cabeça no que parecia ser um enorme buraco no chão.

Ela recuou aos tropeços.

— Está tentando me matar?

— Aqui estamos! — anunciou Sylvia com um sorriso presunçoso.

Lorelei não viu nada demais. Na verdade, ela nem sequer sabia o que deveria procurar. Quando se inclinou sobre a borda, percebeu que estavam ao lado de uma nascente cárstica. A água era lisa como um espelho e parecia ter infinitos tons de azul, como uma lâmina de ágata. Mas aquela fonte não irradiava nenhum poder.

O reflexo de seu próprio rosto cansado olhava de volta para ela.

— *Este* é o Ursprung?

— O quê? Não, claro que não — refutou Sylvia. — Este buraco leva a uma rede de cavernas submarinas. O waldschratten deu a dica de que o Ursprung estaria em algum lugar por lá.

— Cavernas — repetiu Lorelei.

— Isso — disse Sylvia com entusiasmo. — É comum encontrar nixes morando em lugares como esses, então o que ele disse faz sentido. Vamos ter que nadar.

— Ah — resmungou Lorelei. — Que maravilha.

Como se fosse ensaiado, uma forma escura passou pela água. Uma nixe.

O coração de Lorelei disparou. Ela só conseguia enxergar tragédias em potencial esperando para acontecer, só conseguia pensar em Johann, puxado para as águas sangrentas, no rosto apavorado de Sylvia enquanto o alp a arrastava para as profundezas do lago. Ela não sabia se conseguiria aguentar algo assim outra vez.

— Você confia em mim? — Sylvia perguntou.

Dessa vez, a resposta de Lorelei veio imediatamente.

— Claro que sim.

Sylvia sorriu.

— Então vamos.

— Esse é seu plano? "Vamos"?

Sylvia a ignorou e se abaixou até o chão, mergulhando os pés na água. Relutante, Lorelei a imitou, tirando a jaqueta e a colocando de lado. O cheiro adocicado de grama pisada pairava no ar e a luz que se refratava na superfície dançava no rosto de

Sylvia, que emanava uma alegria inexplicável. Mais uma vez, Lorelei foi atingida por uma onda violenta de carinho. Tudo era encantador para Sylvia, até mesmo algo que poderia matá-las.

O canto da nixe veio de baixo e suas proteções ficaram quentes devido à proximidade com a magia.

Lorelei confiava em Sylvia. Ela tinha que confiar.

Parecendo sentir a apreensão de Lorelei, Sylvia colocou a mão sobre a dela. Segundos depois, a nixe cortou a água como uma faca e emergiu a apenas trinta centímetros de onde estavam. Sylvia apertou com força a mão de Lorelei e começou a cantarolar. Era estranho vê-las se comunicando. Lorelei estremeceu quando a nixe levantou a mão da água, mas a criatura apenas colocou algo no chão ao lado de Sylvia e, com um sorriso quase travesso, mergulhou de volta. Uma única conta em forma de coração repousava na grama, resplandecendo como uma opala.

— Para que serve isso? — perguntou Lorelei, afoita. — O que aquela coisa disse?

— Ela não *disse* nada. — Sylvia pegou a conta e a girou nos dedos. — É um presente. Não tenho certeza de para que serve exatamente, mas acho que significa que provavelmente vamos conseguir passar em segurança.

— "Acho" e "provavelmente" não são palavras que transmitem segurança.

— Não dá para planejar tudo, por mais que você tente — disse Sylvia. — Você sabe mergulhar?

— Por que eu... Não! Claro que não!

— Ah... bem, então é bom vir logo.

Antes que Lorelei pudesse responder, Sylvia respirou fundo e mergulhou na água. O coração de Lorelei foi parar na garganta. Lá embaixo, Sylvia era um borrão branco no fundo da nascente, rodeada por silhuetas escuras. Ela parecia assustadoramente pequena vista de cima.

Lorelei só podia ter perdido a cabeça para sequer pensar em segui-la. E, no entanto, em algum lugar lá no fundo, ela sabia que sempre viveria momentos *inconsequentes* quando se tratava de Sylvia von Wolff. Ela já tinha perdido seu coração. O que era mais uma coisa?

Lorelei respirou fundo e, antes que pudesse pensar melhor, mergulhou na água. Ela esperava que o frio arrancasse seu fôlego, mas a água era morna e escura. Apenas uma coluna de luz dourada vinha de cima, penetrando na escuridão. Os cabelos de Lorelei flutuavam ao redor dela, subindo em direção à superfície.

Quando seus olhos se ajustaram à escuridão, viu que estavam cercadas por nixes. As criaturas descansavam nas rochas e nadavam mais ao fundo, levantando nuvens de areia ao passar. Eram muito belas e tinham nadadeiras translúcidas de uma cintilância sobrenatural. Algumas eram douradas, outras prateadas, outras tão brilhantes quanto pedras preciosas, e todas, sem exceção, tinham dentes afiados o suficiente para picotá-las em mil pedacinhos.

O canto das nixes reverberava na água, ressoando no âmago de Lorelei. Em terra, a canção mágica era abafada pelas proteções que usava, mas ali, soava mais doce do que qualquer ária, as cores eram mais vivas e ela sentia cada batida de seu coração. Lorelei sentia-se zonza, seja por êxtase ou falta de oxigênio. Talvez as duas coisas não fossem tão diferentes.

Sylvia virou-se para ela. Seus olhos estavam iluminados e ela acenou com a mão para que Lorelei a seguisse. Os pulmões de Lorelei ardiam, o que foi o suficiente para apressá-la a continuar em frente. Ela não podia se dar ao luxo de se afogar ali, como uma tola apaixonada. Enquanto ia em direção a Sylvia, as nixes nadavam ao redor delas, próximas até demais. Lorelei sentia as mãos membranosas roçarem em sua camisa. Algumas se aproximaram tanto de sua boca que ela teve a impressão de que queriam beijá-la. As criaturas eram tenebrosas e belas ao mesmo tempo. Se houvesse uma maneira de falar com Deus, de estar na presença de algo verdadeiramente sublime, aquilo certamente chegava perto.

Algumas nixes passaram por uma abertura estreita na face de uma das rochas e Sylvia, sem hesitar, nadou atrás delas. Lorelei se deteve por um instante. Se a confiança cega de Sylvia fosse a causa de sua morte, Lorelei voltaria como um dybbuk para assombrá-la e nunca mais a deixaria em paz. Tomando impulso e coragem, Lorelei tateou a pedra e entrou devagar. A passagem era mais estreita do que esperava e as pedras a cercavam, raspando em suas costas. O pânico estava à espreita e seus pulmões se esforçavam para prender o ar. Então, com um gesto dos dedos, ela manipulou a correnteza da água, que avançou depressa, guiando-a e arrastando-a para a saída da fresta.

Do outro lado, avistou um feixe de luz vindo de cima para baixo. Sylvia nadou em direção a ela, com os cabelos ondulando em torno da cabeça como a fumaça de uma vela recém-apagada. A visão de Lorelei começou a escurecer. *Só mais um pouco.*

Não podia sucumbir à vontade de respirar, ou seu pulmão se encheria de água e ela afundaria como uma pedra. Lorelei bateu os pés desesperadamente em direção à superfície, impulsionada por sua magia. Juntas, as duas emergiram, ofegantes. Com as forças que ainda restavam, Lorelei se arrastou até a terra firme, tossindo.

A cada vez que inspirava seus pulmões ardiam como se estivessem cheios de vidro quebrado. Sylvia a observava com alívio e interesse.

— Fica a lição de nunca mais te seguir cegamente — reclamou Lorelei.

Sylvia deu risada.

— Não foi incrível?

Quanto mais olhava para Sylvia, menos Lorelei discordava desse sentimento. Lorelei queria se deleitar para sempre ao som da risada de Sylvia. Queria se deixar levar pela correnteza de todos os seus caprichos. Queria discutir com ela até ficar sem fôlego. Queria feri-la com delicadeza, de novo e de novo, por todo o tempo que ainda tivessem.

A intensidade de sua avidez a assustava.

— É, pode ser — cedeu Lorelei, marrenta.

Os lábios de Sylvia se entreabriram. Suas pálpebras pareciam pesadas e seus olhos estranhamente convidativos, como se seus pensamentos não estivessem muito distantes dos de Lorelei. *Eu quero. Eu quero. Eu quero.* Se continuassem ali por mais um instante sequer, Lorelei iria beijá-la até que se esquecessem completamente de onde estavam e do que tinham ido fazer.

— Acho melhor seguirmos em frente — sugeriu Lorelei, nervosa.

Sylvia pigarreou.

— Claro.

Elas se aventuraram mais adiante pela caverna. No chão, uma névoa se arrastava, envolvendo-as na altura dos joelhos. As fissuras na pedra acima deixavam entrar uma iluminação suave e, ao redor, havia samambaias que teimavam em sobreviver à pouca luz, emanando seu próprio fulgor sobrenatural. Ela compreendeu então que a concentração de éter na água fazia com que tudo crescesse de forma um pouco incomum. Ludwig teria adorado estar ali.

Quando tudo isso terminar, pensou Lorelei, *ele vai poder conhecer mil lugares tão extraordinários quanto este*. Se dependesse dela, não morreria mais ninguém com quem ela se importava.

Por fim, a caverna terminou em uma imensa bacia de calcário. No alto, havia uma claraboia natural perfeitamente redonda que se abria para o céu, de onde uma cachoeira parecia cair diretamente das nuvens. A cascata refulgia com uma espuma prateada e desaguava em uma nascente. O solo era quente e vivo sob seus pés e o próprio ar reluzia, como se houvesse cristais flutuando ao redor. Um sentimento de deslumbre silencioso tomou conta de Lorelei.

Não havia dúvidas.

Era o Ursprung.

Por um longo tempo, nenhuma das duas falou. Lorelei sempre se orgulhara de sua racionalidade, mas as últimas semanas a haviam dissuadido totalmente da ideia de que a filosofia natural poderia explicar o mundo inteiro. Havia algo de fantástico e mágico nesse lugar, um mistério indecifrável, como a emoção provocada pelo canto da nixe. Como olhar para Sylvia quando...

— Conseguimos!

Lorelei gritou de dor quando Sylvia agarrou sua mão e apertou.

— Pelos Santos! — exclamou ela, cobrindo a boca com as duas mãos. — Me desculpe!

— Está tudo bem — disse Lorelei entredentes. Sua visão ameaçou escurecer. — Só... tome cuidado.

Pelo menos o apertão despertou Lorelei do torpor. Por um momento, ela se sentiu como o menino da história do Ursprung contada em Albe. Ela podia imaginar um dragão morto acima dela, seu sangue prateado escorrendo na terra proveniente de uma ferida ainda aberta. Qual seria a sensação de um poder como aquele fluindo em seu sangue? Nunca mais precisaria depender de ninguém para proteger a si mesma ou a seu povo. Mas mesmo que o Ursprung a considerasse digna de seu poder, ela seria caçada. Ela seria rejeitada. Isso por si só já era um preço alto a se pagar.

— Vou coletar uma amostra — avisou Lorelei.

— Claro.

A voz de Sylvia ainda vibrava de emoção.

Lorelei tirou um frasco da bolsa e mergulhou as mãos na água, em partes temendo que bolhas se formassem em sua pele. Felizmente, as águas pareciam não distinguir um verdadeiro brunês de uma yeva, ou talvez fosse necessário falar as palavras mágicas para que elas pudessem ler o conteúdo de sua alma. Com uma risada sarcástica, ela encheu o frasco e o tampou. O líquido emitiu um brilho sobrenatural, banhando seu rosto com uma luz cinzenta e fria. Dentro do frasco rodopiavam partículas que pareciam diamantes, mas a cor da água em si era de um preto impressionante e incongruente. Era como se ela tivesse engarrafado o céu da noite.

Lorelei levantou-se e foi guardar a amostra.

— Lorelei.

Quando se virou, Sylvia a olhava com uma estranha combinação de hesitação, esperança e expectativa que ela não conseguiu decifrar. Seu rosto ficara corado e Lorelei pensou em perguntar se ela estava se sentindo bem.

— Oi?

Sylvia transferiu o peso do corpo de um pé para o outro.

— Pode vir aqui?

— Agora?

Ela ainda tinha tantas coisas para fazer. Trocar os curativos, por exemplo, e organizar o que restava dos suprimentos para descobrir o que tinha sobrevivido à jornada.

— Estou ocupada — respondeu Lorelei, virando-se para vasculhar a mochila.

Sylvia a encarou com uma expressão ilegível por um longo tempo, depois deu meia volta e foi embora com um grunhido dramático.

Só depois de conseguir abrir o tinteiro que tinha em mãos que Lorelei percebeu que Sylvia parecia chateada. Ela soltou o recipiente, que caiu no chão e espalhou tinta pela pedra.

Sua idiota, ralhou consigo mesma.

Lorelei deixou a bolsa no chão e saiu correndo atrás de Sylvia.

CAPÍTULO VINTE E CINCO

Sylvia já tinha começado a montar o acampamento.

As partes soltas da tenda estavam espalhadas por toda a parte, assim como metade de seus pertences. Quando Lorelei se aproximou, viu Sylvia sentada sobre a pilha de peles que usava para dormir prendendo o cabelo molhado no topo da cabeça com uma presilha cravejada de granadas. Alguns cachos teimosos insistiam em cair sobre os olhos dela de um jeito que Lorelei achou adorável.

— O que está fazendo?

Sylvia olhou para ela, surpresa, e soltou os cabelos que segurava com a mão. Todos os fios revoltos caíram em cascata por seus ombros e a presilha foi ao chão, tilintando sobre as pedras e fazendo eco nas paredes da caverna.

— Nada. — Havia um toque de timidez em sua voz, o que era tão atípico quando se tratava de Sylvia que Lorelei sentiu vontade de sorrir. — Por que está me olhando desse jeito?

— Por acaso preciso ter um motivo para te olhar?

Lorelei fez uma pausa e respirou fundo. Se precisava tentar ser comedida uma vez na vida, teria que ser naquele momento. Por mais que a situação fosse apavorante, ela não poderia se esconder para sempre atrás de sua rispidez.

— Eu queria falar com você.

Sylvia ficou desconfiada.

— Queria?

— Eu andei pensando — começou Lorelei. — Tenho pensado bastante.

— Eu sei. Você faz isso com frequência.

Lorelei, em uma demonstração muito nobre de autocontrole, conseguiu não retrucar com um comentário mordaz.

Quando o assunto era amor, ela preferia se expressar com ações concretas. Lorelei não tinha o hábito de demonstrar sentimentos por meio de palavras — ou de demonstrar sentimentos no geral, se tivesse escolha —, então o que ela estava prestes a fazer exigiria concentração e dedicação máximas.

— Ontem você me disse que eu nunca ajo em benefício próprio. Acho que você tem razão até certo ponto. Às vezes, invento problemas para boicotar minha própria felicidade por medo de me decepcionar mais adiante. Também tenho medo de permitir que alguém me conheça de verdade, então nem deixo que se aproximem. Até conhecer você, eu navegava pelo mundo de coração fechado. — Ela tomou coragem e olhou para Sylvia. — Eu menti quando disse que não imaginava nada acontecendo entre nós.

Era possível ouvir o som da água ao longe, mas o silêncio de Sylvia era tamanho que Lorelei chegou a pensar que ela sequer estava respirando.

— Mesmo com tudo o que aconteceu, você me fez acreditar que há muita beleza lá fora. Com sua alegria contagiante, sua excentricidade, a forma como você se encanta pelo perigo... Você é tudo o que eu não sou e tudo o que mais admiro. Pensar em ter você me deixou aterrorizada, morrendo de medo.

Pensar em te magoar, mais ainda — confessou. — Eu não tenho absolutamente nada a oferecer a não ser minha completa devoção. Mas, se você me quiser, eu…

A cena chegava a ser descabida. Lá estavam elas, ilhadas, ambas feridas, derrotadas como nunca na vida. Sylvia e Lorelei podiam muito bem estar com os dias contados. Mas se não fosse naquele momento, quando seria?

— Se você me quiser… Eu sou sua — concluiu.

O sorriso de Sylvia era de uma felicidade tão genuína e autêntica que o coração de Lorelei disparou em resposta.

— Para mim, isso é mais do que o suficiente. É tudo o que eu poderia querer. E se você me permitir, vou encontrar uma forma de garantir sua segurança e a de todos no Yevanverte. Vou protegê-los com minha própria vida.

Lorelei não conseguia acreditar que desperdiçara cinco anos afastando alguém que gostava dela. Foram cinco anos tentando cair nas graças de um rei que a descartaria no momento em que fosse politicamente conveniente, cinco anos tolhendo a si mesma para se tornar mais palatável para os nobres. Jamais conseguiria agradá-los. Mas Sylvia a enxergara de verdade, de corpo e alma, e não se intimidou.

Lorelei riu, principalmente para não começar a chorar.

— Ah, é mesmo? Vai me proteger?

— Vou.

— Se um ataque acontecesse à noite, você me emprestaria sua espada?

— É claro que sim.

— E se tentassem nos levar, você…

— Lorelei, por favor. — Sylvia falava em um sussurro e o desejo em sua voz era tão latente que Lorelei sentiu as pernas bambearem. — Eu faço tudo o que você quiser. Faria qualquer coisa que me pedisse.

Lorelei ajoelhou-se no chão ao lado dela.

— Como é possível que você seja real? Parece que saiu de um conto de fadas.

— Você também. Mas eu sou tão real quanto você. — Ela falou ainda mais baixo. Com doçura, pediu: — Será que agora você pode me beijar?

— Eu faço tudo o que você quiser.

Lorelei segurou um dedo de sua luva entre os dentes e cuidadosamente a tirou, depois fez a mesma coisa na outra mão. Sylvia a observava com fascínio. Devagar, ela desenrolou os curativos e os colocou de lado. Seus ferimentos tinham se fechado, mas as cicatrizes ainda estavam tenras e sensíveis, cada uma delas tendo formado o desenho irregular de uma explosão estelar. Sylvia suspirou baixinho ao vê-las. Com uma ternura insuportável, segurou um dos punhos de Lorelei e beijou sua palma. Lorelei sentiu um calor dominar seu peito e um frisson de dor quase imperceptível.

— Lorelei…

— Não se preocupe.

Lorelei passou o polegar sobre o lábio inferior de Sylvia. O calor de sua boca era a coisa mais tentadora que já sentira.

Com o máximo cuidado, ela emaranhou os dedos nos cabelos da nuca de Sylvia e se inclinou para roçar os lábios nos dela, sentindo o coração acelerar. Sylvia agarrou o tecido da camisa de Lorelei com ferocidade.

— Eu juro que se você…

O protesto morreu em seus lábios assim que Sylvia a beijou de novo, um beijo profundo, lento, voraz. Já não conseguia pensar em mais nada. Sylvia tinha gosto de lavanda, sabor de rio, intenso e viciante. Ela pressionou o corpo contra o de Lorelei, como se o mínimo espaço entre as duas fosse algo impensável.

Lorelei passou um braço ao redor da cintura de Sylvia e fez com que se deitasse, derramando os cabelos brancos nas peles que forravam o chão. Sylvia levou a mão à barriga de Lorelei tentando abrir os botões de seu colete, mas ela a deteve, segurando-a com força pelos punhos sem sequer se lembrar das mãos feridas. Em um movimento ágil, levantou os braços de Sylvia para prendê-los acima de sua cabeça. Naquele momento, a dor que a atravessou foi imediata e excruciante.

— Merda — gaguejou Lorelei. Depois: — Desculpe.

Sylvia tentou se sentar, mas, cega de dor, Lorelei soltou seu peso sobre ela e se encaixou na curva do pescoço dela. A risada de Sylvia ressoou próxima a seu ouvido.

— Lorelei, você está bem?

Suas mãos *doíam*, mas não tanto quanto seu orgulho.

Ela se considerava uma pessoa metódica em tudo, até mesmo em seu ódio. Até mesmo em suas fantasias. Lorelei queria fazer tantas coisas com Sylvia. Já tinha imaginado inúmeros cenários em que realizava seus desejos mais sórdidos e famintos. Já sabia de cor todas as formas como queria fazer Sylvia sofrer, suplicar e gozar. Queria fodê-la até que ela se esquecesse do próprio nome, até que não conseguisse pensar em nada além de Lorelei. Até que não existisse mais nada no mundo além de suas mãos e sua boca em seu corpo, além da forma como Lorelei mandava em seu prazer.

Lorelei nunca se sentira tão arrasada com as limitações do próprio corpo.

Quando sua visão voltou ao normal e ela conseguiu raciocinar para além da dor, disse:

— Desculpe. Acho que alguns movimentos estão restritos no momento.

Sylvia aninhou seu rosto nas mãos com um sorriso caloroso.

— Nós temos tempo. Eu quero todas as suas versões. Quero sua brutalidade e o seu carinho, o seu melhor e o seu pior. Pelos Santos! Eu quero *você*, Lorelei. Eu...

Lorelei a beijou outra vez, com tanta sede que seria capaz machucá-la. O desejo a consumia de dentro para fora. Quando seus lábios se separaram para que pudessem respirar, as duas se entreolharam, respirando ofegantes no escuro. As pupilas de

Sylvia estavam dilatadas e Lorelei conseguia ver uma veia pulsando em ritmo rápido na altura da garganta.

Eu quero você, Lorelei.

O corpo inteiro de Lorelei respondeu àquelas palavras. Ela queria devorar Sylvia por inteiro, cada pensamento mesquinho, cada crueldade e capricho, cada doçura e delicadeza. Tudo escorreria em sua língua como mel. Lorelei jamais imaginara ser capaz de se sentir assim. Apaixonada, insaciável, imprudente.

Era assustador perceber todo o seu controle se desfazendo e escorregando por seus dedos, era assustador ver que, com Sylvia, suas barreiras desmoronavam como castelos de areia. Ela queria que Sylvia experimentasse ao menos uma lasca do sentimento que ameaçava dominá-la por completo.

— Desabotoe a camisa — ordenou Lorelei com a voz grave.

Sylvia obedeceu prontamente. Seus dedos calejados tatearam a coluna de botões de madrepérola da camisa e, depois de alguns instantes que pareceram durar uma eternidade, finalmente se despiu. Lorelei sentiu a boca seca. Delicadamente, deslizou as pontas dos dedos pela barriga de Sylvia, roçando o metal frio das abotoaduras de suas vestes contra a pele dela, deixando-a arrepiada. Sylvia a observava em silêncio, entregue.

Era uma imagem de tirar o fôlego, vê-la assim tão ávida, tão dela. Lorelei se curvou por cima de Sylvia, molhando a pele entre seus seios com a língua e descendo, descendo. Ela gemeu baixo e suas mãos encontraram o cabelo de Lorelei, que manteve os dedos firmemente posicionados nos ossos do quadril dela.

— Você ainda está com roupas demais.

— Você também — rebateu Lorelei.

Sylvia se livrou das calças e das roupas íntimas com rapidez impressionante. Se Lorelei ainda estivesse conseguindo raciocinar, teria dito algo para implicar com ela, mas não conseguiu. A camisa de linho fino que Sylvia usava ainda estava solta sobre seus ombros. Lorelei afastou-se um pouco mais para admirar as curvas dos seios dela, mas seu olhar se desviou para o corte logo acima da clavícula, imperfeitamente cicatrizado com os pontos que ela mesma dera. Sylvia percebeu e se cobriu com a blusa.

Na segunda vez em que tentou desabotoar o colete de Lorelei, não encontrou resistência. O tecido caiu no chão e Sylvia se inclinou para beijá-la. Seus dedos trabalhavam incansavelmente para desatar o nó do lenço em seu pescoço e, quando finalmente conseguiu, arrastou os lábios até a altura da garganta de Lorelei. Em seguida, se concentrou na camisa, abrindo cada botão de marfim com precisão tão cuidadosa e com um olhar tão reverente que Lorelei sentiu-se corar. Satisfeita, Sylvia puxou o tecido pelos ombros dela com tanta afobação que Lorelei temeu que tivesse rasgado o tecido. Depois, enganchou os dedos por dentro do cinto de Lorelei, olhando para ela com absoluta adoração.

— Você é tão linda — disse Sylvia em um sussurro.

— Obrigada.

A garganta de Lorelei se contraiu de maneira vergonhosa. Ela nunca tinha ouvido algo assim antes. Ninguém jamais a olhara como Sylvia olhava naquele momento, com tanta devoção, tanto desejo. Lorelei queria se entregar inteira a ela. Queria devorá-la. Tomá-la para si.

Sylvia quase se derreteu e se contorceu sob o toque de Lorelei quando ela traçou uma linha de seu joelho até a carne sensível da parte interna da coxa.

— Ainda acha que sou cruel? — provocou Lorelei. — Quer saber até onde posso chegar?

— Por favor — pediu Sylvia, ofegante.

Por favor. Nunca houvera um som mais bonito.

Lorelei a beijou na curva do quadril, depois mais para baixo. Os quadris de Sylvia se arquearam contra a boca de Lorelei e ela fechou os olhos, rendida. Lorelei precisou de todo o seu autocontrole para não perder a cabeça, mas parecia algo impossível quando estava tão perto do calor do corpo de Sylvia, ouvindo o som de seu nome nos lábios dela. O desespero inundava os olhos de Sylvia a cada vez que Lorelei atrasava o que ela queria. Beirava o insuportável. Lorelei queria que aquele momento nunca tivesse fim.

 Ela não sabia dizer quanto tempo se passara quando Sylvia suplicou para que acabasse com seu sofrimento. Elas estremeceram, Lorelei segurou o cabelo de Sylvia com força a ponto de doer até mesmo nela, e então se soltou sobre seu corpo. Sua pele corada estava quente e coberta por uma fina camada de suor.

 Sylvia era como uma miragem, inacreditavelmente linda.

 Quando ela sorriu, radiante, Lorelei percebeu que dissera aquilo em voz alta. Mas não importava. Ela sentia que seria capaz de dar tudo para poder viver imersa no amor de Sylvia para sempre. Mas, por ora, se contentou em beijá-la até se sentir iluminar de dentro para fora, segura e feliz.

Lorelei despertou com a luz suave do amanhecer.

 A noite anterior parecia ter sido um sonho, mas os olhos claros de Sylvia, deitada a seu lado, ancoraram Lorelei à realidade. Como era estranho existir em um mundo onde Sylvia von Wolff sorria para ela ao acordar, onde as duas dormiam juntas como se aquela fosse a coisa mais natural do mundo.

— Bom dia — disse Sylvia, ainda sonolenta.

— Bom dia.

Lorelei colocou uma mecha do cabelo dela atrás da orelha e então, com mais pesar do que esperava sentir, se sentou. Quando ela se esticou para pegar a camisa, Sylvia a segurou pelo braço:

— Deixe que eu pego.

— Não preciso que você fique…

— Eu sei que você não precisa — interrompeu Sylvia. — Mas quero fazer isso. Você não quer me deixar feliz?

 Lorelei sentiu uma onda de calor subindo por seu corpo.

— Mais do que qualquer coisa.

— Então está decidido.

Depois de se vestirem, elas arrumaram as coisas e foram até a beira do Ursprung. Lorelei estava relutante em deixar aquele refúgio quando temia tanto o que viria a seguir. As palavras de Adelheid voltaram à sua mente.

Acha que ele vai hesitar em jogar os yevani na fogueira caso isso signifique receber nem que seja um pingo de aprovação pública? Confiar na promessa de proteção de Wilhelm é o maior erro que alguém pode cometer.

Lorelei não tinha ideia de que tipo de poder a fonte concederia, mas não sabia se poderia entregá-lo ao rei.

— Poderíamos dizer que não conseguimos encontrar o Ursprung.

As palavras saíram de sua boca antes que ela percebesse. Quando se atreveu a olhar para Sylvia, ela parecia menos chocada do que Lorelei imaginou que ficaria. Ela sorria, mas seus olhos estavam cheios de tristeza.

— Também pensei nisso.

Então Sylvia von Wolff, sempre tão incorruptível, também tinha impulsos de traição de vez em quando. Lorelei achou graça. Se voltassem sem a localização do Ursprung, ela não sabia o que o rei seria capaz de fazer. Se houvesse uma alternativa...

Então Lorelei arriscou:

— Poderíamos pegá-lo para nós.

O sorriso de Sylvia murchou.

— Como?

— Se fosse conveniente para Wilhelm, ele se voltaria contra qualquer uma de nós em um piscar de olhos.

Depois de tudo o que passaram, nem mesmo Sylvia poderia defendê-lo.

— É, acho que sim. Mas proteger o Ursprung é a melhor maneira de garantir a estabilidade. Além disso, você realmente quer esse tipo de poder?

— Não. Se for para ser uma de nós, será você. Tem que ser você.

Sylvia balançou a cabeça.

— Eu?

— Você jurou lealdade a Wilhelm. Com o poder do Ursprung, poderia protegê-lo. Você pode ser a intendente que ele sempre quis ser. Melhor ainda, ele comeria na sua mão. O que ele faria contra você, ou contra Albe, se dependesse de você para intimidar inimigos?

Sylvia voltou-se para a fonte. O brilho sobrenatural que as águas emitiam enchiam o peito de Lorelei com um fascínio silencioso e arrebatador.

— Não uso magia há anos. Desde a guerra.

Gentilmente, Lorelei disse:

— Eu não insistiria no assunto. Mas você merece ser perdoada.

Sylvia riu, sem graça, passando o pulso sobre os olhos para secar as lágrimas.

— Acha mesmo? Eu estava morrendo de medo de tocar aquela fonte em Albe, sabia? Fiquei com medo de não ser digna. Ainda estou.

Lorelei mal conseguia processar o que ela dissera. Ali, naquele lugar sagrado, com a luz prateando os ângulos e as cicatrizes do rosto de Sylvia, aquela era a coisa mais ridícula que já tinha ouvido na vida.

— *Você*? Indigna?

Sylvia abriu a boca para responder, mas Lorelei não deixou.

— Sylvia von Wolff, a mulher mais nobre e compassiva que conheço. Amiga das criaturas da floresta, cheia de uma esperança que não conhece limites, sempre aberta a todas as alegrias e magia que este mundo miserável ainda tem a oferecer. Quem seria mais merecedora?

Sylvia não respondeu. De repente, suas mãos quentes aninhavam o queixo de Lorelei, seus lábios eram macios e doces sobre os dela. Por um momento, Lorelei não fez nada além de olhar os longos cílios brancos da mulher à sua frente. Seu coração se contraiu dolorosamente de ternura. A vida nunca parecera tão boa.

Uma voz familiar ecoou por trás delas: Heike.

— Eu sabia.

CAPÍTULO VINTE E SEIS

Adelheid e Heike estavam apenas alguns metros atrás delas. Seus cabelos molhados pingavam água e daquela distância eram apenas silhuetas escuras esculpidas contra o brilho sinistro da caverna.

Heike estava diferente. Lorelei nunca a vira daquele jeito antes, como se algo tivesse se partido dentro dela e depois sido inutilmente remendado com papel. Mas, apesar de seu aspecto desalinhado, ela vibrava com um propósito determinado. Lorelei reconheceu muito bem a expressão no rosto de Adelheid; ela mesma a ostentara diariamente durante anos. Seus olhos pareciam vazios de tudo, menos de rancor.

Todas elas tinham sido destruídas. A violência as destruíra e as reforjara depois, deixando-as com arestas afiadas que as tornavam perigosas.

— Saia de perto do Ursprung — ordenou Adelheid. — Você não sabe o que isso é capaz de fazer com você.

A contragosto, Lorelei soltou Sylvia.

— Você também não sabe.

Adelheid deu um sorriso indigesto.

— Como chegaram aqui? — interrogou Sylvia.

— Não foi tão difícil seguir os passos de vocês.

A chegada delas não deveria ter sido uma surpresa. Em circunstâncias normais, Lorelei estaria mais atenta aos arredores. Mas sua determinação ferrenha, que antes fora sua força, tinha reduzido o escopo de seu mundo. Por uma única noite, nada mais existiu além dela e de Sylvia. Como tinha sido tola.

— Parece que temos um impasse — disse Lorelei. — Você jogou muito bem, Adelheid, mas acabou.

— Isso está longe do fim.

Adelheid estendeu os braços e extraiu água de seus cabelos e roupas, a transformando em nuvem de vapor. Então a água se cristalizou diante de seus olhos, fumegando, em uma forma afiada como uma lança.

Sylvia cerrou a mandíbula.

— Adelheid, vamos ficar em paz! Podemos conversar sobre isso de forma sensata…

— Não. Já ouvi o suficiente para uma vida inteira.

Esse foi o único aviso antes de ela se lançar contra as duas como uma parede de aço e fúria. Adelheid moldou a água em um chicote, que assoviou no ar na velocidade de um vendaval para depois se solidificar ao atingir Lorelei nas costas. O golpe foi tão forte que ela caiu de joelhos e o chicote se estilhaçou com o impacto, fazendo cacos chouverem sobre o chão de pedra.

Com um gesto de Adelheid, o chicote se reconstruiu, rápido demais para que Lorelei pudesse se orientar. Ele cortou o ar e acertou um golpe brutal no ombro de Sylvia, diretamente sobre o ferimento anterior. Ela soltou um grito engasgado de dor.

Adelheid aproveitou a oportunidade para desarmá-la. Com outro movimento de punho, o sabre de Sylvia voou de sua mão e foi parar do outro lado da caverna, chocando-se contra a parede. A água se acumulou ao redor dos tornozelos de Adelheid e fluiu para a palma de sua mão. Devagar, foi se cristalizando em uma lança que ela apontou diretamente para a garganta de Sylvia.

— Você lutou bem — disse ela, sem um pingo de sarcasmo. Seu olhar se voltou para Lorelei, que estava estirada no chão. — Não se mexa. Eu sofreria se tivesse que matá-la agora, mas não vou hesitar se for preciso.

Sylvia olhou para Adelheid, pressionando o ombro.

— Você já não tem sangue suficiente nas mãos?

— Como assim? — interrogou Heike.

Adelheid trancou a mandíbula e a ignorou.

— Você ainda não contou para ela? — alfinetou Lorelei. — Planeja fazer isso antes ou depois de matar Wilhelm?

Heike abriu a boca, mas a fechou logo em seguida. Foi o bastante para que Lorelei notasse um vislumbre de dúvida em sua expressão. Lá estava a fraqueza a ser explorada.

— Você está mentindo.

— Adelheid está com raiva de Wilhelm por causa da forma como ele tem lidado com Ebul. Ela quer tomar o poder do Ursprung e...

— Meu plano é descobrir que tipo de poder o Ursprung pode oferecer a ele — respondeu Adelheid com frieza. — Não se mexa.

Apesar da incerteza em seus olhos, Heike levantou as mãos como se estivesse se preparando para canalizar o éter. Atenta à lâmina de gelo pressionada contra o pescoço delicado de Sylvia, Lorelei não se atreveu a abrir a boca novamente. Não havia nada que pudesse fazer para detê-la com força bruta. Adelheid era tão habilidosa quanto Johann com a magia, e muito mais cuidadosa.

Adelheid se agachou ao lado da fonte e mergulhou as mãos em concha. A água que estava em suas palmas permaneceu escura e imóvel quando ela a levou aos lábios e bebeu. Por alguns instantes, ela continuou onde estava, com o queixo inclinado para cima, esperando... o quê, exatamente? Que as nuvens se abrissem em uma aparição divina?

Mas nada aconteceu.

Lorelei arfou sonoramente, sem conseguir segurar.

Adelheid se pôs de pé e virou-se bruscamente para ela, como se buscasse alguma explicação. Seu semblante era confuso. Mais uma vez, Lorelei se lembrou do motivo pelo qual odiava a inconstância dos contos de fadas. Talvez ela tivesse tomado uma dose pequena demais. Talvez ela precisasse mergulhar. Talvez, como o menino que matou o dragão, precisasse se afogar.

Ou talvez fosse algo mais simples.

Mas Lorelei não conseguiu evitar um sorriso.

— Ao que parece, você não é digna.

O rosto de Adelheid se contorceu em fúria cortante.

— Como isso pode ser possível? Minha causa é justa.

— *Sua causa?* — A ficha pareceu cair aos poucos dentro da cabeça de Heike. — Então elas não mentiram? Você fez isso? É culpa sua?

Adelheid fechou os olhos. Quando os abriu de novo, sua máscara gelada estava de volta.

— Eu fiz isso para nos proteger.

— Nos proteger? — repetiu Heike. — Você tem coragem de dizer que isso foi *por nós?* Johann morreu, Adelheid, e Ludwig está quase morrendo também! Você não vai parar até acabar com todos nós, até matar a única pessoa nesta droga de reino que pode me salvar!

— Eu não sirvo para nada, então? Eu teria mantido você a salvo — argumentou Adelheid. — Wilhelm te comeria viva.

Lorelei desviou os olhos.

— Por mais comovente que isso seja...

Elas a ignoraram. Heike passou as mãos pelos cabelos.

— Meu Deus, você só pode estar maluca. É exatamente isso o que dizem todas as histórias sobre a fonte. O Ursprung não traz nada além de infortúnio para aqueles que não o merecem. Você só causou mortes, e tudo isso em vão.

Adelheid baixou a cabeça.

— Não, não foi em vão. Existe outro jeito.

E de fato havia. Ela ainda poderia tomar o poder do Ursprung — se estivesse disposta a pagar um preço horrível.

— Não — gritou Lorelei. — Vai acabar se matando, sua idiota!

Adelheid não pareceu ouvi-la. Sem pestanejar, ela mergulhou, espirrando água por todos os lados.

As três se aglomeraram à beira da fonte. A água era muito mais profunda do que parecia. Adelheid mergulhava cada vez mais fundo, seu cabelo era como um fio de ouro debaixo d'água. A luz que tocava a superfície do Ursprung pulsava como um batimento cardíaco, então a água começou a borbulhar e a silvar. O éter crepitava no ar como um raio anunciando sua chegada.

Depois do que pareceu uma eternidade, tanto a fonte quanto Adelheid ficaram imóveis. Ela se acomodou no fundo, seus pulmões se enchendo de água. Os olhos de Adelheid voltaram-se cegamente para a superfície, então se fecharam. Seus lábios estavam entreabertos em algo parecido com um sorriso.

— Me ajude a tirar ela de lá — gritou Lorelei para Heike. — Agora.

Pela primeira vez, Heike não reclamou. Juntas, sustentadas pelo éter, elas puxaram Adelheid para a superfície. O cabelo dela se agarrava ao rosto e flutuava como uma auréola em torno de sua cabeça. Parecia que Adelheid estava dormindo, como a garota que mordeu a maçã envenenada.

Heike desviou o olhar com um soluço.

Sylvia empalideceu.

— Ela está...?

Com o máximo de cuidado que pôde, Lorelei a arrastou para a margem. Ela estava desacordada e não parecia estar respirando.

— Acho que...

De repente, os olhos de Adelheid se abriram e Lorelei recuou. As írises eram de um estranho tom de azul tão profundo quanto o oceano ao anoitecer e brilhavam debilmente, espelhando as partículas de éter no ar. Ela parecia meio viva e meio humana.

Adelheid tossiu e rolou para o lado, expelindo água em jorros pela boca em quantidades que Lorelei não imaginara ser possível. Quando parou, ela tombou para o lado, dobrando o corpo com um gemido fraco. Seus lábios se entreabriram, escorregadios com água e saliva ensanguentada. Ela olhou em volta, admirada, assimilando a caverna com olhos desfocados como se se deparasse com o mundo pela primeira vez.

— Adelheid — arriscou Sylvia, — você está... bem?

Ela se levantou devagar, estremecendo.

— Estou. Eu sinto...

Adelheid levantou a mão na frente do rosto e admirou a flexibilidade dos dedos, o movimento do punho, como se seu corpo fosse uma máquina perfeita. Devagar, a água começou a se desprender de sua pele em gotas peroladas que flutuaram para cima como se a gravidade estivesse invertida. O ar se tornou ainda mais denso com a umidade e as samambaias das paredes de pedra se curvavam em direção à Adelheid como se ela fosse o sol.

Lorelei sentiu-se ruborizar e, quando olhou para as próprias mãos, agora vermelhas, percebeu com horror que seu sangue parecia estar se movendo em direção à superfície da pele.

— Eu sinto tudo.

O cabelo dourado de Adelheid ergueu-se de sua nuca. Acima de sua cabeça, a água se acumulava em uma nuvem grande e ameaçadora. A chuva começou a cair pela abertura da caverna, lentamente no começo e depois em rajadas. Uma pedra de granizo atingiu Lorelei na testa e ela ergueu um braço para proteger o rosto. Elas estavam no meio de uma tempestade cujo coração era Adelheid.

— Adelheid — gritou Sylvia —, você não precisa fazer isso. Podemos escapar juntas.

— E deixar que você volte para Albe e levante seus exércitos contra mim? Não. Nossa infância acabou há muito tempo, Sylvia.

O rosto de Sylvia se endureceu em determinação.

— Então você não me deixa escolha.

Adelheid olhou para ela, impassível.

— Eu poderia ferver o sangue de vocês aqui e agora.

Lorelei sabia que era verdade. A pressão no ar fez seus ouvidos doerem. Ela nunca tinha visto nada parecido, mesmo com os magos mais proficientes. A única coisa que parecia destoar era a palidez doentia da pele de Adelheid. Um poder como aquele sempre tinha um preço, como prometiam todos os contos que ela colecionara.

Lorelei franziu os lábios.

— Então, ferva.

Adelheid virou-se para ela com um olhar horrível e desumano. Mas, em vez de sentir seu sangue borbulhar, Lorelei viu a água da fonte erguendo-se atrás dela. Era assustadoramente límpida, como uma onda preservada em vidro, e Adelheid parecia uma deusa diante daquela cena.

Ela jogou os braços para frente.

Lorelei se preparou. Se Adelheid estivesse debilitada, ela conseguiria desviar o golpe. Prendendo a respiração, ela concentrou a mente na onda que vinha em sua direção. A onda oscilou pateticamente, como se Lorelei não possuísse nem mesmo uma faísca de poder. Mal teve tempo para reagir antes que a água a atingisse e a arremessasse para longe. Lorelei não conseguia se recompor, era como se tivesse sido arrastada para o fundo do mar, a mil léguas de profundidade. Quando finalmente conseguiu encontrar certa estabilidade, firmou-se a tempo de ver Heike batendo a cabeça contra a parede de pedra com um estalo sonoro e depois desabando no chão.

Adelheid olhou para ela com um mero lampejo de arrependimento.

Então fugiu.

— Pegue ela!

Se Adelheid conseguisse voltar para os barcos antes delas, com certeza as abandonaria ali. Lorelei se pôs de pé com dificuldade. Heike jazia atordoada no chão e um filete de sangue escorria do ferimento na parte de trás da cabeça. O estômago de Lorelei se revirou.

Sylvia se agachou ao lado dela e colocou o dedo sobre suas narinas.

— Ela está respirando, mas está inconsciente. Acho que sofreu uma concussão.

— Que bom — disse Lorelei, impassível. — Fique com ela. Vou atrás de Adelheid.

— O quê? — disse Sylvia. — De jeito nenhum! *Nós* vamos atrás dela.

— Heike precisa de cuidados médicos que não temos aqui. Só nos resta monitorá-la. Em segundo lugar...

Havia muito a se dizer e muito pouco tempo.

Em segundo lugar, eu não suportaria continuar vivendo se algo acontecesse com você.

Eu não conseguiria existir em um mundo sem você.

O que seria de mim se você não estivesse comigo?

Por muito tempo, Lorelei existiu apesar de Sylvia e por causa dela. Todas aquelas palavras se misturaram em seus lábios, mas, no final, contentou-se em dizer apenas:

— Se você morrer, quem vai contar aos habitantes de Ruhigburg o que aconteceu aqui?

Sylvia zombou.

— Eu não vou morrer.

— Você não sabe.

— Nem você!

Sylvia ficou vermelha. Como ela era *teimosa*.

— Há muito mais na vida do que o medo, Lorelei. Pelo menos uma vez na vida, deixe alguém se preocupar com você da mesma forma que você se preocupa com os outros. — Sylvia tocou a bochecha dela e manteve o olhar firme. — Deixe que *eu* me preocupe com você.

Nos olhos iluminados de Sylvia, ela enxergou sua liberdade. Talvez, só dessa vez, ela pudesse ser a heroína de uma história como a delas. Talvez, apenas talvez, houvesse um "felizes para sempre" esperando por ela do outro lado daquele pesadelo.

— Tudo bem, sua inconsequente. O que você sugere?

— Exatamente o que você disse. — Sylvia franziu a testa. — Se quisermos sobreviver, eu vou precisar do Ursprung.

— Tem certeza?

Sylvia sorriu.

— Então você duvida de mim? Quer voltar atrás em todas as coisas gentis que me disse antes?

Lorelei fulminou Sylvia com um olhar que era tudo, menos gentil. Sylvia riu.

Quando se aproximaram do Ursprung, no entanto, ela estava concentrada. Sylvia se ajoelhou ao lado da fonte como uma penitente diante de um altar. A água permanecera adormecida ao toque de Lorelei e de Adelheid, mas quando Sylvia mergulhou seus dedos, a caverna inteira pareceu ganhar vida. O ar suspirou à nuca de Lorelei e toda a flora, tão estranha e tão bela, pareceu ser atraída por Sylvia. Feixes de éter cintilante circulavam em torno de seus punhos.

E quando ela levou a água aos lábios e a sorveu, foi como se tivesse engolido a própria lua. A luz fluiu sob sua pele, irradiando suavemente para fora. Até mesmo seus olhos estavam acesos com o curioso poder da fonte.

Mondscheinprinzessin.

Não, sua tola, pensou Lorelei. *É apenas Sylvia.*

E, ainda assim, ela permaneceu de joelhos até que Sylvia estendesse uma mão para ajudá-la a se levantar.

CAPÍTULO VINTE E SETE

Graças a Adelheid, sair de lá foi muito mais fácil do que chegar. Em vez de nadar por águas infestadas de nixes, ela abriu uma passagem pela parede da caverna. A água pingava sem parar. Milhares de anos de erosão resumidos a um único momento. Lorelei quase sentiu gratidão.

Do lado de fora das cavernas, a névoa era tão espessa que encobria a floresta, arrastando-se em uma nuvem pesada e cintilante que também parecia estar imbuída da estranha magia do Ursprung.

Lorelei mal conseguia ver sua mão um palmo à frente do nariz. Quando tentou empurrar a cortina de névoa com sua magia, sentiu que tocara um muro sólido. Claramente havia apenas um mestre. Ou talvez dois.

— Consegue fazer alguma coisa a respeito?

— Não sem um esforço considerável — respondeu Sylvia, em tom de desculpas. Lorelei pensou que jamais se acostumaria com o brilho estranho e sagrado que enchia os olhos de Sylvia. —

Ainda estou me acostumando a usar magia de novo. E parece que ela está manipulando esta névoa com muito esmero.

Que ótimo.

— Não saia de perto — disse Lorelei. — Não quero te perder por aqui.

Elas se moviam com cautela entre as raízes enredadas e pedras escorregadias. Formas escuras — o galho bifurcado de uma árvore, o líquen gotejando — surgiam na escuridão de vez em quando, transformando em monstros tudo o que as cercava. Tudo ao redor se eriçava em hostilidade vigilante conforme passavam.

Um galho se partiu. Sylvia reagiu imediatamente, pressionando as costas contra as de Lorelei e segurando o punho de seu sabre. Mesmo agora, com todo o poder do mundo na ponta dos dedos, ela ainda buscava o conforto sólido daquela frágil lâmina de prata. Lorelei levantou as mãos para tentar extrair a umidade do ar. Um momento se passou, e depois outro. A floresta prendeu a respiração, mas aquela quietude sinistra e absoluta recaiu sobre elas uma vez mais.

Lorelei baixou os braços, sentindo-se ridícula por ter tentado atacar as sombras. Talvez Adelheid já estivesse longe dali. Seria muito simples pegar o *Prinzessin* e deixá-las para trás. Era o que Lorelei teria feito.

Mas a mente de Adelheid funcionava de outra forma; ela não se arriscaria em deixá-las vivas e iria querer fazer Sylvia pagar pelo que fizera a Johann. A perspectiva de um confronto direto com Adelheid a aterrorizava. Ela a arremessara como se não passasse de uma boneca que não queria mais. Mesmo que Sylvia...

— Lorelei, ali!

Um estilhaço de gelo veio voando do meio das árvores, uma fina agulha feita de luz da lua. Antes que pudesse sequer pensar em reagir, Sylvia sacou o sabre e, com um golpe, fez o gelo se despedaçar. Atrás de Lorelei, o ar vibrou com a magia e ela se virou bem a tempo de ver uma silhueta surgir como um fantasma no meio da névoa.

— Atrás de você!

Adelheid avançava em direção a elas. Com um só gesto, uma enorme torrente ergueu-se do rio e caiu sobre elas como um punho fechado.

Xingando, Sylvia conteve a água com sua magia e a redirecionou da melhor forma que conseguiu. A água se derramou no chão, muito mais perto do que Lorelei gostaria, e respingou sobre elas como se fosse sangue. A cruel realidade da situação de repente ficou evidente. Por mais forte que fosse, Sylvia ainda não tinha se recuperado dos cinco anos sem usar magia. Adelheid, por sua vez, estava em seu auge e tinha o ódio como combustível.

Adelheid se recuperou rapidamente. As poças em torno delas se agitaram, e então retornaram às mãos dela em forma de uma espada de gelo delgada. Seu rosto se contorceu com um intento maligno, e ela lançou a arma contra o coração de Sylvia. Um usuário experiente de magia a teria derretido ou transformado em vapor em um instante. Mas com os olhos ardentes e focados, Sylvia enfrentou a lâmina de Adelheid com o próprio sabre, segurando-o com as duas mãos. Com um urro de frustração, Adelheid desembainhou sua própria espada.

Lorelei nunca tinha visto Sylvia em ação sem nenhuma reserva que a contivesse. Ela se deslocava como a correnteza de um rio, cada um de seus movimentos era fluido. Adelheid a combatia golpe por golpe. Era como se as duas estivessem praticando uma dança perfeitamente coreografada, veloz demais para que Lorelei conseguisse acompanhar. Ela procurava uma brecha para intervir, mas não poderia se arriscar a atacar de forma imprudente ou poderia muito bem acabar acertando Sylvia.

Por fim, Sylvia deteve Adelheid, travando suas lâminas juntas. Então deslizou o sabre até a empunhadura da espada e, com um floreio, lançou-a para o outro lado da clareira, fazendo com que aterrissasse no rio com um impacto surdo. Adelheid emitiu um ruído engasgado, surpresa.

— Esgrima nunca foi o seu forte — provocou Sylvia, com um sorriso que Lorelei antes teria achado irritante. Naquele momento, no entanto, fora quase elegante. *Argh*. Sylvia guardou o sabre. — Renda-se, Adelheid. Desista desse plano e eu pouparei sua vida.

A expressão de Adelheid se suavizou. Com diversão cruel, ela rebateu:

— Magia não é o seu forte há muito tempo.

A névoa ao redor delas se afunilou como um tornado e se aglutinou em nuvens carregadas e revoltas. Ouviu-se um trovão e, em seguida, o céu se abriu. A chuva as encharcou em segundos. O cabelo de Sylvia esvoaçava violentamente com o vento e as folhas rodopiavam à sua volta. Ela invocou a própria força. A julgar pela concentração em seu rosto, ela estava disputando o controle da tempestade. As gotas de chuva que cercavam as duas ficaram suspensas no ar, como em um véu de água. Era impressionante e aterrador na mesma medida. Por um momento, Lorelei acreditou que elas realmente estavam em pé de igualdade.

Então, os olhos de Adelheid se inflamaram com um fulgor etéreo e a água da chuva, até aquele momento suspensa, desabou sólida como uma pedra. Ela atirou uma torrente de água diretamente sobre Sylvia, que cambaleou para trás com o baque. Quando a segunda torrente veio, Lorelei se esforçou para desviá-la, mas foi como se as rédeas de um cavalo a galope escapassem de seus dedos. Daquela vez, no entanto, Sylvia estava preparada. Ela estendeu a mão bem a tempo de cortar a água que vinha em sua direção; a torrente se bifurcou e as duas partes passaram por ela, uma de cada lado, como águas que se dividem ao encontrar uma rocha no curso de um rio.

Adelheid não se demorou no ataque seguinte. Ela flexionou as mãos mais uma vez e a chuva que caía se transformou em granizo. Lorelei ergueu o braço para se proteger da nova tempestade e cerrou os dentes contra a ferroada gelada da água em seus olhos. Apesar de sua visão embaçada, pôde perceber o pânico estampado no rosto de Sylvia. Enquanto a magia de Adelheid era como um membro extra em seu corpo, a de Sylvia era uma ferramenta rudimentar cujo peso ela ainda estava testando. Mas Adelheid não conseguiria continuar daquele jeito para sempre. O sangue se acumulava em suas têmporas como suor e escorria de uma narina.

Assim como o rei e seu espelho, pensou Lorelei com amargura. O poder estava matando-a. O éter sempre sobrecarrega o corpo de seu portador. Ninguém conseguiria canalizar tanto éter e sobreviver, principalmente se tivesse sido roubado.

— Por que está fazendo isso? — gritou Sylvia por cima do uivo da tempestade.

— Não há outro caminho — respondeu Adelheid. — Wilhelm não fez nada quando nossas colheitas apodreciam nos campos, quando nossas casas queimavam, quando minha família e meu povo passavam fome. E agora ele quer sacrificar todos nós em prol das próprias ambições. Eu não vou permitir.

— Nós poderíamos ter ajudado você! Eu teria ajudado.

Adelheid franziu a boca.

— Você sempre foi tão ingênua, Sylvia. Depois de Wilhelm, o país estará arruinado. Qualquer influência que você tenha terá desaparecido. Toda a cultura que você valoriza será diluída quando formos forçados a virar uma coisa só. Alguns de nós serão completamente eliminados. — Ela estendeu o braço, como se gesticulasse para a vasta extensão de Brunnestaad. — Abram os olhos. Nós já somos o que sobrou. Quer mesmo adiantar nossa extinção?

Antes, todos eles eram da realeza. Porém, Wilhelm os tinha reduzido a isso: cães lutando por migalhas.

— Ainda há muito a ser feito. — Sylvia cerrou a mandíbula. — Eu vou proteger o que é meu.

Em resposta, Adelheid golpeou o ar com um chicote de água. Na mesma hora, Lorelei voltou sua atenção para uma poça aos pés de Sylvia, erguendo uma parede de gelo para protegê-la. Sylvia não olhou na direção dela, mas conseguiu sentir a gratidão. Lorelei jamais conseguiria competir com o poder bruto das duas, mas certamente poderia atrasar Adelheid. Se conseguisse distrai-la, talvez Sylvia encontrasse uma brecha para usar seu sabre.

Enquanto Sylvia lutava para diminuir o espaço entre ela e Adelheid, Lorelei lançava lascas de gelo e rajadas de água em direção à adversária. Mesmo com duas oponentes e com sua força enfraquecida pela maldição do Ursprung, Adelheid era um autômato de violência, impiedosa e equilibrada, desviando dos ataques de Lorelei e lançando seus próprios golpes contra Sylvia. Mas um momento de distração foi o suficiente para que Sylvia conseguisse se aproximar. Com uma agilidade sobre-humana, ela acertou um golpe no braço de Adelheid. O sangue escorreu do ferimento.

Adelheid recuou, os olhos faiscando como os de um animal encurralado ao perceber que estava perdendo vantagem. Quando Sylvia se preparava para atacá-la outra vez, a magia explodiu no ar como uma avalanche. Um tremor se propagou pela terra e, de repente, o rio transbordou por suas margens. A força da água quase arrastou Lorelei. Ela se agarrou a um galho baixo e suspenso. Os pássaros fugiram de seus poleiros e os galhos gemeram ao serem arrancados das árvores. Ela viu até mesmo um schellenrock agarrado a um fragmento brilhante de vidro marinho enquanto era varrido aos prantos de sua toca.

Adelheid acabaria matando todos eles afogados.

Não havia chance contra seu poder irrefreável. Lorelei tinha que fazer alguma coisa, e rápido, mas ela nunca tinha matado ninguém antes. Já tinha pensado nisso de forma abstrata, é claro, mas quando confrontada com a possibilidade, suas mãos tremiam como as de uma criança apavorada. Não sabia se teria coragem de fazer isso; se aguentaria ver o sangue, se suportaria carregar a culpa.

Não. Ela não podia se deixar levar pelo sentimentalismo.

Lorelei conhecia o olhar no rosto de Adelheid, vazio e cortante. Ela destruiria qualquer rival que se colocasse em seu caminho, faria qualquer coisa para garantir a própria sobrevivência. E Lorelei morreria mil vezes para proteger Sylvia.

A certeza a revestiu como uma armadura. Ela se recusava a ter medo, já que havia caminhado na sombra da Morte por tanto tempo.

Desta vez, lutaria pelo que amava.

Mas não havia espaço para ingenuidade, ela não era um cavaleiro destemido de contos de fadas. Mas se conseguisse bolar um plano, qualquer plano que fosse...

A poucos centímetros dela, um par de olhos citrinos piscou. O ar se agitou como uma capa suspensa pela brisa. Embora não conseguisse vê-lo, soube imediatamente quem era.

Um alp.

O alp de Lorelei.

Ela mal teve tempo de processar a informação quando a criatura se materializou na névoa. O vermelho de seu tarnkappe era tão brilhante quanto uma mancha de sangue. Com firmeza, ele segurou o capuz na cabeça com as garrinhas minúsculas. Sua voz abominável ressoou dentro do crânio de Lorelei.

— Voltastes.

Lorelei quase caiu do galho em que se segurava.

— Por favor, agora não é um bom momento!

O alp teve a audácia de parecer ofendido.

— Tentou matar-me!

— Você tentou me matar antes!

Lorelei sentiu vontade de estrangulá-lo, de rasgar aquele capuz ao meio. Mas não, precisava manter a calma.

Uma ideia ocorreu a ela, a princípio sem grande força, mas depois intensa como um incêndio. Imitando Sylvia o máximo que conseguiu, ela respirou fundo e forçou um sorriso que fez a criatura dar um pulo para trás.

— Neste momento, nós dois temos um inimigo em comum.

O alp a encarou, desconfiado, aparentemente lembrando-se do truque anterior. A água marrom do rio ainda estava furiosa abaixo deles, espumando enquanto rasgava a terra. Sylvia e Adelheid estavam mergulhadas nela até os joelhos. Um jato violento de água foi em direção à Sylvia como o estalo de um chicote, mas ficou suspenso no ar quando ela levantou as mãos. Seus olhos reluziam com uma determinação inabalável enquanto os ombros de Adelheid se arqueavam mais a cada respiração. Ela tinha o rosto manchado de sangue, que também vazava pelos seus poros e escorria pelo canto dos olhos.

Só mais um pouco.

— Aquela mulher vai iniciar uma guerra — disse Lorelei. — Acho que você tem idade suficiente para se lembrar da última vez em que isso aconteceu. Os exércitos vão chegar com máquinas grandes e cavalos e vão destruir sua casa sem pestanejar!

Lorelei não conseguiu decifrar a expressão do alp, mas algo em seu silêncio pensativo sugeria que ele estava se lembrando de alguma perda distante. A criatura tinha uma aparência patética, com a pelagem engruvinhada e a capa encharcada.

— E, no fim das contas — acrescentou ela, com grande relutância, — eu ainda te devo uma xícara de café por ter poupado minha vida.

— Deves duas! — corrigiu ele.

— Você pode ficar com o bule inteiro, se quiser. — Ela estava desesperada demais para barganhar. Afinal, aquele gesto de generosidade não custaria nada. — Você entendeu?

Ele parecia ressentido, mas apenas suspirou e respondeu:
— Entendeu.

— Você estava nos seguindo, não estava? Se lembra do homem que estava viajando com a gente?

Sem responder, o alp girou em um redemoinho. Em um instante, ele se remodelou à imagem de... bem, não era exatamente Johann. A criatura tinha captado muito bem o seu tamanho imponente, além da cor e da textura de seu cabelo comprido, lambido pela chuva. De alguma forma, também conseguiu reproduzir o olhar atormentado de Johann por trás das armações de aço dos óculos. Mas seus traços eram... um pouco diferentes, mais delicados, mais bonitos do que os do verdadeiro Johann.

Pelo menos alguém lembrava dele com carinho.

— Isso mesmo — reforçou Lorelei. — Agora, vá. Chame a mulher e garanta que ela te veja.

O alp hesitou por apenas um momento antes de mergulhar na correnteza.

O coração de Lorelei martelava o peito enquanto curvava a névoa ao redor dele para protegê-lo. Ela vasculhou a mochila depressa até encontrar uma faca e, em seguida, desceu do galho. A chuva e o vento a atingiram em cheio e a correnteza implorava para que se rendesse, fazendo ecoar seu clamor como o canto das nixes, mas ela não prestou atenção e continuou buscando um ponto de vista melhor atrás de Adelheid.

Ela só tinha uma chance.

O alp se posicionou perto do ombro de Sylvia.

É agora ou nunca. Lorelei rompeu a névoa que encobria o alp, revelando a imagem do falso Johann e cercando-o com um manto fantasmagórico. Da distância em que estava, a única coisa que o entregava era o tarnkappe, que assumira a forma de um lenço carmesim, fazendo lembrar seu pescoço rasgado.

— Adelheid — chamou o alp.

Ao ouvir seu nome, Adelheid virou a cabeça. Ela se contraiu por inteiro e Lorelei não sabia dizer se foi de susto ou de esperança. Sabia como era aquela sensação, o momento brutal em que se percebe que os mortos talvez não estejam tão mortos assim. Mas ela já não tinha nenhum sentimento de piedade em relação à Adelheid. Preparando-se, ela se levantou e se esgueirou para fora da névoa, empunhando a faca com firmeza.

Quando Lorelei se posicionou atrás de Adelheid, os olhos de Sylvia encontraram os dela. Seu semblante era seguro e, Deus estava de prova, indulgente. Ela praticamente conseguia imaginar os dedos dela enlaçando seu pulso, guiando-a. Flutuando um pouco adiante, ela viu Aaron. Um lembrete claro: nunca mais. Nunca mais hesitaria em usar sua magia para proteger alguém. Aquilo acabou com o que restava de sua relutância.

— Johann? — chamou Adelheid, visivelmente abalada.

— Viu um fantasma?

Lorelei cravou a faca nas costas de Adelheid e quase recuou, horrorizada. A lâmina penetrara tão facilmente e ela não emitiu um som sequer.

O alp desapareceu em uma nuvem de sombras. Adelheid desabou sobre os joelhos e a tempestade cessou como uma cortina que cai sobre o palco. A névoa também se dissipou e a última pancada de chuva caiu em um único tufo. Por fim, os ventos se abrandaram, soprando uma mecha de cabelo de Adelheid por cima de seu ombro antes de se extinguir com um suspiro melancólico.

As três se viram no centro de todos os destroços. A clareira já não passava de um cemitério de galhos flutuantes, quebrados como ossos partidos. Criaturas da floresta flutuavam de bruços em meio aos emaranhados de folhas. E lá estava Adelheid, ajoelhada aos pés de Lorelei com a cabeça baixa. Seus cabelos cobriam o rosto como uma mortalha, mas por trás ela parecia completamente extenuada. Os vasos sanguíneos de seus olhos tinham estourado, hematomas serpenteavam por seus braços e sua respiração era frenética e úmida, como se respirasse através da lama molhada.

— Eu não quero te matar, Adelheid — disse Sylvia serenamente. — Tenho certeza de que esse ferimento é tratável. Não me obrigue a fazer nada que não quero. Por favor.

Para Lorelei, aquilo não passava de otimismo ingênuo. No entanto, ela não disse nada.

— Está bem — cedeu Adelheid. — Eu me rendo.

— De verdade? — perguntou Sylvia.

— Sim. — A voz de Adelheid soava sufocada. — Será um motivo a menos de vergonha para minha família. Se não posso protegê-los, ao menos quero morrer com honra na capital.

O alívio de Sylvia estava estampado em seu rosto.

— Obrigada.

— Quero saber mais uma coisa — disse Lorelei. — Você teria cumprido o que me prometeu?

Adelheid levantou a cabeça devagar. Seus olhos eram combativos.

— Enquanto fosse conveniente.

Ela não se abalou ao ouvir a resposta. Aquele era o problema com todos eles. Não apenas da expedição, mas do país inteiro. Eles queriam sobreviver, atacando como víboras em uma luta insana para chegar ao topo. O reinado de Adelheid em Ebul teria sido frágil e ela sabia disso. Nunca mais teria um dia de descanso na vida, os remanescentes de Brunnestaad ficariam para sempre respirando em seu pescoço, à espera de qualquer brecha. Mas a promessa que fizera para Lorelei era conveniente, exatamente como a de Wilhelm. Enquanto houvesse uma Yeva em seu séquito, ela teria um último recurso.

Uma última rota de fuga.

— Entendo — disse Lorelei.

E ela entendia. *De víbora para víbora.*

E, mais do que tudo, ela entendia o pesar da resignação que sequestrara o olhar de Adelheid.

De repente, um tremor na névoa chamou a atenção de Lorelei.

Ela seguiu o olhar de Adelheid e viu a umidade no ar se solidificando outra vez, se moldando em uma forma afiada. Era como a lâmina de uma guilhotina, reluzindo sob a luz do sol e apontada diretamente para Sylvia. Havia sempre um momento de perfeita tranquilidade, de respiração serena, em que a Morte abria as asas e desembainhava a foice. Mas, naquele momento, Lorelei não vacilou. Ela atraiu a água ao redor delas com toda a força que tinha e, cerrando o punho, fez com que uma estaca de gelo atravessasse o peito de Adelheid.

A placa afiada que pairava sobre Sylvia derreteu subitamente, como em um estalar de dedos, e se derramou inofensivamente em estado líquido sobre sua cabeça. Ela gritou, surpresa, e seus olhos se arregalaram de terror ao ver o corpo inerte de Adelheid. O rosto de Sylvia ficara salpicado de sangue e sua respiração era acelerada e ofegante.

Graças a Deus. Lorelei chegara tão perto de perdê-la.

Ela sentia que estava prestes a desmaiar, não sabia se de alívio ou de pânico. O olhar de Adelheid não se afastou do dela, mesmo quando aquele terrível brilho inumano se apagou. Os lábios dela estavam manchados de sangue e o corpo estava mole, suspenso de forma grotesca pela lança que a empalava. O gelo então começou a derreter com o calor do corpo, e a água tingida de sangue se misturava às águas do rio, pingando, pingando, pingando. Era lento e macabro. Lorelei não conseguia desviar o olhar.

— Você me salvou — disse Sylvia. — De novo.

— Você ainda parece surpresa.

Sylvia se aproximou com seu andar gracioso e passou os braços pela cintura de Lorelei, deixando-se desmontar sobre ela.

— Ah, Lorelei. Como sou boba.

A força dos batimentos cardíacos de Sylvia contra seu peito e o calor reconfortante do corpo dela trouxeram Lorelei de volta. O véu que cobria sua visão desapareceu. A sensibilidade de seus membros voltou.

— Não, você não é. — Lorelei se afastou apenas o bastante para segurar o queixo de Sylvia e levantar seu rosto para o dela.

— Mas você sempre enxerga o melhor nas pessoas. Diferente de mim.

— Será que eu deveria ter feito algo diferente? — sussurrou Sylvia.

— Não. — A resposta de Lorelei foi firme e imediata. — Não adianta pensar assim.

— Como não? — Sylvia escondeu o rosto na curva do pescoço de Lorelei com um gemido tristonho e Lorelei a abraçou mais forte.

O conto de fadas ao qual Sylvia se agarrara durante todos aqueles anos, o sonho de infância de construir um mundo melhor com seus cinco amigos, estava tão morto quanto Adelheid.

— Como posso não me sentir mal?

Porém, em volta delas, as águas lavavam as árvores como se aquela fosse a primeira primavera após um longo inverno. Ao longe, os pássaros voltavam a cantar, ainda que timidamente. O coração de Sylvia batia junto ao seu.

— Porque a vida é doce e amarga na mesma medida — disse Lorelei. — É um ditado yevanis no qual eu nunca acreditei. Pelo menos até te conhecer.

Sylvia ergueu o rosto para ela e havia um lampejo de esperança em seus olhos.

— Agora, venha — murmurou Lorelei, secando as lágrimas de Sylvia com carinho. — Não é bom falar dos mortos onde eles possam ouvir.

Juntas, as duas desbravaram as águas de braços dados à medida que a névoa desaparecia e o sol voltava a brilhar.

CAPÍTULO VINTE E OITO

Ao retornarem para Ruhigburg não foram recebidos com celebrações, e sim por soldados.

Foi como se o vento tivesse anunciado a chegada deles, porque um batalhão de uniformes escarlates os esperava em fileiras ordenadas ao longo das docas, com seus mosquetes desembainhados e a postos. Então aquele era o comitê de boas-vindas, pensou Lorelei. Não que esperasse festas em plena praça, mas aquilo pareceu um pouco deselegante.

Ela estava de pé no convés de observação do *Prinzessin*, e o vento dançava na bainha de seu sobretudo. Ao seu lado, Sylvia estava com os braços bem apoiados na grade. Até Heike e Ludwig tinham saído da cabine para ver a cidade se aproximar. A última semana fora conturbada, mas os quatro tinham chegado a um acordo.

Independentemente do que acontecesse, eles se apoiariam mutuamente.

Quando Lorelei imaginara o momento da chegada, ela tinha algo triunfante em mente, em todos os aspectos importantes e nos insignificantes também. Mas, ao avistar a extensão cinzenta de Ruhigburg, sentiu apenas uma triste resignação.

— Ah, Wilhelm, sempre tão hospitaleiro! — ironizou Heike. — Deveríamos nos preocupar? Acho que eu estou preocupada.

— Por quê? Estamos trazendo o que ele queria — disse Lorelei fazendo um gesto vago em direção à Sylvia.

— Não acho que isso era *exatamente* o que ele queria — refutou Ludwig. Sua voz ainda estava rouca depois de sua experiência de quase morte; era o último sintoma que ainda não desaparecera. — Sem querer ofender.

— Não ofendeu — respondeu Sylvia, cansada.

Os dois formavam uma dupla peculiar: Sylvia, com seus olhos incandescentes, e Ludwig, com… bem, com uma casca de árvore que cobria o pescoço e que inclusive tinha dado folhagem. Os olhos dele tinham adquirido um tom verde e, quando se olhava para eles, podia-se ver um bosque refletido em suas pupilas. Se estava aborrecido com a transformação, não tinha compartilhado seus sentimentos com Lorelei. Mas, às vezes, ela o flagrava de pé no convés tão imóvel que era como se tivesse criado raízes ali. Nesses momentos, ele parecia tão solitário que ela decidia não o incomodar.

Quando contaram a Ludwig o que acontecera com Adelheid e Johann na Ilha Perdida, ele disse apenas: *Nossa. Que horror*.

Ludwig não quis falar sobre o que aconteceu na noite de seu desaparecimento. Ele e Johann não eram exatamente próximos, mas a traição o deixou mais abalado do que admitia. Lorelei não o pressionou, em partes por consideração, mas principalmente porque Heike torcia o nariz sempre que Lorelei dava sinais de que pretendia fazer isso. Os dois tinham se tornado inseparáveis desde que embarcaram novamente no *Prinzessin*.

— De qualquer forma, algumas vezes Wilhelm age de forma sensata — começou Sylvia, com ânimo forçado. — Tenho certeza de que ele vai ficar satisfeito.

Lorelei torcia para que ela tivesse razão.

Uma semana antes, eles partiram da Ilha Desaparecida. Depois de se localizarem e encontrarem a cidade mais próxima, Lorelei contratou um mensageiro para entregar o relatório da expedição, um dossiê lacrado com cera naval e carimbado com o anel de sinete de Ziegler. Dentro dele, anexou uma descrição do que exatamente havia acontecido na Expedição Ruhigburg, bem como os registros do diário de Ziegler e documentos legais: provas da traição dela e de Anja von Wolff.

Por algum motivo, Lorelei achou isso mais fácil do que escrever uma carta para sua família.

Mais uma vez, se descobriu incapaz de expressar seus sentimentos em palavras. Será que suportariam a verdade? Até que ponto estava disposta a cutucar suas feridas antes mesmo que tivessem a chance de cicatrizar? Ela redigiu e destruiu nada menos que cinco tentativas antes de se decidir pelo pragmatismo. Ela voltaria para casa, saudável e quase inteira, dentro de uma semana. Ela não resistiu e acrescentou, como um pós-escrito:

Amo vocês. Sinto muito.

O *Prinzessin* ancorou no porto e os estivadores os puxaram com cordas grossas e esgarçadas. As águas escuras do Vereist lambiam o casco com avidez. Depois de tudo, Lorelei quase sentiu falta do clima ameno e pantanoso de Ruhigburg.

Quase.

Os quatro desceram a prancha de embarque e foram em direção à comitiva de soldados. Atrás deles, as carruagens esperavam como globos de neve dispostos em uma prateleira, todas lustrosas e com amplas janelas de vidro. Quatro, ela notou. Então Wilhelm decidira por separá-los, como se já não tivessem tido tempo suficiente para combinar a história que iam contar.

— Lorelei Kaskel, líder da Expedição Ruhigburg — apresentou-se Lorelei. — Podem me dizer o que está acontecendo?

Um dos soldados, o de maior patente, se as estrelas que tilintavam em seus ombros servissem de referência, deu um passo à frente.

— Fomos enviados por Sua Majestade Imperial para escoltar vocês quatro até o palácio.

Heike estendeu uma mão, impaciente. Sua bolsa estava pendurada na ponta de seus dedos elegantes. Ela a sacudiu, e todos os seus instrumentos ressoaram de forma ameaçadora.

— Então estão esperando o quê? Se vão nos receber de maneira tão rude, pelo menos mexam-se e façam alguma coisa.

A carruagem chacoalhava de forma nauseante enquanto avançava sobre os paralelepípedos. Lorelei mal conseguia formar um pensamento coerente com aquele trambolho sacudindo sua cabeça como se fosse uma bolsinha de moedas. Pela janela, avistou o palácio que se erguia como um leviatã da área escura do rio. Era ainda mais imponente à luz do dia, uma obra de arquitetura exata e precisa, que parecia ter sido esculpida em gelo. O sol iluminava suas torres e o clarão era tanto que ela teve que desviar o olhar. Diferentemente da noite do baile, não havia flores, nem risadas, nem a ansiedade prazerosa pela noite que estava por vir. Havia apenas seu próprio pesar e a dura realidade das portas pretas do palácio.

Eles tinham feito tudo o que o rei pedira, então por que Lorelei sentia que estava prestes a ser punida? Quanto mais pensava nisso, mais sua raiva crescia. Depois de tudo o que tinham sacrificado por ele, como ousava tratá-los como estranhos, como prisioneiros? Ela desejou ter Sylvia por perto para descarregar sua raiva. Ou talvez ela fizesse Lorelei se sentir melhor. Não, era pouco provável. A alegria insistente de Sylvia, ou o orgulho afrontoso, não serviriam para nada além de deixá-la ainda mais zangada.

Quando o cocheiro abriu a porta da carruagem, Lorelei o ignorou e subiu a escadaria com o casaco esvoaçando como uma sombra às suas costas. As portas se abriram como se estivessem encantadas, mas foi apenas o trabalho de dois criados que pareceram surpresos ao vê-la. Claramente, ela não era o que estavam esperando.

— Onde está Wilhelm?

Um deles apontou em silêncio para um corredor. O palácio real fazia o *Prinzessin* parecer um brinquedo vagabundo. Sob seus pés, o mármore era claro e estriado por fios de ouro, e nas paredes havia um painel de água tão delicado que parecia ser de vidro. A água corria ininterruptamente, vinda do teto por meio de magia ou engenharia, Lorelei não tinha tempo ou paciência para descobrir.

Passos ecoaram com urgência pelo salão. Quem quer que fosse, respirava de uma forma que Lorelei só podia descrever como deliberada, como se quisesse deixar claro que não estava nada satisfeito por ter que correr atrás dela.

— Senhorita Kaskel...

Lorelei escancarou as portas da sala do trono.

— Sua Majestade está esperando você — anunciou a criada que a seguia.

O som de sua voz foi abafado quando as portas se fecharam com um estrondo.

O restante da expedição já estava lá. A primeira coisa que Lorelei notou foi Anja von Wolff, empoleirada ao lado de Wilhelm com toda a elegância engessada de uma estátua em um pedestal. Ela combinava com o palácio, com seu perfil majestoso e seu olhar de desdém velado. No entanto, seus punhos estavam algemados e um grupo de guardas estava a postos perto da porta mais próxima a ela.

Wilhelm encarou Lorelei com um olhar de tédio e se recostou no trono como se fosse um aluno cansado de fazer a lição de casa. Sua capa índigo era de trama elegante e estava presa por um enorme broche de safira. A coroa fina em forma de onda estava aninhada em seus cabelos escuros.

— Então isso é o que restou de vocês? — perguntou. — Parece que esqueceram alguns pelo caminho.

Os ânimos de Sylvia se exaltaram e ela pareceu prestes a pular no pescoço de Wilhelm para enforcá-lo.

— É tudo o que você tem para dizer? *Não se atreva* a fazer piadas com isso!

— Perdoe-me — disse Wilhelm, sua voz fraca. — Devo dizer que não soube como reagir ao receber o relatório. O que diabos aconteceu? Como vocês conseguiram estragar tudo de forma tão impressionante?

Só poderia ser uma pergunta retórica, é claro. Lorelei tinha detalhado exaustivamente em seu relato sobre *o que diabos acontecera*.

— Você sabia dos perigos que enfrentaríamos — disparou. — Este projeto estava condenado desde o início.

— É claro que eu sabia! Mas não imaginei que ela... — A voz dele falhou. — Eu não deveria ter...

— Seu arrependimento não vai trazê-la de volta — acusou Heike. — Adelheid tomou uma decisão. E tudo porque *você* a fez pensar que seria necessário. Você vai ter que lidar com isso, assim como nós.

Wilhelm ruborizou. Antes que ele pudesse falar, Heike ergueu a mão. Era um gesto tão típico de Adelheid que ele ficou atordoado.

— Não. Não há nada que você possa dizer sobre isso.

— Heike tem razão — disse Lorelei. — Adelheid lutou corajosamente, fazendo uso de todos os recursos limitados que tinha à disposição. Ela fez o que achava melhor para seu povo. Por sua causa.

Wilhelm continuou sentado no trono, imóvel. Ele enterrou o rosto nas mãos. Os segundos pareciam se arrastar.

— E você, Lud? Gostaria de me culpar também?

— Eu?

Ele foi pego de surpresa. Ludwig não seria a primeira pessoa que Lorelei escolheria para tentar se livrar da culpa. Sua voz soava como o farfalhar de folhas ao vento e era difícil ignorar o galho que se projetava de seu pescoço.

— Bem... Claro que não. Eu não diria que foi *completamente* sua...

— Já chega. — Quando o rei levantou a cabeça novamente, Lorelei enxergou a tristeza em seu olhar. — Não, vocês têm razão. Sou grato por poder contar com meus velhos amigos para serem sinceros comigo. E com os novos também.

Havia algo de dissimulado e petulante em suas palavras. Wilhelm esfregou as têmporas.

— E quais são as notícias do Ursprung?

Os quatro sobreviventes da expedição trocaram olhares. Lorelei tinha escrito que eles o tinham encontrado, mas decidiu que seria melhor dar a notícia pessoalmente. Heike, felizmente, parecia disposta a fazer o papel de mensageira. Com um sorriso malicioso, ela contou:

— Lamento dizer, mas não vai poder ficar com ele. O Ursprung não quis você.

— E o que isso significa? — questionou ele, austero.

Wilhelm conhecia as lendas tão bem quanto Lorelei. Ele sabia exatamente o que isso significava. Só queria saber qual deles o traíra.

— O Ursprung escolheu a Von Wolff.

— Entendo. — Wilhelm riu amargamente. — Prendam-na.

Seus guardas deram um passo à frente, mas pararam no meio do caminho com os olhos arregalados em horror. Cerrando os punhos, Sylvia os deteve pelo sangue. Wilhelm assistia à cena com uma mistura de pavor e fascínio. Anja, por sua vez, parecia exultante.

— Pode esperar um momento? — disse Sylvia, impaciente. Ela afrouxou as mãos e os guardas recuaram, libertos. — Não sou uma ameaça para você. Minha lealdade permanece a mesma. Aquele que se opuser a você terá que passar por mim.

— Não! — vociferou Anja.

— Que oferta generosa. Podemos discuti-la em breve. — Wilhelm franziu os lábios, nitidamente descontente. — Lorelei?

Lorelei sobressaltou-se.

— Sim, Vossa Majestade?

— Você é um osso tão duro de roer quanto Ziegler. — As palavras tinham um ar de elogio. — Você me lembra ela, na verdade.

— Obrigada. — A lembrança de Ziegler ainda provocava uma dor agridoce. — É o que alguns dizem.

— A partir de agora, você recebe o status de shutzyeva. Você pode sair do Yevanverte e residir onde quiser. E amanhã, se aceitar o cargo, se apresentará a mim como minha nova intendente. — Ele se inclinou para frente no trono. — Ouvi dizer que te chamam de víbora. Eu diria que combina com você. Certamente provou ser hábil na caça aos ratos, e eu diria que há mais alguns na minha corte.

Lorelei não sabia o que pensar. Ela sentia que estava prestes a desmaiar com a emoção de conseguir o que queria depois de cinco longos anos, mas o sentimento não era de felicidade. Ziegler tinha servido como intendente de Wilhelm e odiara cada segundo. Isso a aprisionara, era uma prisão de algemas douradas. Mas, com aquela posição, Lorelei seria próxima do homem mais poderoso de Brunnestaad, um homem que precisava dela. Ela poderia se tornar indispensável para o rei. E, com o novo salário, nunca mais precisaria das verbas de pesquisa.

Seria tolice recusar.

— Obrigada, Majestade. — Ela se curvou. — Vou servi-lo da melhor forma possível.

Anja riu, um som agudo e zombeteiro.

— Boa sorte, Wilhelm. Ratos se multiplicam com facilidade, e mais ainda agora que abriu a porta para um deles.

Lorelei sentiu o ódio crescer em seu peito. Como seria prazeroso ver o rosto de Anja se Lorelei dissesse que amava sua filha, se dissesse o que pretendia fazer com ela e o que já tinha feito. Mas antes que pudesse dizer algo sórdido, Wilhelm interveio.

De maneira afável, ele disse:

— Por que não começamos por você, Anja? Já estava na hora.

— Eu não deveria poder opinar sobre o que acontece com ela? — A voz de Sylvia cortou a tensão como uma tesoura.

Olhar para ela roubava o fôlego de Lorelei. Um feixe de luz iluminava seu rosto e seus olhos pareciam estar em chamas. Anja olhou para a filha e comprimiu os lábios.

— Silêncio, Sylvia.

— Estou ouvindo. — Wilhelm cruzou as pernas. — O que deseja que eu faça?

— Se quer o apoio de Albe, seria sensato deixá-la viva. — Sylvia respirou fundo e encarou o olhar impassível da mãe. — Gostaria que ela fosse exilada.

O desdém desapareceu do rosto de Anja no mesmo instante e ela se inclinou para a frente em sua cadeira, forçando suas amarras.

— O que disse?

— Ela demonstrou total desrespeito por Albe e pelo bem-estar de seu povo e, portanto, não deve governar. — Sylvia inclinou o queixo da mesma forma desafiadora que Lorelei antes abominava. — Eu vou assumir o título de duquesa. E assim entrego meus exércitos e o poder do Ursprung para você.

— Como pode dizer tamanha estupidez? Você vai nos arruinar! — vociferou Anja. — Todo o meu esforço, tudo o que faz Albe ser o que é, será tirado de nós!

Uma Correnteza Sufocante **417**

Wilhelm acenou distraidamente para um dos guardas estacionados nas portas.

— Podem levá-la.

Enquanto os guardas arrastavam Anja para fora da sala do trono, Sylvia baixou o olhar para o chão, cerrando a mandíbula.

— Eu abafarei qualquer tipo de rebelião em minha região. Mas, em troca, você me deixará livre — continuou ela.

— O que quer dizer?

— Não sei se você tem a intenção de manter sua promessa original. Caso tenha, saiba que vou servi-lo, mas não vou me casar com você. Não acho que daríamos certo juntos por várias razões. — Seu rosto se iluminou ao dizer: — Mas você e Heike, por outro lado...

— Sylvia! — chiou Heike.

Wilhelm pareceu não saber como reagir, como se não conseguisse decidir se estava aliviado ou insultado. Ele olhou para os outros com um suspiro.

— Podem se retirar. Parece que Sylvia e eu temos muito a discutir.

Lorelei fez uma reverência exagerada que veio em boa hora, já que seus olhos estavam marejados. Ela não conseguia acreditar. Quando foi que chorara pela última vez, e ainda mais por algo tão ridículo como *o amor*? Aquilo era o que tinham planejado, o que a própria Lorelei tinha sugerido. No entanto, ela ainda não estava pronta para o que o novo papel de Sylvia implicaria. Estabilizar Albe, Herzin e Ebul, considerando que seus herdeiros tinham morrido, poderia levar anos e provavelmente envolveria muita violência.

Sylvia possivelmente estaria livre de Wilhelm, mas a guerra era uma amante possessiva e poderia muito bem tirá-la de Lorelei. Quando conseguiu se recompor, ela endireitou a postura, ajeitou as lapelas do sobretudo e saiu da sala do trono.

Já na segurança do corredor, Lorelei se deixou desabar contra as portas.

— Vai ficar tudo bem — garantiu Heike.

De repente, Heike a puxou para um abraço e Lorelei se viu esmagada junto com Ludwig. Ela se debateu como se estivesse sendo encurralada, mas não adiantou. Heike os apertou até que ela ficasse sem ar e com mau jeito no pescoço.

— Hm… H-Heike... — gaguejou Ludwig. — Você meio que está…

Então ela os soltou abruptamente e, com uma careta, se pôs a desamarrotar a saia.

— Tem razão. Foi meio estranho. Nunca mais.

— Ainda bem — murmurou Lorelei. — Você quase me deixou sem ar.

Ludwig olhava para elas. Hesitantemente, ele perguntou:

— As coisas vão mesmo ficar bem?

— Claro que sim. — Heike apertou o nariz de Ludwig como se ele fosse um garotinho. — Sylvia e Wilhelm conseguem se virar sozinhos. Que tal um drinque? Se ele não nos preparou uma festa, podemos fazer isso sozinhos.

— Não deveríamos esperar por Sylvia? — perguntou Ludwig.

Heike deu de ombros.

— Ela pode vir depois.

Mas Lorelei não voltou a ver Sylvia naquela noite. E quando ela recebeu a notícia, dias mais tarde, de que Sylvia tinha retornado para Albe, começou a suspeitar que aquela realmente tinha sido a última vez que a vira.

CAPÍTULO VINTE E NOVE

O tempo voou.

Passada a Expedição Ruhigburg, depois de seca a tinta de seus diplomas e atestados de óbito, Lorelei foi morar nos arredores do Yevanverte e construiu uma vida simples para si mesma.

Ela tomava chá com Ludwig toda semana. Como era de se esperar, a maldição da qual fora vítima transformou-se em objeto de estudo e fascínio acadêmico. Ela também passeava pelos jardins de rosas com Sua Majestade, a Rainha Heike — que fosse longo seu reinado — quando as duas conseguiam um tempo livre. Sempre que podia, ia para casa para visitar a família e contar fofocas da nobreza para Rahel. Na maior parte do tempo, dedicava-se aos deveres da corte. De vez em quando, Wilhelm achava por bem informá-la sobre suas negociações com Albe ou dar notícias de Sylvia, fosse por gentileza ou por crueldade velada. De qualquer forma, Lorelei devorava cada pedaço como se fosse o mais saboroso dos venenos.

A guerra civil tinha começado e se encerrado em quatro meses, tão breve e brutal quanto a vida em si. Bastava uma manifestação do poder do Ursprung para que os oponentes de Wilhelm se rendessem. Pela primeira vez em décadas, até mesmo os albeneses subjugaram-se. Aparentemente, passaram a chamar a nova duquesa de Santa Sylvia.

Lorelei achava aquilo enlouquecedor. *Santa Silvia!* Ela estava longe de ser especialista no assunto, mas, até onde sabia, uma pessoa não podia ser santa e estar viva ao mesmo tempo.

Era fácil se zangar com algo que também havia sido sua ideia. Às vezes, o peso da responsabilidade era tão doloroso que Lorelei não conseguia dormir. Mas o Yevanverte estava seguro; *ela* estava segura. Ela se agarrava ao conforto desse fato nas noites mais difíceis. Ao menos seus fantasmas não a seguiam tão incansavelmente como antes e, quando o faziam, eram mais gentis. A risada de Aaron ecoando pelos becos próximos à casa de seu pai, a voz estridente de Ziegler carregada pela brisa do lado de fora da sala de aula. Às vezes, Lorelei tinha a impressão de ter visto a silhueta de Adelheid na universidade, próxima a uma janela voltada para o leste, com vista para o rio. Embora não conseguisse enxergar seus olhos, sentia seu olhar. Era melancólico, quase saudoso. Lorelei passou a evitar aquela parte do campus.

Ela sonhava com olhos de prata, com o calor da boca de Sylvia na sua. Era um castigo muito pior do que qualquer outro que já imaginara para si mesma: quatro meses sem ela. Quatro meses sem ouvi-la cantar ou ouvi-la tagarelar sobre um assunto qualquer. Quatro meses sem vê-la sorrir, tão radiante quanto a luz do sol. Lorelei não sabia como seria possível esquecê-la quando tudo a fazia se lembrar de Sylvia.

Em uma típica tarde de verão, úmida e abafada por causa do calor, Lorelei estava, como sempre, organizando documentos. Ziegler, ao que parecia, não apenas se ressentia de seu papel como intendente, mas também era péssima nele. Havia milhares e milhares de cartas endereçadas a Ziegler, a maioria delas bajuladoras, e centenas de documentos que exigiam sua revisão e que ela claramente não tinha se dado ao trabalho de abrir. Embora o mundo inteiro já tivesse ficado sabendo de sua morte, Lorelei sentia uma alegria perversa em responder aos fãs mais reverentes de Ziegler informando-os de seu falecimento. Ziegler a traíra, mas Lorelei ainda era sua maior fã; era bom que seus seguidores estivessem cientes disso.

    Depois de terminar, começou a organizar a própria correspondência. Afinal, ainda havia ratos à solta pela corte.

    Separar as correspondências era um trabalho à parte. Ao chegar naquela manhã, ela se deparou com uma nova pilha que tombou para o lado assim que fechou a porta. Lorelei deu um pontapé na montanha de papel, espalhando-os ainda mais pelo chão. Ela se sentiu um pouco melhor — ao menos até precisar juntá-los outra vez.

    Depois de algumas horas de trabalho, puxou um envelope roxo vibrante do montante.

    Havia um ramo de lavanda amarrado a ele com barbante. Por um momento, Lorelei pensou se tratar de uma tentativa de assassinato ou de uma piada de mau gosto. Parecia o tipo de carta que alguém enviaria a um pretendente.

    Lorelei tinha se acostumado à linguagem dos cortesãos. Alguns diziam que lavanda significava devoção — mas também silêncio. Ela se perguntou qual seria a intenção do autor da carta. Quando virou o envelope, Lorelei quase o deixou cair. A caligrafia era inconfundível: era uma carta de Sylvia. *É claro* que aqueles eram os envelopes que ela usava para correspondências oficiais.

    No entanto, ao olhar com mais atenção, Lorelei percebeu que a carta estava endereçada para ela.

    Suas mãos se enrijeceram. O médico da corte tinha feito o que podia, mas seu ferimento nunca deixara de ser uma questão e sempre parecia ficar mais sensível quando o tempo — ou seu humor — oscilava. Ela levou alguns instantes massageando o nó nas palmas das mãos, sentindo os nervos repuxarem.

Queria rasgar a carta em mil pedaços e jogá-la ao vento, queria copiar o endereço e escrever uma resposta grosseira. Mas o que mais havia para ser dito?

Tudo. Nada.

Ela não conseguia abrir o envelope. Sylvia passara todo aquele tempo sem escrever e Lorelei tinha medo de pensar no motivo de tanta demora. Talvez tivesse mudado de ideia. Talvez estivesse ocupada demais desfrutando de sua divindade. Ou…

Os espinhos ao redor de seu coração tinham murchado nos dias felizes em que ela acreditara que Sylvia realmente era dela e tinham dado lugar a uma erva daninha irrefreável: a esperança. Lorelei não conseguia podá-la por mais que tentasse.

Mesmo depois de tudo, Lorelei a amava.

Ela tinha o próprio anel de sinete, seu próprio escritório, sua própria vida. Tanta coisa tinha mudado e ao mesmo tempo tão pouco. Ela ainda se sentia extremamente infeliz. Lorelei colocou o envelope de volta na pilha e retomou seu trabalho.

Pouco depois, em uma noite amena, Lorelei decidiu visitar seu lugar favorito à beira do rio. O Vereist corria preguiçosamente, preto e insondável ao pôr do sol. Na penumbra, o mundo tinha tons de esmeralda e dourado e havia vaga-lumes voando rumo ao horizonte, fazendo Lorelei se lembrar dos irrlicht nos bosques da Ilha Perdida.

— Me disseram que você estaria aqui.

Lorelei levou um susto.

Sylvia von Wolff estava ali, diante dela. Seus cabelos dançavam ao sabor do vento que vinha do rio e o sol poente a envolvia em aura suave e dourada. Ela estava…

Lorelei se sentiu…

Sem palavras. Ela se levantou e deu um passo em direção à Sylvia, projetando sua sombra sobre ela. Sylvia inclinou o pescoço para cima, seus olhos receptivos e esperançosos. Ela estava exatamente como Lorelei se lembrava e, ao mesmo tempo, completamente diferente. Lorelei examinou o rosto dela em busca de novas cicatrizes de batalha, mas não havia nenhuma. Havia apenas uma exaustão profunda de forma que nunca vira antes, mas mesmo assim ela irradiava esperança como um farol.

Os galhos do salgueiro se agitavam suavemente com a brisa e o ar tinha cheiro de coisas verdes em decomposição: era quente e âmbar. Da última vez em que tinham estado ali, as brumas da primavera ainda pairavam e a iminência da expedição era um peso sobre elas, como a lâmina de uma forca. Parecia ter sido uma vida inteira atrás. Se fechasse os olhos, Lorelei quase conseguia visualizar o rosto pálido de uma nixe saindo da água.

— Que grande benção! — zombou Lorelei. — A que devo a imensa honra de receber a visita de uma santa?

Sylvia estremeceu.

— Não imaginei que ficariam sabendo disso por aqui.

— Pois é, as notícias de nossa salvadora chegaram até mim.

Lorelei sabia que estava sendo desagradável, mas não conseguia se segurar. Ouvir a voz de Sylvia novamente acendeu uma faísca dentro dela. Pela primeira vez em meses, ela se sentiu leve, incandescente — e *furiosa*.

— Ruhigburg não é um lugar tão atrasado assim.

— É bom ver que você não mudou nada. — De alguma forma, Sylvia conseguiu expressar implicância e ternura ao mesmo tempo. — Como vai sua família?

— Como vai minha família? Isso é tudo o que você tem a me dizer?

Sylvia estremeceu outra vez.

— Eles estão bem, obrigada — disparou Lorelei. — Tenha um bom dia, Vossa Graça. Ou devo dizer Vossa Santidade? Imagino que esteja muito ocupada. Eu vi sua agenda e…

— Lorelei — interrompeu ela, exasperada. — Eu sinto muito.

— Sente muito? — De repente, Lorelei estava revoltada. — Eu entendo por que você fez o que fez. Mas depois que a guerra acabou, eu pensei... — *Pensei que voltaria para me buscar.* As palavras ficaram entaladas em sua garganta. — Você tem novas responsabilidades agora, eu sei disso. Mas se não queria ficar comigo, poderia ter dito. Se você não me ama...

— É claro que eu te amo. Como você consegue ser tão difícil, tão cabeça dura, tão...

— Você... — Lorelei nem mesmo conseguiu se alegrar com as palavras que desejava ouvir há tanto tempo. Ela tinha a impressão de que estava prestes a entrar em combustão. — O que queria que eu pensasse? Você nunca escreveu, nem sequer se despediu. Se não fosse sua correspondência para Wilhelm ou todos os santuários em sua homenagem pela cidade eu teria imaginado que você estava morta, então eu... *O que está fazendo?*

Sylvia se ajoelhou e tomou a mão de Lorelei.

— Eu tentei escrever. Na verdade, escrevi várias vezes, mas você é uma mulher muito difícil de se encontrar, Lorelei Kaskel. Você nunca me respondeu. Acho que eu é que deveria estar com raiva de você.

Seu tom era leve e brincalhão. Lorelei não conseguia entender. Todas aquelas cartas eram *para ela*? Ela nunca se preocupara em verificar. Por que faria isso, considerando que haviam chegado no *escritório* e não em seu apartamento? Por Deus. Ela passara *meses* encaminhando todas para Wilhelm. Por que ele não tinha dito nada?

Conhecendo Sylvia, elas provavelmente estavam cheias de... declarações cafonas e só Deus sabe o que mais! Agora que parava para pensar, Wilhelm às vezes olhava para ela com um sorrisinho sugestivo ou, de forma ainda mais inexplicável, recitava poesias de procedência anônima e pedia a opinião dela.

Poesia!

Lorelei sentiu vontade de abrir um buraco no chão onde pudesse se enterrar.

— É que eu estava ocupada — balbuciou.

O céu escureceu e as luzes das velas surgiram nas janelas dos prédios da universidade. As noites chegavam cada vez mais cedo à medida que o outono devorava o verão, mas ainda eram quentes e úmidas. Os vaga-lumes agora faziam a vez das estrelas.

— Eu também. — Sylvia segurou o pulso de Lorelei com cuidado e o levou aos lábios. Ela beijou a palma de sua mão e o calor de seus lábios foi abrasador, mesmo por cima das luvas de Lorelei. — Perdi a conta de quantos vilarejos visitei e de quantos "milagres" tive que realizar. Além disso, estamos nos preparando para a temporada de colheita e tem sido um grande desafio chegar a um acordo em minha corte em relação ao nosso vínculo com Brunnestaad. Mas acho que as coisas foram resolvidas.

Lorelei sentia-se atordoada e já não sabia o que Sylvia estava dizendo. Heike e Wilhelm tinham se casado no mês anterior, mas ele tinha uma irmã. Fazia sentido unir as famílias, é claro.

— Parabéns. Quando é o casamento?

Os olhos de Sylvia se acenderam.

— Quando quer que seja?

— Não zombe de mim — sussurrou Lorelei.

— Mas eu estou falando sério! — Ela parecia um pouco exasperada. Aquilo não estava indo nada bem, mas Sylvia não desistia nunca. — Basta uma palavra sua para que eu seja a mulher mais feliz do mundo.

— Como?

— Não, não essa palavra — disse Sylvia.

— Eu...

Lorelei piscou com força. Porém, quando abriu os olhos outra vez, Sylvia von Wolff ainda estava ajoelhada diante dela. Talvez não fosse um sonho.

Sylvia estava nervosa de verdade. Aquilo era atípico.

— Quero que saiba que farei com que cada dia de sua vida seja mais difícil do que o anterior, mais complicado do que seria sem mim — disse Lorelei, ansiosa.

— Sim, eu sei.

— Nós… Nós vamos brigar sem parar, você sabe disso. Na corte e fora dela. Isso não muda nada.

— Eu não espero que seja diferente.

— Meus deveres para com o rei…

— Podem coexistir com sua *vida pessoal*, desde que eu consiga não te roubar só para mim. — Sylvia sorriu para ela. — Por favor, Lorelei. Temos muita coisa para viver juntas. Podemos viajar. Podemos escrever. Podemos cavalgar em maras por campos abertos e correr com os kornhunds. Podemos nadar com nixes, domar lindworms, e talvez um dia, com o tempo, o mundo perceba que nunca houve nada de errado em alguém como eu amar alguém como você.

— Isso é um delírio — sussurrou Lorelei. — O conto de fadas mais fantasioso que já ouvi em toda a minha vida.

— Eu sei — disse Sylvia, com afeto obstinado. — Mas é nosso.

Lorelei teve que ajoelhar-se e beijá-la, deitando Sylvia sobre a grama. Quando se afastou, sem fôlego, Sylvia a admirava com um sorriso tão radiante quanto o sol. Em todos os seus contos populares, ela nunca vira um final tão doce e estranho como aquele. Nunca vira uma pessoa tão incorrigivelmente romântica quanto Sylvia.

— Eu aceito me casar com você, sua romântica incurável — sussurrou Lorelei contra os lábios de Sylvia. — Espero que juntas possamos escrever muitos outros contos.

AGRADECIMENTOS

Este livro vai para cada pessoa que interagiu comigo enquanto eu planejava, escrevia, revisava ou falava sobre ele. Ao contrário do que normalmente acontece no universo editorial, meu segundo romance e até o terceiro foram relativamente bonzinhos comigo. Mas *Uma correnteza sufocante* passou dois anos com uma faca no meu pescoço. Bom, queridinho, parece que eu sobrevivi.

Mas, falando sério, queria agradecer à Claire Friedman e Jess Mileo, minhas agentes. Aqui estamos nós, em uma nova faixa etária! Vocês duas leram um milhão de esboços, tranquilizaram minhas preocupações com piadas e soluções práticas e encontraram o lar perfeito para este livro. Eu sempre digo isso, mas juro que não poderia querer parceiras melhores.

Agradeço também à Sarah Peed, minha editora, com quem é um prazer imenso trabalhar. Sua paciência, visão e entusiasmo significam o mundo para mim, e transformaram esse livro de formas que eu jamais imaginaria. Obrigada por ter amado esse bando de esquisitos e por todos os insights que me ajudaram a trazê-los ao mundo. Este livro não seria o que é sem a sua ajuda. Queria agradecer também à Anne Groell, que me acolheu tão bem e me guiou com muita sabedoria até a publicação.

Agradeço à toda equipe da Del Rey, cujo trabalho levou este livro até as mãos dos leitores em um formato tão lindo! Obrigada à Ashleigh Heaton, Tori Henson e Sabrina Shen da equipe de marketing; à Jordan Pace, minha assessora; à Rachel Kind e Denise Cronin da equipe de direitos internacionais; Lara Kennedy, minha revisora e a Keith Clayton e Alex Larned, do editorial. Também gostaria de agradecer imensamente à Audrey Benjaminsen e Ella Laytham pela ilustração e pelo design, respectivamente, da obra-prima gótica que é a capa deste livro. Talvez eu tenha chorado quando a vi pela primeira vez.

Obrigada à equipe da Daphne Press: Davi Lancett, Daphe Tonge, Tori Bovalino e Caitlin Lomas.

E aos meus amigos! Courtney Gould, que me fez acreditar que tinha algo a ser explorado aqui. Audrey Coulthurst, Rebecca Leach, Elisha Walker e Helen Wiley: sei que sempre posso contar com vocês quando o assunto é compaixão e responsabilização. Obrigada especialmente à Helen, que, aos 45 minutos do segundo tempo, apareceu vinda dos céus como um anjo com informações que salvaram o livro inteiro. Kali Wallace, obrigada por ter me recomendado o maravilhoso *A invenção da natureza: A vida e as descobertas de Alexander Von Humboldt*, de Andrea Wulf, que esclareceu muitas coisas para mim no processo de revisão. Sinto-me em dívida eterna com Kat Hillis, Emily Grey, Rachel Morris, Ava Reid, Charlie Lynn Herman, M. K. Lobb e Alex Huffman, que me ajudaram com um feedback lá no começo, quando eu era um poço de desespero. Por último, agradeço à cidade de Ithaca e aos membros da Team Claire, Jo Schulte, Ava Wilder, Jenna Voris e, mais uma vez, Courtney Gould por terem me ajudado com o rascunho em julho de 2021.

Aos artistas que trabalharam nas ilustrações incríveis da edição americana deste livro: RiotBones, Ashe Arends, Therese

(@warickaart), Jaria Rambaran, Bri (@beforeviolets), Lu Herbert e Isa Agajanian. Vocês são mágicos.

 E, por fim, agradeço você, que veio comigo do YA ou que decidiu dar uma chance para minha estreia na categoria adulta. Graças a vocês, posso seguir o meu sonho.

Este livro, composto na fonte Fairfield,
foi impresso em papel Ivory Slim 65g/m² na gráfica COAN.
Tubarão, Brasil, setembro de 2024.